Luis Kranebitter

Schwarze Römerin

Das Sambamädchen aus der Favela

Roman

tredition®
www.tredition.de

Illustration: David Chou
Verlag: tredition GmbH, Hamburg
ISBN: 978-3-8495-7143-6
Printed in Germany

Bibliografische Information der Deutschen Nationalbibliothek:
Die Deutsche Nationalbibliothek verzeichnet diese Publikation in der Deutschen Nationalbibliografie; detaillierte bibliografische Daten sind im Internet über http://dnb.d-nb.de abrufbar.

1

Livia war so weit. Sie war sich sicher. Diego sollte ihr Erster sein und es sollte heute passieren. Nicht hier, in der staubigen Hitze von São Geraldo, sondern draußen, am Strand von Itapuã.

Livia und Diego saßen Hand in Hand an der Haltestelle und hielten nach dem Bus Ausschau. Um diese Zeit war kaum was los, die Straße gehörte den streunenden Hunden.

Diego trug nichts als seine langen Surf-Shorts, die ihm bis unters Knie gingen, und Havaianas Gummilatschen. Seine unbehaarte Brust glänzte verschwitzt. Ein dunkler Flaumstreifen zog sich vom Nabel über sein Bauchrelief in die tief sitzenden Shorts hinein.

Livias Haut erinnerte an Milchkaffee, war eine Spur heller als die mokkafarbene Diegos. Ihr richtiger Name war Olívia, aber in der Favela nimmt man es mit Namen nie genau. Sie gaben ihr Spitznamen: Rihanna, Barbie oder Kätzchen, ihrer grünen Augen wegen. Früher einmal hatten die anderen Kids sie als *Olívia Palito* gehänselt, als Popeyes staksige Bohnenstangen-Olivia, aber mittlerweile war Livia auch schon vierzehn und ihre Beine sorgten längst für keine Spottnamen mehr, sondern für hochgezogene Augenbrauen.

Alle ihre Freundinnen hatten deren erstes Mal schon hinter sich gebracht, verstohlen im Gebüsch, hinter der Hausecke oder im richtigen Augenblick bei ihm oder bei ihr zu Hause.

Livia hatte andere Pläne, wollte nichts Würdeloses. Sie würde mit Diego an den Strand fahren und dann ins Motel, wo man sich stundenweise einmieten konnte. Vielleicht auch sofort ins Motel. Livia konnte es genauso wenig erwarten wie Diego. Er war neunzehn, brachte sie zum Lachen und hatte weiche Lippen.

Anstelle des Busses kamen zwei Jungs auf einer 125er-Honda die Straße runtergedröhnt. Sie trugen schwarz getönte Helme. Der vordere war der Pilot und der hintere der Schütze. Er hielt eine verdeckte Glock Halbautomatik in der Hand.

In letzter Zeit hatte Diego nie Geldsorgen gehabt. Oft hatte er Livia auf eine Pizza eingeladen oder ein Eis. Nur widerwillig war sie seinen Einladungen gefolgt, denn sie wusste, woher das Geld kam. Jeder in São Geraldo wusste, wer im Drogengeschäft unterwegs war und wer nicht. Diego war ein guter Junge, aber er trieb sich mit den falschen Leuten herum. Livia würde ihn zur Vernunft bringen.

Sie feuerten drei Schüsse im Vorbeifahren, einer traf Diego in die Schulter, einer in den Bauch und einer in die Brust. Noch bevor er auf den Asphalt kippte, war er tot.

2

Jedes Mädchen in Brasilien wünscht sich einen fünfzehnten Geburtstag wie aus der Telenovela: ein Großereignis im Ballkleid, mit fünfzehn Debütantenpaaren und einer Riesentorte im angemieteten Festsaal - eine Generalprobe für die Hochzeit. Nach dem ersten Walzer übergibt der Vater seine Tochter ihrem Prinzen.

Die Realität in der Favela reicht da zwar nicht heran, doch selbst die Ärmsten halten den fünfzehnten Geburtstag ihrer Töchter hoch. Jahrelang legen Mütter Monat für Monat ein paar *Reais* zur Seite, um schließlich auch die entferntesten Cousins zu bewirten. Es darf an nichts fehlen. Der schwere Bohneneintopf Feijoada blubbert in riesigen Töpfen, picksüße Torten überbieten einander in Farbenpracht und Luftballons schmücken die staubige Straße des Geburtstagskindes. Die Jungs von der lokalen Sambagruppe stimmen ihren *Pagode* an, ihren Hinterhofsamba, und hören erst wieder auf, wenn der letzte Gast mit dem Müll unter dem Tisch hervorgekehrt wird.

Auch Livias fünfzehnter Geburtstag stand unmittelbar bevor. Die Sache mit Diego war vor einem knappen Jahr passiert. Ein halbes Jahr lang hatte sie nichts außer sterben wollen, danach hatte sie sich tapfer bemüht, Diego zu vergessen. Obwohl sie Prinzen und Hochzeiten für alle Zukunft aus ihrem Leben gestrichen hatte, wollte sie dennoch wenigstens ihren fünfzehnten Geburtstag feiern. Eine Torte, ein bisschen herumblödeln, Livia in der Mitte ihrer Freunde.

#

Livia lebte mit ihrem Brüderchen Emilio, neun und ein Goldstück, und ihrer Tante Célia, strohdumm und ein Ärgernis. Es gab keine vorausblickende Mutter, die Geld für Livias Geburtstag hätte zur Seite legen können, denn Mutter war vor vier Jahren gestorben, an einer Kugel, die Livias Vater gegolten hatte. Der hatte sich und seine Familie mit kleinen krummen Jobs für den Favelaboss Vagner über Wasser gehalten. Bis er sich eines Tages so dumm oder gierig angestellt hatte, dass er es auf irgendwessen Abschussliste schaffte. Er überstand zwar den Anschlag, dem versehentlich Livias Mutter zum Opfer fiel, kurz danach jedoch verschwand er spurlos. Hatten sie ihn doch noch erwischt, oder war es die *Polícia* gewesen, oder war er kurzerhand untergetaucht? Keiner wusste es.

Kein Vater für Livias ersten Walzer also, kein Prinz für den zweiten, keine Mutter für die liebevolle Ausrichtung des Ganzen und obendrein reichte das Geld nicht einmal für ein selbst genähtes Kleid. Schlechte Voraussetzungen für eine ausgelassene Party. Dennoch wollte Livia zumindest ein paar Freunde zu sich einladen, deren Namen sie auf der Rückseite der Stromrechnung säuberlich zusammengeschrieben hatte.

»Sieh mal, Tante Célia«, sagte Livia, »hier links habe ich die Mädchen notiert und rechts die Jungs.«

Mit einer Nagelschere in der Hand kauerte Tante Célia in der Nachmittagssonne auf der Türschwelle und kümmerte sich um ihre Fußnägel. »Wie viele sind es?«, fragte sie ohne aufzublicken.

»Fünf Mädchen und fünf Jungs.«

»Is' nich' drin.«

»Alles klar. Feiern wir meinen Fünfzehnten halt in einem Jahr. Oder in zwei oder drei.« Livia verstellte der Tante das Sonnenlicht und stemmte ihre Fäuste in die schmalen Hüften.

»Es sind zu viele«, sagte die Tante.

»Die meisten habe ich doch schon gestrichen! Sind nur mehr ganz wenige übrig, meine allerbesten Freunde.«

Endlich blickte Tante Célia auf. Sie schob sich ihre viel zu große Brille zurecht, die Livia Flaschenböden nannte.

»Kindchen«, krähte Tante Célia, »auch deine allerbesten Freunde wollen Feijoada essen und trinken. Das kostet Geld, das wir nicht haben. Sie brauchen Stühle, die wir nicht haben, und Platz, den wir nicht haben. Zehn Gäste! Wo sollen die alle hin?«

Sie hausten zu dritt in einer winzigen Ziegelbaracke. Zwei verschlissene Matratzen lagen nachts auf dem feuchten Boden, eine für die Tante, die andere für Livia und Emilio. Um die Eingangstür öffnen zu können, lehnten sie die Matratzen tagsüber an die Wand. Wer sich setzen wollte, hatte die Wahl zwischen einem alten Plastikstuhl, der gerne seitlich einknickte, und einer ausgedienten Gasflasche mit einem Holzbrettchen als Sitzauflage. Davon abgesehen saß man auf dem groben Betonboden. Zu besseren Zeiten hatte es auch noch ein

Tischchen gegeben, auf dem vier Teller Platz hatten, bis dieses altersschwach zusammengebrochen war. Gegessen wurde seither mit dem Teller in der Hand und die Tischplatte lehnte seither hinter den Matratzen an der Wand. Kein Mann im Haus, der sich des Tischchens annehmen würde, und kein Geld, um den Tischler zu bemühen.

Livia versuchte es andersrum: »Marcos hat gesagt, wir können bei ihm feiern. Du kennst doch sein Haus, eines mit Zimmern, oben an der Straße.«

»Marcos?« Tante Célia hob ihre Nagelschere. »Der will sich nur ranmachen an dich, protzt mit seinem Motorrad in der Gegend 'rum. Woher hat er denn sein Geld? Ich weiß es! Und seine Schwester? Ha! Ich weiß auch, wo die ihres her hat.«

Tante Célia rappelte sich hoch und schob sich ihre Lockenpracht aus der Stirn, die zwar keine Perücke war, aber dennoch so aussah: zu schwarz, zu lockig und zu pompös. Sie fasste Livia am Handgelenk. »Die Kleine schläft den ganzen Tag und abends geht sie aus dem Haus. Aufgedonnert, mit Stiefeln bis hier rauf und einem Minirock gerade mal bis hierher.« Betroffen markierte Tante Célia die Maße. »Und«, sie senkte ihre Stimme, »sie hat sich schon ein Kind wegmachen lassen. So ein hübsches Ding und gerade erst in deinem Alter!«

»Auch bei uns in der Familie war nie alles – «

»Das müssen wir nicht jetzt besprechen«, klappte Tante Célia das gefährliche Thema schnell wieder zu und ließ ihr Hinterteil wieder auf die Türschwelle nieder. »Komm, hilf mir lieber mit dem Nagel hier, ich komm' nicht recht hin. Aber Vorsicht!«

Während Livia sich an Tante Célias großer Zehe zu schaffen machte, kehrte diese zum eigentlichen Thema zurück: »Wir können hier bei uns feiern, vor dem Haus, der Platz reicht für eine Handvoll Gäste, nicht mehr.«

Livias Ziegelbaracke lag am unteren Ausläufer der Favela von São Geraldo, in Salvador da Bahia. Die asphaltierte Rua Aurélia, die verputzten Häuser, die Bäckerei und der Gemischtwarenladen, kurzum die Zivilisation – das alles lag »dort oben«, auf dem Hügelrücken von São Geraldo.

Entstanden war die Favela, sowie alle anderen auch, durch allmähliche Invasion. Einer entschließt sich, ein Stückchen Grün am Straßenrand zu roden, und bastelt sich eine behelfsmäßige Unterkunft. Ein Zweiter lehnt seine Baracke daneben an und ein Dritter baut darunter am Hang. Keine Stadtverwaltung fragt, kein Bauamt will einen Plan sehen. Der Strom wird ungefragt vom nächsten Mast abgezapft, das E-Werk schickt jemanden, der die irregulären Leitungen kappt, die am nächsten Morgen doch wieder angeschlossen sind. Das geht so lange, bis es dem E-Werk zu bunt wird und sie den Strom einleiten. Damit die Rechnungen auch zugestellt werden können, werden die Baracken durchnummeriert. Einige Jahre später haben sich Wellblech und Sperrholz in Ziegelsteine verwandelt und es gibt eine Einwohnervereinigung, deren Vorsitzender so lange im Rathaus stört und Geschenke verteilt, bis endlich Wasser und Kanalisation folgen.

Auch wenn das Rathaus von Salvador darauf bestand, dass es in Salvador keine »Favelas« gab, man Salvador doch nicht mit Rio de Janeiro gleichsetzen konnte, und den harmloseren Ausdruck »Peripherie« bevorzugte, so wusste dennoch jeder, dass die Chancenlosigkeit da wie dort dieselbe war, man also getrost »Favela« nennen konnte, was eine Favela war.

Zu Livias Ziegelbaracke gelangte man nur zu Fuß, ein enges Gewirr von Durchgängen und Treppengassen hinab, an bemoosten Hausmauern vorbei, an Winkeln, in denen der Unrat sich sammelte, und unter Wäscheleinen und Kabelsalat hindurch. An der Vorderseite von Livias Baracke sorgten wenige Quadratmeter roter Lehmboden für eine bescheidene Terrasse, dann folgte der Abhang, der schon zu steil zum Bauen war. Dort unten überwucherten Bananenstauden und Palmen den Sperrmüll der Favela.

»Steht Pedro auf deiner Liste?«, fragte Tante Célia.

»Doch nicht Pedro, der Brunzer?«

»Is' ein netter Junge. Den werden wir einladen.«

»Ha!« Livia unterbrach ihre Maniküre. »Der ist ein Bettnässer, über den sich die ganze Nachbarschaft lustig macht.«

»Das ist er nicht mehr«, verteidigte ihn Tante Célia. Dabei war er es in der Tat gewesen, bis eines Morgens sein alleinerziehender Vater eine drastische Maßnahme ergriffen hatte. Er jagte den armen Pedro, nur mit der durchnässten Unterhose bekleidet, die ganze Favela rauf und runter, mit einem Pappschildchen an der Brust: »ICH BIN EIN BETTNESER«. Alle hatten tagelang nur ein Thema, aber es half. Pedro hatte seither die hartnäckige Bettnässerei abgelegt, im Gegenzug allerdings den noch hartnäckigeren Beinamen »der Brunzer« abbekommen.

Livia war nicht dumm. »Ich weiß genau, was du vorhast. Du willst dich an seinen Vater ranmachen!«

»Senhor Alfredo hat Arbeit in der Schuhfabrik.« Tante Célia plusterte sich ihre Locken zurecht. »und er versäuft sein Geld nicht in der Imbissstube.«

»Das ist *mein* fünfzehnter Geburtstag, nicht deiner!«

»Und *ich* sage dir, wie wir ihn feiern werden: Dona Marlene kommt, sie bringt einen Topf ihrer Feijoada mit, und Dona Ofélia kommt, die macht eine Torte, Pedro kommt und du kannst noch eine von deinen Freundinnen einladen. Eine!«

Livia machte sich erneut mit der Nagelschere ans Werk.

»*Eine* Freundin?«

»Eine.«

»Nur eine einzige?«

»Andere haben gar keine Feier zum Fünfzehnten.«

Es floss nicht sonderlich viel Blut, aber Tante Célia schrie und tobte gehörig, als Livia nach einem sicher schmerzvollen Stich flink die Treppengasse hinauf entkam.

#

Tante Célia hatte Livia nie geschlagen, sie bevorzugte endlose Standpauken, die mit einem gelegentlichen »Ja, meine Tante« oder »Verstanden, Tantchen« zu bewältigen waren. Gerne drohte die Tante auch mit Enterbung unter Hinweis auf das Juwel in ihren Vermögenswerten, das Fernsehgerät. Livia trug es mit Fassung.

Was hingegen schmerzte, war Essensentzug. Nach dem Tod ihrer Mutter und dem Verschwinden ihres Vaters waren Livia und Emilio ganz auf sich gestellt und auf Almosen aus der Nachbarschaft angewiesen gewesen. Oft vergingen einige beißend hungrige Tage, bis Livia wieder den Mut fand, abermals um Essen zu bitten. Schließlich nahm sich Vagner ihrer an, der Favelaboss, für den Livias Vater gearbeitet hatte.

Ohne, oder womöglich gegen Vagner ging in São Geraldo gar nichts. Er kontrollierte den Drogenhandel, die freiberuflichen Straßenräuber lieferten ihm seinen Anteil ab, der Vorsitzende der Einwohnervereinigung stand bei ihm tief in der Schuld, der lokale Polizeivorsteher auf seiner Gehaltsliste, und Vagner gehörte jedes dritte Haus in der Favela, einschließlich Livias Baracke.

In letzter Zeit sah man ihn kaum mehr auf der Straße, er zog es vor, die Geschäfte vom Sofa aus zu regeln. Niemand wagte zu fragen warum.

Vagner sorgte für die, die auf seiner Seite standen. Er bezahlte die

Begräbnisse für seine im Dienst verschiedenen Mitarbeiter, stellte im Bedarfsfall Rechtsanwälte bei und finanzierte dringende ärztliche Eingriffe, etwa zur Behandlung von Schussverletzungen.

Damals hatte Vagner veranlasst, dass Tante Célia, die ledige Schwester von Livias Mutter, aus dem Landesinneren in die Stadt gekommen war, und er hatte ihnen ihre Baracke mietfrei überlassen. Weiter mussten sie selbst sehen. Tante Célia ließ einen Sack grüne Bohnen im Gemüseladen anschreiben, nahm vor dem Laden auf einer Bierkiste Platz und begann die Bohnen von den Schoten zu trennen, eine Arbeit, die vielen zu langwierig war. Die ausgelösten Bohnen verkaufte sie mit einem kleinen Aufpreis. Mal verkaufte sie mehr, mal weniger, es reichte in der Regel für die tägliche Portion Bohnen mit Reis und ab und zu ein Huhn.

Nach ihrem Attentat mit der Nagelschere ertrug Livia zähneknirschend Tante Célias Standpauke, die Enterbung und auch den Essensentzug. Tante Célia sagte den Geburtstag zur Gänze ab. Dann entsann sie sich der Feijoada und der Torte, und der Geburtstag fand nun doch wieder statt.

#

Es war eine armselige Gesellschaft, die sich auf dem Fleckchen Lehmboden vor der Baracke eingefunden hatte. Tante Célia hatte den Plastikstuhl in Beschlag genommen, und ihr ausgestrecktes Bein thronte hochgelagert auf der Gasflasche mit einem enormen weißen Verband um die Zehe - eine dramatische Inszenierung, die Tante Célia die mitfühlende Anteilnahme Dona Marlenes und Dona Ofélias sicherte, die ihre Hintern auf mitgebrachten Holzschemeln balancierten.

Livia, in nabelfreiem Top, Röckchen und Gummisandalen, saß mit ihrer besten Freundin Maria Clara auf der Türschwelle und hatte deren Söhnchen Ronaldinho auf dem Schoß. Der Kleine zerrte entzückt an Livias Haaren, mit denen sie ihm das Näschen kitzelte. Zwischen Tante Célias Tratschpartie und den Mädchen saß Pedro, der Brunzer, etwas verloren an der Wand. Er studierte die Geburtstagstorte, die auf einem Klapptischchen vor ihm glänzte. Dona Ofélia hatte sich Mühe gegeben. Dicke Schlagsahne rundherum und ein farbenfroher Fruchtsalat obendrauf: Ananas, Sternfrüchte, Bananen, Guaven und Mangos. Ob das Innenleben etwas mit Schokolade oder eher mit hellem Biskuit zu tun hatte, war nicht ersichtlich, da die Torte noch unversehrt war. Pedro kratzte sich am Kinn.

Livias Brüderchen Emilio kam die Treppengasse herab um die

Hausecke geflitzt, seine Kumpel José und João im Schlepptau.

»Livia, schau, José und João haben Geburtstagsgeschenke für dich!«

Die beiden kamen etwas verlegen vor den Mädchen zum Halt. »Leg los!«, rempelte Emilio José an. »Du zuerst!«

»Nein, zuerst João.«

João ermannte sich, kramte aus den Tiefen seiner Hosentasche einen Lollipop hervor und hielt ihn Livia hin. Ein rosa-weißes Herz am Stiel, eingewickelt in Zellophan. Bevor Livia zugreifen konnte, schoss Josés Geschenk dazwischen. Zwei zusammengehende Herzen am Stiel in Zellophanhülle.

»*Ooh, obrigada,* vielen Dank!« Livia nahm die Lutscher mit einem breiten Lachen entgegen.

»Welchen magst du lieber?«, wollte João wissen.

»Natürlich meinen«, wusste José, »der hat zwei Herzen.«

»Dafür ist meiner doppelt so groß!«

»Ich mag sie beide!«, entschied Livia. »Kommt, ich geb' euch ein Stück von der Torte.«

Sie verschwand in der Baracke und tauchte gleich darauf mit einem Küchenmesser wieder auf. Tante Célia unterbrach ihren Tratsch und sprang unvermutet gewandt vom Plastikstuhl.

»Du wirst doch nicht die Torte anschneiden wollen?«

»Doch. Ich möchte den Jungs was davon geben.«

»Was du für Ideen hast, Kind! So eine prachtvolle Torte, die schneidet man nicht einfach an. Zuerst wird sie fotografiert.« Eine Kamera gab es im Hause Livias ebenso wenig wie ein Telefon, Handy oder Internet. Einzig der Fernseher war vorhanden, auf dem Tante Célia mit andächtigem Eifer die täglichen Dramen der Telenovelas verfolgte.

»Fotografieren?«, fragte Livia, »Mit deinem oder meinem iPhone?«

»Senhor Alfredo hat doch eine Kamera, nicht wahr, Pedro? Möchtest du ihn nicht holen, Pedro? Sag ihm, Dona Célia möchte ein Foto von Livias Geburtstagstorte und Senhor Alfredo bekommt auch ein schönes Stück davon.«

»Papa ist in der Schicht«, sagte Pedro. »Er kommt erst am Abend.«

»Also warten wir bis morgen«, beschloss Tante Célia und trug die Torte ins Haus. »Angeschnitten wird heute nicht«, rief sie heraus. »Wäre doch jammerschade.«

»Hauen wir ab«, stupste Emilio seine Kumpels an, als ihnen ein junger Mann um die Ecke entgegenkam, ein kleiner Dicker ohne Hemd. Sie alle kannten ihn, er wurde Falcão genannt, einer von Vagners Laufburschen. Falcão hatte es nicht auf eine Karriere abgesehen. Er begnügte sich damit, dabei zu sein und sein bisschen Geld zu verdienen. Gelassen hob er die Hand. »Hallo, allerseits! Ich kenne jemanden, der heute fünfzehnten Geburtstag feiert.« Er zwinkerte Livia zu und reichte ihr ein kleines weißes Kuvert. »Von Vagner.«

Livia öffnete es sofort und brachte einige Geldscheine zum Vorschein, zusammen 100 Reais. Sie starrte das Geld an, ungläubig. Es war keine nennenswert große Summe – der Mindestlohn von 678 Reais im Monat reichte knapp, um nicht zu verhungern – aber Livia hatte noch nie so viel Geld in der Hand gehalten. Sie kannte Beträge von 10 oder 20 Reais, mit denen Tante Célia sie in den Laden schickte.

Livia fand ihre Sprache wieder und konnte eine solche Gelegenheit nicht ungenutzt vorübergehen lassen: »Wir haben eine leckere Torte hier, Falcão. Du möchtest doch sicher ein Stückchen?«

Falcão sagte nie nein, wenn es ums Essen ging, während Tante Célia genau wusste, dass man bei Vagners Leuten lieber die Klappe hielt.

#

Am Abend, als die anderen längst gegangen waren, saßen die drei Senhoras noch immer bei einem Gläschen *Jenipapo*-Likör beisammen.

»Und ihr kennt doch die Frau des Reifenflickers von oberhalb«, raunte Tante Célia den beiden zu. »Die mit dem bösen Blick. Sie war neulich bei mir, sagte, sie wolle sich das Telefon einleiten lassen. Es kommt ihr billiger, wenn ich es auch bestelle und wir den Anschluss teilen. Sie sieht meine Paprikapflanze hier und sagt, *das sind aber große Schoten*. – Ich weiß, wie ein neidischer Blick aussieht! Und stellt euch vor, drei Tage später geht mir die Pflanze ein. Seht sie euch bloß an!« Kopfnickend begutachteten sie das dürre Elend im Blumentopf.

Die Senhoras beachteten Livias Treiben nicht. Sie sahen nicht, wie Livia die Torte in ganz kleine Stückchen schnitt, die sie in eine Plastiktüte schlichtete, wobei sie ein einziges Torteneck auf dem Teller übrig ließ. Sie sahen nicht, wie Livia verstohlen einige Ameisen aufklaubte und sie auf dem verbliebenen Torteneck wieder aussetzte, und sie schenkten ihr keine Beachtung, als sie sich mit der prallen Plastiktüte auf den Weg durch die Favela machte.

Livia besuchte jede ihrer Freundinnen und jeden ihrer Freunde, um die Torte zu verteilen. Jeder bekam ein kleines Stückchen, auch die

Freunde ihrer Freunde. Sie stöberte Emilio im Haus von José und teilte an die Jungs aus. Sobald sie auf der Straße ein bekanntes G entdeckte, rief sie: »*Oi*, nimm einen Bissen, heute ist mein fünfz Geburtstag!« Selbst im dämmrigen Straßenlicht konnten alle Freude sehen, den großen Mund, der beim Lachen das kleine Kinn spannte. Spät am Abend kehrte Livia nach Hause zurück, mit einer leeren, klebrigen Plastiktüte.

#

Sie zwängte sich durch den Türspalt ins Haus, kletterte behutsam über die Tante, die ihren Schwips ausschnarchte, und setzte sich neben Emilio auf den Boden. Der schlummerte zusammengerollt mit dem Daumen im Mund. Sanft zog sie ihm den Daumen heraus. So ein Baby.

Heute war ein guter Tag für Emilio gewesen. Mit den Jungs war er barfuß durch die Straßen gezogen, hatte Fußball gespielt, ein Stückchen von Livias Torte abbekommen und vor allem keine Schmerzen gehabt. Keine Gelenkschmerzen, keine Rückenschmerzen, keine Lähmungen im Arm. All das hatte ihn von klein auf geplagt. Oft konnte Emilio tagelang nicht aufstehen vor Schmerzen. Keiner hatte gewusst, was mit ihm los war, bis Mutter durch Glück an einen echten Arzt geraten war, der im Gesundheitsposten in der Rua Aurélia an diesem Tag die Schwestern einschulte.

Sichelzellenanämie, so lautete die Diagnose nach der Blutuntersuchung, eine vererbte Mutation der roten Blutzellen, die weltweit nur dunkelhäutige Menschen trifft. Die Schmerzen kommen und gehen ohne Vorwarnung. So hatte es der Arzt gesagt. Einzig eine Knochenmarkstransplantation von einem Geschwister könnte die Anämie heilen. In Amerika praktizierten sie das erfolgreich, und in teuren Privatkliniken in São Paulo und Rio, nicht aber in der Favela von São Geraldo, wo das Geld oft nicht für Aspirin reichte.

Livia sah sich im Licht der schwachen Glühbirne um. Die »Bade-Ecke«: eine blanke WC-Muschel und ein Brausekopf an der Decke, abgetrennt vom übrigen Raum durch einen braun-gelb geblümten Vorhang, der ehemals wahrscheinlich rot-weiß gewesen war. Gegenüber davon, die »Küchen-Ecke«: ein Gaskocher, eine Spüle und ein Brastemp Kühlschrank aus den Achtzigern. Alles hier war morsch und hässlich. Nur die Tür war ein wuchtiges Bollwerk mit Beschlägen aus Schmiedeeisen. Wer immer die Baracke ursprünglich errichtet hatte, hatte irgendwo die massive Tür eines alten Herrenhauses zwi-

‿chen die Finger bekommen und kurz entschlossen die Baracke um die Tür herum gemauert.

An den Innenwänden schimmerte der grobe Kalkputz grünlich bis in Kniehöhe und hatte an mehreren Stellen Löcher. Dort hatte Emilio den Kalk herausgeschabt und gegessen. Mutter hatte es ihm verboten, woraufhin er sich versteckte Bohrlöcher unter der Spüle und hinter dem Kühlschrank anlegte. Auch die blieben nicht lange unentdeckt und Mutter streute Pfeffer in die Löcher. Dann hatte der Arzt gesagt, Kalziummangel wäre oft eine Begleiterscheinung von Emilios Anämie. An Livias samtenen Wimpern formten sich feuchte Perlen, die sie mit dem Handrücken wegwischte.

Und schon wieder waren einige Monate vergangen, seit Tante Célia das letzte Mal ein paar Reais für Kalziumtabletten übrig hatte. Emilio musste raus aus der Favela.

Der armselige Geburtstag, das unwürdige Gezänk um eine Torte, die Schule, die ihnen nichts beibrachte, und die Tante, die ihnen keine Zukunft verschaffen konnte, selbst wenn sie den Verstand dafür hätte.

Livia musste Emilio und sich selbst hier rausschaffen.

Als Junge mit Ambitionen hattest du die Wahl: Fußball, Samba oder irgendwas, das dich früher oder später ins Gefängnis oder auf den Friedhof bringen würde.

Welche Wahl aber hatte Livia?

Sie sprang auf und an den Kühlschrank. Dort hatte sie das Kuvert liegen lassen. Es war weg.

Sie rüttelte Tante Célia wach. »Wo ist das Geld? Tante Célia! Gib mir mein Geld zurück!«

Tante Célia brauchte einen Augenblick, um ihre Stimme zu finden, fand sie dann aber bravourös. »Nicht einen Centavo bekommst du!«, fauchte sie Livia entgegen. »Wo ist die Torte, du gierige Bestie? Wie kannst du die riesige Torte ganz allein verdrücken, ohne an die anderen zu denken?«

»Ich hab ein Stück hier gelassen, extra für dich.«

»Pah, das haben die Ameisen kassiert. Alles voller Ameisen, eine Invasion! Während du dir den Bauch vollgeschlagen hast, habe ich hier Millionen von Ameisen rausgekehrt.«

»Ich selbst hab nicht ein einziges Stück gegessen. Nicht ein einziges! Ich hab alles verteilt, im ganzen Viertel. Ich war auch bei Pedro und Senhor Alfredo. Wenn die Torte als Ganzes hier geblieben wäre, dann hätten die Ameisen doch alles gekriegt und Senhor Alfredo gar nichts.«

»Du warst bei Senhor Alfredo?« Tante Célias brillenlose Augen erhellten sich.

»Ja doch! Ich hab ihm gesagt, die Torte kommt von Dona Célia.«

»Hat sie ihm geschmeckt?«

»Sehr.«

»Hat ihm sehr geschmeckt, ja?«

»Ja, sehr!«

Tante Célia griff unter ihr Kopfpolster und zählte 30 Reais aus dem Kuvert heraus, die sie Livia in die Hand drückte. »Der Rest bleibt bei mir.« Sie drehte Livia den Rücken zu und war sofort weggeschlafen.

3

São Salvador da Baía de Todos os Santos, kurz Salvador da Bahia, und noch kürzer Salvador, Hauptstadt des Bundesstaates *Bahia* im Nordosten Brasiliens. Bahia ist, von wo die Brasilianer Samba und Sonne her haben. 1549 von der portugiesischen Krone zur Hauptstadt der Kolonie erklärt, war Salvador jahrhundertelang die größte und reichste Stadt des Landes, das Zentrum des Zuckeranbaus und des Sklavenhandels. Noch heute haben neun von zehn *Bahianern* dunkle Haut in ansehnlichen Schattierungen von Caramel Macchiato bis Espresso Schwarz. Alles, was bis in die 1980er-Jahre sonst noch von früher übrig geblieben war, waren eine UNESCO-geschützte barocke Altstadt, afrikanische Götterkulte, unberührte Palmenstrände, wirtschaftlicher Niedergang und aussichtslose Armut.

Dann geschah etwas Unerwartetes. Aus dem Nichts wurde ein neuer Industriezweig zum bedeutendsten der Stadt: die Musik. Von Jahr zu Jahr kamen mehr Touristen, Salvador wurde zum Muss für die reichen Kids aus São Paulo, und der Karneval von Salvador hatte bald mehr Besucher als der von Rio de Janeiro.

Was war passiert?

Samba-Reggae war passiert.

Die einfache Kombination zweier Rhythmuslinien, einer für Basstrommeln und einer für hochtönende Trommeln. Samba-Reggae war nicht aus dem Tonstudio gekommen, sondern aus der Favela. Dort waren sie auf die Idee gekommen, dass schwarz zu sein Grund genug sein könnte, Stolz zu zeigen. Ein paar Übermütige fanden sich zu *Blocos Afros* zusammen, schwarzen Perkussionsgruppen, und zogen los, um mit ihrem neuen Rhythmus den traditionellen Karneval aufzumischen. Sie waren schwarz, sie waren zornig und sie machten einen Höllenlärm auf ihren selbst gebastelten Trommeln. Über die Jahre hinweg wurden sie zunächst beschimpft, dann bemitleidet und letztendlich bejubelt. Alle verfielen diesem neuen Rhythmus, dem schweren, erdigen Sound des afrikanischen Erbes. Bald hatte jedes Viertel seinen eigenen Bloco Afro.

Die Regentschaft des Samba-Reggaes war angebrochen.

Samba-Reggae war der Rhythmus, der die Stadt veränderte, die Droge für Millionen wiederkehrender Touristen und die geheime Zutat für bahianische *Axé-Musik*, die seither die landesweiten Charts dominierte. Samba-Reggae war das Erfolgsgeheimnis des Karnevals von Salvador.

#

Drei Reais von ihrem ersten eigenen Geld hatte Livia in ein Busticket in den Nachbarbezirk Liberdade investiert. Wenn sie vor zehn Uhr zu Hause war, würde Tante Célia keinen Verdacht schöpfen.

Umgeben von einer Hundertschaft Anhänger hatte der Bloco Afro über zwei Stunden lang getrommelt und immer noch war keiner ermüdet. Die muskulösen Oberkörper von zwei Dutzend Trommlern glänzten in der tropischen Abendhitze. Zwei oder drei von ihnen trugen weit ausgeschnittene T-Shirts mit dem orange-roten Schriftzug *ROMANOS PRETOS*, Schwarze Römer. Die Menge wogte auf dem Asphalt im Gleichschritt. Beine, Schultern, Arme – alles glitt synchron in der Choreographie, kraftvoll und leichtgängig.

Livia war die Einzige, die regungslos verharrte, den ganzen Abend schon. Die Menge schob und schubste sie von allen Seiten, ihre zarten Füße in den billigen Flip-Flops mussten zahlreiche Tritte aushalten, doch es kümmerte sie nicht. Ebenso wenig bemerkte sie die beiden Halbwüchsigen, die hinter ihr wiederholt besonders tief in die Knie gingen. Wer von beiden als Erster die Farbe des Slips unter Livias Röckchen bestimmen konnte, hatte gewonnen.

Atemlos verfolgte Livia die Trommler. Die schweren Jungs in der ersten und letzten Reihe stemmten abwechselnd ihre gewaltigen Basstrommeln, ihre *Surdos*, in die Höhe und schlugen sie über ihren Köpfen. Zwischen dem Geschützdonner der Surdos kam der beharrliche Wirbel der Marschtrommeln durch, der *Caixas*. Den Pulsschlag lieferten unterdessen die Handtrommeln, die *Timbas*, und über all den anderen Trommeln knallten die Schläge der Tenortrommeln, der *Repiniques*. Jede der vier Gruppen – Surdos, Caixas, Timbas und Repiniques – spielte einen anderen Rhythmus, und alles ergänzte sich zu einer kraftvollen Symphonie. Livias Blicke hüpften von einem Trommler zum anderen, sie wollte alle gleichzeitig im Auge behalten. Dann wieder – als ob alles zu viel für sie wäre – schloss sie eine Zeit lang ihre Augen.

Der Dirigent, der *Mestre,* hatte ein Auge auf Livia geworfen. Ein zierlicher, athletischer Bursche, dessen hübsches Gesicht von einem getrimmten Hip-Hop-Bärtchen eingefasst war. Seine Rastazöpfe hatte er mit einem gelben Tuch zusammengebunden. Er trug kein Shirt, nur tief sitzende Shorts, alte Turnschuhe und seine Repinique um die Hüften gebunden. Zwischen energischen Handzeichen und Trommelsignalen für den Bloco warf er immer wieder einen Blick auf Livia.

Auf einmal streckte der Mestre einen Arm in die Höhe, verweilte einen Augenblick regungslos, schloss die gespreizte Hand blitzartig zu einer Faust, und im selben Augenblick war es totenstill. Mit einem letzten Knall waren die Trommeln verstummt.

Der Mestre stellte seine Repinique auf den Boden und bahnte sich den Weg durch die Menge, auf Livia zu und an Livia vorbei. Er fasste die beiden Jungs hinter ihr am Genick und führte sie wie unfolgsame Welpen aus der Menge heraus.

»Heh, Mann, was soll der Scheiß?«, protestierte einer und war dann nicht mehr zu hören.

Wortlos kehrte der Mestre zurück und setzte zum Finale der Show an. Mit einer Hand auf dem Boden schlug er ein Rad. Seine Trommler reagierten wie ein einziger Mann. Dann schlug er noch eines und dann eines ohne Bodenberührung, dann kamen Saltos, vorwärts und rückwärts, aus dem Schritt und aus dem Stand. Er wirbelte, kickte und überschlug sich in alle Richtungen mit fliegender Rastamähne. Der Bloco quittierte jede seiner Bewegungen mit *Breaks,* Rhythmuswechseln und *Stopps*. Das war es, worauf die Menge gewartet hatte. Sie feuerten ihn lautstark an. Sie kamen regelmäßig zu den Auftritten des Blocos und der Mestre war ihr Star. Er hatte nicht nur seine Trommler im Griff, sondern auch die Akrobatik der *Capoeira,* des bahianischen Kampftanzes.

Irgendwann ging ihm dennoch die Luft aus und der Bloco kam mit einem weiteren großen Knall endgültig zum Stillstand.

Es war bereits elf. Livia wandte sich hastig zum Gehen, kam allerdings nicht weit. Jemand tippte ihr auf die Schulter, es war der Mestre.

»Heh, ich seh' dich heute zum ersten Mal hier.« Er war noch immer außer Atem, musterte sie mit warmen Blicken.

»Und weiter?«, fragte Livia.

»Komm das nächste Mal besser mit Shorts.« Er deutete auf ihr Röckchen.

»Nur, wenn du das nächste Mal im Röckchen kommst.«

Der Mestre krümmte sich rückwärts vor Lachen und machte daraus einen einarmigen Handstand mit Überschlag.

Wieder auf festen Beinen sagte er: »Nein, du verstehst nicht! Du hast ein blaues Höschen an, mit rosa Teddys.«

Mit einer Hand fuhr Livia sich den Rock hinab, die andere knallte sie dem Unverschämten ins Gesicht Er mimte den Schwerverletzten mit spaßhafter Hingabe und taumelte einen Schritt zurück.

Aus sicherer Entfernung sagte er: »Du hast die Jungs nicht bemerkt, die dir unter den Rock geschielt haben. Die ganze Zeit schon. Die hab ich rausgeschmissen.«

»Und dabei gleich selbst nachgesehen!«

»Aber nein, nur ein wenig nachgefragt. Ich mach es wieder gut. Komm, ich fahr dich nach Hause. Wo wohnst du?«

»São Geraldo.«

Livia nahm sein Angebot ohne zu zögern an. Sie ersparte sich ein Busticket, immerhin mehr als ein Zehntel ihres Barvermögens, und sie war ohnehin viel zu spät dran.

#

Behutsam lenkte der Mestre seinen rostigen Käfer um Schlaglöcher und über Fahrbahnschwellen. Die harten Sitze quietschten bei jeder Unebenheit, der Unterboden streifte über die Schwellen.

»Wer sagt denn, dass ich wieder kommen will – egal ob mit oder ohne Shorts?«, fragte Livia.

»Ich weiß es. Ich hab dich beobachtet. Du hast nicht ein einziges Mal deinen Hintern bewegt. Ich weiß, warum.«

»Warum?«

»Du warst zu beschäftigt.« Er setzte an, eines seiner Trommelkommandos zu imitieren: «Tra-ta-ta-tam.«

»Tam-ta-ta-bum«, kam es von Livia zurück.

Der Mestre wählte ein anderes Kommando: »Tra Ta Ta Ta, tra-ta-ta-ta.«

Und wieder zögerte Livia nicht: »Ta-ta-ta-ta-ta-ta-ta-ta-bum.«

»Du hast dir alles auf Anhieb eingeprägt!«

»Was ist daran so besonders?«

»Was daran so besonders ist? – Nicht einmal ich könnte das, und unsere Trommler müssen wochenlang üben, bis sie das draufhaben.«

Sie waren in der Rua Aurélia angelangt, Livia lotste ihn zu ihrem Durchgang.

»Komm am Donnerstag zu unserer nächsten Probe«, sagte der Mestre eindringlich, als sie ausstieg. »Ich erwarte dich. Ich muss dir was zeigen. Die Leute nennen mich Rasta. Frag nach mir und du findest mich.«

#

Am Donnerstag nach der Schule hatte Livia kein Problem, die Romanos Pretos in einer Seitenstraße der Rua do Curuzu zu finden. Der Proberaum glich einer baufälligen Scheune: ebenerdig gemauert, keine Fenster, ein Dach aus Palmblättern und eine löchrige Holztür. Rechts und links der Tür zierten die brasilianische und die jamaikanische Flagge in Großformat die Hausmauer, sie hätten einen neuen Anstrich vertragen können.

In der brütenden Nachmittagssonne probten die Jungs mitten auf der Straße vor dem Proberaum. Das Getöse war in ganz Liberdade zu hören. Wenn einer mit dem Auto unbedingt vorbeimusste, machten sie ihm behäbig Platz, selbstverständlich ohne den Rhythmus zu unterbrechen.

Rasta, heute mit einem roten Tuch um seine Zöpfe, empfing Livia mit einer innigen Umarmung. Konversation ist zwecklos, wenn gleichzeitig 30 Bahianer ihre Trommeln verdreschen. Also schnallte er Livia kurzerhand eine Repinique um die Hüfte und stellte sie in die zweite Reihe zu den anderen Repiniques.

Das erste Mal eine Trommel um, das erste Mal *Sticks* in der Hand, und es ging tatsächlich leichter, als sie es sich vorgestellt hatte. Sie musste bloß die elastischen Kunststoffsticks im richtigen Rhythmus auf das Fell knallen, und die Rhythmen hatte sie ohnedies im Kopf. Einfach drauflos. Der Junge neben Livia half ihr bei den Breaks, wo die Kunst darin bestand, nicht in eine plötzliche Pause hineinzutrommeln. Jedes Mal, wenn die Repiniques aussetzen mussten, hielt er ihr seinen Stick blockierend über das Trommelfell. Klappte auch tadellos.

Noch nie zuvor hatte Livia bei irgendetwas so viel Freude empfunden wie jetzt. Hier war sie zu Hause, im Rhythmus, bei den Trommlern. Gemeinsam waren sie stark, laut und eins. Jetzt war alles gut.

Nach der Probe war Livia begierig darauf, die anderen kennen zu lernen. Der Junge an der Repinique neben ihr war Robinho, Rastas Nr. 2. Er war bei genauerem Hinsehen älter als der Rest und hatte seine schütteren Haare zu bemitleidenswert kleinen Rastazöpfchen geflochten. Robinho war ein Scherzkeks mit großen Kulleraugen, Schnauzbärtchen und einem kleinen Rundbauch. Er ließ keine Gelegenheit aus, die anderen mit seinen zusammengelogenen Geschichten zu unterhalten. Livia bog sich vor Lachen.

Da erkannte sie Nelson, der mit ihr zur Schule ging. Ein Analphabet aus der bahianischen Provinz, der keinen geraden Satz herausbrachte und die ganze Zeit über ungeniert auf die Konturen von Livias winzigen Brüsten starrte. Ein harmloser Trottel. Sie freute sich, ihn hier zu sehen.

Basílio beeindruckte Livia, ein massiges Dinosaurierbaby, das es fertig brachte, seine schwere Basstrommel eine halbe Stunde lang hochgestemmt über dem Kopf zu spielen.

Und es gab noch viele andere, deren Namen sich Livia nicht auf Anhieb merken konnte.

Livia entdeckte auch ein zweites Mädchen im Bloco, Ana. Livia hatte sie zunächst nicht bemerkt, da sie in der letzten Reihe Basstrommel spielte und ihr rabenschwarzes Gesicht unter einem enormen Black-Power-Wuschelkopf verbarg. Anas Körpermaße reichten beinahe an die von Basílio heran.

»Heh, Schwesterchen«, sagte Ana, »wo kommst denn du her?«

»Rasta hat mich eingeladen.«

»Mann, bist du 'n hübsches Ding.« Ana strich Livia mit der Hand über die Wange. »Weißt du, was wir mit dir machen? Wir verpassen dir 'ne neue Frisur.«

»Was stimmt denn mit meiner nicht?« Livia trug ihre unbändigen, schulterlangen Haare am liebsten am Hinterkopf zusammengebunden.

»Sie sind zu wenig *afro*. Ich werde dir geile Zöpfchen flechten. Das wird Hammer, wirst sehen. Die binden wir oben zusammen und dann melden wir dich für den Afro-Schönheitswettbewerb von Tìbínù an. Du wirst die nächste Ebenholzprinzessin!«

»Du faselst genauso viel Quatsch wie Robinho.«

Tìbínù war nicht irgendeiner, sondern der größte und stolzeste Bloco Afro des Landes. Das waren Kämpfer – für Chancengleichheit, gegen Rassismus, für eine Rückbesinnung auf das afrikanische Erbe. Bis heute nahmen sie ausnahmslos Schwarze auf. Die jährlichen Wahlen zur Ebenholzprinzessin waren ein Meilenstein für das schwarze Selbstbewusstsein.

Rasta kam hinzu und Ana verlor keine Zeit: «Rasta, wo hast du denn die her! Wir werden sie zur Ebenholzprinzessin anmelden.«

»Macht nur, aber jetzt möchte ich mit ihr alleine sein. Komm mit,

Livia.«

#

Das Innere des Romanos-Pretos-Hauses bestand aus einem einzigen Raum mit gestampftem Lehmboden. An einer Seite lief eine roh gezimmerte Holzbar entlang, und die Wände waren voll von Fotos und Zeitungsausschnitten: Karneval, zahllose Auftritte und stolze, längst vergessene Mitglieder mit Zahnlücken und riesigen Trommeln. An der hinteren Wand türmten sich Trommeln jeder Größenordnung, von einer Seite zur anderen und bis unters Dach hinauf.

»Ist ja stark gelaufen!«, sagte Rasta. »Die anderen haben mich gefragt, in welchem Bloco du bisher gespielt hast.«

»Es war unglaublich! Ich habe so etwas noch nicht erlebt.« Livia schüttelte den Kopf, dann fragte sie leise: »Woher wusstest du, dass ich das kann? Du kennst mich doch nicht.«

Rasta nahm sie an der Hand und führte sie zu einem der Fotos an der Wand, einer kleinen, alten Schwarz-Weiß-Aufnahme mit spröden Rändern, auf der vier Männer zu sehen waren, fein herausgeputzt, mit Instrumenten und feierlichen Gesichtern. Eine Gitarre, ein Tamburin, genannt *Pandeiro,* eine Mini-Gitarre, genannt *Cavaquinho,* und eine Handtrommel.

»Der hier mit der Gitarre«, sagte Rasta, »das war mein Großvater, Nego da Ilha. Kannst du den Schriftzug lesen, hier auf der Trommel?«

»Romanos Pretos!«

»Das waren die ersten Romanos Pretos.«

»Warum Romanos Pretos, Schwarze Römer?«

»Mein Großvater hat immer gesagt, die Römer waren das stolzeste Volk in der Geschichte, sie hatten das größte Imperium von allen. Wir sprechen heute noch ihre Sprache und haben dieselbe Berechtigung uns als ihre Nachkommen zu betrachten wie die Weißen. Salvador ist das Rom der Schwarzen, die Antike Brasiliens. Hier hat alles angefangen. Wir müssen es den Römern gleichtun, kämpfen, ihren Stolz und ihre Kraft anstreben.«

Nachdenklich studierte Livia das Foto.

»Zur damaligen Zeit war das mutig«, sagte Rasta. »Viele *Sambistas* sind wegen ähnlicher Sprüche im Gefängnis gelandet.«

»Und was ist aus der Sambagruppe geworden?«

»Sie waren damals die heißeste Nummer in den Vorstadtbars von Salvador, haben gut verdient. Das Haus hier haben sie gebaut. In den Siebzigern sind dann Großvater und sein Freund Henrique Borboleta

– das ist der hier mit dem Pandeiro – nach São Paulo gegangen und haben dort die *Sambaschule* Romanos Pretos gegründet.«

»Die große Sambaschule in São Paulo? Die haben dieses Jahr den Karneval gewonnen! Ihr gehört zusammen?«

»Nicht mehr. Großvater hat sein ganzes Erspartes aus Salvador in die Sambaschule gesteckt und ist schon vor Jahren gestorben. Die Sambaschule ist längst in anderen Händen. Sie hat sich mühsam von der untersten Liga bis in die oberste hinaufgekämpft und jetzt zum ersten Mal den Titel gewonnen. Wir haben das hier groß gefeiert.«

Das Trommelregiment der Romanos Pretos, die *Bateria,* war für seinen einzigartigen Sound bekannt. »Die sollen eine großartige Bateria haben«, sagte Livia.

»Die beste von allen.«

»Schade, dass er den Titel nicht mehr erleben konnte.«

»Der Einzige, der noch lebt, ist Henrique Borboleta. Er ist immer noch aktiv in der Alten Garde der Sambaschule. Aber ich wollte dir was ganz anderes zeigen.«

Rasta wartete, bis der letzte Trommler sein Instrument an die Wand geschlichtet hatte und gegangen war. Auf einmal war es still um die beiden. Durch die offene Tür drangen angenehme Sonnenstrahlen herein. Rasta verschwand hinter der Bar und kam mit einem grauen Schuhkarton wieder zum Vorschein, aus dem er ein abgegriffenes Notizheft hervorzauberte. Er legte es auf die Bar, schlug eine Seite auf und drehte das Heft zu Livia hin.

Sie sah Reihen mit kleinen und großen Punkten, Sternchen und Strichen, alles in bunten Malstiftfarben. Hier grüne Sternchen, da gelbe Striche, hier kleine rote Punkte und dort große violette.

Sprachlos bestaunte Livia das bunte Gekritzel.

Dann begriff sie. Sie begann Rhythmen zu imitieren, ahmte tiefe Surdos nach und hohe Caixas, schlug mit den Händen auf die Bar im Pandeiro-Rhythmus, zuerst zaghaft, dann immer sicherer. Was sie sah, waren Partituren, klassische, alte Sambarhythmen.

Livia verstummte und hob den Blick auf Rasta.

»Ich war ein kleiner Junge«, sagte er. »Großvater sagte immer, er könnte Musik sehen. Richtig *sehen,* verstehst du? Wenn er Musik hörte, schloss er die Augen und dann sah er jeden Ton und jedes einzelne Instrument in anderen Farben und Formen. Ich glaubte ihm nicht und er malte mir seine Musik auf. Die Surdo-Schläge waren violett, das müssen die hier sein.»

»Stimmt«, sagte Livia, »ich sehe Surdos immer in Rot, dein Großvater hat sie violett gemalt. Diese großen, weich gezeichneten Punkte, das sind die Surdo-Schläge.«

»Und das Pandeiro?«

»Das sind die grünen hier.«

»Cavaquinho?«

»Die gelben. Siehst du das nicht?«

»Keiner sieht das außer dir.«

»Wie könnt ihr spielen und tanzen, ohne die Musik zu sehen?«

»Livia, glaub mir! Das ist eine einzigartige Gabe. Ich sah dich bei unserem Auftritt stehen und deine Miene war genau wie die von Großvater. Ich wusste, du bist auch eine von denen, die Musik sehen können.«

Livia erstarrte. Sie war etwas Besonderes? Etwas Einzigartiges? Konnte etwas, das für sie selbstverständlich war und das dennoch niemand außer ihr konnte?

Sie kam erst wieder zu sich, als ein blondes Mädchen zur Tür hereinfegte. Sie warf ihre Mähne über die Schulter und hielt auf Rasta zu.

»Wo steckst du die ganze Zeit?«, fragte sie mit einem scharfen Blick auf Livia. »Du vertreibst dir die Zeit in netter Gesellschaft?«

»Débora, beruhig dich doch.« Rasta nahm sie mit einem verlegenen Lächeln in den Arm. »Das ist Livia. Sie ist neu bei uns. Débora ist meine Verlobte.«

Débora ließ jedes Mädchen neben ihr schlecht aussehen. Die schicken Plateausandaletten, die goldenen Ohrringe und das enge schwarze Top passten haargenau zu ihrem geschmeidigen Gesicht und den endlosen Beinen.

»Ein Mädchen in der Truppe?«, fragte Débora ohne eine Antwort zu erwarten. Sie kraulte Rasta zärtlich den Nacken. »Liebling, hast du vergessen, dass deine Schwiegermutter heute Geburtstag hat? Sie hat *Vatapá* gekocht und *Caruru*. Du willst sie doch nicht warten lassen.«

Es war Zeit zu gehen. Livia sprang vom Barhocker. Sie hielt zwei Finger in die Höhe und sagte zu Débora: »Nicht ein, sondern zwei Mädchen in der Truppe. Und keine von uns hat eine Schwiegermutter. *Tchau*!«

4

Livia war noch nicht einmal ganz zur Tür herein, da legte Tante Célia los: »Seit wann kommst du nach der Schule nicht nach Hause? Für wen, denkst du, koche ich hier?«

Sie war so aufgebracht, dass sie sogar ihrer Telenovela den Rücken zudrehte. Mit erhobenen Händen schrie sie aus dem Plastikstuhl mit dem Fernseher um die Wette: »Und glaub nicht, dass ich nicht bemerkt habe, wie du letzte Woche spätnachts nach Hause gekommen bist. Damit werden wir aufhören! Sofort! Schluss damit!«

Livia war nicht nach Schreien zumute. Zu sehr stand sie noch unter dem Eindruck von Rastas Worten. »Es tut mir leid, Tante.« Sie trat einen Schritt näher, um sich hörbar zu machen. »Ich möchte mit dir über meine Zukunft reden.« Sie zögerte ein wenig. »Ich spiele jetzt in einem Bloco Afro mit und werde mit ihnen üben und auftreten, im Karneval dabei sein.«

»Ein Bloco? Ein Bloco Afro? Ha! Gar nichts wirst du! Räuber, Dealer, Einbrecher! Jeder einzelne von denen ist vom *Candomblé*. Die taugen alle nichts, und du hast bei denen nichts verloren.«

»Ich kann Musik sehen. Sehen! Verstehst du?«

»Rede keinen Unsinn. Weißt du, was ich sehe? Einen Haufen Krimineller, die ein Mädchen ködern wollen.«

»Das stimmt doch nicht. Ich kann trommeln und du ahnst nicht, wie viel Spaß es mir macht. Und ich kann damit auch Geld verdienen. Für manche Auftritte zahlen sie Geld und sie wollen mich für die Ebenholzprinzessin nominieren. Dort kann ich eine Prämie gewinnen.«

Schnaubend stellte Tante Célia den Fernseher ab und mühte sich aus ihrem Stuhl. »Ich weiß, was hier gespielt wird. Fang dir nichts mit Jungs an! Hast du vergessen, wie es dir mit Diego ergangen ist? Und selbst wenn sie sich nicht mit Dealern herumtreiben, hängen sie dir zumindest ein Kind an und machen sich dann aus dem Staub. Und was wird aus der Schule? Schau dir Maria Clara an. Seit sie Ronaldinho bekommen hat, ist sie keinen einzigen Tag mehr zur Schule gegangen.«

»Was versäumt sie dort? Die Schule ist zu nichts gut. Die Hälfte der Zeit geht für sinnlose Projekttage drauf und die andere für Lehrerstreiks. Die Lehrer sind doch selbst Analphabeten. Dort lernen wir nichts, was uns einen Job verschafft.«

Tante Célia ließ sich wieder in ihren Plastikstuhl fallen, faltete die Hände in den Schoß und sagte, mehr zu sich als zu Livia: »Und ich habe mein Leben am Land für euch aufgegeben. Meine Zukunft geopfert.«

»Welche Zukunft hast du geopfert? Du warst am Land bettelarm und bist es jetzt in der Stadt.«

»Senhor Marivaldo war meine Zukunft, heute ist er Unternehmer. Hätte ich ihn geheiratet, wäre ich heute Millionärin.«

»Marivaldo liefert mit seinem alten Pick-up Wassermelonen. Wie viele Millionen verdient er damit? Und geheiratet hätte er sowieso eine andere.«

»Ich habe zumindest meine eigene Hütte gehabt, im Garten Mais und Zwiebeln angepflanzt und ab und zu ein Huhn geköpft. Dann hab ich alles verkauft, nur um zu euch zu ziehen und euch über die Runden zu bringen. Erinnere dich daran, wie ihr gehungert habt!«

Das bisschen Geld aus dem Hausverkauf hatte Tante Célia sich bei erster Gelegenheit von einer Kirche abschwatzen lassen. Die verschiedensten »Kirchen« gingen in der Favela von Haus zu Haus auf der Suche nach Opfern. Sie hatten einen Riecher für ahnungslose Neuankömmlinge vom Land.

»Andere Mädchen leben auf der Straße, auf der Mülldeponie. Du weißt, wie es dort zugeht. Du hast hier ein Dach über dem Kopf, bekommst jeden Tag was zu essen, musst nicht arbeiten und kannst zur Schule gehen. Das möchtest du alles wegwerfen?«

»Ich möchte gar nichts wegwerfen«, sagte Livia leise. »Du verstehst das nicht.«

Tante Célia packte Livia an den Schultern: »Ich werde dir sagen, was ich verstehe. Früher hatte ich mein eigenes Bett. Jetzt schlafe ich auf dem Boden. Wegen euch. Das verstehe ich.«

#

In der Schule war großer Rummel angesagt. Die Oberstufe hielt einen ihrer Projekttage ab, den Naturwissenschaftstag. In Kleingruppen präsentierten die Schüler im Festsaal ihre Arbeiten. Eltern, Lehrer und die gesamte Schule waren gekommen.

Livias Gruppe stellte das Mikroskop vor und dessen Bedeutung für den wissenschaftlichen Fortschritt. Das graue Mikroskop aus dem Schullabor glänzte verloren auf ihrem Schautisch. Die Besucher, die hineinblickten, sahen ein stark vergrößertes Nichts und gingen enttäuscht zum nächsten Tisch weiter. Livia wollte etwas Schwung in die Sache bringen, war um Anschaulichkeit bemüht, brauchte dazu aber einen richtigen Knaller. Warum nicht eine Spermaprobe? Sie sah sich um und erblickte Nelson, den Trottel, der drei Tische weiter seinen Dienst versah zum Thema »Pilze und Schwäme – Wunder der Nadur«. Nelson hatte einen roten Pilzhut aus Pappe auf, mit weißen Pünktchen.

Livia musste ihn nicht zweimal fragen, doch er bestand darauf, dass sie ihm dabei zusehen sollte. Neugierig war sie schon, warum also nicht? Sie zogen sich zu zweit in einen leer stehenden Klassenraum zurück. Unter Livias gebanntem Blick war Nelson gerade beschämt mit sich selbst beschäftigt, als die Tür aufflog und Professora Tereza, die Geographielehrerin, sie überraschte. Sie hatte kein Verständnis für wissenschaftliche Anschaulichkeit.

Es folgten ein Riesendonnerwetter und betretene Gesichter im Kabinett des Schuldirektors.

»Euch ist klar, dass ich euch von der Schule verweisen muss?«, polterte Senhor Paulo, der kurzatmige Direktor, während er hinter seinem Schreibtisch auf und ab schlurfte, die Hände hinter dem Rücken verschränkt.

»Wir haben doch nichts angestellt«, wiederholte Livia felsenfest zum x-ten Mal.

»Es geht nicht nur um euch. Wir hatten letzten Monat die Schießerei. Im Schulhof. Die halbe Oberstufe dealt. Die Gangs machen sich ihre Streitigkeiten ... in der Schule aus.« Senhor Paulo begann zu schnaufen. »Wir mussten die Abendklassen auflösen. Weil keiner sich mehr am Abend ... in die Gegend traut. Ich weiß genau, ... wie viele von den Mädchen anschaffen gehen. Wisst ihr, wie schwierig es ist ... überhaupt Lehrer zu finden, die hier unterrichten wollen? Bei dem Gehalt?«

»Das hat mit uns nichts zu tun!« Livia stand auf verlorenem Posten. Von Nelson war keine Unterstützung zu erwarten.

»Hat es doch, Senhorita. Wir greifen jetzt hart durch. Ich habe diesen Monat neun Schüler entlassen. Ich werde von ehemaligen Schülern bedroht! Habe in meinem Haus neue Fenstergitter einsetzen lassen. Ich kann es mir nicht leisten, dass einer kommt ... und fragt, warum ausgerechnet ich und warum der andere nicht. Versteht ihr? Gleiches Recht für alle. Jede kriminelle oder sittenwidrige Handlung ... hat dieselben Konsequenzen.«

»Ihr könnt jetzt nach Hause gehen«, schloss er. »Der Portier wird euch ab morgen ... nicht mehr reinlassen.«

Da hatte Livia bereits die Tür von außen zugeknallt.

#

Draußen schüttete es in Strömen. Livia hatte fünfzehn Minuten zu gehen, der Regen war ihr scheißegal. Gullys gibt es keine, das Wasser schoss die Straße entlang, die knöcheltiefe Flut zog Livia einen Schuh vom Fuß, der kurzerhand in der rotbraunen Brühe verschwand. Sie suchte nicht danach.

Zu Hause fand sie Emilio alleine vor. Er zerbröselte sich über die billigen Nachmittagscartoons im TV. Livia streifte sich ihr triefendes Schul-T-Shirt und die Jeans ab, hängte beides zum Trocknen auf die Kühlrippen des Eisschranks und rieb sich mit dem Handtuch trocken. Sie breitete eine Matratze aus und rief Emilio zu sich. Dann setzten sie sich gegenüber voneinander in den Schneidersitz und fassten einander an den Händen. So hatten sie es von klein auf mit Mutter gemacht, wenn es etwas zu besprechen gab.

»Sie haben mich heute aus der Schule geschmissen«, begann Livia.

»*Que bom*! Wie schön!« Emilio war begeistert. »Was hast du angestellt? Ich möchte auch, dass sie mich rauswerfen.«

Livia lachte auf. »Das erzähl ich dir, wenn du groß bist. Es war keine gute Idee. Erst gestern habe ich mit Tante Célia gestritten. Sie glaubt, dass ich die Schule hinschmeißen werde, weil ich in dem Bloco spielen möchte.«

»Du möchtest in einem Bloco spielen? Is' ja Hammer! Trittst du dann im Karneval auf?«

»Tante Célia hat mir den Bloco verboten. Und am nächsten Tag flieg ich tatsächlich aus der Schule. Dabei hat das mit dem Bloco null zu tun. Gar nichts!«

Emilio zuckte mit den Schultern. »Dann erzählen wir es ihr halt nicht.«

Er war erst neun, seine Lösung aber war einwandfrei. Livias Gesicht hellte sich auf.

Es war kühl geworden. Die ersten Tropfen rannen innen an den durchfeuchteten Wänden herab. Livia und Emilio verkrochen sich unter die Decke und schlummerten in fester Umarmung ein.

#

Unter ihrem blauen Schulshirt trug Livia ein grünes Top. Auf halbem Weg zwischen São Geraldo und Liberdade verschwand das Schulshirt in der Schulmappe. Schon über eine Stunde war Livia in der Vormittagshitze marschiert. Wo es möglich war, ging sie auf der schattigen Straßenseite. Der Bus hätte für dieselbe Strecke mit vielen Stopps und Umwegen keine 15 Minuten gebraucht, doch die 27 Reais in ihrer Tasche würde Livia nur im Notfall anrühren.

Der Proberaum stand offen, als sie ankam. Draußen war niemand zu sehen. »*Oi*! Rasta?«, rief Livia, als sie eintrat.

»Der ist nicht da«, kam es zurück.

Ein dürrer, älterer Kerl mit einem Ziegenbärtchen saß in der Mitte des Raumes auf einem Holzschemel. Er war über eine Surdo gebeugt und damit beschäftigt, die Trommel neu zu bespannen.

»Ich komm zur Probe«, sagte Livia.

»Heute ist keine Probe.«

Livia zögerte. Sie würde nicht sofort den ganzen Weg wieder zurückgehen. Wohin auch? Offiziell war sie jetzt in der Schule und die war erst zu Mittag aus. »Kann ich alleine üben?«

Er deutete auf den Trommelberg an der Wand: »Such dir eine aus.«

Den ganzen Vormittag übte Livia, probierte mit schwerfälliger Schlagtechnik alle ihr bekannten Rhythmen durch, während der mit dem Ziegenbärtchen stillschweigend an Spannreifen schraubte und Dellen aus Trommelkesseln hämmerte.

Zu Mittag verließ er wortlos das Haus und kehrte nach einiger Zeit mit zwei dampfenden Tellern zurück. Gebratenes Fleisch, Bohnen, Süßkartoffeln und extra viel geröstetes Maniokmehl.

Livia langte kräftig zu, während er erzählte. Sein Name war Tatu. Er wohnte in einer *Cabana* hinter dem Haus, einer Holzhütte, und er war der *Presidente* des Blocos, kümmerte sich um dieses und jenes. Eigentlich lief ohne ihn gar nichts. In den Wochen vor dem Karneval war es besonders stressig.

Tatu roch nach Zuckerrohrschnaps.

Livia schmeckte der Braten. »Was ist das?«

»Beutelratte. Selbst erlegt.«

Er fuhr regelmäßig aus der Stadt und jagte dort, was er erwischte.

Gürteltiere, Korallenschlangen, Schildkröten, manchmal lief ihm auch eine Katze vors Schießeisen. Lebende Exoten verkaufte er an einen, der sie nach Belém brachte. Sein bester Fang war eine ganze Boa-Constrictor-Brut gewesen. Das Geschäft ging mal so, mal so, oft fing er wochenlang nichts und dann wieder ein paar Stück auf einmal.

Nach dem Essen war es Zeit für Livia zu gehen.

»*Volte sempre!*«, rief Tatu ihr nach. »Komm bald wieder!«

Als Livia am nächsten Tag wieder kam, war Rasta da. Sein Kopftuch war heute grün. Er freute sich riesig sie zu sehen und sie machten sich gemeinsam ans Werk, gingen zahllose Trommelkommandos und -antworten durch. Livia verblüffte Rasta erneut mit ihrer Sicherheit, obwohl sie bei schnelleren Kombinationen technisch noch nicht mitkam.

Tatu servierte diesmal gewöhnliches Huhn. Sagte er.

Livia kam nun jeden Tag. Sie arbeitete hart, übte mal alleine und mal mit anderen, die nach unvorhersehbarem bahianischem Zeitplan kamen und gingen, die Zeit totschlugen, herumalberten.

Rasta war oft anwesend und übte gerne zu zweit mit Livia. Ihre Fortschritte begeisterten ihn, doch ihre spezielle Gabe hatten sie seither nicht wieder angesprochen. Sie blieb auch das Geheimnis der beiden vor all den anderen.

Débora hatte ein empfindliches Gespür für Geheimnisse, ganz besonders, wenn Rasta und ein schönes Mädchen daran beteiligt waren. Sie suchte Rasta regelmäßig während der Proben auf und ließ keinen Zweifel daran, dass sie ihn und Livia im Auge behielt. Déboras Familie war tief verwurzelt in der afrikanischen Götterwelt des Candomblé. Wie alle Candomblé-Anhänger war auch Débora auf der Suche nach *Axé*, der positiven Energie der Götter. Wann immer Rasta mit Livia zusammensteckte, konnte Débora kein Axé weit und breit ausmachen.

Zu Hause bei Livia lief es unterdessen ruhig. Die ganze Zeit über war Livia immer nur vormittags bei den Romanos Pretos. Die wöchentlichen Nachmittagsproben in voller Besetzung musste sie auslassen, ebenso wie die abendlichen Auftritte. Tante Célia war ahnungslos, es schien ihr einzig, dass Livia ein wenig appetitlos war, wenn sie mittags von der Schule heimkam. Im Bloco aber sprach sich Livias Schulverweis langsam herum, Nelson konnte seinen Mund nicht halten.

Livia trommelte mit geschlossenen Augen im Übungsraum. So

ging es am besten. Im Geiste sah sie ihre bunten Partituren vor sich und spielte vom Blatt.

»*Oi*, Negerlein, dir werden noch die Finger abfallen, wenn du nicht irgendwann mal 'ne Pause machst.« Ana war hereingeplatzt, mit einem breiten Lachen unter ihrer Wuschelfrisur und Robinho im Schlepptau.

»*Oi*! Was geht ab?», fragte Livia.

»Wann hörste endlich mit der Klopferei auf und lässte mich dir die Zöpfchen flechten?», fragte Ana.

»Genau«, sagte Robinho, »Ana kann das gut, schau dir meine Prachtmähne an.« Er ließ seine kümmerlichen Zöpfchen durch die Finger gleiten. »Hat Ana fabriziert. Die Frauen stehen drauf.«

»Die Frauen möcht ich sehen,« sagte Livia.

»Er macht seine Aufrisse, nicht wegen, sondern trotz des Wischmopps auf dem Kopf. Da hab ich getan, was ich konnte, besser geht's nicht. Robinho erzählt den Frauen wilde Märchen, es findet sich immer eine, die drauf reinfällt. Alles dumme Tussis. Was ist denn deine aktuelle Geschichte?«

»Heh, was kann ich dafür, wenn die Frauen mir alles abkaufen?« Er streckte seine Brust heraus und setzte mit gewichtiger Stimme an: »Gestatten, meine Liebe, ich bin der Konsul von Angola. Hat man Ihnen schon gesagt, dass Sie zwei verschiedene Augen haben? Eines schöner als das andere.«

Seine Vorstellung mit bemüht afrikanischem Akzent erheiterte Livia und Ana außerordentlich.

»Das ist noch gar nichts«, sagte Robinho, wieder als Brasilianer. »Ihr müsst mich erst mit Anzug und Krawatte sehen, viel besser als der echte Konsul.«

»Und bist du noch wer anderer, außer dem Konsul?«, fragte Livia.

»Im Sommer bin ich der Producer von Yvonne Gomez. Der zieht gewaltig. Jede will VIP-Tickets für den Karneval. Ich hab auch den Präsidenten des Poloklubs probiert, aber den hat mir keine abgekauft.«

»Es würde wahrscheinlich helfen«, sagte Livia, »wenn es einen Poloklub gäbe in Salvador.«

Débora stelzte herein. Sie schaffte es, sogar auf dem Lehmboden mit ihren Absätzen zu klappern.

»Hallo Leute!«, sagte sie. »Ich hol nur meine Tasche.« Sie hatte ihre Handtasche auf der Theke stehen lassen und begann darin zu stöbern.

»Wo ist denn nur ...?« Sie kramte Schlüssel hervor, ein Handy, Kaugummis. »Da war doch ...« Es folgten Lipgloss, Tampons, ein Spiegel.

Theatralisch wirbelte sie herum. »Leute, ich suche meine Sonnenbrille.« Débora breitete ihre Hände aus. »Sie war hier drinnen, als ich die Tasche vorhin hergestellt habe. Das ist eine echte Ray-Ban, die habe ich nicht am Strand gekauft. Jemand muss sie gestohlen haben.«

»Wer soll denn hier eine Sonnenbrille klauen?«, fragte Ana.

»Livia zum Beispiel. Sie war allein hier drinnen, hat mit geschlossenen Augen geübt, als ich die Tasche hergestellt habe.«

»Du hast sie wohl nicht alle! Ich hab mein Leben lang noch nichts mitgehen lassen!«

»Nein? Miss Blütenweiß hat wohl noch nie was angestellt? Wieso bist du dann von der Schule geflogen?«

»Das geht dich einen Dreck an! Und deine Sonnenbrille kannst du dir wohin stecken!«

»Täte ich, wenn du sie mir nicht gestohlen hättest.«

Robinho musste dazwischen gehen. »*Gente*! Leute! Débora, überleg dir, was du sagst, und denk noch mal nach, wo du sie hingegeben haben könntest.«

»Sie war in der Tasche, ganz sicher.«

»Hat überhaupt jemand gesehen, dass sie in der Tasche war?«, fragte Livia aufgebracht.

»Hier ist sie jedenfalls nicht«, sagte Robinho, »also werden wir sie suchen.«

Déboras Markenbrille tauchte bald wieder auf. In Livias Schulmappe.

»Habe ich es nicht gesagt?« Débora steckte sich die Brille in die Haare und rauschte ab.

Livia war fassungslos. »Sie hat mir die Brille untergejubelt. Ihr glaubt mir doch?«

Ana legte ihren Arm um Livias Schulter. »Nimm dich in Acht vor ihr. Die hat sie nicht alle.«

»Wie kann Rasta nur mit so einer zusammen sein?«

»Hast du ihre Beine gesehen?«, fragte Robinho.

»Robinho, lass den Blödsinn«, sagte Ana. «In Wahrheit weiß das keiner. Sie sind beide Candomblé-Anhänger. Kann sein, dass es damit zu tun hat.«

»Und mit ihren Beinen«, beharrte Robinho.

Livia würde Rasta nichts von dem Vorfall erzählen. Wessen Seite würde er ergreifen? Sie blickte nicht durch. Die Romanos Pretos waren mittlerweile zu ihrem wahren Zuhause geworden und zu ihrer Zukunft, wenn sie nur hart genug an sich arbeitete. Nicht auszudenken, wenn Rasta sie rausschmeißen würde wegen dieser blöden Kuh.

Offensichtlich hatte auch die blöde Kuh den Vorfall verschwiegen, denn Rasta war das nächste Mal derselbe wie immer. Diesmal hatte er etwas Besonderes auf Lager für Livia. »Weißt du, was dein Problem ist?«

»Ich hab viele. Wo möchtest du anfangen?«

Er schmunzelte. »Da sind sicher welche dabei, für die ich nicht zuständig bin. Ich meine deine Schlagtechnik. Du hast es längst drauf, bis auf die schnellen Rechts-Links-Kombinationen. Ta-ta-ta-ta. Ta-ta-ta-ta. Siehst du? Das sind 32stel-Noten und es ist eine Frage der Zeit, bis du die mit den Kunststoffsticks in den Griff bekommst.«

»Wie lange wird das noch dauern?«

»Lange. Die weichen Kunststoffsticks haben fast keinen Rückschlag, du musst die 32stel ausspielen, jeden Schlag einzeln. Ta-ta-ta-ta. Aber es gibt einen Trick, mit dem du schneller 32stel spielen kannst.«

»Worauf wartest du?«

Er nahm die Holzsticks zur Hand, mit denen er selbst spielte.

»Ta-ta-ta-ta. Siehst du?«

Mit zwei minimalen Fingerbewegungen hatte er alle vier Schläge gespielt, ganz schnell hintereinander. 32stel. Livia war begeistert.

»Noch mal! Aber langsam! Wie machst du das?«

Geduldig zeigte er ihr die Schlagtechnik für Holzsticks. Kantenschläge, Doppelschläge, Wirbel und die Königsdisziplin, Presswirbel. Wenn Rasta Presswirbel spielte, dann war das Resultat ein endloses Rasseln ohne Akzente und Pausen, wie im Zirkus beim Trapezakt.

Livia probierte es. Nicht einmal ein einfacher Doppelschlag gelang ihr.

#

Die kleine Terrasse an der Rückseite von Maria Claras Baracke bot einen angenehmen Schatten, einen Rundblick über das Barackenchaos im gegenüberliegenden Hang und eine Hängematte, in der die beiden Mädchen faulenzten.

»Drei Wochen lang hast du das jetzt schon durchgezogen?«, fragte Maria Clara.

»Jeden einzelnen Tag«, sagte Livia.

»Und du weißt, was du tust?«

»Ich kann die Rhythmen sehen. Sehen! Das ist meine Welt. Da gehöre ich hin«

»Hör endlich auf. Niemand kann Rhythmen sehen.«

»Ich lüge doch nicht! Du redest wie Tante Célia.«

»Was, wenn sie dahinterkommt, dass du nicht mehr zur Schule gehst?«

»Sie hat keine Ahnung.«

#

Fast zwei ganze Monate lang war alles gut gegangen. Morgens Fußmarsch hin. Romanos Pretos. Mittags Fußmarsch zurück und schon war Livia mit Schulshirt und Schulmappe wieder aus der Schule heimgekehrt. Keiner ahnte etwas.

Diesmal war es anders. Emilio erwartete Livia ungeduldig auf der Rua Aurélia und lief ihr entgegen.

»Livia! Ich glaube, sie hat einen Verdacht, sie ist heute ganz komisch.«

Livia erstarrte. »Wieso komisch?«

»Sie hat mich gefragt, wo du bist.« Emilio schnappte nach Luft. »Ich habe gesagt, *in der Schule*, und sie hat gesagt, *in der Schule, nicht wahr*. Sie hat das so komisch gesagt und gezittert.«

»Woher sollte sie es denn wissen?«

Emilio zuckte mit den Achseln und zappelte von einem Bein aufs andere.

Livia strich ihm über seine Kräuselborsten. »Geh nur, ich muss da alleine durch.«

5

Als Livia die Tür öffnete, stand Tante Célia wie jeden Tag am Gaskocher. Tante Célia hob den Kopf leicht über die Schulter, ohne sich umzudrehen, dann widmete sie sich wieder ihren Bohnen.

Livia ging, ebenfalls wie jeden Tag, hinter den Vorhang duschen, zog sich ein frisches Top und Shorts an und schlüpfte gerade in ihre Sandalen, als Tante Célia zu ihrem blubbernden Topf sprach. »Und? Wie war's in der Schule heute?«

»Wie immer. Nichts Neues.«

»Ein Examen gehabt?«

»Nein, erst nächste Woche.«

»Welches Fach?«

»Mathe.«

»Mathe, nicht wahr?«

»Mathe«, sagte Livia mit Bestimmtheit zu Tante Célias Hinterkopf, und der antwortete: »Wie geht's eigentlich Gustavo?«

Gustavo? Der fesche Gustavo aus Livias Klasse? Der das Schuljahr bereits zum dritten Mal wiederholte und um den sich schon mal die Mädels prügelten?

»Ganz gut«, tastete sich Livia heran.

»Ein hübscher Junge«, sagte Tante Célia. »Hat er noch immer diese blauen Kontaktlinsen?«

»Die Kontaktlinsen? Ich glaub schon. Er sitzt am anderen Ende, so genau sehe ich das nicht.«

Langsam drehte Tante Célia sich um, starrte Livia in die Augen und zischte: »Gustavo haben sie letzte Woche tot aufgelesen. Kehle durchgeschnitten. Drogen. Schon vor Wochen ist er aus der Schule geflogen.«

Erwischt.

»Tante, ich kann dir das alles erklären.«

»Nein, ich werde dir jetzt was erklären. Erinnerst du dich an Hamilton? Was ist mit ihm passiert?«

»Gestorben.«

»Gestorben? Einfach so?«

»Erschossen«, kam es leise zurück.

»Erschossen und vorher ist auch er aus der Schule geflogen. Seinen Eltern hat es das Herz gebrochen. Und Isabela?«

»Im Gefängnis.«

»Im Gefängnis«, wiederholte Tante Célia dramatisch. »Hat sich beim Einbrechen schnappen lassen. Und vorher aus der Schule geflogen, genauso wie Gustavo und Hamilton und so gut wie alle anderen, die es erwischt hat.«

Fehlte nur noch, dass sie auch noch Diego aufzählte. Doch der war mit der Schule bereits fertig gewesen, als es ihn erwischt hatte.

»Ich habe mit Drogen nichts zu tun und ich gehe auch nicht einbrechen!«, fuhr Livia auf.

»Nein, du bist nur aus der Schule geflogen und verbringst deine Tage hinter meinem Rücken mit Drogenhändlern und Einbrechern in einem Bloco. In einem Bloco! Hinter meinem Rücken!«

Livia hielt Tante Célia ihren ausgestreckten Unterarm dicht vors Gesicht und klopfte aufgebracht mit dem Finger darauf. »Siehst du das? Siehst du das? Ich bin schwarz und du weißt, was das bedeutet! Die Schule kann ich vergessen. Zukunft hab ich mit oder ohne Schule keine. Der Bloco ist meine einzige Chance!«

»Zukunft! Ha! Ich werde dir etwas sagen über deine Zukunft. Es kümmert mich einen Dreck, ob du in der Schule was lernst oder nicht. Die Schule hält dich von der Straße fern. Das zählt. Wenn es die Schule nicht tut, werde ich es tun. Du gehst nicht mehr aus dem Haus, bis du wieder zur Schule gehst. Hausarrest.«

»Zur Schule kann ich nicht zurück! Der Direktor nimmt mich nicht mehr.« Livia verschränkte ihre Arme vor der Brust.

»Dann Hausarrest, bis du volljährig bist.« Tante Célia wandte sich zur Tür, versperrte sie zweimal mit Nachdruck, versenkte den Schlüssel in ihrer Rocktasche und nahm sich wieder ihre Bohnen vor.

Und die Tür blieb verschlossen. Als Tante Célia am nächsten Tag zur Arbeit ging, versperrte sie die Tür von außen, und als sie zurückkam, versperrte sie die Tür von innen. Gesprochen wurde zu Hause nichts mehr. Eiszeit.

Livia protestierte, sie brüllte Tante Célia an, sie ging sogar mit den Fäusten auf sie los. Tante Célia gab nicht nach.

Die Stunden und Tage der Isolation vergingen in Zeitlupe. Woher wusste Tante Célia vom Bloco? Livia war so sorgfältig gewesen, immer pünktlich aus dem Haus gegangen und zurückgekommen. Manchmal war sie sogar an erfundenen Hausaufgaben gesessen.

So ungerecht! Wenn Livia verzweifelte, bekam sie Magenschmerzen und hielt sich den Bauch. Sie sah fern, schlief, weinte, schrie und hämmerte an die wuchtige Herrenhaustür. Keiner kam ihr zu Hilfe. Tante Célia hatte dafür gesorgt, dass die Nachbarschaft Bescheid wusste.

Einzig Maria Clara kam öfter vorbei und setzte sich mit Ronaldinho im Arm draußen auf die Türschwelle. Sie erzählte Livia von der Sonne und vom Regen, wen sie auf der Straße getroffen hatte und was sonst noch abging in São Geraldo. Livia hatte in den heimlichen Romanos-Pretos-Wochen alle ihre Freunde vernachlässigt. Maria Claras Geschichten waren die einzige Aufmunterung.

Endlich brachte das Fernsehen was Interessantes. Sie berichteten ausführlich über den Umzug am Tag der *Consciência Negra,* am Tag des Schwarzen Selbstbewusstseins. Unzählige Blocos Afros zogen die enge Rua do Curuzu hinauf, über die Estrada da Liberdade aus Liberdade hinaus und über Lapinha, Santo Antônio und Carmo in die historische Altstadt, den Pelourinho. Dicht gedrängt begleiteten Hunderttausend den stundenlangen Umzug im rhythmischen Gleichschritt des Samba-Reggaes.

Die ganz großen Blocos waren zu sehen, allen voran Tìbínù, mit ihren wallenden Afrogewändern in Schwarz, Himmelblau und Silber. Tìbínùs Ebenholzprinzessin rotierte hoch oben auf einem Umzugslaster, einem *Trio Elétrico.* Der Bloco Ajeun folgte mit hochgestemmten Surdos, und dann die grimmigen Jungs von Párádà, die auf ihre Repiniques eindroschen. Auch viele kleinere Blocos gingen mit. Karò aus Brotas mit ihren knallroten Surdos, Lamí-Lamí, wo ausschließlich Mädchen mitspielten, und Tita aus dem Pelourinho.

Dann kamen die Romanos Pretos ins Bild. Tatu machte fast einen brauchbaren *Presidente* her, wie er da feierlich voranschritt im silbernen Glitzeranzug, die Hosenbeine ein wenig zu kurz, das Sakko windschief. Rasta war in Bestform. Seine fliegende Mähne war mit einer grün-gelb-roten äthiopischen Flagge umbunden. Er überschlug sich in alle Richtungen, war mehr in der Luft als auf dem Boden. Da war Robinho und dort Ana, Basílio mit breitem Lachen!

Schnitt. Interviews mit enthusiastischen Teilnehmern und verärgerten Autofahrern, die stundenlange Staus in Kauf nehmen mussten. Ende der Übertragung.

Livia riss die Küchenlade auf und durchwühlte Tante Célias Kochlöffelsammlung, bis sie zwei annähernd gleich große gefunden hatte. Das Brotmesser verrichtete gute Arbeit als Sägenersatz und bald hatte sie zwei fast perfekte Holzsticks. Der bestgeeignete Kochtopf war schnell ausgemacht und Livia legte los.

Zu Beginn war sie selbst geschockt vom Höllenlärm des Kochtopfes, aber sollten es doch alle hören. Wenn sie nicht mehr im Bloco spielen durfte, dann würde sie zu Hause trommeln. Auf dem Programm stand Wirbeltechnik, nur wollte ihr kein einziger Wirbel gelingen. Aber sie hatte Zeit im Überfluss, so viel, dass sie das Gefühl dafür verlor. Bald konnte sie nicht mehr sagen, wie viele Tage oder Wochen sie alleine mit ihren Holzsticks und dem Kochtopf verbracht hatte.

Tante Célia war bei Senhor Paulo, dem Schuldirektor, gewesen. Der wollte sie zunächst nicht empfangen, doch sie ließ sich nicht abwimmeln. Er war kurz angebunden. Es gab für Livia kein Zurück in seine Schule. Eine andere würde sie auch nicht nehmen, da er nicht bereit war, einen positiven *Histórico* auszustellen, ein Schulzeugnis mit einer positiven Betragensnote. Es wäre wohl besser, meinte er, wenn Livia sich eine Arbeit suchen würde.

Siegesgewiss unterbreitete Tante Célia Livia ihren Plan. Ein Stück weiter stadtauswärts, an der Schnellstraßenausfahrt, gab es einen Gemüseladen, wo noch keiner die Bohnen schälte. Dort würde Livia Stellung beziehen und Bohnen auslösen.

»Niemals«, sagte Livia.

»Mein Kind, wenn du kein Geld verdienst, wirst du hungern müssen. Du weißt nicht, wie gut es dir bei mir geht«, sagte Tante Célia.

So schnell würde Livia nicht aufgeben. Vorerst gingen die Wirbeltechniktage umso verbissener weiter, mit ersten Erfolgen. Das konnte ihr Tante Célia nicht nehmen, obwohl sie es sicher gerne getan hätte.

#

»Ra-ta-ta-ta.« Gar nicht übel, die einfachen Wirbel kamen schon ganz gut. Jetzt dasselbe von links: »Ra-ta-ta-ta.«

»Tam-ta-ta-tam.« Jemand hatte an die Tür gepocht.

Livia stutzte.

Noch einmal trommelte sie: »Ra-ta-ta-ta.«

Und wieder rumste es an der Tür: »Tam-ta-ta-tam.«

Livia schmiss die Sticks hin und stürzte zur Tür. »Rasta!«

6

»Livia!«, rief Rasta von draußen. »Was machst du hier für einen Krach? Ein schwerhöriger Blinder findet zu dir.« Er rüttelte am Türgriff. »Mach doch auf!«

Livia wurde ganz warm, als sie seine Stimme hörte. »Ich kann nicht aufsperren!«

»Was ist los? Wieso kommst du nicht mehr? Die *Consciência Negra* war richtig fett! Bist du krank?«

Livias Schilderungen überschlugen sich. Sie strampelte mit den Beinen, warf die Arme um sich und hüpfte hin und her, als alles gleichzeitig aus ihr hervorbrach. Das Schulverbot, die geheimen Proben, die aufgeflogenen Lügen, die hirnlose Tante und zuletzt schon zwei Tage nichts zu essen. Tante Célia hatte die Küche leer geräumt und das wenige Essbare bei Dona Marlene untergebracht. Zum Wohle des Kindes, wie Tante Célia nicht müde wurde zu betonen.

»Du musst hier raus.« sagte Rasta betroffen.

»Wie denn?«

Soviel sie auch von beiden Seiten daran rüttelten und zerrten, weder das Schloss noch die Eisenbeschläge gaben nach. Rasta nahm die Baracke von außen in Augenschein. Fenster gab es keines, das wäre zu aufwendig zu bauen gewesen und außerdem könnte ja jemand einbrechen. Tageslicht kam durch den Spalt zwischen der Mauerkante und den Dachleisten ins Innere sowie durch einen ausgesparten Ziegel in der Mauer. Ein brauner Gecko verschwand gerade durch den Dachspalt ins Innere. Geckos waren gern gesehene Gäste, sie hielten Stechmücken und Ungeziefer in Schach.

Livia hörte, wie Rasta sorgfältig die Wand abklopfte auf der Suche nach einer Schwachstelle, zuerst die Vorderseite, dann die linke, zum Abhang gelegene Seite. Es war Mittag geworden.

»Mach schnell!«, flehte Livia. »Tante Célia kann jeden Augenblick zurückkommen.«

Rasta wurde nicht fündig.

»Das Dach!«, schrie Livia. »Die Dachziegel müssen von außen ausgehängt werden!« Mühelos erkletterte Rasta das Dach und machte sich an den Dachziegeln zu schaffen. Bald grinste er durch eine kleine Öffnung herein.

Livia balancierte auf dem Plastikstuhl und gemeinsam hoben sie noch zwei weitere Dachziegel aus der Aufhängung. Rasta zog Livia zu sich hinauf, sie robbte durch die scharfkantige Öffnung und war unversehens ein freier Mensch.

Wieder auf festem Boden hatte sie keine Zeit ihre Schrammen zu zählen und ihr eingerissenes Shirt zu begutachten. »Schnell weg hier!« Sie packte Rasta am Handgelenk und lotste ihn über steile Treppen und verwinkelte Durchgänge in ein verschwiegenes Gassenende. Abgehetzt ließen sie sich auf einer Steinkante nieder. Erst jetzt fiel Livia auf, dass Rasta keine Schuhe anhatte. Er war die ganze Zeit über in weißen Socken unterwegs gewesen, nunmehr rötlich-grauen. Sie wusste, was das bedeutete. »Wo haben sie dich überfallen?«

»Hier, gerade eben! Ich kam die Favela herunter auf der Suche nach dir, da haben sie mir von hinten einen Revolver an die Schläfe gedrückt und mich am Genick gepackt. *Dreh dich nicht um! Halt die Fresse! Her mit den Schuhen!* – Das waren neue Nikes!«

Ein Gebietsfremder allein in São Geraldo – das ging selten gut. Rasta war kein Anfänger, er kannte die Spielregeln. Wenn sie dir in der Favela ein Schießeisen ansetzen, dann ist das nicht der ideale Augenblick für Verhandlungen. Sie drücken auch für weniger ab als für ein Paar Sneakers.

»Die bekommst du wieder«, sagte Livia. »Das hier ist *mein* Viertel, lass mich nur machen. Aber zuerst muss ich was essen.« Sie krümmte sich und hielt sich den Bauch. Das ansonsten tiefe Rot ihrer Lippen war in ein blasses Rosa umgeschlagen. »Ich sterbe vor Hunger.«

Rasta nahm Livias Bestellung auf – *Acarajé* mit allem, was an Zutaten hineinpasste, und eine Dose Guaraná-Limo – und machte sich auf den Weg nach oben. Livia selbst wollte einstweilen hier auf Tauchstation bleiben. Schuhe konnten sie Rasta keine mehr abnehmen, aber Handy, Schlüssel und überzähliges Geld ließ er bei Livia zurück.

Oben, in der Rua Aurélia, hatte eine *Baiana* ihren Imbissstand. Die dicke Senhora residierte in üppiger, weißer Tracht hinter einem weiß gedeckten Tischchen, auf dem sich die gängigen Köstlichkeiten türmten: die Cashew-Erdnuss-Paste *Vatapá*, der Okraschoten-Brei *Caruru*, die rote Chilisauce *Pimenta*, in der Schale getrocknete Krabben und grüne Tomaten. Die Baiana stopfte ein wenig von allem in ein frisch in Palmöl herausgebrutzeltes Brötchen aus Bohnenteig - genau was Livia jetzt brauchte. Rasta brachte ihr zwei Stück davon und eines hatte er sich selbst verdient.

#

Über verschlungene Wege führte Livia Rasta zu Vagner. Sein Haus lag nicht direkt an der Rua Aurélia, sondern etwas unterhalb, verborgen in zweiter Reihe. Es war eine kleine, planlose Festung, nach und nach aus mehreren Häusern zusammengewachsenen. Zur Gasse hin sorgte eine hohe weiße Mauer für Sicherheit. Oben auf der Mauerkante funkelten einzementierte Glasscherben vielfarbig in der Sonne.

Falcão, wie immer ohne Hemd, und noch ein Zweiter schoben behäbig Wache.

»*E aí, neguinha*? Was liegt an, Mädel?«, fragte Falcão.

»Ich muss mit Senhor Vagner reden. Ist dringend.«

Falcão musterte Rasta, sein Blick wanderte hinab auf das schuhlose Elend und er war im Bilde. Er deutete mit dem Kopf auf Rasta. »Ein Freund von dir?«

»Ja, muss mit rein.«

Falcão breitete seine Arme aus und Rasta tat es ihm gleich. Falcão tastete ihn flüchtig ab, dann folgte ein fester Kontrollgriff zwischen die Beine und ein kurzes Kopfnicken. Der war clean.

»Kommt mit.« Falcão führte sie durch einen winzigen Hof ins Innere der Festung.

Vagners Kommandostelle war das Wohnzimmer im ersten Stock. Durch die geschlossenen Läden drang gedämpftes Licht herein, die Wände ringsum waren mit blau-weiß bemalten portugiesischen Fliesen verkleidet. Livia hatte Vagner als imposanten Gentleman in Erinnerung, ein Kolonialherr mit gepflegtem, grauem Schnurrbart. Er lag auf dem Sofa und richtete sich langsam auf, als sie näher kamen. Er war schmächtiger als früher. Sein linkes Auge war blutunterlaufen, er hielt es meist geschlossen.

Schweigend musterte er Livia. Dann hob ein Lächeln seinen Schnurrbart an. »Groß bist du geworden, und bildschön, eine Senhorita. Erinnerst mich an deine Mutter.« Vagners Stimme tönte felsenfest wie früher.

Livia berichtete Vagner vom Überfall, während er mit seitlich geneigtem Kopf zuhörte.

Dann nahm er Rasta in Augenschein. »Und von wem bist du?«

»Ich habe doch gesagt, das ist ein guter Freund«, sagte Livia.

»Kind«, sagte Vagner betont langsam, »dazwischenreden hat es bei mir nie gegeben.«

»*Sim, senhor.*«

»Mein Großvater war Nego da Ilha«, sagte Rasta, »aus Liberdade. Ich bin der Mestre der Romanos Pretos.«

»Nego da Ilha«, sagte Vagner nachdenklich, «hab ich gekannt, ein guter Mann. Wie viele waren es?«

»Es müssen zwei gewesen sein.«

»Du hast sie nicht gesehen?«

Rasta schüttelte den Kopf. »Keine Chance. Der mit dem Revolver hat ein Tattoo, hier, am Unterarm. Ein Dolch mit einem Stern.«

Falcão erkannte ihn sofort. »Cacau, einer von Jamelãos Leuten.«

»Jamelão ist eine Ratte«, sagte Vagner. »Er hat seine Leute nicht im Griff.« Es war wieder mal Zeit für eine Vagner-Show, sonst würden ihm die Dinge entgleiten.

Erstaunlich gewandt kam Vagner auf die Beine. Falcão reichte ihm eine Sonnenbrille und eine Taurus Kaliber .38.

»Du bleibst hier, Kind«, sagte er zu Livia. »Und du, Mestre, kommst mit.«

#

Vier Mann, drei Schießeisen und eine Mission. Von drinnen dröhnte Hip-Hop heraus. Vagners zweiter Mann blieb als Rückendeckung fünf Schritte vor der Tür zurück. Die Tür ließ sich lautlos von Falcão öffnen, Cacau hatte nicht einmal abgesperrt, sie erwischten ihn im allerbesten Moment. Er kniete nackt auf dem Boden, von hinten tief in einem Mädchen drin. Mit dem Rücken zur Tür. Ein Anfänger wie der würde nicht alt werden. Zwei Schüsse in die Stereoanlage und sie hatten Cacaus ungeteilte Aufmerksamkeit. Er fuhr herum und starrte mit offenem Mund in die Runde. Das zierliche Mädchen war nicht älter als vierzehn, die Nachbarstochter vielleicht, oder Cacaus Schwester. Sie verkroch sich in eine Ecke, von wo aus sie alles in Kaninchenstarre verfolgte.

»Mach den Mund zu und steh auf!« Vagner deutete ungeduldig mit seiner Taurus. Cacau beeilte sich, Vagners Wunsch nachzukommen.

Auge in Auge sprach Vagner so langsam, dass die Zeit stehen blieb. »Der hier«, Vagners Taurus wedelte vor Rastas Nase auf und ab, «gehört zu mir. Verstehst du das? VERSTEHST DU DAS?«

»Ja, ... aber, ... ich – «

»Her mit den Schuhen.«

»Aber ... aber, die sind nicht hier, die hat – «

»Mir egal, wo die sind. In zehn Minuten sind sie hier. Zehn Minuten.«

Cacau sprang in seine Shorts und stürzte aus dem Haus.

Rasta hob der Kleinen das Kleidchen auf und reichte es ihr, Vagner nickte zur Tür. Sie streifte es hastig über und schoss zur Tür hinaus.

Cacaus Kumpel war ein guter Geschäftsmann, der Finanzchef des Duos. Während Cacau das leichte Leben genoss, hatte der Finanzchef die Nikes längst zu Geld gemacht.

Gemeinsam stürmten die beiden das Haus des unglückseligen Käufers, dessen Freude über das Schnäppchen nicht lange währen sollte.

»Rück die Schuhe wieder raus!«

»Heh, was soll das?«

Cacau hatte keine Zeit für Kundendienstgeschwätz. Er packte ihn an der Gurgel und donnerte ihn gegen die Wand. »Mach jetzt keinen Fehler! Das Ganze war ein Irrtum. Schuhe her.«

»Schon gut, schon gut! Und ... und mein Geld?«

»Bekommst du morgen.«

Innerhalb der vereinbarten zehn Minuten konnte Rasta seine Nikes wieder anziehen.

Mission erfüllt. Auf dem Rückweg zu Vagners Festung waren sie guter Dinge. Falcão und der Zweite hatten mächtig Spaß an der Nummer von Cacau, wie er zähneklappernd dagestanden war, splitternackt, und sein Ständer nicht nachlassen wollte. Was für eine Schande, ha!

Rasta bedankte sich bei Vagner, doch der wollte nichts davon wissen. »Weißt du, mein Sohn, das habe ich nicht für dich getan. Diese Kids müssen Respekt lernen. Wenn jeder hier macht, was er will, dann geht es bei uns bald zu wie in Rio.«

Rasta nutzte die Gunst des Augenblicks und erzählte ihm von Livias Nöten. »Sie war wochenlang eingesperrt und hat zuletzt nicht mal mehr zu essen bekommen.«

»Schau«, sagte Vagner und blieb einen Moment stehen. Er keuchte, die Anstrengung war ihm anzusehen. «In Familienangelegenheiten mische ich mich nie ein, das vertragen die Leute schlecht. Sollen machen, was sie wollen. Aber solange ich hier das Sagen habe, wird in São Geraldo niemand hungern.«

Er nahm seinen Gang wieder auf. »Richte Célia von mir aus, sie soll den Scheiß lassen. Sie wird keine Schwierigkeiten machen.«

#

Vor dem Haus hielt Tante Célia mit Dona Marlene und Dona Ofélia aufgeregt Kriegsrat, als Livia unter Rastas Begleitschutz ankam. Sie überfielen Livia mit heftigen Vorwürfen. Undankbares Kind. Was die arme Célia durchmachen musste. Livia bräuchte gar nicht mehr nach Hause kommen.

Rasta verschaffte sich lauthals Gehör. War auch nicht schwieriger als auf einer turbulenten Probe des Blocos. »Wir kommen von Senhor Vagner. Er möchte, dass Livia etwas zu essen bekommt. Jeden Tag. Und ich möchte, dass diese Tür für sie offen steht. Jederzeit.«

Empörung machte sich breit, es ging endlos hin und her, bis Livia ums Eck verschwand und mit den drei aufgelesenen Dachziegeln wiederkam. Vor den Augen aller pfefferte sie einen nach dem anderen in hohem Bogen den Abhang hinunter, wo sie hörbar zerbarsten. Sie schrie Tante Célia ins Gesicht: »So! Du kannst deine Tür zunageln. Ich komm rein und raus, wann ich will.«

Gut gepokert. Ohne Rastas Hilfe von oben würde sie da nie hinaufkommen. Die Gasflasche war zu niedrig, der Stuhl gab nach, der Kühlschrank und der Kasten waren zu schwer, und sonst gab es nichts. Jedenfalls erhielt sie den Schlüssel zurück. Tante Célia gab sich geschlagen, vorerst zumindest.

Und die Dachluke blieb offen. Tante Célia bestand darauf, Platz zu tauschen, so dass Livia und Emilio unter dem Loch schliefen. Das ging gut bis zum ersten Regen. Darauf hatte Tante Célia gewartet. Sie meckerte bis zum Gehtnichtmehr. Livia und Emilio verlegten ihre Matratze hinter den Duschvorhang, wo sie hart an der Klomuschel weiterschliefen. Am nächsten Tag half Pedro der Brunzer, das Dach mit einer Plastiktüte und einem herrenlosen Sperrholzbrett wieder abzudichten.

7

Livia nahm ihre täglichen Fußmärsche zu den Proben nach Liberdade wieder auf, jetzt ohne Schulshirt und ohne Lügen.

Es gab große Neuigkeiten. Sie waren nach São Paulo eingeladen. Die Romanos Pretos aus São Paulo hatten *Bahia* zum Thema des kommenden Karnevals gewählt und sich ihrer bahianischen Verwandtschaft erinnert. *Bahia – Wiege des Sambas* lautete ihr Karnevalsthema. Ein Auftritt des Blocos Afro im Vorfeld des Karnevals passte da gut und würde der Sambaschule die eine oder andere Erwähnung in der Lokalpresse bringen. Karneval war Business und gute Pressearbeit die halbe Schlacht. Der Präsident und sein *Carnavalesco*, der hauptverantwortliche Regisseur, Bühnen- und Kostümbildner, wollten nach dem Sensationssieg im Vorjahr auch heuer nichts dem Zufall überlassen. Die Entwürfe für die Presseaussendungen lagen fertig im Büro des Präsidenten. *Romanos Pretos zurück zu ihren Wurzeln. Bahia zu Gast in São Paulo. Niemand kennt Bahia besser als die Romanos. Grandiose Bahia-Show der Romanos erwartet. Romanos Pretos unaufhaltbar Doppelchampion?*

Der Bloco aus Bahia sollte obendrein bei der Karnevalsparade im *Sambadrom* mit dabei sein. Auch darüber war sich der Präsident mit dem Carnavalesco einig. Eine Hand voll Bahianer inmitten der riesigen Perkussionstruppe der Sambaschule, der Bateria, würde nette Schlagzeilen abgeben und konnte eigentlich kein Unheil anrichten. Die Bahianer würden in Wahrheit spielen können, was sie wollten. Die geballte Wucht von 400 präzise gedrillten Sambaschultrommeln würde alles glatt bügeln.

In Salvador war die Aufregung groß. Tatu, der glückliche Überbringer der frohen Botschaft, tat das, was er stets tat, wenn es Anlass zur Freude oder zur Trauer gab, wenn viel Arbeit hinter ihm oder vor ihm lag, oder auch wenn es keinen Anlass gab: Er organisierte unverzüglich ein Fest. Eine Mondscheinparty am Strand von Piatã, einem der zahlreichen Strände an Salvadors Atlantikküste.

#

Zu Hause war Livia die frische Wäsche ausgegangen. Shirts und Slips waren alle. Sie hielt Nachschau in der dunklen Ecke hinter dem Schrank, wo der stillen Hauskonvention zufolge die Schmutzwäsche ihren Platz hatte. Dort stapelte sich Livias und Emilios Wäsche. Das ungeschriebene Abkommen besagte, dass Livia und Tante Célia sich mit der Wäsche von allen abwechselten. Eigentlich wäre jetzt wieder Tante Célia an der Reihe gewesen. Draußen auf der Leine hinter der Hausecke hing auch fein säuberlich Tante Célias Wäsche - ausschließlich Tante Célias Wäsche. Aha. Tante Célia wusch also nur mehr ihre eigene Wäsche. Eine Neuerung. Also machte Livia sich ans Werk. Sie verbrachte die nächsten zwei Stunden vor dem Haus über den Plastiktrog gebeugt und schrubbte, bis ihr Arme und Rücken schmerzten und die Haut an ihren Händen aufgedunsen war. Sie legte Tante Célias getrocknete Wäsche in den Schrank und hing ihre und Emilios nasse Wäsche auf.

Als Livia am Abend zurückkehrte, lag die Wäscheleine auf dem Boden und die gesamte Wäsche im Dreck. Rote Erde. Die Leine war intakt, die Schlaufe auch, und dennoch hatte sie sich vom Haken gelöst. Jemand hatte sie vom Haken gelöst. Der Wind war es nicht gewesen. Livia musste von vorne anfangen.

#

Für Livia bestand kein Zweifel, dass sie ihre neu erkämpfte Freiheit in großem Stil ausnutzen würde, auf der Strandparty dabei sein würde und erst recht in São Paulo.

Da sie in Iguatemi umsteigen musste, steckte sie sechs Reais ihrer verbliebenen Barschaft in die Bustickets nach Piatã.

Es war dunkel, als sie dort ankam. Bico de Proa, das Strandrestaurant mit dem hohen Palmblätterdach war gut gefüllt mit ausländischen Touristen. Die legten hier ein halbes bahianisches Monatsgehalt auf den Tisch für ein Abendessen mit gegrillter Languste und *Moqueca*, dem bahianischen Eintopf aus Krabben, Kokosmilch und Palmöl - das war nicht Livias Party. Durch die adrette Grünanlage des Restaurants gelangte sie auf den Strand, wo eine herzhafte Brise und das Rauschen der Brandung sie empfingen. Livia nahm ihre Flip-Flops in die Hand und lief über den kühlen Sand, bis sie knöcheltief im Wasser stand. Tiefer ging sie selten hinein. Wie so viele andere konnte auch Livia nicht schwimmen.

Der Strand war verlassen, die dunklen Silhouetten der geschlossenen Strandbars reihten sich unter den hohen Palmen aneinander. Am nördlichen Ende des Strandes, dort, wo ein Palmenwäldchen den Strand von der Küstenstraße trennte, war noch eine einzelne Strandbar belebt. Lichter, ein Lagerfeuer, ausgelassene Stimmen, das eintönige Summen eines *Berimbaus* mit Trommelbegleitung – das war Livias Party, dort war sie richtig.

Sie fand eine Lücke im Capoeira-Kreis und stellte sich zu den anderen. Alle klatschten im Rhythmus und wiederholten im Chor die monotonen Gesangszeilen des Vorsängers. In der Kreismitte überboten einander Rasta und seine Capoeira-Freunde mit glänzenden Oberkörpern an leichtfüßiger Geschicklichkeit. Handstände, Kopfstände, Dreh-Tritte, Räder, Saltos, alles fließend im Rhythmus des Berimbaus. Als Rasta Livia erblickte, holte er sie an das *Atabaque*, die konische Holztrommel, wo Livia einen anderen Spieler ablöste.

Das gefiel nicht jedem. Débora betrat den Kreis, sportlich-schick mit Pferdeschwanz, weißem Sport-BH, der das zarte Relief ihrer Bauchmuskeln in Szene setzte, und fließenden weißen Hosen. Sie forderte Rasta zum Spiel. Nach einigen harmlosen Grundschritten und Drehungen versetzte sie ihm unversehens einen heftigen Fußtritt aus der Drehung mitten ins Gesicht. Au weh! Was für ein Ungeschick. Bestürzt kümmerte sie sich um ihn und brachte ihn aus dem Kreis, weit weg von Livia.

Livia wurde bald am Atabaque abgelöst. Sie machte sich auf die Suche nach etwas Essbarem. Tatu betreute das Grillgut.

»Was für eine arme Kreatur hast du heute am Grill?«, fragte Livia.

»Krabben hat es gegeben, die sind schon alle. Nimm das hier, ist Rindfleisch, auch nicht schlecht. Und stell dir vor, in São Paulo zahlen sie ein Vermögen für Schlangen. Mal sehen, was ich denen mitbringen kann.«

»Stimmt es wirklich, dass wir auf der Parade in der Bateria mitspielen dürfen? Im Sambadrom?«

»Is' wahr. Und am Sommerfest. Die organisieren jedes Jahr ein kolossales Sommerfest, drei Wochen vor dem Karneval. Jedes Jahr haben die einen von den ganz Großen auf der Bühne: Yvonne, XPX, Sampular. Diesmal kommt Foguetinho. Und wir. Stell dir vor, Foguetinho!«

Livia setzte sich mit ihrem Plastikteller an einen der Strandtische zu Robinho und den anderen.

Robinho war groß in Fahrt. Eine Flasche Zuckerrohrschnaps machte die Runde, nicht die erste und wahrscheinlich auch nicht die letzte des Abends. Robinho hatte die letzten Details über das legendäre Sommerfest der Romanos Pretos in Erfahrung gebracht: »Du bekommst am Eingang einen Bierkrug, den schenken sie dir, kannst ihn mit nach Hause nehmen, einfach so. Und das Beste kommt noch! Den füllen sie dir den ganzen Abend lang auf, sooft du willst.« Robinho war noch nicht fertig: »Die schönsten Sambatänzerinnen der Stadt, alle Bateriaköniginnen auf einem Fleck!«

»Die werden auf dich warten«, sagte Ana.

»Warum nicht? Ich bin Bahianer! Für die aus São Paulo bin ich ein Exote!«

»Für die *Paulistaner* bist du ein ungebildetes Faultier, das das ganze Jahr am Strand liegt und Karneval feiert«, sagte Livia.

»Umso besser«, rief Robinho hocherfreut. »Mädels, werde ich sagen, ich bin aus Bahia! Ich bin euer Sommerfest!«

Die Capoeiristas hatten ihr Spiel beendet, Berimbau und Atabaque waren verstummt. Basílio karrte eine Ladung Cashew-Früchte heran, auf die sich alle mit Begeisterung stürzten.

Es war an der Zeit für ein bisschen Samba-Reggae, für Livia das erste Mal nach ihrem Hausarrest in voller Besetzung. Die Trommeln waren schnell verteilt und umgeschnallt, allein der Mestre fehlte. Rasta war nirgendwo aufzutreiben. Ließ sich von Débora irgendwo in der Dunkelheit des Strandes verarzten. Sein treuer Stellvertreter Robinho hingegen war nicht dazu zu bewegen, sich ohne Aufschub von seiner Schnapsflasche zu trennen. Der Bloco brauchte aber einen Signalgeber.

»Livia, mach du halt mal!«, forderte Ana sie lauthals auf. Niemand aus dem Bloco protestierte. Livias neu erworbene Fertigkeit mit den Holzsticks hatte sich schnell herumgesprochen, nachdem sie ihre täglichen Übungseinheiten von ihrer Einzelhaft wieder in den Proberaum nach Liberdade verlegt hatte.

Mit der Sicherheit einer, die seit Jahren Blocos Afros dirigierte, legte Livia los und der Bloco folgte ihr ohne zu zögern. Der kraftvolle Samba-Reggae holte die Capoeiristas von ihren Tischen. Im Schein des Feuers setzten sie synchron ihre geschmeidigen *Afro*-Schritte in den Sand. Während Livia mit präzisen Schlägen den Bloco führte, spürte sie ihren Atem im Rhythmus. Mit geschlossenen Augen verfolgte sie ihre Partituren. Es war magisch, Axé, die Energie der Götter.

Unter Missachtung der guten Ratschläge im Reiseführer, wonach

Strände während der Dunkelheit unbedingt zu meiden seien, kamen die ersten Touristen vom Bico de Proa hergeeilt. Das war Bahia! Deshalb waren sie um die halbe Welt gereist. Es kamen immer mehr hinzu. Sie knipsten und fügten sich in die Reihen der Tänzer, wo sie gewaltigen Spaß daran hatten, die federnden Bewegungen der Bahianer ungelenk nachzuahmen.

Repinique um die Hüften, Augen andächtig geschlossen, so knallte Livia ihre Sticks auf das Trommelfell. Sie war der Star unter den Fotomotiven.

Als Livia die Augen wieder öffnete, sah sie, wie Rasta und Débora aus der Dunkelheit auftauchten. Débora machte eine große Show daraus, sich den Sand aus den Haaren zu schütteln und sich ihre Klamotten zurechtzurücken. Den Sport-BH hatte sie verkehrt herum an, mit dem Etikett nach außen. Rasta nickte Livia anerkennend zu und streckte beide Daumen hoch, dann schloss er sich den Tänzern an.

So schön es auch war, sie konnten nicht ewig spielen und irgendwann war der Moment gekommen, an dem Livia das Schlussbreak einleitete.

Einige Touristen machten sich auf den Weg, während die neugierigen blieben und sich unter die Strandparty mischten. Robinho probierte seine neu entdeckte Exotenmasche an ein paar rotgebrannten Engländerinnen aus.

Livia zog sich an einen Tisch im Halbdunkel zurück um durchzuatmen. Unversehens tauchte Débora neben ihr auf und setzte sich zu ihr. Ein angenehmer, frischer Duft umhüllte sie.

»Such deine Brille woanders«, sagte Livia.

»Beruhig dich.« Débora lächelte Livia an. »Ich möchte dir eine Geschichte erzählen.«

»Ich bin nicht neugierig auf deine Geschichten.«

»Diese wird dich interessieren. Ist von einem feschen, klugen Mann, einem Italienischlehrer, kunstsinnig, sang im Universitätschor, verheiratet mit einem hübschen, jungen Mädchen. Sie war früher einmal seine beste Schülerin gewesen. Sie hatten ein Haus in Amaralina, er fuhr seinen eigenen Fiat. Bis er eines Tages seine Frau betrog. Das hätte er nicht tun sollen. Sie wandte sich um Gerechtigkeit an ihren Heiligen, ihren *Orixá*. Der versprach, ihr zu helfen. Und sie hatte einen mächtigen Orixá. Sie ließ sich von ihrem Mann scheiden und nach der Scheidung blieb ihm nicht viel, er musste Haus und Auto verkaufen. Dann begann er zu trinken und zuletzt verlor er seinen Job.

Heute lebt er auf der Straße. Er schnorrt sich in seinem Viertel durch, treibt sich bei den Markthändlern herum und redet sinnloses Zeug in perfektem Italienisch. Er hat noch immer eine schöne Stimme und manchmal bitten sie ihn, eine italienische Arie zu singen.«

»Traurig. Und was geht das mich an?«

»Es zeigt die Macht der Orixás. Man fordert sie nicht heraus. Du glaubst mir nicht? Sieh dir Robinho an, dort drüben.«

Robinho kümmerte sich geschäftig um seine Engländerinnen. Er, der Bahianer, zeigte ihnen, wo die Cashewnüsse herkamen. Er hatte jede Menge von den bauchigen Stielen der Cashew-Früchte eingesammelt und sie auf einem großen Blech über dem Feuer ausgebreitet.

»*No touch! No touch!* Sehr gefährlich!«, hörten sie Robinho die Engländerinnen belabern. In abenteuerlichem Englisch, mit Händen und Füßen, versuchte er ihnen zu verdeutlichen, wie gefährlich Cashew-Rösten war. Diese Story stimmte ausnahmsweise. In den Stielen stecken die Nüsse, umgeben von einem ätzenden Öl, das bleibende Narben hinterlässt. In manchen Gegenden ist es cool, sich mit Cashew-Öl zu tätowieren. Erst wenn das Öl beim Rösten verbrannt ist, kann man die Dinger angreifen und die Nüsse herauslösen. Aber keine Panik. Robinho, der waghalsige Bahianer, wusste, was er tat.

»Er wird sich wehtun«, sagte Débora mit seherischer Gewissheit.

»Woher willst du das wissen?«, fragte Livia.

»*Ich* werde ihm das antun. Mein Orixá wird dafür sorgen.« Débora schloss die Augen und bewegte ihre Lippen unhörbar.

»An diesen Unsinn glaube ich nicht.«

»Pass auf!« Débora zeigte auf Robinho.

Gemeinsam beobachteten sie, wie Robinho mit einem Stecken die Stiele auf dem Blech durchmengte. Sein Stecken war lächerlich kurz. Das heiße Öl spritzte aus den Stielen, davon war schon mehr als einmal jemand erblindet. Robinho konnte nicht mehr gerade stehen vor lauter Schnaps, turnte viel zu nah am Feuer herum und redete obendrein ununterbrochen auf die Engländerinnen ein. Keine Unfallversicherung würde ihn so nehmen.

Das ging Livia zu weit. Sie fuhr hoch, um Robinho zur Hand zu eilen, da hielt Débora sie am Ellenbogen fest. »Was ist los? Hast du Angst? Du wirst ihm doch nicht die Show verderben und ihn bloßstellen wollen. Glaubst du am Ende doch an die Macht der Orixás?«

Livia schüttelte Déboras Griff ab und setzte sich wieder.

Und Robinho blieb unversehrt. Nach einer Weile wickelte er sein

Shirt um die Hand und hob das heiße Blech in den Sand.

»Und was jetzt?«, wollte Livia wissen. »Hat dein Orixá geschlafen?«

In diesem Moment hörten sie Robinhos Aufschrei. In seinem Übermut hatte er ungeduldig nach den glutheißen Nüssen gegriffen.

Eine Schrecksekunde später sprang Livia auf und brüllte Débora an: »Du siehst doch, dass er sturzbesoffen ist! Mir machst du keine Angst mit deinem Hokuspokus!«

Débora blieb ruhig sitzen und wandte ihren Blick nicht von Robinho ab. »Der Italienischlehrer«, sagte sie beiläufig, »das ist mein Ex-Mann.«

8

Weihnachten und Neujahr verbrachten Livia und Emilio wie jedes Jahr auf der Straße mit den Kids aus der Nachbarschaft. Zu Hause versäumten sie nichts, kein Festmahl, keine Geschenke. Auf der Straße hingegen standen die Chancen recht gut, dass jemand sie hereinbitten würde und sich ein oder zwei Leckerbissen absahnen ließen. Auch dieses Jahr wieder ein Volltreffer nach dem anderen! Bei Maria Clara gab es Truthahn, bei José einen randvollen Teller *Coxinhas*, gebackene Hühnerkroketten, und bei Senhor Alfredo Schokotorte.

Im Jänner stand schließlich die Prozession von *Bonfim* vor der Tür, das letzte, untrügerische Zeichen dafür, dass der Hochsommer begonnen hatte. Tag für Tag Musikfestivals, Axé-Shows und öffentliche Proben von Blocos Afros. Die Altstadt und die Strände waren randvoll, die Hotels ausgebucht und die Übernachtungspreise hatten sich seit Oktober verdoppelt. In den verbleibenden Wochen bis zum Karneval würden sie sich verdreifachen.

Endlich bekam Ana, was sie wollte. »Du wirst nicht auf die Prozession mitgehen ohne einen anständigen Afro-Look», sagte sie zu Livia. »Bonfim ist unser Feiertag, das Fest der Schwarzen. Dein hübsches Köpfchen braucht einen fetten Rastaschopf. Oder willst du lieber Black Power?« Sie zupfte sich ihren schrillen Wuschelkopf in alle Richtungen.

Livia lachte. »Dann schon lieber Rasta.«

Die Finanzierungsfrage stellte sich noch, Livia hatte kein Budget für Kunsthaarfasern, aber auf Ana war Verlass. Sie drängte ihre Rasta tragende Schwester dazu, ihre ohnedies ausgewachsenen Zöpfe zu erneuern. Livia erbte ihre zweifarbigen Kunsthaarsträhnen, gewaschen, gekämmt, sonnengetrocknet und prächtig schimmernd in Mahagoni und Rotblond.

Den ganzen Tag verbrachten Livia und Ana auf knarrenden Holzstühlen an der schattigen Hausmauer des Proberaumes, wo Ana sich fingerfertig Zöpfchen um Zöpfchen vorkämpfte. Endlose acht Stunden Flechtarbeit. Genügend Zeit, um ausgiebig zu schwatzen und die herumhängenden Jungs aufzuziehen.

Fabrício war ein vorlauter Caixa-Spieler, ein kleinwüchsiger Kraftsportler mit einem einrasierten Scheitel. Sein permanenter Sidekick war Nelson, der Trottel. Fabrício kannte jede einzelne Website, auf der es um Schwarzen Stolz ging, und da gehörte für ihn auch der männliche Stolz dazu.

»Heh, Livia, wenn du dir jetzt auch Rastazöpfchen machen lässt, heißt das, dass du uns jetzt dirigieren wirst, anstelle von Rasta?«

»*Oh gente!* Mann! Was soll denn die Frage?«

»Ach, weißt du, du bist erst seit kurzer Zeit bei uns im Bloco. Andere sind jahrelang dabei und haben noch nie dirigiert.«

»Ich verstehe. Warte eine Sekunde.«

Livia unterbrach die Sitzung und verschwand im Hausinneren so wie sie war, rechts rassige Zöpfchen, links aufgebauschtes Haardesaster. Sie kam mit zwei Repiniques zurück, die sie schroff auf die Holzstühle rumste.

»Spiel mir was vor, was ich nicht kann«, verlangte sie.

»So hab ich das doch nicht gemeint.«

»Ich weiß, wie du es gemeint hast. Mach schon. Irgendwas Schweres.«

Fabrício gab sich Mühe. Er knallte eine schnelle Bossa-Linie mit 16tel-Zwischenschlägen aufs Fell.

Jetzt war Livia an der Reihe. Nelson und die anderen bildeten sofort einen Kreis um die beiden. Ein kleiner Showdown brachte endlich Schwung in den öden Nachmittag.

»Zeig's ihm, Livia!«, rief Ana.

Livia machte die Sache spannend. Sie drehte die Sticks eine Zeitlang konzentriert in den Händen, dann kam Fabrícios Schlagmuster. In doppelter Geschwindigkeit.

Die Menge hatte tierischen Spaß.

»Noch eins!«, pushte Ana. »Ein Schwierigeres.«

Fabrício konnte nicht mehr zurück. Er legte die schnelle Linie eines *Karnevalssambas* vor.

Wieder konterte Livia mit höherer Geschwindigkeit und streute obendrein noch ein paar Doppelschläge ein.

Die Menge johlte.

»Jetzt du nach mir«, forderte Livia ihn hitzig auf.

Sie zog einen anhaltenden Presswirbel hoch und knallte eine komplexe *Chamada* hin, ein Trommelsignal.

Keine Chance für Fabrício. Resignierend hob er die Hände. »Eine Frau! Wenigstens bist du schwarz.«

Die Sache war erledigt. Livia kehrte auf den Friseurstuhl zurück und nach weiteren Stunden, in denen sie mit Genugtuung an die unendlichen Wochen und Monate des einsamen Übens dachte, war Anas Werk perfekt. Eine stattliche Rastamähne spannte und zerrte an Livias Kopfhaut. Daran würde sie sich gewöhnen, der rassige Anblick in Anas Taschenspiegel war es bei weitem wert.

Ana war hingerissen. Sie band Livias Zöpfe über dem Kopf zusammen wie einen Blumenstrauß. »Du wirst die Sensation von Bonfim!«

#

Wieder verließen drei Reais Livias Hosentasche, diesmal für den Bus zur Baixa dos Sapateiros. Ganz in Weiß, in T-Shirt und langen Hosen, stieg Livia die Stufen hinauf zur Praça Castro Alves, vorbei an dichtgedrängten Marktständen mit billigen Lederwaren. Oben auf der Praça öffnete sich ihr Blick über die weitläufige Bucht von Todos os Santos, die Allerheiligenbucht. Monströse Frachtschiffe, dazwischen weiße Jachten und auf der gegenüberliegenden Seite, im morgendlichen Dunst, die Insel von Itaparica. Um die fünfzehn Centavos für den Aufzug in die Unterstadt zu sparen, ging Livia zu Fuß hinunter, mitten durch das Abbruchviertel, für gewöhnlich absolutes Sperrgebiet. Die dach- und fensterlosen Gebäudeleichen aus der Kolonialzeit zogen zweifelhafte Figuren an wie das Aas die Maden. Heute freilich war Livia nicht alleine unterwegs, heute war Bonfim. Eine Million Pilger und Besucher strömten zum Spektakel in Weiß.

Unten auf der Küstenstraße angelangt, dauerte es eine Weile, bis sie im Gedränge ihren Bloco fand, vor dem großflächigen Zierbecken des palmenumstandenen Marinekommandos.

Die Messe in der Kirche der Conceição da Praia war gerade zu Ende gegangen, die Prozession formierte sich langsam und setzte sich in Bewegung. Vorneweg machten sich Hunderte von *Baianas* auf den Weg. Senhoras in wallenden afrikanischen Gewändern, die auf ihren Köpfen Blumenvasen balancierten und Ketten aus Kaurimuscheln um den Hals trugen. Nach links und rechts verstreuten sie Popcorn in die Menge und verspritzten Lavendel-Wasser. Mit afrikanischen Gesängen zogen sie aus, um acht Kilometer weiter eine Kirchentreppe zu säubern. So wollte es der jahrhundertealte Brauch und da man in Bahia, wenn es ums Feiern geht, keine halben Sachen duldet, kamen noch Glockengeläute, Böllerschüsse, Konfettiregen und Blasmusik dazu.

Hinter den Baianas folgten die Irmãos dos Palmares, der traditionsreichste *Karnevalsblock* von Salvador, dem ausschließlich Männer angehörten. In Kaftan und Turban versprühten auch sie Lavendel-Imitat, während sie unentwegt nach Frieden riefen: »*Ajayô*! *Ajayô*!«

Danach kamen noch unzählige andere Karnevalsblöcke, bis endlich auf Rastas Kommando hin die Romanos Pretos lostrommelten und aufbrachen. Die Prozession von Bonfim war nicht der geeignete Anlass für eine ausgelassene Samba-Reggae-Show, sondern eher für feierliche, getragene Grooves. Das allgegenwärtige Weiß wurde zu Ehren von *Oxalá* getragen, der Schöpfergottheit des Candomblé, und es stand für Läuterung, Frieden und innere Ruhe. Und weil man ja nie wissen konnte, stand es gleichzeitig auch für den katholischen Herrn, schließlich pilgerte man auch zu dessen Kirche.

Livia ließ es sich trotzdem nicht nehmen, ihre Repinique schwungvoll zu bearbeiten. Mit ihren hochgebundenen Rastazöpfen war sie einmal mehr ein begehrtes Fotomotiv. Sie bewegte sich hinreißend im Rhythmus zu den Choreografien des Blocos. Mitten auf halber Strecke brach plötzlich einer ihrer Holzsticks entzwei. Robinho bekam das abspringende Ende vors Gesicht und sprang entsetzt zur Seite. Fabrício und Nelson grinsten sie dämlich an und beobachteten vergnüglich, wie sie den Rest des Weges mit einem Stick und einem Stummel spielen musste. Das würde ihr kein zweites Mal passieren, von nun an würde sie immer einen dritten Stick in Reserve dabeihaben.

Je näher sie zur Wallfahrtskirche von Bonfim kamen, desto ärger wurde das Gedränge. Es war unmöglich, bis auf den Kirchenhügel zu gelangen. Auf Knien arbeiteten sich die Eifrigsten unter den Pilgern die Stufen empor. Die Baianas verstreuten ihre Blumen und wuschen die Stufen mit dem mitgebrachten Duftwasser. Einige fühlten sich berufen die Menge zu segnen und besprenkelten die Umstehenden mit Kirschmyrten- und Weinrautenzweigen.

Rasta gab das Schlusskommando. Die Trommeln verstummten und die Truppe zerstreute sich langsam, Livia und einige andere blieben noch bei einem der unzähligen Getränkestände hängen. Alle zwei Minuten kam ein anderer Junge vorbei, der bunte Glücksbändchen zum Preis von einem Real verkaufte. Robinho war froh, Livias Stick-Attentat unversehrten Auges überlebt zu haben, und spendierte ihr ein Bändchen. Sie suchte sich ein Weißes aus, verknotete es dreimal ums Handgelenk und hatte damit drei Wünsche frei, die allerdings geheim bleiben mussten, denn sonst würde auch das Bändchen nichts helfen.

9

In wenigen Wochen schon war die Abreise nach São Paulo. Die Sambaschule hatte tatsächlich Geld für die Fahrt geschickt. Darüber hinaus hatte das Büro des Präsidenten Carlos Augusto ganze Arbeit geleistet und eine Reihe von Auftritten für den Bloco aus Bahia eingefädelt. Zwei im Lokalfernsehen, die Eröffnung eines schicken bahianischen Themenrestaurants in Moema und eine Axé-Gala gemeinsam mit anderen Acts auf der angesagtesten Showbühne der Stadt. Dazu kam noch das Sommerfest der Sambaschule. Überall würden sie eine Gage kassieren, nur für die Karnevalsparade selbst nicht, dafür gab es nie Gage. Sogar die Sambatänzerinnen mussten sich ihre Kostüme selbst kaufen.

Der Bloco war vollzählig zur Vorbesprechung im Proberaum erschienen, knapp 40 *Percussionistas*. Die Aussicht auf eine Fahrt nach São Paulo, samt Defilee im Karneval und dazu noch jede Menge Bares hatte auch diejenigen angelockt, die sonst das ganze Jahr über die Proben schwänzten, und einige, die sich neu einschreiben wollten. Tatu verschaffte sich mit einer Repinique Gehör.

»Hört mal zu! Euch ist doch klar, dass wir nicht alle fahren können. Wir bleiben vier Wochen dort. Da fallen schon mal alle weg, die arbeiten oder zur Schule gehen.«

In vielen Schulen gab es heuer keine Sommerferien, da die Lehrer im Oktober gestreikt hatten und die verlorenen Schultage nachgeholt werden mussten. Einige Percussionistas fühlten sich an dieser Stelle angesprochen.

»Ich kann mir schulfrei nehmen.«

»Fällt nicht auf, wenn ich die paar Wochen nicht da bin.«

»Die sind froh, wenn sie mich nicht sehen.«

»Ruhe!«, rief Tatu. »Außerdem muss auch irgendwer im Karneval in Salvador auftreten. Wir haben unser treues Publikum hier, haben schon 100 Eintritte verkauft, bekommen Geld von der Stadt. Denen allen können wir nicht den Finger zeigen. Die merken sich das bis zum nächsten Jahr.«

Tatu konnte ihnen nichts vormachen. Die paar Reais, die sie in Salvador im Karneval verdienen konnten, waren ein dürftiges Argument.

»Mein Cousin lebt in São Paulo. Den hab ich seit fünf Jahren nicht gesehen«, sagte Loiro, einer mit blond gefärbtem Kraushaar.

»Und mein Taufpate!«, rief Fabrício.

Auch Nelson hatte seine Gründe: »Die Friseurin meiner Tante ist nach São Paulo gezogen!«

Rasta sprang Tatu zur Seite. »Wir sollen mindestens 20 Trommler mitbringen und viel mehr passen auch nicht in den Bus rein. Wir nehmen zehn Surdos mit, fünf Caixas und fünf Repiniques, dazu Tatu und ich. Keine Timbas, die brauchen sie in der Bateria nicht.«

Ein unzufriedenes Murren kam aus der Ecke der Timba-Spieler.

Livia war noch im Rennen: Keine Arbeit, keine Schule und keine Timba, sondern Repinique. Ihre Zehen bohrten sich in die Sandalen. Tatu und Rasta machten die Sache spannend. Tatu faltete ein Blatt Papier auseinander.

»Wir haben hier eine Liste. Da steht drauf, wer mitkommt.«

Er hielt die Liste mit ausgestrecktem Arm in die Höhe. »Diese Liste ist endgültig.«

Rasta betonierte noch drüber: »Wer da nicht draufsteht, der kommt nicht mit. Wir haben keine Zeit für Diskussionen.«

Tatu las die Namen der Surdos vor und dann die der Caixas.

Freude bei denen, die mitdurften, lange Gesichter bei den anderen: »*Porra! O que é isso?* So eine Scheiße! Was soll denn das?« Nachdem wieder Ruhe eingekehrt war, kam Tatu zu den Repiniques.

»Livia!«

Sie war dabei! Sie wusste, wem sie das zu verdanken hatte. Rasta hatte schon so viel für sie getan. Wie würde sie es ihm je vergelten können? Nachdem Tatu die Liste vollständig verlesen hatte, bedrängten die Unzufriedenen Rasta, doch er hielt an seinen Entscheidungen fest. Livia umfasste ihr Glücksbändchen. Es hatte bereits einen ihrer Wünsche erfüllt. Ihr fiel auf, dass Robinhos Name nicht gefallen war. Sie fand ihn an der Bar, es hatte ihn hart getroffen. Keine Bateriaköniginnen und keine magischen Bierkrüge, die sich von selbst befüllten, aber einer musste schließlich den Laden in Salvador schmeißen.

»Weißt du was?«, sagte Livia. »Ich bring dir so einen Bierkrug mit.«

»Und vielleicht noch eine E-Mail-Adresse oder zwei?«

»Sag mir, wie deine Königin aussehen soll, und du bekommst ihre E-Mail-Adresse.«

Keiner wusste Genaues über die Gagen in São Paulo, auch nicht Tatu und Rasta. Wenn sie in Salvador bei drei Umzügen mitmachten, kamen für jeden Percussionista vielleicht 90 Reais zusammen. Viel Geld für jemanden mit 18 Reais Gesamtvermögen, aber São Paulo war eine ganz andere Liga, die Stadt der Millionäre. Dort war wirklich Geld zu holen. Sie rechneten sich gegenseitig Phantasiesummen vor, was die zu Hause Bleibenden noch mehr aufbrachte. Die empörten Stimmen wurden lauter, eine Meuterei war im Aufkommen.

»Ich spiel doch nicht um 90 in Salvador, wenn die anderen 3.000 verdienen in São Paulo. Da scheiß ich drauf«, meckerte einer lauthals.

Rasta brüllte über alle hinweg: »Wer uns jetzt im Stich lässt, der soll es gleich sagen und sofort gehen, hier und vor allen anderen!« Er blickte von einem zum anderen. Betretenes Schweigen. Das letzte Wort war gesprochen, die Versammlung löste sich auf.

Als Livia in die Sonne hinaustrat, kam ihr Ana entgegen. Auch sie hatte es erwischt. Sie nahm es sportlich. Sie umarmte Livia und sagte: »Ich freu mich für dich, Negerlein. Du bist die Beste an der Repinique. Du spielst sie alle an die Wand. Zeig denen in São Paulo, dass der Samba aus Bahia kommt!«

»Klar doch.«

»Und lass dir die Reise nicht von Débora verderben.«

»Wieso von Débora?«

»Weißt du nicht, dass sie mitfährt?«

»Was will die in São Paulo?«

»Klamotten kaufen. Sie war vorhin hier und hat rumerzählt, dass sie heuer in São Paulo das kaufen wird, was nächstes Jahr nach Salvador kommt.«

Livia schüttelte den Kopf, doch selbst die Aussicht auf zwei Tage im Bus mit Débora, ohne Ana und Robinho, konnte ihr die Freude nicht nehmen. São Paulo war ihre Chance, Livia hatte Pläne.

Es war früher Abend, als sie nach São Geraldo zurückkehrte. Den ganzen Weg hatte sie nachdenklich zurückgelegt, wäre um ein Haar unter einen Bus geraten. Das abendliche Treiben auf der Rua Aurélia war voll im Gange, die Geschäfte rege besucht.

Livia kam an der Kirche vorbei, einer mit Neonröhren beleuchteten, zur Straße hin offenen Garage mit Plastikstühlen in Reih und Glied. Drinnen sangen sie und klatschten im Takt. Der Prediger, ein

Showtalent mit Kopfbügelmikro, klagte die Dämonen des Karnevals an: Alkohol, Gewalt und ganz besonders Promiskuität. Livia musste auf ihrem Weg Hunden ausweichen und Jungs auf Fahrrädern. Vor dem Fitnessstudio auf der anderen Straßenseite hielten die Jungs ihre Party ab zu Axé-Musik aus dem geöffneten Kofferraum. Der Subwoofer dröhnte. »Heh, Livia, Kätzchen!«, rief ein auffallend Durchtrainierter mit nacktem Oberkörper. Er lehnte am Auto und hielt eine Bierdose in die Höhe. »Komm rüber! Das Bierchen hier ist für dich. Is' schön kalt.«

Ohne stehen zu bleiben rief Livia zurück: »Du musst noch mehr trainieren, Ailton, dann komm ich mal. Vielleicht!«

Vor dem Gemüseladen saß Tante Célia auf ihrer Bierkiste und schälte Bohnen.

»*Oi*, Tante, weißt du, wo Emilio steckt?«

»Ich weiß, wo er stecken sollte«, sagte Tante Célia verdrießlich, »nämlich zu Hause an den Hausaufgaben. Und ich weiß, dass er dort ganz sicher nicht ist. Was willst du von ihm?«

»Ach, nichts.« Livia beeilte sich weiterzukommen. Es war ihr warm in die Backen geschossen. So ein Leichtsinn! Ein falsches Wort zu Tante Célia und alles würde auffliegen. Ab jetzt war höchste Vorsicht angesagt. Ein Stückchen weiter traf sie Maria Clara, die mit Ronaldinho im Arm an der Haltestelle auf ihren Freund wartete. Livia schnappte sich Ronaldinho, um ihn abzuschmusen. »Hast du Emilio gesehen?«, fragte sie.

»Nein, heute noch nicht.«

Ronaldinho wurde postwendend seiner Mutter zurückgereicht.

»Ich muss ihn finden. Tchau, wir sehen uns morgen!«

»Versuch es bei João. Der hat ein neues FIFA-Spiel. Sie kleben alle wie die Fliegen davor.«

Ein guter Hinweis. Es erwies sich als nicht einfach, Emilio aus einem halben Dutzend hypnotisierter Jungs loszubekommen. »Wir müssen reden«, sagte Livia entschlossen und zog ihn fort. »Jetzt und alleine.«

Eines der ältesten und größten Häuser in der Favela war der *Terreiro*, der Camdomblé-Tempel. Er lag in einem kleinen Garten, dessen üppiges Grün die geweißte Gartenmauer überwucherte. An der Hangseite der Gartenmauer konnte man die Betondecke des Hauses darunter betreten.

Dort waren Livia und Emilio ungestört. Sie pflückten sich Sternfrüchte von einem Ast, der über die Gartenmauer ragte, und setzten sich an die Mauer. Während sie die süß-sauren Früchte verdrückten, betrachtete Livia abwesend die Lichter und das windschiefe Barackenchaos im Hang gegenüber.

»Was ist denn los?«, fragte Emilio ungeduldig.

Livia drehte sich zu ihm und nahm seine Hände.

»Ich geh weg von hier«, sagte sie mit belegter Stimme.

»Wohin?«, fragte Emilio argwöhnisch.

»Raus aus der Favela, viele tausend Kilometer weit weg von hier, nach São Paulo.«

»Und wann kommst du wieder?«

»Nie mehr«, konnte sie gerade noch stammeln, bevor ihre Stimme ausfiel und sie ihn verzweifelt umklammerte. Es dauerte eine Weile, bis sie sich wieder fand.

Emilio starrte sie ungläubig an.

Livia erklärte ihm die São Paulo-Reise des Blocos, die Chancen, die Gagen, die Zukunft, die sie dort bekommen würde mit ihrem, wie sie es nannte, »Talent«.

»Ich werde dort bleiben«, sagte sie, »und sobald das Geld reicht, ich volljährig bin, eine Wohnung habe, hole ich dich nach. Das verspreche ich dir. Du wirst auf die Universität gehen und Anwalt werden, mit Anzug und Krawatte. Die besten Ärzte und teuersten Spitäler werden sich um dich kümmern.«

Davon wollte Emilio nichts wissen. Was würde morgen sein, was übermorgen, wann würde sie wegfahren und wann genau wiederkommen, und warum konnte sie nicht einfach bleiben? Mit weißen Knöcheln hielt er ihre Handgelenke fest.

»Ich fahre doch erst in ein paar Wochen«, sagte Livia, »bis dahin werden wir noch viel zusammen sein. Du bist ein großer Junge, wirst mich bald verstehen.«

Sie zog ihn fest an sich.

»Tante Célia darf nichts davon wissen!«, beschwor sie ihn. »Du musst immer aufpassen, was du sagst, okay?«

#

An den darauf folgenden Tagen waren Livia und Emilio unzertrennlich. Kein Fußball und kein Videospiel konnte Emilio begeistern. Livia wollte ihn zu den Proben nach Liberdade mitnehmen, scheiterte freilich an Tante Célias Einspruch. »Es reicht, wenn sich eine in der Familie mit diesem Volk herumtreibt.«

Also blieb Livia in São Geraldo und verbrachte die Tage mit Emilio, kochte für ihn und, während er sein Nachmittagsnickerchen hielt, saß sie bei ihm und sah sich im TV an, was an Schrott lief: schmalzige Telenovelas, Talkshows, in denen der nervige Showmaster andauernd Samba tanzte und Lokalnachrichten aus dem Tropenparadis namens Bahia: ein Stadtrat hat mit öffentlichem Geld seine Villa bauen lassen, ein Abgeordneter staatliche Millionenaufträge für seine Privatfirma erhalten, und im heruntergekommenen Valmir-Calli-Stadion von Salvador war eine vollbesetzte Tribüne eingekracht mit mehreren Toten.

Livia wusch die Wäsche und sortierte heimlich vor, was sie mitnehmen würde. Ihr Sweater fehlte. Sie besaß einen einzigen Baumwollsweater, den sie liebte. Er war blau-weiß gestreift mit Kapuze, und sie trug ihn immer an regnerischen Tagen im Winter. Sie zog ihn auch gerne zum Schlafen an, wenn es zu Hause mal nicht so drückend heiß war. Der Sweater gab ihr ein wohliges Gefühl, sie mochte sich selbst in ihm. Livia durchsuchte den ganzen Schrank.

»Tante Célia, wo ist mein Kapuzensweater?«, fragte sie bei nächster Gelegenheit.

»Ach der, den habe ich der Kirche gespendet.«

»Gespendet? Meinen Sweater? Wie kannst du den weggeben! Er ist mein einziger und ich liebe ihn! Seit wann spenden wir unsere Kleider an die Kirche? Meine Sachen sind Spenden *von* der Kirche.«

»Es gibt Menschen, denen geht es nicht so gut wie dir. Sei nicht so egoistisch!«

Livia hielt es nicht mehr aus zu Hause. Sie knallte die Tür ins Schloss und machte sich auf zur Probe.

#

Schon von weitem sah sie, dass etwas nicht stimmen konnte. Rasta, Robinho und die ganze Truppe diskutierten eifrig vor dem Proberaum. Doch nicht schon wieder darüber, wer nach São Paulo mitdurfte? Ana kam ihr entgegen. »Stell dir vor, das Geld ist weg, die ganze Kohle. Weg!«

»Welches Geld?«

»Das von der Sambaschule, für die Reise!« Ana breitete ihre Arme aus. »Tatu ist seit drei Tagen verschwunden und das Geld mit ihm. Keiner weiß, wohin. Sie glauben, er ist auf der Jagd. Mir kommt es komisch vor. So lange war er noch nie weg.«

Der Bloco war ratlos, jeder äußerte seine eigenen Vermutungen.

Rasta sagte, wenn Tatu nicht bis morgen auftauchen würde, würde er zur Polícia gehen.

10

Im Schatten vor Tatus Cabana wischte sich der kleine Dicke über seinen verschwitzten Schnauzbart, während sein drahtiger Kollege die Zigarette fertig rauchte, bevor sie sich an die Arbeit machten. Sie waren vom Polizeikommissariat in der Rua Antônia Trindade heraufgekommen, um einer Abgängigkeits- und Diebstahlanzeige nachzugehen.

Livia und Robinho lugten durch die Tür hinein, während die *Sargentos* gemeinsam mit Rasta Tatus Habseligkeiten durchwühlten. Die Holzwände waren dicht behängt mit Fahnen, T-Shirts und Schals. Alles in Blau-Rot-Grün. *Eu Sou Barra! Esporte Clube Barra 1931. Torcida BARRAMOR.* Jeder wusste, dass Tatu treuer und leidender Barra-Anhänger war. Der letzte Meistertitel war mehr als 20 Jahre her und der beste Fußballklub von allen war seit Jahren nur mehr unterklassig unterwegs. Letzte Woche allerdings war ein Wunder geschehen. Barra hatte den Aufstieg fixiert.

Das Durchsuchungsteam traf auf ein reichhaltiges Durcheinander an Geschirr, Werkzeug, Margarinebechern, Schachtelchen und anderen Behältnissen. Alles ungeordnet und voller sortiertem Allerlei. Keiner konnte sagen, ob das Chaos die Folge eines Einbruchs oder womöglich einer kämpferischen Auseinandersetzung war.

In der düsteren Hütte mussten sie das Licht anknipsen, und für die verstellten Winkel erwies sich die Polizeitaschenlampe als hilfreich. Unter der Matratze fanden sie abgegriffene Pornohefte und in einer Holztruhe neben der Tür Gürteltierpanzer und Schlangenhäute. Unter einem Papierstapel hoben sie ein quirliges Mäusenest aus und nach einer halben Stunde Suchen konnte die Polícia noch eine Schachtel Patronen sicherstellen. Damit wurde die Amtshandlung abgeschlossen und die Sargentos verabschiedeten sich.

Rasta, Robinho, Livia und die anderen sahen einander ratlos an.

»Und was machen wir mit ihm hier?«, fragte Robinho. Er deutete auf Tatus Affen, ein nervöses Kerlchen ohne Namen, das Tatu sich hinter der Cabana hielt. Mit einem langen Seil an einen Mandelbaum gebunden turnte der Affe den ganzen Tag auf dem Baum umher. Jetzt saß er am untersten Ast und blickte hungrig in die Runde.

»Besorg ihm ein paar Bananen und dann sehen wir weiter«, sagte Rasta zu Robinho.

»Nur gut, dass Tatu seine Boa nicht mehr hat«, sagte Robinho. »Küken und Mäuse gibt's nicht im Supermarkt.«

Am Abend ging Rasta auf das Kommissariat, um sich die Durchschrift des Polizeiberichts zu holen. Darin wurde festgehalten, dass der abgängige Senhor Tatu, von Beruf *Presidente*, wohnhaft am Ort der Durchsuchung, nicht anwesend gewesen war, kein Geld gefunden worden war, und auch der Revolver des abgängigen Senhor Tatu nicht auffindbar gewesen war. Sargento Gláucio, der Dünne, wies noch darauf hin, dass, solange keine eindeutigen Hinweise auf ein Verbrechen vorlägen, das Kommissariat leider nichts Weiteres in der Angelegenheit unternehmen könnte.

Rasta hatte nichts anderes erwartet.

#

Auch am nächsten Tag nichts Neues. Ungewissheit und Misstrauen wurden immer unerträglicher im Bloco. War Tatu mit dem Geld durchgebrannt? Wurde bei ihm eingebrochen und er umgebracht? Wer wusste aller, dass er das Geld in seiner Cabana aufbewahrt hatte, wahrscheinlich in einem Joghurtbecher, anstatt es zur Bank zu bringen? Oder war er vielleicht auf der Jagd von einer Korallenschlange gebissen worden und einsam im Wald umgekommen?

Livia war am Verzweifeln. Emilio quälte sich noch immer mit dem Gedanken, dass sie ihn bald verlassen würde, obwohl sie selbst nicht mehr daran glaubte. Aber was, wenn sie alles abblasen und Emilio erlösen würde, und am Ende tauchte das Geld dann doch wieder auf? Emilio würde ihr nichts mehr glauben, auch nicht, dass sie ihn ganz sicher nach São Paulo nachholen würde.

#

In einer Woche hätten sie abreisen sollen. Das Büro des Präsidenten Carlos Augusto hatte bereits dreimal angerufen, um Details der Unterbringung und der Auftritte in São Paulo zu klären. Rasta ließ sie jedes Mal vertrösten. SoteroTur Viagens, das Busunternehmen, forderte die Anzahlung für die gebuchte Fahrt ein. Wenn das Telefon im Proberaum läutete, ging keiner mehr ran. Abgesehen von der leidigen

São Paulo-Reise hatte Rasta noch die Vorbereitungen für den Karneval in Salvador am Hals. Tatu hatte ein Chaos hinterlassen. Die T-Shirts für die Teilnehmer waren noch nicht bestellt, der Versorgungswagen nicht gebucht, die Gastspieler noch nicht organisiert, die Präfektur machte Schwierigkeiten, Marketing und Eintrittsverkauf standen still.

Livia ging hinter den Proberaum und brachte dem Affen eine kleine Zuckerrohrstange, die sie auf dem Weg von São Geraldo am Straßenrand ausgerupft hatte. Die Tür zur Cabana stand offen, Livia trat in das Halbdunkel ein. Rasta saß alleine auf Tatus Bett, die Stirn auf die Hände gestützt. Er hatte sich seit Tagen nicht mehr rasiert, sein smartes Hip-Hop-Bärtchen war längst aus den Fugen geraten. Er blickte auf, sie setzte sich wortlos neben ihn.

»Weißt du«, sagte er, »ich verstehe von dem ganzen Organisationskram nichts. Hat alles er gemacht und er war gut.«

Livia sah sich in Tatus eigenartiger Behausung um. »Schwer zu glauben.«

»Ich weiß, aber er war ein guter Politiker, und Politik ist das, was zählt für einen Bloco wie wir. Er hatte überall seine Freunde, hat dafür gesorgt, dass wir jedes Jahr unseren Platz im Karneval hatten und den Zuschuss von der Kulturbehörde erhielten. Keine Ahnung, wie er das gemacht hat, aber Politik nun mal ist wichtiger als ein guter Groove.«

»Und auf einmal ist er mit dem Geld aus São Paulo auf und davon?«, fragte Livia.

»Nein, sicher nicht, egal, was alle anderen glauben.«

»Woher willst du das wissen?«

»Wir haben von der Sambaschule 10.000 Reais bekommen für die Fahrt. Bus anmieten für 20 Leute, hin und retour. Tatu hat aber jedes Jahr ganze 30.000 bekommen für den Karneval, plus Einnahmen aus dem Eintrittsverkauf, minus aller Ausgaben, kein schlechtes Geschäft. Wir leben davon, er und ich, haben beide nichts anderes gelernt. Er hat es vielleicht nicht auf den Centavo genau abgerechnet, hat das Meiste von seinem Anteil für Huren verjubelt, während ich mein Haus gebaut habe, aber er ist damit nie abgehauen, verstehst du? Wenn er jahrelang mit 30.000 im Sack nicht durchgebrannt ist, warum sollte er es jetzt mit 10.000?«

Livia nickte benommen. Solche Summen hatte sie nicht erwartet. Der Mindestlohn betrug unerreichbare 678 Reais im Monat, soviel wusste sie.

»Es muss etwas anderes passiert sein«, sagte Rasta.

»Und du erwartest, dass er jeden Moment zur Tür reinkommt?«

»Mehr oder weniger. Ich kann mich nicht entschließen São Paulo abzusagen. Was soll ich denen erzählen? Die werden das Geld zurückverlangen.«

»Du hast den Polizeibericht.«

Rasta lachte. »Der zählt nicht. Was die in São Paulo angeht, haben wir das Geld eingesackt. Die werden unangenehm werden.«

»Was ist mit dem alten Freund deines Großvaters in der Sambaschule? Kannst du ihm nicht alles erklären?«

Rasta hob den Kopf. »Henrique Borboleta? Ich könnt's versuchen. Viele andere Möglichkeiten habe ich sowieso nicht« Henrique hatte Rasta von klein auf gekannt. Vielleicht konnte Henrique seinem Präsidenten das fehlende Geld schonend beibringen.

»Bis morgen warte ich noch«, sagte Rasta entschlossen. »Dann muss ich den Bus entweder bezahlen oder stornieren. Wenn Tatu bis morgen nicht auftaucht, bestell ich den Bus ab und rufe Henrique an.«

Sie standen auf. Rasta fasste Livia am Arm und sah ihr in die Augen. »Danke«, sagte er, »und zu niemandem ein Wort über den Zuschuss. Die verlangen von mir sonst das Zehnfache für die Auftritte. Nur Tatu und ich kennen die Beträge.«

#

Am nächsten Tag hing Livia lustlos vor dem Proberaum herum. Sie wartete auf Rasta. Die anderen vertrieben sich die Zeit mit improvisierten Rhythmen, Livia rührte keine Trommel an. Ana kam mit umgehängter Surdo heraus. »Was ist los mit dir, Schätzchen? Komm, hau drauf mit uns, ist doch nur 'ne Reise. Wenn du nicht fährst, geht die Welt nicht unter.«

Ana war ahnungslos.

Rasta ließ ewig auf sich warten.

Endlich kam er, frisch rasiert, seine gewohnte Entschlossenheit war wieder da.

»Hört mir zu», sagte er vor versammelter Runde. »Wir fahren nicht. Ich habe den Bus abbestellt, ich konnte sie nicht länger hinhalten. Tatu ist noch immer weg, das Geld ist weg, und ohne Geld bekommen wir keine 20 Leute nach São Paulo. Wir bleiben alle hier. Ich habe hier den vorläufigen Terminplan, wir werden drei Umzüge machen, Donnerstag und Sonntag auf der *Avenida* in Campo Grande, und Dienstag am Strand in Barra-Ondina. Das Budget steht noch nicht ganz, aber wenn wir den Zuschuss bekommen, dann kann jeder von euch mit 30 Reais pro Umzug rechnen, mehr ist nicht drinnen. Und dass mir morgen jeder zur Probe kommt. Wir haben noch viel zu tun. Im Karneval will ich den besten Bloco Afro von Bahia sehen!«

Alle nahmen es achselzuckend zur Kenntnis, es hatte ohnehin keiner mehr mit São Paulo gerechnet. Alle, bis auf Livia. Sie setzte sich an Ort und Stelle auf den staubigen Asphalt. Kein Geld, kein São Paulo, alles umsonst. Keine Zukunft. Ana kniete sich zu ihr nieder. »Ich versteh dich nicht«, sagte Ana leise. »Ist doch halb so schlimm.«

Livia sprang auf. »'Tschuldige, ich muss nach Hause.«

#

Den ganzen Abend lang versuchte Rasta erfolglos Henrique Borboleta in São Paulo zu erreichen. Um halb eins in der Nacht hob Henrique endlich ab, hocherfreut über einen Anruf aus Bahia. Er kam gerade von der Probe nach Hause, angeregt, und mit erstklassigen Neuigkeiten. »Unser diesjähriger Karnevalssamba wird ein Knaller! Nicht einmal der vom Vorjahr war so gut. Hör dir das an!«

Henrique Borboleta schmetterte drauflos:

»*Somos romanos e somos pretos*
Carregamos o samba nos peitos
Bahia, mainha do povo
Me ensina sambar de novo.
Wir sind Römer und wir sind schwarz
Tragen den Samba im Herz
Bahia, Mutter des Volks
Zeig mir den Samba so stolz.«

Henrique Borboleta war nicht zu bremsen.

»Was sagst du dazu, mein Sohn?«, fragte er schnaufend.

»Nicht schlecht«, sagte Rasta.

»Nicht schlecht? Was heißt nicht schlecht? Dieser Samba bringt uns 10 Punkte! Und stell dir vor, ihr werdet mittendrin sein! Landsmänner, Bahianer, mitten auf der Avenida im Sambadrom. Und dann diese Hymne auf Bahia. Zehntausende singen euren Samba auf der Tribüne! Sag, wann kommt ihr?«

»Genau darüber wollte ich mit dir reden.« Endlich kam Rasta zu Wort. »Wir haben hier ein Problem. Wir können nicht kommen.«

Stille in der Leitung.

»Hallo, Henrique? Bist du noch da?«

Henrique war noch da und Henrique war nicht gewillt, das eben Gehörte gelten zu lassen. Aufmerksam hörte er sich zunächst die bittere Geschichte an. Henrique hatte keinen Zweifel an ihrer Wahrheit, zu Hause bleiben allerdings war keine Lösung. Henrique Borboleta kannte seinen geldgierigen Präsidenten. Der würde das nicht durchgehen lassen, seine Anwälte oder noch eine ganz andere Spezies auf Rasta hetzen. Henrique wollte den Grünschnabel in Salvador nicht beunruhigen, doch es war an der Zeit, ihm eine Portion Borboleta-Charme einzuschenken.

»Mein Junge, so geht das nicht, ihr müsst kommen! Unbedingt«, begann er eindringlich.

So wie Henrique es schilderte, würde der Karneval ohne den Bloco aus Bahia gar nicht stattfinden können.

»Tu, was immer du kannst, zur Not kommt ihr auf dem Fahrrad, aber ihr werdet kommen, lass dir was einfallen! Davon hat dein seliger Großvater immer geträumt: Bahia auf der Avenida! Er hat dir Musik beigebracht, das bist du ihm schuldig. Er hat sein ganzes Leben für uns Schwarze gekämpft, für unsere Musik, unsere Kultur. Angefeindet haben sie ihn, die Polícia hat ihn verhört. Und warum? Weil er Musik gemacht hat! Unsere Musik. Dir wird was einfallen. Dir muss was einfallen! Nimm meinetwegen nur die Hälfte der Leute mit und sieh zu, dass ihr es irgendwie hierher schafft, auf der Ladefläche eines Fuhrwerks, ganz egal wie. Ihr müsst kommen!«

#

Auch Livia musste sich an diesem Abend gedulden. Emilio war mit Tante Célia unterwegs, zu Besuch bei einer alten Freundin von Tante Célia in Camaçari. Livia sah Emilio vor sich, wie er dort gelangweilt zwischen alten Tanten seine Limo schlürfte.

Livia lag auf ihrer Matratze ausgestreckt und starrte die Dachziegel an. So dringend hatte sie Emilio etwas zu sagen.

Erst als Emilio und Tante Célia nach Hause kamen, wachte Livia auf. Sie zog es vor, sich weiter schlafend zu stellen, hatte kein Interesse an Diskussionen mit einer angesäuselten Tante. Livia wartete, bis Emilio sich zu ihr gekuschelt und Tante Célias Schnarchen eingesetzt hatte.

Dann flüsterte sie Emilio ins Ohr: »Ich fahre nicht nach São Paulo, ich bleibe hier.«

Emilio ließ einen tiefen Seufzer vernehmen.

»Versprochen?«, fragte er.

»Versprochen«, sagte sie.

#

Mit nervigem Gehupe plagte sich der alte VW-Bus die steile Rua do Curuzu hinauf, gewann auf der Kuppe bedrohlich an Geschwindigkeit, packte um Haaresbreite die enge Kurve nicht und schlitterte vor dem Proberaum zum Stillstand. Robinho hatte sich mit einem Sprung zur Seite gerettet. Langsam verzog sich die Staubwolke, Rasta kletterte aus dem Bus, gefolgt von Débora. Auf der Fahrerseite stieg ein aufgewecktes Bürschchen aus. Rasta legte stolz seinen Arm um ihn und setzte die neugierige Truppe ins Bild: »Leute, das ist Silvio. Er und sein Bus sind unsere Rettung. Sie werden uns nach São Paulo bringen! Wir werden fahren!«

Der Bloco nahm die Nachricht mit Begeisterung auf. Alles quasselte durcheinander.

Allein Robinho kratzte sich nachdenklich am Kopf, während er den knallroten VW-Bus mit dem weißen Dach begutachtete. 20 Leute? Hier drin? 36 Stunden lang über Fernstraßen mit einem Schlagloch nach dem anderen? Er tippte Rasta auf die Schulter. »Geht mich ja nichts an, aber wie willst du da 20 Leute reinkriegen?«

Hatte Rasta sich längst überlegt. Außer dem Fahrer hatten noch acht Personen Platz, also würden sie nur zu acht fahren, ohne eigene Instrumente, mehr ging nicht rein, es war die einzige Lösung. Das Geld nach São Paulo retournieren konnten sie nicht. Es war verschollen und würde – so wie es aussah – auch verschollen bleiben. Henrique Borboleta hatte keinen Zweifel daran gelassen, dass sie unbedingt kommen mussten, und Silvio verlangte nur 2.400 Reais hin und zurück. Das war im Wesentlichen das Benzingeld plus ein paar hundert Reais für ihn selbst. Geschenkt.

»Der beste Deal überhaupt«, war Rasta überzeugt. »Billiger geht es nicht.«

»Und, Leute«, fügte er laut hinzu, «das verdanken wir Débora. Sie hat Silvio bequatscht, uns zu helfen.«

Ringsum Beifall für Débora. »Yay!« Selbst Livia applaudierte leise mit.

»Und woher nehmen wir die 2.400 Reais?«, wollte Robinho wissen.

Auch darauf hatte Rasta eine Antwort. Er erklärte es ihnen. Die Romanos Pretos hatten im Moment kein Geld. Über das Bankkonto konnte nur Tatu verfügen, es war gesperrt. Der Zuschuss von der Kulturbehörde kam erst nach dem Karneval und das Wenige, was aus dem Eintrittsverkauf bereits herinnen war, brauchten sie für die Shirts und andere Karnevalsausgaben. Jeder, der nach São Paulo mitfuhr, sollte also 150 Reais für die Hinfahrt aus eigener Tasche bevorschussen. Mit dem dort verdienten Geld würden sie dann die Rückfahrt bezahlen, und nach dem Karneval würde der Bloco allen alles zurückerstatten. Soweit Rastas bestechender Plan B.

Der Bloco allerdings teilte seine Begeisterung nicht. Große Ernüchterung griff um sich.

»150? Woher denn?«

»Da mach ich nicht mit.«

»Nicht mal 15!«

»Ihr bekommt doch alles zurück!«, versuchte es Rasta. »Ihr verdient dort viel mehr als hier, ist ein gutes Geschäft!«

»Nicht mit mir«, sagten gleich mehrere.

Rasta, den selten etwas aus der Ruhe brachte, erregte sich zunehmend. Vergessen war Tatus ausgeklügelte Liste, Rasta bemühte sich um jeden, der die 150 Reais vorstrecken konnte.

»Loiro, was ist mit deinem Cousin in São Paulo? Willst du für ein Wiedersehen keine 150 auslegen?«

»Ich hab keine 150 Reais«, sagte Loiro mit erhobenen Schultern.

Fabrícios Taufpate? - Vergeblich.

Die Friseurin von Nelsons Tante? - Keine Chance.

Débora verkündete lauthals: »Ich fahre auf jeden Fall mit! Mir ist es das wert.«

Das hatte Rasta noch gefehlt. »Natürlich fährst du *nicht* mit, wir haben nur acht Plätze statt 20. Jeder Platz wird mit einem Percussionista besetzt.«

»Du siehst doch, dass du in diesem Haufen Hungerleider keine acht Percussionistas zusammenbekommst!« Sie rauschte ab und hinterließ große Aufregung. Keiner ließ sich gerne beleidigen. Die ersten Kraftausdrücke flogen umher.

Rasta nahm Ana zu seiner Rechten an der Hand und Livia zur Linken. Nach und nach verstummten alle anderen und nahmen einander ebenfalls an den Händen. Sie bildeten einen Kreis, keiner sprach mehr ein Wort. Nach einer Minute des Schweigens ergriff Rasta das Wort: »Wir stecken im Dreck. Wir müssen da raus. Streit ist das Letzte, was wir brauchen. Nur, wenn jeder von uns sein Bestes gibt, kommen wir aus dieser Situation wieder raus. Wir sind ein Bloco Afro und wir werden allen zeigen, dass wir stark sind. Ich möchte, dass jeder seinen Orixá um Kraft und Einsicht bittet. Wir brauchen positive Energie, wir brauchen Axé. Oxalá wird uns Frieden und Zuversicht geben.«

Nach einer weiteren Minute des Schweigens löste Rasta den Kreis wieder auf.

Er hatte es geschafft, hatte seine Kraft wiedergewonnen, Ruhe hergestellt.

Basílio, ursprünglich nicht auf der Liste, wollte mit. Das Geld würde er irgendwie aufstellen. Er war an Bord. Fabrício würde seinen Vater um Geld bitten, und noch ein paar andere würden sich die Sache noch einmal überlegen. Robinho wollte lauthals mit, keine Frage. Er war einer der wenigen mit einem geregelten Einkommen, als Kellner bei Pizza da Zizza in Pituba. Pech für ihn, denn gerade er musste als Statthalter in Salvador bleiben.

»Was ist mit dir?«, fragte Livia Ana.

Ana zuckte mit den Achseln. »Ich hab kein Geld und selbst wenn ich eins hätte, würde ich's für was anderes brauchen. Ich war ewig nicht mehr beim Zahnarzt und der Backenzahn tut weh. Ich brauch seit langem 'ne Brille, sehe in der Schule nichts mehr. Bei uns zu Hause zählt jeder Real. Und du? Du willst wohl immer noch unbedingt mit?«

»Was soll ich denn sonst wollen?«, fragte Livia mehr sich selbst als Ana. Livia nagte an ihrer Unterlippe. »Dieser Schönheitswettbewerb von Tìbínù, läuft da die Anmeldefrist noch?«

»Na endlich!« lachte Ana. »Wird ja Zeit, dass du aus deiner Schönheit mal was machst. Andere haben in deinem Alter zwei Kinder, und du hast nur Augen für deine Repinique. Komm morgen zu mir.« Sie umarmten sich zum Abschied. »Wir werden hingehen und denen die neue Prinzessin vorstellen.«

11

Ana wohnte in Liberdade, unweit der Romanos Pretos. Zu Livias großer Freude ging es bei Ana zu Hause deutlich lebhafter zu als bei ihr selbst, wo Tante Célias Hausarrestniederlage noch immer die Stimmung drückte.

Wohin Livia bei Ana auch treten oder sich setzen wollte Spielzeug, Kinderkram, Shirts, Höschen. In zwei Räumen wohnten sie hier zu elft, erklärte Ana und rollte die Augen. Sieben Geschwister, zwei Kids von der ältesten Schwester, eines von einer jüngeren, und Oma, die sie alle durchgebracht hatte. Mutter hatte ihre siebte Geburt nicht überlebt, Väter gab es verschiedene. Einer hatte bei einem Motorradunfall sein Leben gelassen, ein anderer hatte sich die falschen Freunde ausgesucht und war in der Notaufnahme verblutet, und ein dritter, Anas Vater, hielt nicht viel von väterlichen Pflichten. Am Tag nach Anas Geburt hatte er Anas Mutter in der Geburtsklinik besucht, eine Tafel Schokolade in der einen Hand und - zur Überraschung aller - seine neue Freundin an der anderen Hand.

Anas ältester Bruder hatte noch 15 Jahre Gefängnis vor sich, sie ging nicht ins Detail. Zum Glück hatte ihr anderer Bruder, Joaquim, Arbeit als Wachposten im noblen Vitória.

Eine dicht behangene Wäscheleine war quer durch den Raum gespannt und diente gleichzeitig als Raumteiler. Oma tauchte durch die Wäschewand hindurch auf, ein kleines, zerfurchtes Muttchen mit Feuer in den Augen. Sie liebte ihr volles Haus und freute sich über jeden, der sich auf Besuch noch dazuzwängte. Sie drückte den Wäschestapel auf dem Sofa zur Seite, sodass Livias Teeniepopo gerade noch Platz fand, musste aber gleich wieder an ihren Suppentopf zurück. Von dort aus kommentierte sie über die Wäscheleine und die Telenovela hinweg das weitere Geschehen. Ana stellte Livia eine Horde von Schwestern vor, deren Namen Livia zu viele auf einmal waren.

Draußen ging ein Kindergeschrei los. Cristina sprang auf, oder war es Neusa? Sie hastete zur Hintertür hinaus und kam mit einem plärrenden Kind auf dem Arm wieder. Das unglückliche Mädchen hatte sich den Nagel eingetreten, den sie zum Fixieren der losen Schlaufe in die Kindersandale eingesetzt hatten.

Neue Gummisandalen waren nicht das einzige, wofür das Geld fehlte. Das E-Werk hatte ihnen vor einiger Zeit wegen unbezahlter Rechnungen den Strom abgedreht. Nach einer Woche im Finstern und ohne Kühlschrank hatte ihnen ein begabter Nachbar eine Zuleitung gelegt. Noch war niemand dahinter gekommen. Eines der Kinder kratzte sich beharrlich am Hintern. Wahrscheinlich brauchte es ein Entwurmungsmittel, das allerdings im öffentlichen Gesundheitszentrum ausgegangen war. Also mussten sie warten, bis es wieder eines gab. Für ein Mittel aus der Apotheke reichte es nicht.

Nachdem das kleine Mädchen verarztet war und den anderen Kindern stolz das große Pflaster am Fuß präsentiert hatte, tischte Oma frischen Acerolasaft auf, und die Schwestern nahmen sich Livia vor.

Frauen waren in diesem Haus neun gegen zwei in der Überzahl. Dementsprechend groß war die Auswahl an billigem Schminkzeug. Sie probierten alles an Livia durch. Lippenstift in verschiedenen Farben? Keine passte, wieder weg damit. Braunes Rouge auf die Wangen? Auch nicht das Wahre. Lidstrich und Lidschatten? Zu viel des Guten. Am Ende einigte man sich auf Wimperntusche und etwas Gloss auf die Lippen. Der Hammer! Die Rastazöpfchen noch hochgebunden – perfekt! Mehr brauchte Livia nicht, sie war ein Naturtalent.

#

Drei Gehminuten von den Romanos Pretos entfernt lag das Epizentrum des Samba-Reggaes, der legendäre Bloco Afro Tìbínù. Es war eine andere Welt. Lange vorbei die Jahre, in denen Tìbínù mit ihren schwarzen Spottgesängen und selbst gebastelten Trommeln den Weißen ihren Karneval verdorben hatte. Es gab keinen weißen Karneval mehr in Salvador, es gab nur mehr Samba-Reggae, dessen afrikanischen Onkel *Afoxé*, kurz Afro, sowie dessen populäre Nichte Axé-Musik.

Mannshohe Plastikplanen an den Wänden, kräftig bedruckt in den Farben von Tìbínù, Schwarz, Himmelblau und Silber, ließen keinen Zweifel an der Mission des Blocos.

»*Acorda Minha Cor!*«, stand über dem Eingang, »Erwache, meine Hautfarbe!«

»*Força Negra – Orgulho Negro*. Schwarze Macht – Schwarzer Stolz.«

»*Zumbi 350 Anos*«, in Erinnerung an Zumbi dos Palmares, den legendenumwobenen Sklavenrebellen, zu dessen Todestag alljährlich die Consciência Negra stattfand.

Und einfach: »*Raça!* Rasse!«

Tìbínùs Kampf um Aufwertung der schwarzen Kultur und um soziale Gerechtigkeit hatte seit dem vorletzten Regierungswechsel Rückenwind bekommen. Die schwarze Sache war zur Chefsache geworden. Mit den Stimmen der Schwarzen ließen sich zunehmend Wahlen gewinnen und sie wurden auch immer kaufkräftiger, also ließen Großkonzerne wie Braspetróleo und Mobilbras auf einmal Sponsorgelder springen. Ihre Logos glänzten allgegenwärtig auf den Plakaten. Der Bloco hatte seinen Proberaum zu einer weitläufigen Auftrittshalle umgebaut und die angrenzenden Häuser aufgekauft. Der gesamte Häuserblock war jetzt Tìbínù-Territorium.

Alle Türen standen offen, in der Mittagshitze herrschte ein vereinzeltes Kommen und Gehen. Ana und Livia versuchten es durch den Haupteingang und fanden sich in der verwaisten Auftrittshalle wieder. Keiner da, den sie fragen konnten. Zurück auf der Straße fragten sie einen, der aussah, als ob er dazugehörte. Ein langer Lulatsch, pechschwarz und ein bisschen grimmig, mit echten Dreadlocks.

»Ihr müsst zu Vilma«, sagte er träge und freundlich. »Die ist dort im Nebenhaus.«

Vilma hatte ihr Büro auf die Veranda hinaus verlegt. Hinter einem wackeligen Holztisch schob sie Papier hin und her. Ein Tischventilator schwenkte von einer Seite zur anderen und trocknete ihr den Schweiß am Hals.

»Ihr habt Glück, Mädels.« Vilma blickte über ihre smarte Hipsterbrille mit Hornfassung hinweg. «Heute ist der letzte Tag für die Anmeldung, morgen findet der Wettbewerb statt.«

Ana zwickte Livia in den Oberarm. »Siehste, läuft doch prächtig, morgen bist du Prinzessin und bekommst die Prämie.«

»Wie hoch ist die Prämie?», fragte Livia.

Vilma schob sich ihre Brille zurecht und nahm Livia unter die Lupe.

»Schätzchen, du bist zweifellos schön, aber den Wettbewerb musst du trotzdem erst gewinnen. Wir haben 26 Anmeldungen, du bist die Nummer 27, und ich kann dir sagen, da sind schon ein paar andere dabei: Da gibt es Größere, da gibt es Dunklere und welche, die tanzen seit Jahren Afro bei uns im Bloco. Kannst du denn Afro tanzen?«

Konnte Livia nicht. Jedes Kind in Salvador konnte zwar *Axé* tanzen, allerdings war Axé nicht ganz dasselbe wie Afro.

Axé-Choreografien sind die populären Moves zum Karneval. Aufgepeppte Afro-Schritte mit viel Samba, Reggae und Hip-Hop dabei. Diese sportlichen Choreografien sind Saisonware, jeder der Karnevalshits hat seine eigene Choreografie. Oft enthalten auch die Texte der Axé-Musik eingebaute Choreografie-Anweisungen. Afro hingegen ist eine ganz andere Geschichte. Traditionelle Schritte aus dem Candomblé mit ausladenden, fließenden Bewegungen und Drehungen, nicht unähnlich dem Tanz der orientalischen Derwische.

Die Leute von Tìbínù, die Gralshüter des Afro, meinten Afro, wenn sie Afro sagten, und nicht etwa Axé.

»Klar doch kann ich Afro!«, sagte Livia zuversichtlich. »Ich bin bei den Romanos Pretos.«

Vilma schaute nicht sehr überzeugt. »Steuerkarte, Wahlberechtigungskarte, Personalausweis, ein Farbfoto 3x4, und das Formular hier musst du ausfüllen.«

Der Personalausweis war das einzige, was Livia vorlegen konnte. War aber nicht weiter schlimm, kein Grund zur Sorge, so genau nahm man es auch wieder nicht. Etwas anderes hingegen fiel Vilma auf. »Du bist noch keine 16. Dein Erziehungsberechtigter muss herkommen und für dich unterschreiben.«

Tante Célia unterschreiben für den Schönheitswettbewerb von Tìbínù? Nicht einmal zuhören würde sie Livia.

»Das ist meine Tante«, sagte Livia. »Die liegt im Spital.«

»Hat sich das Bein gebrochen«, sekundierte Ana mit betrübter Miene.

»Wir bringen ihr das Formular zum Unterschreiben», sagte Livia.

»Kindchen, so das geht nicht«, sagte Vilma. »Wenn deine Tante nicht selber kommen kann, dann kann ich euch auch nicht helfen. Der Erziehungsberechtigte muss persönlich vorsprechen, so sind die Regeln bei uns. Versuch es nächstes Jahr wieder.«

»Ist es in Ordnung, wenn sie morgen vor dem Wettbewerb mitkommt?«, beeilte sich Livia zu fragen.

»Sie soll ihren Ausweis nicht vergessen und du musst das ausgefüllte Anmeldeformular und einen Bikini mitbringen.«

»Und wie hoch war noch mal die Prämie?«

»Weißt du, Ebenholzprinzessin ist die höchste Auszeichnung für ein schwarzes Mädchen und du fragst andauernd nach dem Geld. Andererseits, wer hat schon Geld von uns? 1.000 für die Prinzessin, 500 für die Zweite und 250 für die Dritte.«

Livia würde nichts unversucht lassen.

#

Bei Ana zu Hause gingen sie ans Werk. Zunächst war das Formular auszufüllen. *Name*: Olívia dos Santos Vieira. *Größe*: 1,71m. *Gewicht*: 47kg. *Wodurch wurden sie auf unseren Wettbewerb aufmerksam gemacht? – TV, Internet, Zeitung oder Freunde und Bekannte?*

»Blöde Frage«, sagte Ana. »Wer kennt die Ebenholzprinzessin nicht?«

Livia kreuzte *TV* an.

Gemeinsam saßen sie auf dem Boden über das Formular gebeugt und arbeiteten sich durch den Rest der Fragen vom Typ *Name des Vaters, Name der Mutter, Schuhgröße (der Teilnehmerin).* Andere Fragen, wie zum Beispiel *Telefon privat, Telefon geschäftlich, Mobiltelefon und E-Mail-Adresse* mussten unbeantwortet bleiben.

Neusa, Anas älteste Schwester, wurde zu ihrer großen Freude für die Rolle der Tante Célia verpflichtet, Premiere morgen Abend.

Dann begannen die Afro-Lektionen. Jede der Schwestern hatte ihre eigenen Moves auf Lager, die sie für Afro hielt. Nicht besonders elegant und überzeugend, doch Livia nahm, was man ihr anbot. Auch Oma steuerte einen ungelenken Schritt bei. Sie schwor, dass dieser eine bedeutsame Bewegung des Candomblé sei. Livia gab sich redlich Mühe alles einzustudieren, doch besonders die Drehungen fehlten in ihrem Repertoire. Sie übten hinter dem Haus, bis es dunkel war, dann wurde auf morgen vertagt und Livia machte sich auf nach Hause.

#

Am nächsten Tag hatte Livia ihren roten Bikini unter dem Kleidchen an. Zuerst schaute sie bei den Romanos Pretos vorbei. Rasta hing verschwitzt am Telefon und hatte eine Menge Papier auf der Bar ausgebreitet. Ihm blieben nur noch drei Tage, um das Wichtigste für den Karneval in Salvador zu regeln, bevor er nach São Paulo aufbrach. Alles lief schief, es sah nicht gut aus. Robinho stand hilflos daneben. Organisation war nicht seine Sache. Robinho konnte ein Schreiben der Präfektur nicht finden, nach dem Rasta gefragt hatte.

Livia wollte wissen, wie es mit den Anmeldungen für São Paulo aussah. Gab es noch freie Plätze?

»Freie Plätze?«, fragte Rasta ohne aufzublicken. Er zählte seine Finger ab. »Basílio, Fabrício, Dodô, Marrom und ich sind fix an Bord. Ich bete, dass wir die übrigen drei Plätze noch voll kriegen. Wenn wir einen zu wenig haben, kann ich von keinem verlangen noch mehr auszulegen. Ich weiß, dass du versuchst das Geld aufzustellen. Ich würde mir wünschen, dass du mitfahren kannst.«

»Ich werde heute Abend bei der Ebenholzprinzessin von Tìbínù mitmachen«, verkündete Livia.

»Großartig. Ich drück dir die Daumen.«

Livia wollte nicht länger stören und wandte sich zum Gehen.

»Warte mal!« rief Rasta ihr nach.

Sie drehte sich um und hatte seine ganze Aufmerksamkeit.

»Du machst was?«, fragte er.

»Die Ebenholzprinzessin von Tìbínù«, sagte sie verwirrt. »Ist heute Abend, ich werde mitmachen.«

»Doch nicht, um das Geld für São Paulo aufzustellen?«

»Doch. Die Gewinnerin bekommt 1.000 Reais.«

»Hat dir niemand was über die Pflichten der Ebenholzprinzessin erzählt?«

»Pflichten?«

»Der große Umzug von hier bis zum Pelourinho, die Karnevalsumzüge im Zentrum, Tìbínù ist am Sonntag, Montag und Dienstag unterwegs. Die Tìbínù-Loge, Interviews, Foto-Shootings, und, und, und. Die Ebenholzprinzessin ist den ganzen Karneval im Großeinsatz. Sie führt den Bloco an, und das Geld sieht sie frühestens im Mai, wenn der Bloco den Zuschuss von der Kulturbehörde erhalten hat.«

Noch nie hatte Livia sich so dämlich gefühlt. Da hatte sie jetzt die Chance auf 1.000 Reais und bei einem Gewinn würde sie erst recht weder nach São Paulo kommen noch mit ihrem Bloco im Karneval auftreten können.

»Ich würde dich lieber bei uns sehen, als oben auf dem Trio Elétrico von Tìbínù, aber du brauchst das Geld, versuch es«, sagte Rasta.

#

Nach einem ganzen weiteren Tag voll Afro-Lektionen bei Ana war es am Abend so weit. Livias Afro-Moves waren doch etwas vielfältiger und runder geworden als am Vortag und auch Neusa hatte ihren Part geübt. Ihr linkes Bein war steif mit Tüchern umwickelt und unter einem langen Kleid verborgen. Gekonnt humpelte sie umher. Einen Besenstil hatten sie zur Krücke umgebaut. Mit Omas Segen, Ana und Neusa als Begleitschutz, sowie Lipgloss und Zöpfchen am rechten Ort rückte Livia aus. Nach so vielen Tanzübungen war sie abgekämpft, doch jetzt war nicht die richtige Zeit für Müdigkeit. Zunächst war die Hürde Vilma zu nehmen und dann 26 geübte Afro-Tänzerinnen, eine schöne als die andere.

Tìbínù-Land war nicht wieder zu erkennen. Die Polícia hatte Verkehrssperren errichtet. Die Rua do Curuzu erstrahlte in Festbeleuchtung, und eine unüberschaubare Menschenmenge drängte sich auf der Straße. Die einzigen anwesenden Weißen waren eine Handvoll mutige Touristen mit großen Augen und ein paar Pressefotografen. Es war das Fest der Schwarzen und sie alle hatten sich fein herausgeputzt. Rastazöpfe soweit das Auge reichte, kunstvoll verziert mit Kaurimuscheln, farbigen Perlen und Bändern. Ein Meer in Schwarz, Himmelblau und Silber.

Drinnen hatte die Show längst begonnen. Der unverkennbare Sound von Tìbínù war im ganzen Viertel zu hören: Eine einzelne Stimme begleitete den Samba-Reggae der Trommeln. Sie sang von der Schönheit und vom Stolz der *Negros*. Keine Harmonieinstrumente, nur Rhythmus und Gesang. Viele konnten sich den Eintritt von zehn Reais nicht leisten, sie sangen und tanzten auf der Straße mit. Die Auftrittshalle war zur Straße hin offen, und wer sich ein gutes Fleckchen erobert hatte, konnte über die Mauer des Vorplatzes hinweg bis zur Bühne sehen.

Livias Trupp kämpfte sich zu Vilmas Büro vor. Neusa fand Gefallen an ihrer Rolle. Ein Besenstiel war praktisch, um sich im Gedränge ein bisschen Respekt zu verschaffen. Rechts einer, dem sie aus Versehen in den Fuß piekte, links einer, dem sie aus Unachtsamkeit sanft in die Kniekehle fuhr. Ein schuldloses Lächeln, »*Desculpe!*«, nach links, »*Licença!*«, nach rechts, und der Weg war frei.

Vilmas Büro hatte geschlossen. Nach hastiger Beratung ging es weiter zum Haupteingang. »Kein Einlass ohne Ticket«, sagten die verschränkten Arme des Zwei-Meter-Hünen am Eingang.

»Wir müssen zu Vilma, dringend!« überschrie Ana den Samba-Reggae.

»Welche Vilma?«, fragte der Hüne ohne sich herabzubeugen.

Es wurde ein hartes Stück Arbeit. Zu dritt mussten sie ihn bearbeiten. Das Formular hielten sie ihm unter die Nase, Tante Neusas gebrochenes Bein musste als Schaustück herhalten. Endlich rief er einen Kollegen zu sich, der sie durch die dichten Reihen hindurch hinter die Bühne zu Vilma führte.

Vilma zog die Brauen hoch und legte den Kopf schief. »Schätzchen, mit dir habe ich nicht mehr gerechnet.«

»Das ist meine Tante Neusa«, sagte Livia. »Sie ist aus dem Spital hergekommen.«

»Geht in Ordnung.« Vilma wollte weder Neusas Unterschrift noch ihren Ausweis sehen.

»Du musst dich beeilen. Es sind zwei Durchgänge. Der erste im Tìbínù-Kostüm. Der zweite dann im Bastrock über dem Bikini. Dort drinnen kannst du dich umziehen. Die Mädels helfen dir mit dem Turban und der Schminke.« Sie schob Livia in die Garderobe.

Nach einer Weile kamen tröpfchenweise die ersten Mädels aus der Garderobe heraus, bloßfüßig, stolz und prächtig in ihren farbenfrohen afrikanischen Kostümen, auf ihren Köpfen kunstvoll drapierte Tücher. Angespannt nahmen sie hinter der Bühne Aufstellung. Livia erschien als Letzte. Atemlos glitt sie durch die Tür heraus, eine Prinzessin. Ihre zarte Gestalt war im wallenden Kostüm verschwunden, ihre grünen Augen strahlten im Schimmer des großflächigen silbernen Lidschattens.

Rasta war gekommen, er plauderte mit Vilma. Rasta ging bei allen Blocos in Salvador ein und aus, kannte jeden und dessen Hund. Als er Livia sah, verschränkte er seine Arme und betrachtete sie kopfschüttelnd. »Was haben sie mit dir angestellt?«

»Gefalle ich dir nicht?«

»Nein, *gefallen* kann man das nicht nennen. Du bist eine Sensation! In Afrika würdest du so einen Stammeskrieg lostreten.«

»In Bahia bin ich eine von vielen. Schau dir die anderen Mädchen an. Jede Einzelne ist eine Sensation. Ich habe in Wahrheit keine Chance.«

»Versuch es, gib dein Bestes!«

Die Choreografietruppe beendete ihre Afro-Show und der Ansager leitete aufgeregt den Höhepunkt des Abends ein: »Wir kommen nun zum Wettbewerb um den Titel der Ebenholzprinzessin. Seid ihr bereit?«

Die Menge johlte.

»Was war das? Ich habe gefragt, S E I D I H R B E R E I T?!«

Sie brüllten.

»Wir rufen nun die erste Kandidatin auf die Bühne. Sie ist 23 Jahre alt, aus Liberdade – woher denn auch sonst? – professionelle Tänzerin, Tochter von *Iansã* und seit ihrem zehnten Lebensjahr Mitglied bei

Tìbínù. Bühne frei für Beatriz Castro de Sousa!«

Beatriz verstand ihr Handwerk. In einer Holzschale brachte sie ihrer Orixá Iansã Blätter und Kräuter dar, drehte sich dabei anmutig und geheimnisvoll, setzte die Holzschale ab und legte dann erst richtig los. Es war fantastisch anzusehen und Livia begriff erst jetzt, worauf sie sich eingelassen hatte. Unter ihrer Schminke erblasste sie. Nie und nimmer hatte sie den Funken einer Chance. Sie ging zu Vilma und Rasta hinüber.

»Ich mach das nicht«, sagte Livia bestimmt. »Ich gehe.«

»Was heißt, du gehst?«, fragte Vilma.

»Ich bin weder aus Liberdade, noch bei Tìbínù, ich habe keinen Candomblé-Heiligen und vom Tanzen sowieso keine Ahnung. Es ist Zeitverschwendung.«

»Hör mal zu.« Vilma war stocksauer. »Ich hab dich extra noch aufgenommen. Bei uns hat noch nie eine Kandidatin gekniffen.«

»Ich habe doch keine Chance! Nicht auf den ersten, den zweiten, dritten oder sonst einen Platz. Disqualifiziert wegen Oberpeinlichkeit. Das wird dabei rauskommen.«

»Bei uns gibt es keinen letzten Platz und keine Disqualifikation. Es gibt die ersten drei Plätze und sonst nichts.«

Rasta schaltete sich ein: »Livia, davonlaufen gilt nicht. Selbst, wenn du nicht gewinnst, wirst du es bereuen, wenn du jetzt aufgibst.«

Livia war nicht umzustimmen. »Ich mach mich hier nicht zum Clown!« Sie verschwand in der Garderobe.

So etwas hatte Vilma noch nicht erlebt. Sie zerknüllte Livias Fragebogen, der zuunterst in ihrem Stapel lag. Zu Rasta sagte sie: »Die braucht es nächstes Jahr gar nicht versuchen. Tìbínù kann sehr gut auf solche Mädchen verzichten.«

»Sie wird kein zweites Mal kommen«, sagte Rasta.

Livia nahm den direkten Weg von der Garderobe zum Ausgang. Draußen auf der Rua do Curuzu kam sie an einem der Touristen vorbei, offensichtlich ein Franzose, der einem desinteressierten Polizisten aufgebracht seine Tasche präsentierte. Oben fein säuberlich geschlossen und unten fein säuberlich aufgeschnitten. »*Trois cents réaux*! *Trois cents* r e a l e s!«

Welcher Trottel spaziert mit 300 Reais in der Tasche auf den Curuzu? In der Nacht, mitten ins Gedränge von Tìbínù, als Gringo. Sei froh, dass sie dir nicht den Bauch aufgeschlitzt haben. Livia war nicht nach Mitgefühl zumute. Sie nahm auch die belustigten Blicke nicht wahr, die sie auf dem Heimweg begleiteten.

Als Livia heimkehrte, saß Tante Célia vor der Glotze, während Emilio bereits schlief.

»Wie siehst du denn aus?«, empfing sie Tante Célia.

»Das hab ich heute schon mal gehört«, Livia beugte sich über den kleinen Spiegel an der Spüle. Wie ein Waschbär sah sie aus. Der Lidschatten war zu einer breiten Maske verwischt. Sie schlüpfte aus ihrem Kleidchen und nahm eine ausgiebige Dusche.

»Heute haben sie einem Gringo in Liberdade 300 Reais gestohlen«, sagte Livia, als sie sich abtrocknete.

»Dem Gringo werden die 300 nicht fehlen und wenigstens einer von uns hat seine Bohnen in den nächsten Wochen gesichert«, sagte Tante Célia.

»Ich wünschte, ich hätte 300 Reais. Tante Célia, ich brauche Geld.«

»Wir alle brauchen Geld.«

»Wo sind meine 70 Reais?«

»Deine 70 Reais?«

»Die von Vagner, von meinem Geburtstag!«

»Das waren *deine* 70 Reais, ja?«, fragte Tante Célia. Ihre Augenbrauen stiegen hinter den Flaschenböden hervor. »Bist du seit deinem Geburtstag verhungert? Nein? Hast du seit deinem Geburtstag auf der Straße schlafen müssen? Nein? Jetzt weißt du, wo *deine* 70 Reais geblieben sind.«

»Ich habe keinen einzigen Centavo mehr in der Tasche.«

»Es gibt einen Gemüseladen, und jede Menge ungeschälter Bohnen, die auf dich warten.«

»Ich kann im Karneval viel mehr Geld verdienen, wenn ich jetzt eine Kleinigkeit vorschieße.«

»Was soll denn das für ein krummes Geschäft sein?«

»Ich muss eine neue Trommel kaufen.«

»Und was kostet eine neue Trommel?«

»150.«

»150 für ein Stück Blech? Lass bloß die Finger davon!« Tante Célia wandte sich wieder ab. »Gemüseladen!«, fauchte sie hinter ihrem Fernseher hervor.

Livia legte sich auf die Matratze und schmiegte sich an Emilio. Der schlummerte wie immer bombenfest. Das Gute war, dass das Versprechen lebte, das sie ihm gegeben hatte. Sie würde hierbleiben. São Paulo war nach der heutigen Pleite wohl endgültig gestorben. Wenn ihr nichts anderes einfiel, dann war sie raus aus dem Spiel. São Geraldo und Bohnenschälen – darauf würde es hinauslaufen.

#

Falcão war heute nicht auf seinem Posten. Ein anderer stand Wache. Livia hatte ihn noch nie gesehen. Ein Grimmiger mit kleinem Kopf und seltsam niedriger Stirn. An seinen Schläfen wuchsen die Haare gefährlich nahe an die Augenbrauen heran.

»*Oi*, ich muss zu Senhor Vagner«, sagte Livia.

»Er will keinen Besuch.«

»Ich *muss* zu ihm.«

»Geht nicht.«

»Was wäre, wenn ich etwas weiß, was er nicht weiß, was er aber wissen sollte, wenn er nicht will, dass die anderen mehr wissen, als er weiß?«

Der kleine Kopf überlegte. Seine Augenbrauen verdüsterten sich, sein Kinn wanderte von rechts nach links.

»Und wichtig wäre es auch noch«, setzte Livia nach.

»Und sehr dringend.« Jetzt lächelte sie ihn auch noch an.

Er starrte finster zurück. Nach einer Weile wanderte sein Kinn wieder von links nach rechts. »Mir nach«, grunzte er.

Vagner lag auf dem Ledersofa im verdunkelten Wohnzimmer, ohne Hemd, die Beine auf einem Stapel Kissen hochgelagert, das linke Auge zugeschwollen. Im HD-Heimkino lief der Nachmittagstalk mit Surround-Sound aus fünf High-End-Boxen.

»'Tschuldigung, Chef«, sagte der kleine Kopf nervös in der offenen Tür, »die Kleine hier sagt, du weißt was, was die anderen auch wissen und ... oder ... was Wichtiges.«

Vagner schaltete sein Heimkino auf stumm und richtete sich mühsam auf. »Geh!«, schnaubte er ihn an.

Vagner hatte einen angelaufenen Glaskrug vor sich stehen. Frischer Maracujasaft mit Eiswürfeln drin. Er warf ein paar Pillen ein, schenkte sich ein Glas voll und leerte es in durstigen Zügen.

»Komm mal her«, sagte er zu Livia. »Nimm das Handtuch hier und trockne mir den Rücken ab.«

Livia rieb ihm den Schweiß vom behaarten Rücken und setzte sich neben ihn auf das Sofa. Vagner roch nach Heilsalbe.

»Ich war bei zehn Ärzten«, keuchte er, »und jeder von den Spaßvögeln sagt was anderes. Ich war im Hospital da União, bei denselben Ärzten, die den Präfekten behandeln, den Gouverneur und Yvonne

Gomez. – Nichts. Nur teure Rechnungen und nutzlose Pillen. Und das Geschäft geht inzwischen den Bach runter. Was willst du?«

Es war wahrscheinlich nicht der beste Zeitpunkt, aber jetzt war Livia schon mal hier. »Ich brauche 150 Reais.«

Vagner kniff den Mund zusammen und schüttelte den Kopf. »Wenn du für mich arbeiten willst, ist das *eine* Sache. Du bist jung und ein sauberes Ding.« Er betrachtete ihre kleinen Zehen, die zarten Knöcheln, die schlanken Schenkeln und die spitzen Brüste unter dem Shirt. Livia verschränkte ihre Arme.

»Ich kenne viele in deinem Alter«, fuhr er fort, »die machen es um 15 Reais mit dem Nachbarjungen. Das wäre nichts für dich. Du bist begabt, du kannst Karriere machen. Ich kenne jede Menge Leute, die gerne 150 und noch mehr zahlen, wenn du ein bisschen nett zu ihnen bist. Willst du einen Stadtrat oder einen Abgeordneten? Einen Polizeioberst oder einen Axé-Sänger? Da sind großzügige Männer darunter mit unausstehlichen Frauen. Und es gibt auch großzügige Frauen mit unausstehlichen Männern. Ha! Du musst dich nur an meine Regeln halten und du hättest Zukunft. Aber einfach so 150 ohne Gegenleistung? Das gibt's bei mir nicht.«

Livia schwieg einen Augenblick und starrte die schwarze Taurus an, die auf dem Tischchen vor ihnen schussbereit glänzte. »Was würde mein Vater sagen, wenn er dich jetzt hören könnte?«

Vagner seufzte. »Dein Vater war ein feiner Kerl, aber glaub mir, es gibt viele Väter, die ihre Töchter zum Geldverdienen schicken. Die Gescheiten bringen sie zu mir. Ich habe nur erstklassige Kunden, den Mädchen passiert nichts.«

»Das hätte mein Vater nie getan.« Livia sprang auf. »Ich geh' jetzt.«

Mit verschränkten Armen ging sie bis nach Hause, es fröstelte sie. Sie nahm eine lange Dusche und begrub São Paulo, das Geld, die teuren Ärzte für Emilios Anämie und ihre eigene Zukunft.

12

Am nächsten Tag ging Livia zu den Romanos Pretos, um Rasta und die anderen zu verabschieden. Morgen war es so weit, Reisezeit, bloß nicht für Livia. Hoffentlich hatte Rasta genügend Leute für die Fahrt gewonnen.

Ana war stinksauer. »*Olá*, da ist ja unsere tapfere Prinzessin! Was ist dir bloß eingefallen? Einfach abgehauen, was?«

»Entschuldige bitte, ich konnte das nicht machen. Hast du gesehen, wie gut die anderen waren?«

»Und ob ich sie gesehen habe! Wir haben uns jede Einzelne angeschaut und auf deinen Auftritt gewartet. Aber stell dir vor, nach der Nummer 26 war Schluss, keine Nummer 27 mehr. Wie das? Kann es sein, dass sich da eine dünne gemacht hat und uns blöd 'rumstehen ließ?«

»Es tut mir leid! Das Ganze war eine Schnapsidee.«

»Eine Schnapsidee? Jetzt bin auch noch *ich* an allem schuld! Wir haben dich tagelang vorbereitet und du schmeißt alles hin. Versuchst es nicht mal!«

Livia nahm Ana bei den Schultern und rüttelte sie. »Is' ja gut. Tut mir echt leid! Ich hab das vermasselt, ich weiß. Aber auf der Bühne hätte ich mich nur zum Trottel gemacht.«

»Kindchen, du kannst doch nicht einfach die Fliege machen, nur weil was schwieriger ist, als du geglaubt hast. Sieh dir Rasta an, den armen Kerl. Seinen VW-Bus hat er immer noch nicht voll, Robinho macht nur Blödsinn und es ist nicht sicher, ob wir überhaupt in Salvador im Karneval auftreten werden. Aber Rasta läuft nicht weg, er kämpft!«

Es sah wahrhaftig verheerend aus. Chico und Nelson hatten sich zwar noch für São Paulo breitschlagen lassen, doch es gab immer noch einen leeren Platz und keiner war bereit, noch mehr auszulegen. Robinho war überfordert. Die Kulturbehörde nahm jedes Jahr eine

Auswahl vor, welche Blocos im Karneval auftreten durften und den Zuschuss erhielten. Es sah ganz danach aus, als ob die Romanos Pretos dieses Jahr nicht dabei sein würden. Jemand war dem Bloco nicht so wohlgesinnt wie in früheren Jahren, als Tatu alles geregelt hatte. Eine Katastrophe bahnte sich an. Es ging um nicht weniger als um den Fortbestand des Blocos. Und was machte Robinho? Er steckte in zähen Verhandlungen mit dem Getränkelieferanten um einen Preisnachlass für die Großbestellung Dosenbier.

»Ich hab das durchgerechnet«, sagte er sachkundig zu Rasta im Proberaum. »Wenn wir so viele Teilnehmer haben wie letztes Jahr, dann lässt sich um einiges mehr rausschlagen.«

Rasta war fassungslos. »Welche Teilnehmer meinst du denn? Etwa die 120, die bisher bestellt haben, wo es eigentlich schon 300 sein sollten? Und von welchem Karneval redest du? Doch nicht von dem, bei dem wir heuer erstmals fehlen werden? Und welchen Bloco meinst du überhaupt? Vielleicht den, den es in Kürze nicht mehr geben wird, weil du nichts Besseres zu tun hast, als *Bier* zu bestellen?«

Und das war noch nicht alles. Andere Blocos vergleichbarer Größe hatten längst begonnen, Anmeldungen für Gastspieler entgegenzunehmen, sodass jeder Bloco im Karneval mit bis zu 100 Trommlern auftreten konnte. Andere Blocos hatten sich auch längst ihre *Abadás* anfertigen lassen, die knalligen T-Shirts für die Karnevalsteilnehmer mit dem Logo des Blocos.

Die Liste von Robinhos Versäumnissen war endlos. Rasta hatte nur eine Wahl. Er musste selbst in Salvador bleiben und versuchen zu retten, was ginge.

»Du fährst statt mir nach São Paulo«, sagte Rasta zu einem betretenen Robinho. »Wenn es das ist, was du erreichen wolltest, bitte sehr. Den Bus bezahlst du aber aus deiner eigenen Tasche, und zwar ohne Rückvergütung.«

Robinho war alles recht, solange er keinen Karneval mehr organisieren musste.

Als nächstes musste Rasta den bescheuerten Bus voll bekommen und er wusste auch wie. Er ging hinaus und sagte zu Livia: »Komm, wir binden den Affen los. Ich habe viel zu lang auf Tatu gewartet. Der kommt nicht mehr. Wir müssen unser Schicksal selbst in die Hand nehmen.«

Sie gingen nach hinten zur Cabana. Der Kleine war sofort auf dem untersten Ast zur Stelle. Er hatte sich daran gewöhnt, dass ihm täglich jemand Mangoschalen und andere Leckerbissen brachte. Rasta band ihm das Seil vom Hals. Der Kleine rührte sich nicht, blickte Rasta erwartungsvoll an.

»Er kann endlich gehen und weiß es noch nicht«, sagte Livia.

»Irgendwann wird er draufkommen und sich in den Wald durchschlagen.«

»Du fährst also nicht nach São Paulo?«, fragte Livia. »Gut, dass du hierbleibst. Wir werden gemeinsam im Karneval spielen.«

»Da wäre ich mir nicht so sicher.«

»Ist es so ernst? Müssen wir wirklich den Karneval abschreiben?«

»Selbst wenn ich das noch hinbiegen kann, wirst du nicht mit uns auftreten.«

»Ja, aber ... ist es wegen der Ebenholzprinzessin?« Livia wurde sauer. »Ich hab das doch schon mit Ana geklärt! Es tut mir leid, aber du hättest die anderen sehen müssen, die –«

»Ich habe die anderen gesehen, schon vergessen? Weißt du, du erinnerst mich an den kleinen Kerl da.«

Livia blickte verständnislos den Affen an, der blickte verständnislos zurück.

»Auch du kannst endlich fahren«, sagte Rasta mit einem Schmunzeln, »du weißt es nur noch nicht.«

»Fahren? ... Wieso fahren? ... Was? ... São Paulo?!« Sie hatte es erraten.

»Wie kannst du mir so einen Schreck einjagen. Aber wie soll ich denn ...?«

Er holte sein Geld hervor und zählte ihr 150 Reais in die Hand. »Die 150 brauch ich jetzt nicht mehr, und du zahlst sie mir nachher von den Gagen zurück.«

Livia war sprachlos. Sie umarmte und drückte ihn fest an sich.

»Noch was«, sagte er. »Ich möchte, dass du zu Henrique Borboleta gehst. Sprich mit ihm. Er kennt das Geheimnis von Großvater. Er wird dich verstehen.«

Sie nickte.

»Und versprich mir, dass du nicht mehr davonläufst, wenn es schwierig wird. Versprich mir das!«

Sie nickte ein weiteres Mal.

Am Nachmittag probten sie auf der Straße, während Rasta und Robinho sich drinnen bemühten, den Karren aus dem Dreck zu ziehen. Robinho sortierte und erklärte Rasta seinen Papiersaustall. Der dickste Stapel war die noch immer offene Angelegenheit *Dosenbier*. Der kam als Ganzes in den Müll. Rasta ließ sich in der Stadtverwaltung im Kreis verbinden, um Termine zu vereinbaren. Robinho rief Silvio an. »Tank die Kiste voll, wir fahren!«

Draußen stand Livia zum ersten Mal seit der Strandparty wieder vorne und dirigierte den Bloco mit geschlossenen Augen. Alles würde gut werden. Der Reggae fühlte sich kraftvoll an und sah makellos aus. Livia schwebte. Sie durfte nur nicht an Emilio denken und wie sie es ihm beibringen sollte. Und daran, dass sie nicht wusste, ob sie Rasta, Ana und die anderen je wieder sehen würde.

Am frühen Abend machten sich alle auf nach Hause. Die, die am nächsten Tag nach São Paulo fuhren, hatten noch ihre Koffer zu packen. Um 8 Uhr früh würde Silvios VW-Bus vom Proberaum abfahren.

Livia verabschiedete sich von den Daheimbleibenden. Es war ein wortkarger Abschied von Ana und Rasta. Livia hatte einen Knoten im Hals. Ana blödelte rum, Livia konnte ihr nicht folgen. Rasta spürte Livias Angespanntheit.

»Du wirst deine Sache gut machen«, sagte er. »Wir sehen uns nach dem Karneval.«

Livia wollte ihnen so viel sagen, den Menschen, die ihr Leben verändert hatten, ihr Hoffnung und Selbstbewusstsein gegeben hatten, aber sie durfte jetzt nicht die Nerven verlieren, ihre großen Pläne nicht verraten. Später einmal, später würde sie ihnen alles erklären.

#

Auf dem Weg nach Hause kam Livia gerade an der Bushaltestelle am unteren Ende der Rua do Curuzu vorbei, als ihr unversehens Débora den Weg verstellte.

»Was soll das?«, fuhr Livia sie an.

»Weißt du, Neuigkeiten sprechen sich schnell herum. Rasta bleibt hier und du fährst. Komisch, nicht?«

»Nein, du hast da was falsch verstanden. Rasta bleibt hier und *Robinho* fährt.«

»Jedenfalls bleibe *ich* hier und *du* fährst. Das habe ich ja wohl richtig verstanden. Ich wäre so gerne gefahren. Woher hast du denn auf einmal das Geld?«

»Fahr doch ab!«

»Würde ich gerne, aber im Bus nach São Paulo ist kein Platz mehr für mich.«

»Du bist krank!« Livia schüttelte den Kopf. »Lass mich in Ruhe!«

Ein städtischer Bus machte Halt und Débora stieg ein. »*A gente se vê!*«, rief sie Livia mit einem Lächeln vom Einstieg aus zu. »Wir sehen uns!« Die Tür ging zu, Déboras Bus fuhr an. Es war die Linie nach São Geraldo. Livia setzte ihren Fußmarsch fort. Sie hatte zwar 150 Reais in der Tasche, doch die waren nicht für den Luxus einer städtischen Busfahrt bestimmt.

Es wäre besser gewesen, wenn auch Livia den Bus genommen hätte.

#

Livia mied die Rua Aurélia und schlich durch Seitengässchen, um Tante Célia nicht in die Arme zu laufen, die um diese Zeit vielleicht noch vor dem Gemüseladen saß. Die Luft war rein, als Livia zu Hause ankam.

Jetzt konnte ihr Leben beginnen.

Ihr Puls stieg. Sie hatte wenig Zeit und ging die Sache strategisch an. Zunächst die Marschverpflegung. Bei 150 Reais Gesamtbudget und 150 Reais Fahrtkosten blieb nicht viel für Sonstiges. Zur Auswahl standen Bohnen, Reis und Kartoffeln. Die ersten beiden verdarben in gekochtem Zustand binnen Tagesfrist und die Fahrt würde 36 Stunden dauern, also setzte Livia eine Hand voll Kartoffeln auf. In São Paulo selbst würde dann hoffentlich irgendwie für sie gesorgt werden.

Dann kam das Gepäck an die Reihe. Oben auf dem Schrank thronte Tante Célias alte Reisetasche aus brüchigem Leder. Mit der war Tante Célia damals vom Land gekommen. Die Tasche war vollgestopft mit Bettwäsche, abgelaufenen Medikamenten, Holzschmuck und anderem Tantentrödel. Diese Tasche schied aus. Sie würde sich nicht unbemerkt ausräumen und entwenden lassen. Somit blieb nur Tante Célias Kollektion von Plastiktüten unter der Spüle. Gratistüten aus dem Supermarkt in rauen Mengen. Die waren zwar nicht besonders reißfest, doch man konnte sie schön ausbauchen. Livia suchte zwei gut Erhaltene aus, eine Weiße von Bompreço und eine Blaue von Hiperideal.

Die Aufgabenstellung war nicht einfach. Was war mitzunehmen, wenn man für den Rest seines Lebens packte? Und was konnte sie packen, ohne dass es bis morgen früh auffiel? Die Lösung war einfach.

Alles, was keine sichtbare Lücke hinterließ und unauffällig entfernt werden konnte, kam jetzt sofort in den Hiperideal. Haargummis, -spangen und -bänder, die beiden langärmeligen Blusen, die Jeans und die Jacke von ganz hinten im Schrank, in São Paulo konnte es schließlich kalt werden. Dann folgten Socken und Leila, die kaffeebraune Stoffpuppe mit den großen Augen, die Livia noch von ihren Eltern hatte. Leila hatte Livias Geruch und durfte nicht gewaschen werden. Tante Célia hatte das einmal versucht, Livia hatte einen heftigen Skandal geschlagen. Sie war damals zwölf gewesen und Tante Célia hatte von da an die Finger von Leila gelassen. Ein halbes Päckchen Binden kam noch hinzu, ein Stück Seife, eine Rolle Klopapier und die gekochten Kartoffeln. Hiperideal war voll und Livia stahl sich außen ums Haus, wo sie Hiperideal ganz hinten am Dachstuhl festband.

Jetzt war Bompreço an der Reihe. Da war die Sache schwieriger. Alles wurde vorsortiert, damit es morgen mit wenigen Handgriffen in den Bompreço wandern konnte. Livia schichtete Slips, Shirts, Röcke, Kleider und Shorts im Schrank um, legte Kamm, Hautcreme und Zahnbürste an der Spüle auf. Das Kapitel Schuhe kam zuletzt und war wieder ein einfaches. Livia hatte keine außer den Flip-Flops. Es gab noch den einzelnen Schuh, dessen Gefährte in der Sintflut abhanden gekommen war. Der würde hierbleiben.

Geschafft. Livias Puls kam langsam wieder zur Ruhe. Sie setzte sich auf den Boden, atmete tief aus und lehnte sich an den Schrank. Sie schlang ihre Arme um die angewinkelten Knie.

Emilio machte ihr Sorgen. Sie hatte ihm versprochen zu bleiben. Wie sollte sie es ihm beibringen, ohne ihm das Herz zu brechen? Sie ging doch auch für *ihn* weg. Wo blieb er nur so lange? Er war für gewöhnlich früher zu Hause als Tante Célia. Sollte sie ihn suchen gehen? Besser nicht, womöglich kehrte Tante Célia dann vor ihr zurück und schnüffelte in Livias Sachen herum.

Livia begann sich die Fingernägel zu machen. Feilte, entfernte säuberlich die Nagelhaut und trug Tante Célias Klarlack auf. Als die Fingernägel trocken waren, war Emilio immer noch nicht hier. Livia machte sich an die Zehennägel. Als auch die trocken waren, hielt sie es nicht mehr aus und ging hinauf zur Rua Aurélia, um Nachschau zu halten. Die Straße war leer, der Gemüseladen hatte längst geschlossen. Sie kehrte zurück, setzte sich in die Abendluft auf die Türschwelle und wartete.

Spätnachts schließlich hörte Livia Tante Célia die Treppengasse herunterkommen. Sie kannte ihren Schritt.

»Wo warst du so lange?«, empfing sie Tante Célia an der Türschwelle. »Und wo ist Emilio?«

»Ich habe ihn zu Daniel gebracht.«

»Daniel, sein Schulkollege? Warum das?«

»Ich habe ihm erlaubt, heute dort zu übernachten. Du weißt doch, wie aufregend das für ihn ist. Jungs halt.«

»Wieso ausgerechnet heute?«

»Wieso nicht? Ist heute irgendwas?«

»Nein ... nein, gar nichts ... Wo wohnt Daniel?«

»Pau da Lima. Er hat nette Eltern. Die haben mich zum Abendessen eingeladen. Hab gerade noch den letzten Bus zurück erwischt.«

Pau da Lima lag nur wenige Hügel weiter, doch um diese Tageszeit war es so unerreichbar wie Rio de Janeiro. Das durfte nicht wahr sein! Ausgerechnet heute. Keine Chance, sich von Emilio zu verabschieden. Sollte sie alles abblasen?

Tante Célia werkte an der Spüle herum.

»Ich habe dir einen Orangensaft gepresst.«

»Ich habe keinen Durst.«

»Nur ein paar Vitamine.«

»Nein, hab ich gesagt.« Livia brachte im Moment nichts runter. Sie breitete ihre Matratze aus und ging zu Bett.

»Ich sehe, du hast den Schrank aufgeräumt?«, fragte Tante Célia, als sie ihr Nachthemd hervorholte.

»Ja, ein wenig aufgeräumt. Während ich auf euch gewartet habe.«

»Du hättest ruhig auch Emilios Fächer ausmisten können. Du weißt, wie schlampig er ist.«

»Das nächste Mal.«

»Er ist sehr auf dich angewiesen. Wie sehr er doch an dir hängt. Ich frage mich oft, was der Bub ohne dich machen würde.«

Livia erstarrte unter ihrer Decke. War da etwas herauszuhören, was nicht sein konnte? Oder hörte sie das Gras wachsen? Es blieb ihr nichts anderes übrig als zu versuchen einzuschlafen. Während Tante Célia unter der Dusche stand, steckte sich Livia das Geld in den Slip, und stellte den Wecker auf halb sieben. Rasta hatte alle eindringlich gebeten, pünktlich zu kommen. 20 Minuten würde Livia brauchen, um das Haus zu verlassen. Dann der Fußmarsch, es würde sich schön ausgehen. Tante Célia hatte die Angewohnheit bis neun zu schlafen. Falls sie früher aufwachen sollte, würde Livia ihr von einer morgendlichen Probe erzählen.

Lange konnte Livia keinen Schlaf finden, wälzte sich ruhelos hin und her.

13

Sofort als Livia aufwachte, glitt ihre Hand zum Kontrollgriff in den Slip hinein. Alles in Ordnung. Das Geld war an seinem Platz.

Tag Eins ihres Lebens war gekommen!

Ein Blick auf den Wecker, es war halb neun.

H A L B N E U N ????! - S C H E I S S E !

Der Wecker hatte nicht geläutet! Und Tante Célia war auch nicht hier.

Was war hier los? Livia dämmerte Fürchterliches. Emilio weggeschafft, die Andeutungen gestern. Tante Célia wusste, was Livia vorhatte! Und sabotierte!

Livia hatte keine Zeit zu verlieren. Sie schlüpfte in ihre Hotpants, streifte ein Top über und putzte sich hastig die Zähne. Die würden nicht ohne sie fahren. Nein, das würden sie sicher nicht. Das hier war Bahia. Nichts ging zur vorbestimmten Zeit los. »Um acht« bedeutet soviel wie »irgendwann zwischen neun und elf, wahrscheinlich aber eher gegen zwölf«.

Livia stopfte ihre Sachen in Bompreço, lief hinaus um Hiperideal loszubinden, lief noch einmal ins Haus, steckte ein Messer, eine Gabel und einen Löffel ein und legte Emilio Leila ins Fach. Er roch gerne daran. Später würde sie ihm alles erklären.

Mit den Plastiktüten in den Händen jagte sie die engen Treppengassen hinauf zur Bushaltestelle. Jetzt war nicht der richtige Augenblick, um zu Fuß zu gehen und Geld zu sparen. Das erste, was sie sich von ihrem Geld in São Paulo kaufen würde, würde ein Handy sein.

Es war ein Notfall und Livias Bus kam nicht. Zuerst kam der nach Iguatemi, dann der zur Estação da Lapa, dann Estação Pirajá, noch einer zur Lapa und noch einer nach Iguatemi. Dann kam ein dritter zur Lapa und einer, der nach Cajazeiras fuhr. Eine halbe Stunde lang hüpfte Livia von einem Bein aufs andere. Sie hatte noch nie im Leben in einem Taxi gesessen und keinen Schimmer, was das kosten konnte, aber das nächste, das vorbeikam, würde sie aufhalten. Endlich kam der Bus nach Liberdade.

Hastig kletterte Livia an Bord und war die Erste am Schaffnerpult. Sie hatte nicht daran gedacht ihr Geld umzuplatzieren. Verstohlen griff sie tief ins Blinde und brachte einen zerknitterten 50er zum Vorschein. Der Schaffner hob stumm eine Augenbraue und deutete mit dem Daumen auf den Aufkleber hinter ihm: »Verpflichtendes Wechselgeld maximal 5 mal Fahrpreis«. Unter den respektlosen Blicken des Schaffners musste Livia ein weiteres Mal tief in ihr Höschen langen. Der Fahrgast hinter ihr grinste dämlich. Sie holte einen 20er hervor. Noch immer zu groß. Der Bus fuhr an, eine von Livias abgestellten Plastiktüten fiel um. Es war Hiperideal. Ein paar Kartoffeln und die Bindenpackung purzelten heraus. Genug! Livia zog den Bauch ein, spannte den Slip und sah sich ungeniert an, was noch zu holen war. Nichts zu machen, da waren nur noch 20er. Einen reichte sie dem Schaffner hin. Der schüttelte den Kopf und deutete erneut auf seinen beschissenen Aufkleber.

»Der Fahrpreis beträgt drei Reais,« sagte er.

»Ich weiß, was ein Fahrschein kostet! Du siehst doch, ich hab es nicht kleiner!«

»Ich auch nicht. Du musst am nächsten Halt aussteigen.«

Livia knallte ihm den 20er auf sein Pult. »Wisch dir den Arsch damit aus!«

Bahianische Busschaffner sind es gewohnt, sich auch für weniger als 17 Reais Trinkgeld anflegeln zu lassen. Mit einem müden Lächeln gab er das Drehkreuz frei. Livia sammelte ihre Habseligkeiten auf und, bevor sie ins Wageninnere vorging, bekam der dämliche Grinser hinter ihr auch noch eins ab: »Genug gesehen? Was sagt denn deine Frau dazu?«

Livia setzte sich in die erste Reihe, gleich neben den Ausstieg.

Tante Célia. Woher wusste dieses Aas von Livias Reiseplänen? Woher hatte sie damals von dem Rausschmiss aus der Schule gewusst? Da lief was, es lief hinter Livias Rücken und es lief nicht zu ihren Gunsten.

An der Rua do Curuzu sprang Livia aus dem Bus, hetzte die wenigen Meter zur Kreuzung vor und bog um die Ecke. Sie erstarrte. Kein VW-Bus vor dem Proberaum, kein blödelnder Robinho, kein träger Basílio, und niemand war aufgeregt damit beschäftigt Reisetaschen zu verstauen. Ein streunender Hund folgte einer unsichtbaren Fährte im

Staub der verlassenen Straße. Livia stockte. Bompreço glitt ihr aus der Hand, sie hob ihn wieder auf und lief weiter. Die Tür stand offen, Loiro war drinnen.

»Was machst *du* denn hier?«, fragte er.

»Wo sind die alle hin?«

»Längst abgefahren.«

»Ohne mich?«

»Deine Tante war hier. Hat gesagt, du kannst nicht kommen, musst zu Hause bleiben und dich um deinen kranken Bruder kümmern.«

Da Livia nicht antwortete und ihn nur anstierte, fuhr er fort: »Das Beste war Débora. Sie ist mit ihrer Reisetasche angerückt, fix und fertig gepackt, und wollte unbedingt an deiner Stelle mit. Rasta hat ihr eine Szene gemacht, die zwei haben sich nichts geschenkt.« Loiro gluckste vor Vergnügen. »Mann, die hättest du sehen sollen.

Sie: *Und ob ich mitfahre!*

Er: *Und ob du hierbleibst, das ist keine Vergnügungsfahrt!*

Sie: *Wenn ich nicht mitfahre, dann müsst ihr alles abblasen. Wer bezahlt dann Livias Anteil?*

Er: *Ich!*

Sie: *Du hast ihr schon einmal Geld gegeben. Was willst du von ihr?*

Er: *Nichts!*

Das ging ewig hin und her. Dann hat er Silvio die 150 in die Hand gedrückt und sie sind ohne Débora losgefahren.«

Livia brachte noch immer kein Wort heraus, glotzte ihn mit offenem Mund an.

»Was ist denn los?«, fragte er. »Hättest du am Ende doch fahren können?«

»Wo ist Rasta?«, fragte Livia eisig.

»Ich glaube zur Stadtverwaltung.«

»Und Débora?«

Loiro zuckte mit den Schultern.

Livia machte auf dem Absatz kehrt. Sie wusste, in welchem Haus ein paar Straßen weiter Débora wohnte, und genau darauf steuerte sie zu.

#

»Débora!«, schrie Livia schon von weitem aus voller Kehle.

»Débora!«, schrie sie in voller Fahrt, bis sie vor ihrem Haus stand, eines der Besseren in der Gegend, ein Dreistöckiges mit Stuckfassade. »Débora, du Hurentochter! Komm raus, ich bring dich um!«

Livia trat mit dem Fuß gegen das Eisengitter, das die Veranda wie einen Käfig einfasste. Immer und immer wieder. Es schepperte gewaltig, die ersten Nachbarn lugten aus ihren Fenstern und freuten sich auf ein Spektakel.

Débora öffnete die Tür. »Was schreist du hier rum! Halt den Mund und geh nach Hause!«

Livia trat erneut gegen das Gitter. Ihre Plastiktüten hielt sie fest in beiden Händen. Ausgestreute Kartoffel konnte sie jetzt nicht brauchen. »Komm heraus, du verlogenes Dreckstück! Ich trete dir das Gesicht ein, du Aas! Du Verräterin! Der Hausarrest, die verpatzte Reise - alles deine Schuld!«

Débora zog es vor, die geschützte Veranda nicht zu verlassen, das Gitter blieb verschlossen. Mit ihren langen Beinen stellte sie sich breit vor Livia hin. »Alles meine Schuld?«, fragte sie beherrscht. »Wen haben sie aus der Schule geschmissen? Dich oder mich? Wohl auch meine Schuld, was? Und all die Lügen, die du deiner Tante erzählt hast! Wer hat seine Tante belogen, du oder ich? Sie macht sich Sorgen und du sagst ihr nicht mal, dass du nicht mehr zur Schule gehst, sagst ihr nicht, dass du nach São Paulo fährst, willst auch noch deinen Bruder im Stich lassen.«

»Das geht dich einen Dreck an!«, schrie Livia. »Halt dich aus meinem Leben raus!«

»Und du halte dich aus meinem raus. Lass Rasta in Ruhe. Er ist meiner.«

»Ich will nichts von ihm!«

»Warum gibt er dir das Geld für die Fahrt? Warum lässt er dich den Bloco dirigieren? Warum redet er so oft von dir? Und warum tut er so geheimnisvoll?«

»Das geht dich nichts an!«

»Falsch! Das geht mich sehr viel an. Ich werde dich und ihn ruinieren, wenn du nicht die Finger von ihm lässt. So gerne wärt ihr zusammen nach São Paulo gefahren, nicht? Du glaubst doch nicht, dass ich einfach zusehe. Ein Pech auch, dass auf Robinho kein Verlass ist, und dann versäumst du auch noch den Bus.«

»Mädels, beruhigt euch doch!«, rief einer von irgendwoher.

»Du Drecksau«, schrie Livia unbeirrt, »bist gestern vor meinen Augen nach São Geraldo gefahren, um mich zu verraten!« Sie landete noch einen Tritt ans Eisengitter. Ihre Sandale verfing sich und fiel hinein. Débora schnappte sofort danach und hielt sie siegesfreudig fest.

»Die bekommst du nicht mehr. Du solltest –« Weiter kam sie nicht. Livia hatte ihr ins Gesicht gespuckt. Volltreffer. Débora wischte ihr Gesicht nicht ab. Sie lächelte. Ganz nah trat sie an das Gitter heran, keiner der Nachbarn sollte sie hören. Sie hielt die Sandale in die Höhe und zischte Livia ins Gesicht, ganz leise: »Damit gehe ich noch heute in meinen Terreiro. Ich werde dich verfluchen. Meine *Macumba* wird dich heimsuchen. Du bist tot.«

»Und ich werde noch heute nach São Paulo fahren. Deine Macumba kann mir zusehen dabei.«

Livia wandte sich zum Gehen, drehte sich noch einmal um, zog sich die andere Sandale vom Fuß und pfefferte sie durch die Gitterstäbe. »Hier! Für deine Macumba!« Sie verfehlte Débora nur knapp.

#

Bloßfüßig schlug sich Livia durch das Gedränge auf der Estrada da Liberdade, das hektische Herz des Liberdade-Viertels.

Es war kein Zufall, dass der Samba-Reggae ausgerechnet von Liberdade aus das Land erobert hatte. Liberdade war Afrika mitten in Brasilien. Dunkle Haut, wohin man auch sah, kräftige Arme, glänzende Oberkörper in allen denkbaren Nuancen: kaffeebraun, schokobraun, nussbraun, mahagonibraun.

Der Gehsteig war zu einem lächerlich schmalen Durchgang verengt. Von der Häuserseite her wucherten Warenkörbe und Kleiderständer aus den Läden, manchmal stand auch eine Waschmaschine um unglaubliche 269,90 im Weg, oder ein megagünstiges Zweiersofa. An der Straßenseite hatten sich die fliegenden Händler mit ihren Handwagen und Holzständen breitgemacht. Bei denen gab es raubkopierte DVDs, Guaven und Acerolakirschen sowie Billigkram aus China: goldene Uhren, Radiowecker und pädagogisch fragwürdiges Elektrospielzeug.

Die Burger-Bude lockte ihr Publikum mit Axé-Musik von Piatã FM an, der Stoffhändler gleich daneben schwor auf Itapoan FM in derselben Lautstärke. Der Acarajé-Stand einer Baiana sorgte für den Duft von heißem Palmöl, doch Livias leerer Magen zählte im Moment nicht.

Die Menge vor Livia schlängelte sich im Gänsemarsch vorwärts, nichts ging weiter. Livia versuchte ihr Glück auf der Straße zwischen den Autos, wie die meisten anderen auch. Dort fuhren die städtischen Busse in Endlosreihen stop-and-go. Gewandte Jungs, zu Fuß genauso wie auf Mopeds, schlüpften gleichgültig um Haaresbreite zwischen den Bussen hindurch. Vor Livia schleppte einer schwerfällig einen prallen Jutesack auf dem Kopf. Ihm huschte sie unter der Achsel hindurch und hatte freie Bahn. Für die nächsten fünf Meter. Endlich kam sie an einem Laden vorbei, der Gummisandalen ausgestellt hatte. Livia entschied sich schnell für ein Paar rote um 8,75. Nun hatte sie auch Kleingeld, war komplett ausgestattet für São Paulo und nahm den nächsten Bus zum Fernbusterminal Iguatemi.

Die Luft war stickig im vollbesetzten Bus. An einen Sitzplatz war nicht zu denken, Livia erarbeitete sich ein Fleckchen im Gang, wo sie mit ihren Plastiktüten um die Handgelenke dem Gewoge des Busses trotzte. Der Fahrer musste einer jener Formel-1-Fanatiker sein, die noch immer um Ayrton Senna trauerten. Sobald sie aus Liberdade heraus waren, jagte er seinen verbeulten Bus über die Fahrbahnschwellen. Umfallen konnte im Gedränge keiner.

Livia hatte den Rucksack ihres Vordermannes im Gesicht und bemerkte mit einem Mal, dass der Junge neben ihr - unbeachtet von allen anderen - seine Hand in der Außentasche des fremden Rucksackes hatte.

Livia zögerte eine Sekunde zu lang, bevor sie ihren Blick abwendete. Zu spät, der Junge hatte sie gesehen. Sie registrierte aus den Augenwinkeln, wie er sie anstarrte. Er ließ seinen Blick nicht von Livia ab. Der kalte Schweiß stand ihr im Nacken. Regel Nr. 1: Jetzt nur nicht hinsehen! Du hast nichts gesehen.

Der Junge wollte ganz sicher gehen. Er bohrte Livia seinen Ellbogen in die Seite, zuerst unmerklich und dann immer tiefer, bis sie ihn anblicken musste. Er mochte vielleicht 17 oder 18 sein, hatte ein hübsches Gesicht und ein Kinngrübchen. Sein Blick glitt mit Nachdruck hinunter und Livia folgte ihm. Aus seiner Faust ließ er eine Rasierklinge hervorblitzen.

In der Schule kannte Livia einen, dem fehlten ein Auge, die Nasenspitze und die halbe Oberlippe. Sein Gesicht war ein Schachbrett. Er hatte sich mit dem Falschen angelegt. Livia wusste, was eine Rasierklinge in Sekundenschnelle anrichten konnte.

Sie nickte kurz. Keinen Mucks, keinen Laut, nichts gesehen. Kaum hatte sie sich wieder abgewandt, zog der Junge sein Ding durch. Er war ein Profi, das war sicher nicht sein erster Job.

Was, wenn er noch nicht genug hatte? Livia war ihm ausgeliefert. Ihr Geld, ihre Zukunft, São Paulo, alles war ausgerechnet in der rechten Hosentasche vergraben, dort wo er jederzeit hineinlangen konnte. Wieso steckte ihr Geld immer genau zur falschen Zeit an der falschen Stelle? Wenn sie jetzt ihre Hand in die Tasche stecken würde, könnte sie ihn ebenso gut freundlich darauf hinweisen: Hier drin ist es, gehört alles dir. Niemand konnte menschliches Verhalten besser deuten als solche Profis.

Livia betete, dass die Fahrt bald zu Ende gehen würde. Sie steckten im Verkehr auf der Paralela fest, einer vielspurigen Schnellstraße mit Dauerstau. Livia konnte sein Deo riechen. Er roch gut. Sie wartete darauf, dass sie seine Finger in ihrer Hosentasche spürte, wagte nicht hinzusehen. Allein das könnte alles verraten. Und sie wagte nicht, daran zu denken, was sie dann tun würde. Sollte sie ein lebenslang entstelltes Gesicht riskieren für ihr Fahrgeld raus aus der Favela? Vielleicht hatte er sein Werk fingerfertig längst vollbracht und Livia hütete die längste Zeit eine leere Hosentasche. Sie hielt sich mit klammen Fingern an Hiperideal und Bompreço fest. Der Schweiß rann ihr übers Gesicht, von den Achseln herunter und an den Innenschenkeln herab. Ihr Atem setzte aus. Der Bus kam nicht vom Fleck.

Nach einer Ewigkeit fuhren sie in Iguatemi vor, die Türen öffneten sich, die Reihen lichteten sich, der Junge wandte ihr den Rücken zu und Livias Hand schnellte in die Hosentasche. Es knisterte. Das Geld war noch da! Der Junge stieg vor ihr aus und tauchte im Gewühl unter, das sich seinen Weg zum Hauptportal der gigantischen Shopping Mall bahnte.

14

In Brasilien gibt es keine Eisenbahn. Es gibt unbedeutende Ansätze eines Schienennetzes, es gab halbherzige Privatisierungen in den Neunzigern und es gibt jede Menge rostiger Waggons, um die sich keiner kümmert.

Wer seine Stadt oder seinen Bundesstaat verlassen will, der nimmt den Fernbus, wenn es fürs Flugticket nicht reicht.

Die *Rodoviária* von Salvador, der Fernbusterminal, liegt an der Paralela, direkt gegenüber der Shopping Mall von Iguatemi.

Livia war bisher erst zweimal hier gewesen. Tante Célia hielt nichts von Shopping Malls. Zu teuer, zu schick, nichts für unsereinen. Alles, was wir uns leisten können, gibt es bei uns auf der Rua Aurélia. Auch Livia fühlte sich hier stets fehl am Platz. Die klimatisierte Luft, der spiegelglatte Marmorboden, das alles war doch für die echten Besucher gedacht, die mit Geld in der Tasche.

Heute war Livia frei, allein, und sie hatte Geld in der Tasche. Dort drinnen warteten Eissalons, gleich zwei Fressmeilen, Parfümerien und Dutzende Geschäfte voller Klamotten.

Livia aber hatte sich einen Auftrag erteilt und die Zeit drängte. Sie drehte der Mall den Rücken zu und nahm den Fußgängerübergang über das Verkehrschaos hinweg. Auf der anderen Seite angekommen musste sie noch eine kleine Strecke zwischen bunten Kiosken hindurch, bis sie die schattige Halle der Rodoviária erreichte. Die große Uhr zeigte auf zehn nach elf.

Das lebhafte Treiben glich dem auf der anderen Straßenseite, nur waren die Menschen auf dieser Seite aufgeregter, besonderer. Sie hatten Gepäck dabei, fuhren weit weg oder kamen von weit her. Die Beschriftungen waren zweisprachig, Portugiesisch und Englisch. Livia beobachtete tränenreiche Verabschiedungen und freudige Wiedersehen. Sie selbst hatte nicht vor traurig zu sein. Es war so weit: *Tchau Salvador! Bom dia mundo!* Hallo, Welt!

Es war nicht so einfach. Sie musste hinauf in den ersten Stock. Schalter an Schalter reihten sich dort die Busunternehmen und jedes gab seine Destinationen auf Aushängeschildern bekannt. Livia las Rio de Janeiro, Fortaleza, Recife, Maceió und Belém und sie überflog die Namen von unzähligen noch nie gehörten Städten. Es dauerte eine Weile, bis sie São Paulo fand, am Schalter von Viação Galileu. Der Schalter war frei.

»*Bom dia.* Geht heute ein Bus nach São Paulo?«, fragte sie mit Herzklopfen das Mädchen hinter der Glasscheibe.

»Selbstverständlich. Wir fahren fünfmal täglich, außer Dienstag, Sonn- und Feiertag, da haben wir nur zwei Busse.« Sie schob einen bunten Fahrplan durch die Schalterluke. Livia studierte ihn. »Abfahrt um 8:15, 11:30, 16:45, 20:30 und 22:45. Fahrzeit 32 Stunden. Zwischenstopps mit Duschgelegenheit.«

Das Schaltermädchen zeigte mit ihrem Stift auf den Fahrplan. »Der nächste geht um 11:30. Er steht schon unten am Bussteig B, Sie können gleich an Bord gehen.«

»Okay«, hauchte Livia, mehr brachte sie vor Aufregung nicht heraus.

»Wollen Sie ein einfaches Ticket oder Hin und Retour?«

»Ohne Retour.«

»Einfach also, das macht 239,39.«

»Wie viel?!«

»Zweihundertneununddreißig Reais und neununddreißig Centavos.«

Livia holte ihr Geld nicht einmal aus den Shorts. Nachzählen war zwecklos, der Junge aus dem Bus hatte sicher nichts dazugelegt.

»Aber ... gibt es keine billigeren Tickets?«

»Das sind unsere Standard-Busse, die haben Bord-WC und frische Sitzbezüge aus Baumwolle. Der um 22:45 ist dann der Komfortbus, mit Liegesitzen, Klimaanlage, Mineralwasser, Lunchpaketen, TV, Kopfkissen und Decke. Kostet 254,21.«

»Ich brauch kein Bord-WC und keine Sitzbezüge, ich muss nur nach São Paulo! Heute noch, egal wie.«

»Tut mir leid, das sind unsere Tarife.«

»Ich bin unter 18. Ermäßigung?«

»Kinder bis fünf sind umsonst.«

»Sie verstehen nicht! Ich *muss* dorthin! Was, wenn der Bus nicht ganz voll ist? Ich gebe Ihnen alles, was ich habe, behalten Sie es, sind fast 150 Reais. Und Sie reden mit dem Fahrer, vielleicht geben Sie ihm ein bisschen was davon.«

»Das geht so nicht.«

»In der Fahrerkabine, im Gepäckabteil?«

»Ich kann leider nichts für Sie tun.«

»Sind Sie die Einzigen hier, die nach São Paulo fahren?«

»Wir sind die Einzigen.«

Na gut, wenn die zu dämlich war Livias Geld anzunehmen, dann würde der Fahrer es bekommen.

Auf Bussteig B wartete Livias Bus. *São Paulo* war auf dem Schild zu lesen. Der Fahrer war mit dem Einräumen von Gepäck beschäftigt. Livia schlich hin zu ihm. »*Bom dia.* Entschuldigen Sie, ich muss heute noch unbedingt nach São Paulo, aber es reicht nicht ganz.« Sie holte das Knäuel zerknitterter Scheine aus der Hosentasche und hielt es ihm verstohlen hin. »Nehmen Sie mich bitte mit.«

Er lachte sie aus, dann legte er ihr die Hand auf die Schulter. »Leider, Schätzchen«, sagte er mitfühlend, »das kann ich nicht. Ich bin nicht der Fahrer, ich mach hier nur das Gepäck. Siehst du den dort drüben am Einstieg? Das ist auch nicht der Fahrer. Der kontrolliert nur die Tickets. Der Fahrer sitzt drinnen. Bei den Zwischenstopps auf den Rodoviárias wird wieder kontrolliert und außerdem wechseln sich die Fahrer ab. Jeder übernimmt eine Teilstrecke und fährt dann den nächsten Bus wieder zurück. Wenn das so leicht ginge, ha!«

Er wischte sich mit dem Ärmel über die Stirn, gluckste noch einmal und schob dann den nächsten Koffer in den Gepäckraum. Livia stopfte ihre Scheine wieder in die Hosentasche und verließ geschlagen den Bussteig B.

Sie saß auf der Eingangstreppe der Rodoviária. Die Plastiktüten zu ihren Füßen, sog sie einen Becher mit frisch gepresstem Zuckerrohrsaft aus. Dann zerbiss sie die Eiswürfel und zum Schluss nagte sie noch den Strohhalm platt.

Unweit von Livia gab es einen Tumult. Eine Polizeipatrouille hielt einen jungen Mann auf. Er ergriff die Flucht, alle drei Sargentos hinter ihm her. Einer erwischte ihn mit einem Hechtsprung, der Junge wehrte sich, einer zückte seinen Schlagstock, ein anderer zog gleich seine Pistole. Sie führten ihn ab. Es war der Junge aus dem Bus, sein hübsches Gesicht hatte blutige Schrammen.

Sollten sie ihn doch festnehmen, sollten sie ihn verprügeln, sollten sie ihn erschießen, Livia war es gleichgültig.

Sie hatte andere Sorgen, und was für welche. Zunächst einmal Rasta. Der Einzige, der an sie glaubte, der immer zu ihr gehalten hatte. Sie schuldete ihm 150 Reais, eigentlich schon 300. Wenn sie jetzt aufgab, wie sollte sie ihm jemals so viel Geld zurückzahlen? Dann war da Tante Célia. Unter einem Dach mit ihr gab es keine Zukunft. Dann Débora. Nie und nimmer durfte sie davonkommen mit dem, was sie Livia angetan hatte. Und zuletzt Emilio. Wie gerne würde sie ihn jetzt umarmen und ihm sagen, dass sie ihn nie mehr verlassen würde. Würde er ihr glauben? Was hatte Tante Célia ihm inzwischen erzählt? Wussten sie überhaupt, dass Livia auf und davon war, oder dachten sie womöglich, dass sie jeden Moment zur Tür hereinkommen würde? War Débora inzwischen wieder bei Tante Célia gewesen? Waren sie alle froh, dass Livia weg war, oder hatten sie längst die Polícia auf sie angesetzt?

Livias Blick fiel auf das riesige Werbeplakat einer Billigfluglinie vor der Rodoviária.

»*SAI DO CHÃO!* HEBEN SIE AB! São Paulo um R$299,00.«

Rasta hatte Recht. Billiger als um 150 kam keiner nach São Paulo. Livia zählte ihre Barschaft nach. Aus den 150 waren mittlerweile 118,50 geworden. 123 Reais mehr und sie würde in dem Scheiß-Bus sitzen. Und diese Ratte, die sie eben verhaftet hatten – der nahm sich einfach, was er brauchte. Mit ein bisschen Mut hatte er im Handumdrehen sein Geld beisammen. Er hatte riskiert und jetzt war es einmal in die Hose gegangen. Wer weiß, wie oft es vorher gut gegangen war. Mut war genau das, was Livia fehlte.

Und etwas zu essen, sie hatte heute noch keinen Bissen gehabt.

Sie sprang auf, schnappte sich Hiperideal und Bompreço und ging entschlossen zurück über die Fußgängerbrücke, hinein in die Shopping Mall und hinauf zur Gastromeile im zweiten Stock. Das war die schönere der beiden. Sie verdrückte ein leckeres Burger-Menü um 8,50, streckte ihre Beine auf dem Marmorboden aus und inhalierte die kühle Luft. Sie war Kundin hier. Das alles war für sie.

Mit dem Menü hatte sie kleine gepolsterte Plastikaufkleber erhalten, wie ihre Freundinnen sie auf Handys und Schulmappen klebten. Livia hatte weder Handy noch Schulmappe, also bekam Hiperideal das chinesische Schriftzeichen verpasst und Bompreço die Zeichentrickfigur mit dem großen Daumen.

Jetzt war Livia bereit.

#

Heute hatte wieder Falcão Dienst – ein gutes Zeichen. Über verschlungene Wege war Livia zu Vagners Festung geschlichen, keiner hatte sie gesehen.

»Ich muss zu Vagner«, sagte sie, ohne einen Gruß abzuwarten.

»Ihm geht es nicht gut. Er will niemanden sehen.«

»Es ist dringend. Bitte! Geschäftlich. Er wird es nicht bereuen.«

»Weiß nicht, ob er wach ist. Warte hier.«

Kurz darauf kam Falcão zurück. Er deutete mit dem Kopf auf den Hauseingang. »Du kennst den Weg.«

Ihre Plastiktüten ließ sie bei Falcão zurück.

Vagners Wohnzimmer war wie immer verdunkelt, allerdings hatte sich einiges verändert. Die Möbel waren umgestellt worden und ein kühler, eigentlich kalter Luftzug kroch Livia unter die Haut. Vagner saß in einem riesigen Liegesofa mit ausgefahrener Beinstütze. Sein mitgenommenes Auge war mit einem Verband zugeklebt, seine Beine weiß bandagiert, er selbst dagegen wirkte geradezu vergnügt.

»Setz dich«, empfing er Livia mit schleppender Stimme. »Sieht schlimm aus, was? Aber keine Angst. Mir geht es besser, als es einigen lieb ist. Der alte Vagner hat's ihnen wieder mal gezeigt. Da gab es einen Wichtigtuer in der Polícia. Hat geglaubt, er kann in São Geraldo Geschäfte machen, ohne mich zu fragen. Ha!« Ein Hustenanfall packte ihn und rüttelte ihn kräftig durch. Nach einer Weile beruhigte er sich und fuhr fort: »Der ist über Nacht verschwunden und keiner weiß wohin. Ha!«

Livia sagte nichts.

»Wie gefällt dir mein neues Spielzeug?«, fragte er. »Klimaautomatik. Alles elektronisch.«

Auf dem Tischchen neben sich hatte er eine Galerie von Fernbedienungen aufgereiht. Eine davon nahm er zur Hand und drückte darauf herum. Von allen Seiten blies auf einmal ein eisiger Wind, den Vagner gleich wieder abstellte. Er beugte sich über den Tisch und zählte auf: »Die hier ist für mein Sofa, den Fernseher, Satellit, DVD, Video, Stereo, Licht.«

Daneben lagen noch, ebenfalls in Reih und Glied, zwei Handys, ein Schnurlostelefon und die Taurus.

»Ich habe alles im Griff«, schloss er und lehnte sich zurück.

Sie saßen eine Zeit lang stumm da, er im ferngesteuerten Ledersofa, sie im Besucherstuhl.

»Ich habe dich nicht so bald zurückerwartet«, sagte er ohne Vorwarnung. »Du kommst früher, als ich gedacht habe.«

»Ich brauche das Geld dringend. Muss noch heute sein.«

»Langsam.« Abweisend hob er die Hand. »Mädchen sind eigentlich nicht mein Geschäft. Ist mühsam, schwieriges Personal. Andererseits sind Mädchen gut fürs Geschäft, so macht man sich Freunde. Meine Kontakte schätzen Qualität. Ab und zu gibt's eine Gratisnummer, aber im Normalfall zahlen sie gerne für Qualität.«

Livia nickte. Was sollte sie sagen?

»Die Sache läuft so: Ich, oder in Zukunft Gerônimo – du kennst doch Gerônimo?«

Livia schüttelte den Kopf.

»Ist einer von meinen Leuten, er kümmert sich um die Mädchen, wirst ihn noch kennen lernen. Wir machen für dich die Termine aus und den Tarif. Du lieferst die Hälfte ab. Du kannst auf eigene Rechnung dazuverdienen, alles andere kann sowieso keiner kontrollieren. Aber – und das merkst du dir gut«, er zählte mit den Fingern auf: »nicht bei meinen Kunden, nicht hier im Bezirk, nicht unter 100 – sonst ruinierst du uns die Preise – und, viertens, du bist rund um die Uhr für Gerônimo erreichbar. Seine Termine haben Vorrang. Ist das klar? Wenn er bei dir anklingelt, lässt du alles liegen und stehen.«

Livia nickte.

»Und noch was – versteht sich von selbst, trotzdem sag ich es jedes Mal dazu, damit es hinterher keine Ausreden gibt: Herumerzählen in der Gegend, das gibt es nicht.« Livia nickte. Sie hatte den »verschwundenen« Sargento noch nicht vergessen.

»Wegen heute ...«, sagte sie.

»Kannst es nicht erwarten, was? Lass mich telefonieren. Geh raus, mach die Tür zu.«

Draußen wartete Livia neben der Tür. Der Gang war eine kahle Angelegenheit. Portugiesische Fliesen bis auf Augenhöhe, eine monströse indianische Holzskulptur an der Wand und eine Handvoll naiver Bilder, wie sie im Pelourinho an Touristen verhökert werden: bahianische Strände und Kolonialhäuser. Nichts, um sich hinzusetzen, nichts, um weiche Knie zu beruhigen. Eine Hausangestellte trug stumm ihren Wäschekorb an Livia vorbei. Kein aufmunternder Blick. Livia hörte, wie Vagner drinnen ins Telefon bellte, jedoch nicht, was.

»Komm rein!«, rief er endlich.

»Du kennst die Ladeira da Barra, die Avenida Sete de Setembro? Die Küstenstraße oberhalb des Jachtklubs, vom Porto da Barra hinauf nach Vitória? Dort gibt es einen neuen Wohnturm, ziemliches Ungetüm, heißt Blue Aqua Tower. Voll mit Geldsäcken. Die lieben ihren Meeresblick. Um 18 Uhr bist du dort, fragst den Portier nach Senhor Sebastião, verstanden? Senhor Sebastião. Ist ein *Fazendeiro* vom Land. 20.000 Hektar. Hat seine Jacht im Jachtklub und das Apartment im Tower. Kommt nach Salvador, um sich zu vergnügen und ein bisschen Politik zu machen. Frau und Kinder weit weg, sei nett zu ihm. Bekommst 200.«

Livia schwieg.

»Das war's. Kannst gehen.«

»Ich ...«, zögerte Livia, »ich ... habe noch nie ... also, ich bin ...«

»Ha!«, Vagner bekam wieder einen Hustenanfall. »Auch das noch! Sebastião wird seine Freude haben. Kannst 400 verlangen. Lass mich noch mal telefonieren.«

Livia kannte die Prozedur, ging hinaus und wartete. Als sie wieder bei Vagner drinnen war, sagte er: »400 geht klar, aber nur, wenn du mich nicht anlügst. Sebastião lässt sich da nicht reinlegen, verstehst du? Ha!«

Nachdem er sich abermals ausgehustet hatte, fuhr er fort: »Vorher gehst du noch zur Professora. Die hat lange für mich gearbeitet, kennt sich aus, sie wird dir ein bisschen was beibringen. Ich will keine Dilettantin herumschicken. Sie wohnt in Santo Antônio, schreib dir Namen und Adresse auf. Sie erwartet dich um drei.« Vagner sah auf die Uhr. »Kannst gleich zu ihr fahren.«

15

Livia kam von der Estação da Lapa und überquerte drei Plätze hintereinander in der Oberstadt. Zunächst die Praça Castro Alves, dann die Praça Tomé de Souza und schließlich die Praça da Sé. Jeder dieser Plätze gab auf seine Art die Sicht auf die Allerheiligenbucht frei. An der Praça da Sé betrat Livia schließlich die Altstadt von Salvador, genauer gesagt das Pelourinho-Viertel. Den Pelourinho kannte Livia mehr aus dem Fernsehen als aus dem täglichen Leben. Wenn irgendwo in Salvador etwas passiert war, brachte das Fernsehen Bilder aus dem Pelourinho. Wenn Brasilien bei der Fußball-WM spielte, zeigten sie den Bloco Ajeun live aus dem Pelourinho. Und wenn von der Benachteiligung der Schwarzen im Lande die Rede war, filmten sie rastabezopfte Bahianer im Pelourinho.

Nicht völlig zu Unrecht, denn der Pelourinho bot einen besonderen Anblick. Endlose Reihen von possierlichen Häuschen, jedes in einem anderen Pastellton, Kopfsteinpflaster, an jeder Ecke eine Kirche oder zwei und jede Menge Läden mit rustikalen Holzschildchen: Souvenirläden, Ausflugsbüros, Restaurants und Cafés.

Abends war der Pelourinho notorisch voll mit Besuchern, aber auch am frühen Nachmittag bummelten nicht wenige Touristen umher. Livia ging die weitläufige Praça da Sé entlang, vorbei am großen Springbrunnenbecken. Die Meeresbrise verblies die Brunnenfontänen zu einem kühlen Sprühnebel. Livia ging mittendurch.

An der Ecke vor der Kathedrale gab einer als lebende Statue sein Bestes. Seine Augen waren das Einzige, was nicht silbern glänzte. Der arme Teufel schwitzte unter seiner Schminke.

Weiter ging es über den Terreiro de Jesus, wo eine drittklassige Capoeira-Gruppe in Kreisformation auf ihre Opfer wartete. Ein Japaner machte den Fehler, ihnen aus der Nähe zuzusehen. Kaum war er eine Minute dagestanden, wurde er unnachgiebig um Bezahlung für die artistische Darbietung angegangen. Das rhythmische Dröhnen von

Surdos aus der Ferne übertönte allmählich das Berimbau der Capoeira-Gruppe. Livia beschleunigte ihren Schritt in die Portas do Carmo, die enge Gasse, die hinunter zum Largo führte. Die Trommeln kamen immer näher, bis ein Bloco Afro in voller Lautstärke unmittelbar vor Livia aus der Seitengasse bog. Alles enthusiastische Kids, die ebenfalls zum Largo hinuntergingen. Die schnorrten zwar niemanden um Geld an, doch einen erbärmlicheren Reggae hatte Livia auch noch nicht gehört. Sie schloss die Augen und sah ein kunterbuntes Chaos vor sich. Die Surdos schleppten sich von Takt zu Takt, immer um ein Augenzwinkern zu spät, was kein Wunder war, da die Repiniques viel zu dicht spielten, eine Rhythmuslinie, die nie und nimmer zu einem Reggae passte. Und die Caixas machten sowieso, was sie wollten. Der Mestre hatte längst aufgegeben. Die Sticks ragten aus seiner Hosentasche und seine Repinique hing ihm über dem Hintern.

Daran konnte Livia nicht tatenlos vorbei. Mit einem entschuldigenden Lächeln zog sie dem Mestre die Sticks aus der Tasche, drückte ihm die Plastiktüten in die Hand und legte los.

Auf der Trommel des Mestres gab sie den Repiniques eine klassische 3-2er Rumba-Linie vor, die jedem Kind in Salvador geläufig ist, zumal, wenn es mit einer Trommel durch die Straßen zieht. Die Repiniques stiegen eine nach der anderen darauf ein. Und siehe da, die Surdos hörten sich selbst wieder und auch sie renkten sich ein. Dann intonierte Livia die einfache Reggae-Offbeat-Linie für die Caixas, und mit einem Mal donnerte ein bildschöner Samba-Reggae durch den Pelourinho.

Sie waren am Largo do Pelourinho angelangt, einem stark abschüssigen Platz, auf dem früher der Pranger für unbotmäßige Sklaven gestanden hatte. Livia tauschte Sticks gegen Tüten zurück und überließ den sprachlosen Mestre seinem Schicksal.

Am unteren Ende des Largo hatte eine Baiana ihren Acarajé-Stand. Ein paar Jungs lehnten an der Steinbalustrade, verschlangen Acarajés und machten Mädels an. »Hallo Kätzchen«, rief einer, »willst du einen Bissen?«

Wieso fiel denen nie etwas anderes ein? Keiner von ihnen sah die riesige Kakerlake, die direkt hinter ihnen über die Brüstung kroch.

»Du fragst die Falsche«, rief Livia. »Die da hinter dir ist vielleicht hungrig.«

Unter heiterem Gegacker stoben die Jungs auseinander.

Dann ging es wieder bergauf. Jenseits des Largos wurde es ruhiger, die Läden dünnten sich aus, bis sie schließlich vollends ausstarben. Livia kam am Convento do Carmo vorbei, einem aufgelassenen Karmeliterkloster aus dem 16. Jahrhundert, das sie zu einem Luxushotel umgebaut hatten. Noch ein Stückchen weiter durch die menschenleere Gasse und Livia war in Santo Antônio.

Sie kramte den Zettel hervor. »Regina, Pousada Celeste, Santo Antônio«, las sie und stand auch schon davor. Eine adrette kleine Pousada, eine Frühstückspension: ein liebevoll hergerichtetes Altstadtjuwel, die Fassade bernsteinfarben mit weißen Stuckrahmen und rötlich schimmernden Tropenholztüren. Drei Stock hoch und anstelle von Fenstern hatte jede Etage drei Türen, die mit schmiedeeisernen Brüstungsgittern gesichert waren. Im Unterschied zum flächendeckend renovierten Pelourinho war eine derartige Perfektion in Santo Antônio noch eine Seltenheit. Gleich neben der Pousada stand eine verwaiste Abbruchbude mit zugemauerten Fenstern.

Alle drei Erdgeschosstüren der Pousada standen offen. Livia trat in den lichterfüllten Gastraum ein, der von der Straße bis nach hinten in einem durchging. Kirschroter Teerboden, eine kleine Bar-Rezeption, ebenfalls aus poliertem Tropenholz, und Korbmöbel. Kein Mensch war zu sehen, also ging Livia bis ans Ende vor und betrat die überdachte und üppig begrünte Terrasse. Ein grandioser Rundblick tat sich ihr auf. Die Dächer der Unterstadt, der Hafen, die Bucht und darüber Sonne und Himmel im Übermaß.

»Du musst die Neue von Vagner sein«, hörte Livia eine Frauenstimme hinter sich, fest und angenehm.

Livia drehte sich um. Die Professora war eine smarte Erscheinung um die 40. Ihre Haut war etwas heller als Livias. Milchschokolade. Das sandfarbene Sommerkleid passte einwandfrei zu ihrem Teint, den mahagonifarbenen Locken und den hohen Ledersandaletten. Im Luftzug umwehte das Kleid ihre Beine.

»Bist ein hübsches Ding!«, rief die Professora aus und zog sich eine Strähne aus dem Gesicht.

»Könnte ich auch zu dir sagen«, antwortete Livia.

Die Professora lachte. »Wir können hier draußen bleiben, die sind alle am Strand, wir sind alleine. Stell doch deine Plastiktüten ab, setz dich.«

Die Professora brachte zwei eiskalte Dosen Guaraná mit Strohhalmen und setzte sich mit überschlagenen Beinen zu Livia an das Tischchen.

»Weißt du«, begann sie, »du bist nicht die Erste, die Vagner zu mir schickt. Ich mach das, weil ich ihm viel verdanke. Ich habe *ihm* nie Schwierigkeiten gemacht, er hat *mir* nie Schwierigkeiten gemacht. So ist das mit Vagner. Erst durch ihn habe ich die besten Kunden gehabt und bin aus dem Schlimmsten rausgekommen. Aber lass mich von vorne anfangen.«

#

Sie war aus Vitória da Conquista im Landesinneren Bahias. Mit 17 ausgerissen und ohne einen Centavo nach Salvador gekommen. Das waren noch andere Zeiten gewesen. Der Pelourinho war damals ein einziger Straßenstrich. Ein Besucher konnte keine zehn Meter weit gehen, ohne dabei von fünf Mädchen angequatscht zu werden. Es war wild. Sie war frei, alle wollten ihr an die Muschi, die Welt gehörte ihr. Und sie machte jeden einzelnen Fehler, den man machen konnte.

Einem allzu sorglosen Kunden räumte sie den Wandtresor aus. Um ein Haar wäre sie im Gefängnis gelandet, wenn sie nicht besonders nett zu ein paar Sargentos gewesen wäre.

Ein anderes Mal ließ die Professora ein Mädchen, das sie nicht leiden konnte, von ein paar Jungs verprügeln. Die Arme lag wochenlang im Spital.

Einmal hatte sie einen Kunden, der verlangte, dass sie sich tot stellte, während er es mit ihr trieb. Den sah sie 14 Tage später im Fernsehen. Sie hatten ihn festgenommen wegen Mordes an fünf Prostituierten. Er hatte ihnen die Brüste abgeschnitten und Geldbeutel daraus gemacht. Das war knapp, sie hätte die nächste sein können. Drei Wochen ging sie damals nicht mehr auf den Strich, bis ihr das Geld ausging.

Bei allem Scheiß, den sie anrichtete, griff sie nie Drogen an, begann nie zu trinken, nicht einmal zu rauchen. Mit der Zeit lernte sie, sich die Kunden auszusuchen.

»Halte dich fern von allen Halbstarken, die in der Gruppe unterwegs sind«, sagte sie. »Das sind die Schlimmsten, egal ob aus Alpha-Ville oder aus der Favela. Ein Gangbang ist nichts Lustiges. Es geht nicht darum, dass dir die Muschi brennt, es geht um deine Selbstachtung, die ist wichtiger. Am besten sind Alte und Gringos, die machen keine Probleme. Die alten Geldsäcke bekommst du von Vagner, die Gringos musst du dir selbst von der Straße holen.«

Die Professora hatte in ihrer besten Zeit Unsummen verdient. Ihr Rekord waren 1.000 Dollar und acht Kunden an einem Tag.

»Und ich hatte Spaß dabei! Ich war süchtig nach Sex, süchtig nach dem Adrenalin. An manchen Tagen habe ich nichts mehr gespürt.« Sie nahm ihre Beine auseinander und schlug sich mit der flachen Hand in den Schritt. »Nichts. Taub.« Sie lachte mit weit geöffnetem Mund. Livia bemerkte eine schwarze Zahnlücke außerhalb ihrer Smile-Zone.

Genauso schnell wie sie es verdiente, warf die Professora das Geld wieder zum Fenster hinaus. Teurer Schmuck, den sie sich ohnedies nie auf der Straße zu tragen getraute, teure Klamotten, Einkaufstrips nach Rio und eine Mietwohnung weit über ihren Verhältnissen.

Irgendwann kam sie dahinter, dass sie nicht ewig 20 bleiben würde. Ein verwitweter Schuhfabrikant, den sie von Vagner hatte, mochte sie besonders gern. Im Winter nahm er sie öfters mit nach Ceará in sein Strandhaus. Er brachte ihr bei, wie man einen Haushalt führte, ein Sparkonto eröffnete und sogar einen Sprachlehrer engagierte er für sie, einen jungen Oberstufenlehrer, der ihr miserables Provinzportugiesisch auf Vordermann brachte. Einmal hatte sie Sex mit ihm, spaßhalber. Der Alte erfuhr es nie, sie war nicht stolz darauf.

Aber sie war eine gelehrige Schülerin, eröffnete ein Sparkonto, zog in eine billigere Wohnung um und begann Geld auf die Seite zu legen.

Livia und die Professora nahmen beide einen Schluck aus der Dose.

»Jetzt werde ich dir etwas über Männer erzählen, was dir sonst niemand erzählt«, sagte sie ernsthaft. »Pass auf.«

Ihr Vater hatte die Professora geschlagen, seit sie klein war. In ihrer Gegend war das damals üblich gewesen und war es auch heute noch. Sie waren fünf Geschwister. Als Regina sieben war, entdeckte ihr Vater ihre Muschi.

»Weißt du, was er gemacht hat?« Sie senkte ihre Stimme. »Er hat mich da unten mit Pimenta eingerieben. Weißt du, wie das brennt? Ich war damals sieben! Ich dachte ich sterbe, ich habe geweint, mich vor Schmerzen gekrümmt und ihn angefleht. Er hat mich ausgelacht. Ich wollte es ausspülen, er hielt mich zurück. Es hat ihm Spaß gemacht und er tat es immer wieder.« Wenn sie auf der Straße spielte, statt Geschirr zu waschen, wenn ihm das Essen nicht schmeckte oder einfach nur aus Zeitvertreib. Sie hat ihn gehasst.

Er liebte Maniokpüree. Einmal hat sie ihm Rattengift ins Püree gegeben und es stark gesalzen. Es hat nicht funktioniert. Ihm ist nicht einmal schlecht geworden, es hat ihm geschmeckt. Sie musste ihm eine zweite Portion kochen. Als sie in die Pubertät kam, verlor er sein Interesse.

»Er hat mich nie vergewaltigt, dazu fehlte ihm der Mut. Ihm ging es nicht um Sex, ihm ging es um die Erniedrigung. Er war der Boss. Das war alles, was er wissen wollte. Wenn du das verstanden hast, kann dich nichts mehr überraschen.«

Bei der ersten Gelegenheit ist sie dann von zuhause weg. Einer aus der Nachbarschaft arbeitete als Fernfahrer, brachte Kaffee nach Salvador. Er würde sie gerne mitnehmen, allerdings nicht gänzlich gebührenfrei. Sie willigte ein. Somit war er ihr allerererster Kunde, nahm ihr die Unschuld auf dem Beifahrersitz eines Kaffeelasters an der Schnellstraße 116.

»Was war mit deinen Geschwistern?«, wollte Livia wissen. »Und mit deiner Mutter? Konntest du sie einfach zurücklassen?«

Die Professora war das jüngste Mädchen im Haus. Sie hatte zwei ältere Schwestern und zwei jüngere Brüder. Ihre Schwestern verließen ebenfalls bei erster Gelegenheit das Haus. Eine heiratete mit 17 ihre große Liebe und die andere wurde mit 16 schwanger, wusste nicht genau von wem und heiratete den Nächstbesten. Ihren Brüdern tat der Vater nichts, er vergötterte sie. Ihre Mutter war eine einfache Frau. Sie hatte Angst vor ihrem Mann, aber wo sollte sie hin? Dabei war es sie, die zeitweise die ganze Familie ernähren musste. Sie war die beste Köchin in der ganzen Gegend und verkaufte ihre Coxinhas an eine Imbissstube.

Das Einzige, was die Professora von ihrer Mutter mitbekommen hatte, waren die Kochkünste. Sie verwöhnte ihren Schuhfabrikanten mit allen Köstlichkeiten der bahianischen Küche. So kam der auf die Idee mit der Pousada. Er wollte, dass sie wegkam von der Straße und den anderen Kunden, und mittlerweile war sie auch schon Ende 20.

Sie mussten nicht lange suchen, bis sie das Haus hier fanden. Die Häuser in der Altstadt waren damals noch spottbillig, besonders in Santo Antônio. Sie kaufte es selbst von ihrem eigenen Ersparten, das war ihr wichtig. Er regelte die Formalitäten, arrangierte und bezahlte die Renovierung und half ihr beim Einrichten.

»Sie haben mir inzwischen das Zehnfache dafür geboten, das Zehnfache! Aber ich verkaufe nicht.« Die Professora beugte sich vor und legte ihre Hand auf Livias. »Jetzt zum Allerwichtigsten. Die Sechs Gebote. Da stecken zwölf Jahre Erfahrung drin, also hör gut zu:

Regel Nummer 1: Kein Kuss auf den Mund. Niemals. Es ist eine Frage des Respekts. Du erlaubst ihm alles, nur das eine nicht, und du wirst sehen, er respektiert dich. Sonst darf er dich überall küssen, nur nicht auf den Mund. Das wirkt.

Regel Nummer 2: Schick ihn vorher unter die Dusche. Da musst du hart bleiben. Wenn sie sauber sind, hast du selbst viel mehr Spaß.

Regel Nummer 3: Das Geld bekommst du vorab. Ich könnte dir hässliche Geschichten erzählen, wie es ist, wenn einer dich anschmieren will. Du kassierst vorab, und damit sind es *deine* Spielregeln, die gelten. Wenn er besonders misstrauisch ist, dann soll er zumindest das Geld auf den Tisch legen.

Regel Nummer 4: Nur mit Gummi. Immer und überall. Lass dir nichts einreden, auch wenn sie dir ohne Gummi das Doppelte geben. Ich habe ein paar gekannt, die haben geglaubt, sie wären gescheiter als alle anderen. Da draußen gibt es nicht nur HIV, es gibt Hepatitis und viele andere Dinge, die du nie mehr los wirst und die dich das Leben kosten können. Ich selbst bin schwanger geworden von einem Kunden, weiß nicht von wem. Ich habe einen Sohn bekommen, er ist mit zehn Monaten gestorben. Drei Tage Durchfall und das war's. Ich war zu jung, war überfordert, bin nicht zum Arzt mit ihm. Sie sagten, es wäre eine Rotavirusinfektion gewesen. Todesursache Flüssigkeitsmangel und Unterernährung.

Ich habe ihn sehr geliebt. Die Welt hat damals aufgehört sich zu drehen. Danach habe ich mein Leben aufgeräumt.«

Ein junges Touristenpaar betrat den Gastraum, Handtücher um die Schultern gehängt.

»*Hello,* Regina!«, riefen sie der Professora zu. Sie ging hinein, um die Amerikaner zu begrüßen, händigte ihnen den Zimmerschlüssel aus und kehrte auf die Terrasse zurück. »Die kommen gleich wieder, ich werde ihnen Kaffee machen.« Sie setzte sich wieder zu Livia. »Es bleiben noch Nummer 5 und Nummer 6, ganz schnell.

Nummer 5: Mach ja nicht die Beine breit für Kellner, Taxifahrer, Türsteher und so weiter. Für die bist du tabu. Die verlieben sich in dich, werden eifersüchtig und besitzergreifend, machen dir das Leben schwer, verderben dir das Geschäft. Da draußen wirst du Menschen brauchen, die dir den Rücken freihalten, denen du vertrauen kannst. Das funktioniert nur, wenn du für die unantastbar bist. Das gilt übrigens auch für Vagners Leute. Hände weg. Nur Gerônimo bekommt ab und zu eine Gratisnummer, gehört zu seinem Gehalt. Ist halb so schlimm, er ist in Ordnung.

Nummer 6: Verlieb dich nie in einen Kunden. Ich weiß, die Versuchung wird groß sein. Ich habe viele Mädchen gesehen, die furchtbar gelitten haben. Ich selbst habe einiges durchgemacht, es zahlt sich nicht aus.«

Der Amerikaner von vorhin war heruntergekommen und stand erwartungsfroh in der Terrassentür.

Livia und die Professora umarmten einander wortlos.

»Komm mich besuchen«, sagte die Professora. »Möchte wissen, wie's dir geht.«

16

Am Porto da Barra kletterte Livia aus dem Bus. Der einstige Fischerhafen war der belebteste aller Stadtstrände in Salvador. Seine Strandbucht hatte ruhiges Wasser und so etwas wie eine Infrastruktur: eine Häuserzeile mit Imbissstuben und Internetcafés an der Küstenstraße, wo eine Balustrade aus geweißten Steinsäulen den Abhang zum Strand hin sicherte.

Es war kurz nach halb sechs, die Dämmerung würde bald einsetzen und es herrschte allgemeiner Aufbruch.

Livia passierte den Schwulentreff. »*I'm too sexy for my shirt!*«, dröhnte es aus einem geöffneten Kofferraum. Aufgereiht saßen die Jungs auf der Balustrade und gaben mit ihren Oberkörpern an.

Ein Stückchen weiter, unter einem der Mandelbäume, setzte auch Livia sich auf die Balustrade, vor ihr die Strandbucht, von zwei kleinen Kastellen bewacht, Santa Maria zur Linken und São Diogo zur Rechten.

Unbeschwerte Familien mit übermütigen Kindern kamen die Stufen vom Strand heraufgestiegen, ein hübscher Gringo mit blonden Dreadlocks und Strandhändler bepackt mit dem, was sie heute nicht losgeworden waren: hauchdünne *Cangas*, das sind Strandtücher, die man auch als Wickelkleid tragen kann, bunter Schmuck aus Samenkörnern und billige Sonnenbrillen.

Plötzlich erhielt Livia einen kräftigen Stoß von hinten. Nur mit Mühe konnte sie sich auf der Balustrade halten, wäre um ein Haar fünf Meter tief auf den Strand gestürzt.

»Heh!«, rief sie und drehte sich um. Eine sturzbesoffene Tusse torkelte den Gehsteig entlang. Wirres Haar, verdreckte Klamotten, bloßfüßig. Sie machte den blonden Gringo an, der nichts von ihr wissen wollte.

»*Só 30 reais, meu amor*!«, lallte sie ihn an und griff ihm in den Schritt. »Nur 30 Reais, mein Schatz!«

»*Pegue a pista*!«, schnauzte der zurück. »Verpiss dich!«

Nicht alle hatten so viel Glück wie die Professora. Vielleicht kamen ja auf eine Professora fünfzig oder hundert andere, die es nicht geschafft hatten, so wie die hier. Vagner war nicht blöd. Er schickte seine Anfängerinnen nicht ohne Absicht ausgerechnet zur Professora.

Die Besoffene ließ sich nicht abwimmeln, wurde immer lauter. Ein Sargento der Polícia vom nahen Wachposten war aufmerksam geworden und trat auf den Plan.

Livia machte sich aus dem Staub. Das ergab sicher eine unschöne Szene und Livia hatte keine Lust weiter zu beobachten, wo sie selbst in zehn oder fünfzehn Jahren stehen würde.

Sie stieg zum Strand hinunter, ging knöcheltief ins warme Wasser und wusch sich die Hände.

Eine Hand voll Fischerboote schaukelte an ihren Ankerbojen und ein paar Jungs sprangen nimmermüde und leichtsinnig vom alten Hafendamm ins seichte Wasser.

Es war Zeit zu gehen, Livias erster Kunde wartete. In zweieinhalb Stunden ging der Bus nach São Paulo. Die Uhr hatte zu ticken begonnen.

Die Besoffene sorgte noch immer für Wirbel vor dem Wachposten. Livia wechselte auf die andere Straßenseite, ging an der Apotheke vorbei und nahm schließlich die Küstenstraße bergauf.

Das Meer zur Linken verschwand hinter dem Kirchenhügel von Santo Antônio da Barra. Livia passierte die Auffahrt zur Kirche und ging dann eine lange, weiße Mauer entlang, an deren Ende ein schmiedeeisernes Portal mit der Aufschrift »*Cemitério dos Ingleses*, Englischer Friedhof« offen stand. Gleich nach dem Friedhof öffnete sich links wieder der Blick auf die Bucht und zur Rechten ragte der Tower hoch, dessen geschwungene Fassade eine mutige Komposition aus Türkis- und Marineblau war.

Angespannt trat Livia an das elegante Alu-Gatter und läutete. Ein junger Pförtner erschien in der Tür seiner spiegelverglasten Kabine, Sonnenbrille auf der Stirn.

»*Pois não*?«, fragte er. »Ja, bitte?« Er schwitzte in seiner blauen Uniform.

»Ich komme zu Senhor Sebastião.«

»Wie ist der Name?«

»Sebastião.«

Er konnte ein Lächeln nicht unterdrücken. »Der Name der Senhorita.«

»Livia.«

Der Pförtner verschwand im Inneren und nach einer Weile hörte sie den Türöffner summen. Sie drückte das Gatter auf und ging an der Pförtnerloge vorbei.

»Heh!«, rief er ihr nach. »Ich muss deinen Ausweis sehen.«

Sie kehrte um und überreichte ihm ihre ID-Karte. Er trug Livias Daten in eine Liste ein.

»Die Rezeption ist geradeaus, durch die große Tür dort.« Er deutete mit der Karte in der Hand.

Erwartungsvoll streckte Livia ihm die offene Hand entgegen.

Er schüttelte den Kopf. »Der Ausweis bleibt bei mir.«

»Wieso? Das ist meiner, den möcht ich wiederhaben!«

»Erst, wenn du gehst und Senhor Sebastião sein Okay gibt.«

»Wieso sagst du, du möchtest ihn *sehen*, wenn du ihn mir in Wahrheit *wegnimmst*?«

»Du bekommst ihn doch wieder.«

»Du hast mich reingelegt! Wie ist dein Name?«, fragte sie.

»Marcelo«, sagte er nach kurzem Zögern.

»Glaub ich nicht, gib mir deinen Ausweis, ich möchte ihn *sehen*.«

Marcelo lachte.

»*Du* bist die, die hier zu Besuch ist. So sind unsere Regeln.«

War wohl nichts zu machen.

»Kann ich wenigstens meine Plastiktüten hier lassen?«

»Du kannst sie hier drin abstellen.« Sie deponierte Hiperideal und Bompreço neben der Tür auf dem Boden.

»Nicht rumstöbern!«, rief sie ihm nach, als sie ging. »Was da drin ist, geht dich nichts an.«

»*Tranquilo*, nur keine Sorge.«

Der Weg führte Livia über einen Zierpool hinweg und durch einen großzügigen Vorgarten mit Palmen und Blumenbeeten.

Die gefärbte Blonde an der Rezeption war bereits informiert.

»Einen Moment bitte«, sagte sie zu Livia und griff zum Hörer.

»*Boa tarde, Senhor*, der Gast des Senhors wäre da. ... Geht in Ordnung.«

»Apartment 1604«, sagte sie geschäftsmäßig zu Livia. »Dort drüben ist der Aufzug.«

#

Senhor Sebastiãos Apartment sah aus, als hätten sie hier eine Telenovela gedreht. Geräumig, Fenster durchgehend von Wand zu Wand, dunkler Marmorboden, Möbel aus Edelstahl, Glas und weißem Leder.

Senhor Sebastião selbst sah aus wie ein hungriger Waldzwerg, der zur Dekoration gehörte. Er war nicht größer als Livia, hatte zu lange Ohren und rote Altersflecken auf seinen Pausbacken.

Er hatte die Tür hinter Livia geschlossen und betrachtete sie nun stumm aus einiger Entfernung mit seinen kleinen Augen.

Sie stand in ihren knappen Shorts aus der Kirchensammlung vor ihm, dem nabelfreien Top und den knallroten Gummisandalen.

»Was guckst du so? 400 Reais.« Sie streckte ihm die offene Hand entgegen.

Er lächelte, verschränkte seine Arme und sagte ohne jede Hast: »Nimm deine dreckige Hand wieder runter.«

Livia gehorchte.

»Gerade mal zur Tür rein und schon die Hand aufhalten? Bei mir wird nicht gehetzt. Wir zwei werden viel Zeit miteinander verbringen, die ganze Nacht. Es wird dir gefallen.«

»So viel Zeit hab ich nicht.«

Senhor Sebastiãos Flecken wechselten von Blass- auf Dunkelrot.

»Hoho! Die Senhorita ist in Eile. Dort ist die Tür!« Er riss die Tür weit auf. »Mit Vagner werde ich ein Wörtchen reden.«

»'Tschuldigung«, flüsterte Livia. Sie ging auf ihn zu und begann ihm das Hemd aufzuknöpfen. Er ließ sie gewähren.

»So verstehen wir uns.« Er schmiss die Tür wieder ins Schloss.

Livia steckte ihre Hand in sein aufgeknöpftes Hemd und streichelte ihm den grau behaarten Schwabbelbauch. Er begann zu schnaufen. Es gab einen Hund in São Geraldo, der niemandem gehörte und den alle irgendwie durchfütterten. Der schnaufte genauso, wenn sie ihm den Bauch kraulte.

Senhor Sebastiãos Mund kam dem Ihren bedrohlich nahe. Er roch nach Mundspülung, vielleicht war es auch Haftcreme. Livia tauchte weg, bückte sich, um sein Hemd aus der Hose zu ziehen. Es steckte fest. Den Gürtel würde sie ihm nicht öffnen. Sie zerrte am Hemd.

»Lass mal«, sagte er, griff ihr unter die Arme und zog sie wieder hoch.

»Was für ein süßer Mund«, hauchte er sie an. Wie ein Zahnarzt schob er seine Finger unter ihre Lippen und begutachtete ihre weißen Zähne und das rosa Zahnfleisch. Bevor sie sich wehren konnte, drückte er seine Lippen auf ihre.

Noch keine fünf Minuten hier und schon die zweite Regel gebrochen, kein Geld vorab und jetzt auch noch der Kuss.

Mit einem Ruck löste Livia sich aus ihrer Schreckstarre und wich zurück. Sie nahm seine Hände und sah ihm in die Augen. »Heute ist mein erstes Mal und ich möchte, dass du mir zeigst, wie es geht.« Sie versuchte, so etwas wie ein verliebtes Lächeln aufzusetzen. »Trotzdem kenn ich die Spielregeln: das Geld vorab und kein Kuss auf den Mund.«

Sie zitterte am ganzen Körper.

»Du bist vorlaut«, sagte er. »Du gefällst mir.« Er holte sein Portemonnaie aus der Hosentasche, zählte 400 Reais ab und legte sie auf den Glastisch.

»Fass es nicht an! Das bleibt hier liegen, bis wir fertig sind. Mal sehen, ob wir was Besseres zum Küssen finden.« Er zog sie mit sich in das halbverdunkelte Schlafzimmer und auf das Bett. Dort schob er ihr Top in die Höhe und begann an ihren Brüsten zu saugen. Livia rührte sich keinen Millimeter. Er stellte sich ungestüm an, tat ihr weh, und begann zu schwitzen, stank nach altem Mann. Livia hielt den Kopf zur Seite. Er arbeitete sich abwärts zum Nabel vor. Sein Haar war in langen Strähnen mit Pomade quer über den Kopf geklebt. Zwischen den Kammstrichen blitzte seine Glatze hervor, mit roten Flecken. Die Pomade hielt nicht. Sein Haar klappte auf. Er glitt immer tiefer und machte sich schließlich an Livias Shorts zu schaffen. Plötzlich hob er den Kopf.

»Ich weiß was Besseres. Wir filmen das Ganze. Ist ja ein besonderer Moment für dich.«

Er richtete sich auf und knöpfte sein Hemd zu.

»Die Kamera ist unten im Auto. Bin gleich wieder hier. Träum was Süßes.« Er gab ihr einen Kuss auf den Nabel.

Livia hörte die Tür zuschnappen.

Regungslos lag sie da und starrte die Decke an. Das, was mit Diego hätte perfekt sein sollen, sollte jetzt so über die Bühne gehen? Mit diesem Schwein? Das konnte sie nicht.

Hastig zog sie sich ihr Top wieder über die Brüste, knöpfte die Shorts zu, sprang in die Sandalen und lief zur Tür.

Die war abgesperrt! Das Schwein hatte sie eingesperrt! Sie rüttelte verzweifelt am Türgriff. Keine Chance. Sie lehnte sich gegen die Tür, fing an zu jammern.

Die schicken Apartments in den Telenovelas hatten stets zwei getrennte Eingänge, einen für die Herrschaft und einen fürs Personal. Das Personal hatte überdies seinen eigenen Aufzug, um der Herrschaft mit seiner Anwesenheit nicht die Fahrt zu verderben.

Livia hetzte umher und suchte die Küche. Wo die Küche war, dort konnte der Dienstboteneingang nicht weit sein. Da war die Küche! Und dort der zweite Eingang. Und er war nicht verschlossen! Augenblicklich war sie zur Tür hinaus. Kaum war die Tür hinter Livia ins Schloss gefallen, stoppte sie schlagartig. Drinnen lagen 400 Reais auf dem Tisch! Wenn sie sich schon in die Scheiße ritt, dann doch wenigstens ab nach São Paulo, wo kein Vagner sie umbringen konnte.

Allein, von außen ließ sich die Tür nicht wieder öffnen. Vergeblich rüttelte Livia daran. Keine Chance. Sie lehnte sich an die Tür, sank zu Boden.

Das Schwein konnte jeden Augenblick zurückkommen. Wo sollte sie hin?

Sie fuhr mit dem Dienstbotenaufzug zur Rezeption hinunter. Die zugeknöpfte Blonde sah sie fragend an.

»*Olá*! Wie ist dein Name?«, fragte Livia mit ihrem breitesten Lächeln.

»Sâmara«, sagte sie ausdruckslos.

»Sâmara, ja? Könntest du uns einen Gefallen tun, Sâmara? Wir brauchen da oben einen Gummi, also ... ein Kondom gewissermaßen, du verstehst?«

»Ich verstehe die Senhorita sehr gut, aber wir haben hier keine ... äh, Kondome. Wir –« Zu ihrer großen Erleichterung läutete in diesem Moment das Telefon. »Einen Augenblick, bitte.« Sâmara beeilte sich abzuheben.

»*Boa tarde.* ... Ja, Senhor, die Senhorita ist hier an der Rezeption. ... Nun, sie ... sie hat gefragt nach einem ... einem Kondom, Senhor.«

Sâmara hielt sich den Hörer vom Ohr weg. Auch Livia konnte ihn scharf lachen hören.

»Geht in Ordnung, Senhor. *Boa tarde.*«

«Er möchte, dass Sie wieder raufkommen.«

Senhor Sebastião ließ Livia herein, wie beim ersten Mal, stieß die Tür ins Schloss und sah sie dann wortlos an. Auf dem Glastisch lagen jetzt eine ultra-kleine Sony und ein Stativ neben dem Geld. Senhor Sebastiãos Flecken waren dunkelrot.

Livia wollte die Bauchmasche probieren, wie vorhin.

Kaum war sie in Reichweite, schlug er zu. Mit der flachen Hand ins

Gesicht. Livia taumelte einen Schritt zurück, starrte ihn ungläubig an.

Als sie ihre Sprache wieder fand, stammelte sie: »Ich ... ich wollte doch nur –«

Weiter kam sie nicht. Er stieß ihr alle zehn Finger hart in die Brust. Sie machte einen Satz nach hinten, konnte sich kaum auf den Beinen halten. Im Nu war er wieder bei ihr und packte sie an den Haaren. Er hielt ihr Gesicht ganz dicht an seines. »Du hast nichts zu wollen«, zischte er.

Livia versuchte sich loszuwinden.

»Hör auf! Ich erzähl es Vagner!«, brüllte sie.

»Nur zu«, sagte er ruhig. Er ließ nicht locker. »Ich sorge dafür, dass du mitsamt deinem Vagner hinter Gittern vermoderst. Du hast keine Ahnung, wen du vor dir hast. Jeder einzelne Richter in ganz Bahia gehört mir.«

»Lass mich los!«, flehte sie ihn an. »Du tust mir weh.«

»Wir hätten das hier ganz friedlich durchziehen können, aber du willst es anders. An der Rezeption unser kleines Geheimnis rumerzählen. So blöd kann keine sein! Ich kenn euch kleine Schlampen. Ihr wollt es so. Sag, dass du es willst. Sag es!«

»Ja! Ja, ich will es!«, schrie Livia. »Aber lass mich los!«

»Was genau?«

»Alles, was du willst! Du willst mich schlagen? Schlag mich! Du willst mich filmen? Tu es! In Großaufnahme! Alles, was du willst!«

Senhor Sebastião lockerte seinen Griff und lächelte sie an. »Du begreifst schnell.«

Livia legte ihre Hände an seinen Nacken und küsste ihn, feucht und innig und lange. Als sie sich wieder löste, war sein Hemd durchschwitzt.

»Ich hab eine einzige Bitte «, sagte sie so betörend es nur ging und spielte dabei an seinen Knöpfen herum. »Lass uns vorher duschen. Ich werde dich einseifen.«

»Aus dir wird noch was.«

Sie setzte sich auf das weiße Ledersofa. »Ich muss kurz verschnaufen. Ich komm gleich nach.«

»Steh sofort auf! Gesessen wird hier nicht. Und rühr nichts an!«

Er ließ die Badezimmertür einen Spalt offen. Nach einer Weile hörte Livia die Klospülung, dann hörte sie endlich das Wasser der Dusche laufen.

Augenblicklich war sie zur Tür hinaus, 400 Reais in der Tasche und die Sony in der Hand. Der erste Aufzug war laut Etagen-Anzeige gerade im Erdgeschoss. Der zweite, der Dienstbotenaufzug hinter der Säule war auch nicht da. Livia drückte beide in Panik und lief zwischen beiden hin und her. Das Gangfenster ging auf die Rückseite hinaus. Eine ultra-kleine und sicher sauteure digitale Sony fiel in hohem Bogen aus dem 16. Stock und zerbröselte auf dem Asphalt des Parkdecks. Der Dienstbotenaufzug kam zuerst. Er war nicht leer. Ein schwarzes Dienstmädchen mit Häubchen und Schürze war an Bord. »*Boa tarde*«, grüßte sie leise und senkte den Kopf. Gemeinsam fuhren sie hinunter.

So langsam sie es aushielt schlenderte Livia um die Ecke zur Rezeption vor. Sie beugte sich gelangweilt über die Theke, tat, als würde sie Kaugummi kauen und winkte Sâmara zu sich.

»Wir haben doch noch einen Gummi gefunden«, sagte Livia vertraulich, »aber der ist ihm zu groß. Er braucht was Engeres, verstehst du? Er schickt mich runter zur Apotheke. Kannst du Marcelo Bescheid geben, ja?«

»Selbstverständlich, Senhorita.« Sâmara war erleichtert, dass ihr weitere Details erspart blieben.

Es dämmerte bereits im Vorgarten. Marcelo stand in der Tür seiner Kabine.

»*Oi*, Marcelo!«, rief Livia ihm zu. »Hat Sâmara dir Bescheid gesagt?«

»Alles klar.«

»Ich brauch meine ID-Karte.«

»Das geht nicht, die muss hier bleiben.«

»Was, wenn mich die Polizisten am Porto da Barra nach meinem Ausweis fragen? Soll ich sie mit heraufbringen?«

Livia erhielt ihre ID-Karte wieder.

Nach ihrem Reisegepäck konnte sie unmöglich fragen. Sollte Marcelo ihre Kartoffeln essen und das Schwein sich an ihren Höschen erfreuen. Zum Glück hatte sie Leila zu Hause bei Emilio gelassen.

Marcelos Telefon läutete. Mit einer Hand hob er ab, mit der anderen drückte er den Türöffner.

Livia war schon draußen, als sie Marcelo hinter sich hörte: »Heh! Warte mal!«

Sie rannte los, die Straße hinunter, blickte nicht zurück. Zwei Autobusse kamen hintereinander herunter gedonnert. Knapp vor dem ersten wechselte Livia auf die andere Seite. Der Fahrer hupte. Für wenige Sekunden war Livia von den Bussen verdeckt, sie schlüpfte durch das offene Tor in den Englischen Friedhof hinein.

17

Der Englische Friedhof von Salvador hat die Form eines langen Rechtecks. Hinter der weißen Mauer an der Küstenstraße liegen hier in vier Reihen Untertanen der englischen Krone und andere Nicht-Katholiken aus dem 19. Jahrhundert. Unter Grabsteinen aus englischem Granit haben die nichts mehr vom herrlichen Ausblick über die Allerheiligenbucht.

Im vorderen Drittel des Friedhofs, nicht weit vom Eingangsportal, liegt ein Grab mit der Inschrift:

IN LOVING REMEMBRANCE OF
ANNE,
THE BELOVED DAUGHTER OF
CAPT. HENRY C. THOMAS,
OF BIRMINGHAM, WARWICKSHIRE
WHO DIED IN THIS CITY MAY 2ND 1857
AGED 17 YEARS

Annes Grabplatte ruhte auf einer kniehohen Einfassung aus Stein, deren rechte Seite ausgebrochen war. Durch diese Öffnung hatte Livia sich unter die Grabplatte verkrochen. Sie hatte hinter dem Wildwuchs, der das Grab flankierte, in Deckung gehen wollen, dann aber das hohle Grab entdeckt. Livia war um ihr Leben gerannt. Hier drinnen war ihr, als ob ihr pochendes Herz laut widerhallte. Zwischen den Blättern hindurch fixierte sie den Friedhofseingang.

Erst jetzt bemerkte sie den Friedhofswächter in einem offenen Pavillon gleich neben dem Portal.

Marcelo erreichte das Friedhofstor. Er bequatschte den Wächter. Der schüttelte den Kopf, hatte kein Mädchen hier reinlaufen gesehen. Marcelo gab nicht auf, er war sich sicher. Der Wächter holte seine Taschenlampe und gemeinsam machten sie sich auf die Suche. Sie kamen näher, leuchteten hinter die Gräber.

»... hat einen Bewohner bestohlen«, hörte Livia Marcelo sagen. »Einen Freund vom Gouverneur. Wenn der sie kriegt, ist sie Geschichte. Ich habe sie reinlaufen gesehen. Sie muss hier irgendwo sein.«

Hinter Livia raschelte etwas. Sie überhörte es.

»Komm heraus!«, rief Marcelo. »Mach keinen Blödsinn, ich weiß, dass du hier irgendwo steckst!«

Sie suchten die falsche Grabreihe ab, gingen an Livia vorbei. Jetzt oder nie. Das Tor stand offen. Nein. Wenn sie Pech hatte, dann standen sie gerade mal zwei Gräber hinter ihrem. Sie waren auf jeden Fall schneller als Livia mit ihren Flip-Flops. Livia wartete. Und wartete. Da! Sie hörte, wie sie wieder näher kamen, diesmal in Livias Grabreihe. Livia kroch weiter zurück. Sie stieß mit ihren Beinen auf etwas Weiches, schrie auf, ein Schatten streifte sie und schoss aus dem Grab.

»Halt!«, rief Marcelo. Sie hechteten an Livias Grab vorbei, dem Schatten hinterher.

»Eine Ratte!«, rief der Wächter. Sie lachten und unterhielten sich noch eine Zeit lang.

»Das Spiel fängt gleich an«, sagte schließlich der Wächter. »Ich bleibe die ganze Nacht hier. An mir kommt keiner vorbei.« Marcelo verabschiedete sich. Der Wächter versperrte das Tor hinter Marcelo und ging den gemütlichen Teil des Abends an. Unter dem hohen Pavillondach postierte er einen kleinen Fernseher auf einem Holzstuhl zurecht, ließ sich in seinen Sessel plumpsen und zischte sich die erste von sechs Bierdosen auf. Heute spielte die *Seleção*, das Nationalteam. In ganz Brasilien gab es keinen Pförtner, der sich nicht einen Fernseher organisiert hatte.

Ein Scheinwerfer des Pavillons leuchtete direkt auf Livias Grab hin. Wenn der Wächter haarscharf an seinem Fernseher vorbeisähe, würde er genau auf Livias Graböffnung blicken. Unbeweglich harrte sie in Embryonalstellung aus. Das hier war ein Rattennest. Was war hier noch alles untergekrochen? Wenn eine Ratte hier gewesen war, hieß das, dass keine Schlange hier war? Korallenschlangen lieben Buschwerk in Küstennähe. Ihr Biss ist tödlich. Überall spürte Livia etwas auf ihr herum- und in sie hineinkrabbeln, überall juckte es sie. Es gab Käfer, die ihre Eier unter die Haut von Säugetieren ablegen, Ungeziefer, das alle Arten von Viren überträgt. Giftspinnen. Livias Knie wurden steif. Wie spät war es? Würde sie den Bus noch erreichen? Würde sie hier je wieder rauskommen oder bräuchten sie nur ihren Namen auf den Grabstein dazumeißeln? Im Fernseher gab es Jubel, irgendwer hatte ein Tor geschossen. Der Wächter sprang nicht auf, es waren also die anderen gewesen.

Beim geschätzten Stand von 2:1 für Brasilien und nach drei geköpften Bierdosen war Halbzeit.

Der Wächter streckte seine Glieder, öffnete seine Gürtelschnalle und verschwand hinter dem Pavillon. Das war Livias Chance. Sie robbte aus ihrem Versteck, konnte allerdings nicht aufstehen, ihre Beine waren eingeschlafen, also kroch sie um das Grab herum. Eine Sandale war im Grab zurückgeblieben. Im Schatten des Grabes versuchte Livia ihre Beine langsam zu strecken. Es schmerzte. Sie entzifferte die Gravurschatten der Inschrift. Eine 17-jährige Anne hatte es zwei Meter tiefer schon seit 150 Jahren hier ausgehalten.

Livia schlug sich in die allerhinterste Ecke des Friedhofs durch. Links vor ihr ragte die Mauer zur Straße hin auf, die war zu hoch. Geradeaus lag eine andere hohe Mauer, dahinter der Urwald des Kirchenhügels. Rechts ging es zur Küste hinunter. Diese Mauer hatte Hüfthöhe. Livia nahm sie ohne zu zögern. Sie stürzte sich in dichtes Gewächs, es ging steil bergab. Das Einzige, was Livia in der Finsternis erkannte, waren Bananenstauden. Sie hatte keine Ahnung, woran sie sich festhielt, worauf sie trat und worüber sie stolperte, und ob es sich bewegte oder nicht. Ob es scharfkantiges Palmstroh war, das sie verletzte, oder spitze Zähne. Sie hielt sich die Arme vors Gesicht und schlug sich ohne Rücksicht auf Verluste weiter durch. Schließlich landete sie zerkratzt und blutig auf einem einsamen Weg, der Zufahrtsstraße zum Jachtklub, der unterhalb des Friedhofs lag. Sie ging sofort in die Hocke, schnaufte sich die Panik aus dem Körper. Der Parkplatzwächter vor dem Klubhaus hatte sie nicht gesehen. Er war in seinen Fernseher vertieft. Diese Richtung war ein totes Ende. Unterhalb der Zufahrtsstraße gab es nur unwegige Felsen und die Brandung. Livia ging also den einzig möglichen Weg: zurück zum Strand von Porto da Barra. Sie schleuderte ihre nutzlose zweite Sandale ins Meer. Zum zweiten Mal an ein und demselben Tag dieselbe Scheiße mit den Sandalen. Gab es im Himmel jemanden, der sich über Livia lustig machte?

Ein Auto kam ihr entgegen, sie duckte sich hinter einen Felsen und ließ es vorbeifahren. Als Livia unterhalb des Kastells von São Diogo um die Kurve kam, erblickte sie noch einen Wächter. Sie schnellte zurück und ging in Deckung. Der hier bewachte die Zufahrt zum

Jachtklub. An ihm musste sie noch vorbei. Wenn Senhor Sebastião nur halb so klug war, wie er ein Schwein war, dann müsste dieser Wächter hier sein Mann sein. Er kontrollierte den einzigen Weg aus dem Friedhof, abgesehen vom Portal. Dennoch machte er keinen wachsamen Eindruck, saß da und hielt sich ein Transistorradio ans Ohr.

Entspannt schlenderte Livia auf ihn zu. »Pass gut auf meinen Mercedes dort hinten auf. 100 Reais, wenn ich wiederkomme.«

Er lachte und hob den Daumen. »*Tá certo*, alles klar!«

»Wie steht's?«, wollte Livia wissen.

»2:1. Könnte 4:1 stehen. Der Schiedsrichter ist eine Pfeife.«

»Ahnung, wie spät es ist?«

»Kurz vor acht.«

»Danke.«

Den Bus um halb neun konnte sie abschreiben. Sie kramte den bunten Fahrplan von der Schaltertante aus Iguatemi hervor. Den Komfortbus gab es noch. 22:45. Der war zu schaffen.

Es tat wohl, wieder zurück in der Zivilisation zu sein, Menschen zu sehen und Lichter. Besorgt hielt Livia Ausschau nach Polizisten, sie wollte keinesfalls am Wachposten vorbei und stieg sofort zum verlassenen Strand hinunter.

Hohe Lichtmasten sorgten für ein eigenartiges Halblicht. Da und dort bevölkerten kleine Grüppchen den Strand, kein Vergleich zu den Menschenmassen von vorhin.

Dort drüben hatte sich eine Runde um ein Lagerfeuer versammelt und sang. Einer spielte Gitarre, ein anderer trommelte auf ein hölzernes Atabaque und ein dritter bediente eine *Caxixi-Rassel*. Unweit von ihnen setzte Livia sich in den Sand, atmete durch und schloss die Augen. Eine ebenmäßige Partitur zog an ihr vorüber. Sie zog die Knie an und legte ihren Kopf darauf. Der Duft von Cannabis wehte zu ihr herüber.

»*Oi!*«, sagte jemand zu ihr.

Livia blickte an einem baumlangen Kerl hoch, der breitbeinig vor ihr stand und sie angrinste.

»Wie wär's? 30 Reais?«

»Das muss eine Verwechslung sein.«

»50?«

»Verpiss dich!«

»'Tschuldigung. Geh ja schon.«

Er versuchte sein Glück anderswo.

Livia blickte an ihrem zerrissenen Top hinunter. Sie hatte gedacht, es würde zehn bis fünfzehn Jahre dauern, bis sie verlaust, verdreckt und bloßfüßig am Porto da Barra herumirren würde. Es hatte zwei Stunden gedauert.

Sie zählte verstohlen ihr Geld nach. 505 Reais. São Paulo wartete.

Jedes Kind weiß, dass die gefährlichen Parasiten im Süßwasser lauern. Salzwasser vertragen sie nicht. Salz entkeimt und verschließt Wunden. Livia suchte sich die einsamste und dunkelste Stelle am Strand, dort, wo eine Mandelbaumkrone einen Lichtmast verhängte. Sie zog sich das Top über den Kopf, streifte Shorts und Slip in einem ab und beeilte sich ins Wasser zu kommen. Ihre Wunden brannten grauenvoll, doch es war für einen guten Zweck. Sie rieb sich am ganzen Körper ab, spülte ihr Haar und besonders gründlich spülte sie ihren Mund aus, immer und immer wieder. Ihre Sachen am Strand behielt sie im Auge. Ihr Geld, ihre ID, ihr gesamtes Hab und Gut lag dort knapp am Wasser zusammengeknüllt zu einem armseligen Häufchen.

Livia war nicht die Einzige, die kein Publikum wollte. Zwei Mädchen in Bikinioberteilen und Shorts suchten ebenfalls die Abgeschiedenheit, eine Blonde und eine Dunkelhäutige. Ihre Wahl fiel auf eine Stelle keine drei Meter von Livias Häufchen entfernt. Sie nahmen weder von Livia Notiz, die bis zum Hals im Wasser stand, noch von ihren Klamotten.

Auf einmal erkannte Livia das Gesicht der Blonden. Das war Sâmara aus dem Blue Aqua Tower! Die beiden Mädchen begannen mit einer Art Partnergymnastik. Aug in Aug, Rücken an Rücken, Hand in Hand absolvierten sie eine Übung nach der anderen. Ein friedvoller, harmonischer Anblick, doch es hätte dafür sicher eine weit bessere Zeit und einen besseren Ort gegeben. Livia musste raus hier und zwar sofort. Ihre Wunden brannten, sie fror, die Flut stieg immer näher an ihre Klamotten am Strand und der 22:45 nach São Paulo würde auch nicht auf sie warten.

Livia rieb sich die Augen. Die beiden Mädchen am Strand umarmten sich und dann begannen sie sich zu küssen. Jetzt erkannte Livia auch noch die andere. Das war das Dienstmädchen aus dem Lift! Die Sache zog sich in die Länge, das würde ewig dauern. Wie sollte Livia je wieder an ihre Klamotten rankommen?

Wenn die zwei Livia erkannten, dann würde sie erst richtig in der Scheiße sitzen. Sie hatte gedacht, es könnte nicht schlimmer kommen als verlaust, verdreckt und bloßfüßig. Wie wär's mit splitternackt, auf der Flucht und bloßfüßig?

Ein Wellenausläufer schwappte über Livias Sachen und verteilte sie. Die nächste Welle schwappte ihr selbst über den Kopf. Sie verlor den Boden unter den Füßen. Es zog sie hinaus, sie hatte doch nie schwimmen gelernt! Sie schnappte nach Luft, strampelte, kämpfte. Die nächste Welle schob sie wieder auf festen Boden. Die zwei hatten nichts bemerkt, waren immer noch ineinander verkeilt. Sâmara schob jetzt ihre Hand in die Shorts der anderen.

Livia hatte genug. Die beiden hatten so oder so anderes im Sinn als Verbrecherjagd. Oben auf der Straße war keine Polizeiuniform in Sicht. Livia war für *Shock and Awe*, setzte auf den Überraschungseffekt. Klamotten einsammeln und weg. Wenn sie Glück hatte, würde sie unerkannt bleiben.

So nahe es ging, pirschte sie sich im seichten Wasser an den Strand heran. Dann schnellte sie aus dem Wasser und bückte sich, um ihre durchnässten Sachen einzusammeln.

Sâmara flüsterte eine Spur zu laut: »Heh, ist das nicht die Kleine von vorhin?«

»Ja, ich bin's!«, brüllte Livia sie an. »Und wenn du nur einen Schritt näher kommst, kratz ich dir die Augen aus! Ich schwör's!«

»*Calma*!« Sâmara hob beschwichtigend die Hände. »Beruhig dich!« Nach einem kurzen Zögern sagte sie: »Ich habe ihm die Überreste seiner Kamera gebracht. War ein Riesenspaß. Du hättest ihn sehen sollen! Er ist eine Drecksau. Wir hassen ihn. Er hat dauernd junge Dinger bei sich. Die kommen heulend wieder raus. Ich und Edina, wir haben uns kaputtgelacht über deine Aktionen heute.«

Auch Livia musste jetzt lächeln.

»Du musst hier verschwinden«, sagte Sâmara eindringlich. »Er hat dich angezeigt, die Polícia sucht dich.«

»Wie kann er mich anzeigen?! Ich bin 15!«

»Wenn der Polizeichef ständig Gast auf deiner Jacht ist, kannst du dir viel erlauben«, sagte Edina. »Dem Schwein passiert nichts.«

»Du musst raus aus Bahia«, sagte Sâmara. »Aber nicht nach São Paulo. Die wissen, dass du dorthin willst.«

»Das gibt es doch nicht!«, schrie Livia auf. Das Schwein musste mit Vagner, und der mit Tante Célia gesprochen haben.

Livia schlüpfte fahrig in ihre triefnassen Sachen.

»Danke«, sagte sie hastig. »Ihr habt mich nicht gesehen!«

»Du uns auch nicht!«

Arm in Arm blieben sie zurück und sahen Livia hinterher, als sie sich davonmachte.

Beim Kastell von Santa Maria war der Strand vorläufig zu Ende. Über die Bootsrampe, zwischen liegenden Fischerbooten, lief Livia zur Straße hinauf. Sie brauchte wieder einmal neue Sandalen. Und dann brauchte sie auf der Stelle eine Eingebung. Wohin sollte sie, wenn nicht nach São Paulo? Sie hatte keine andere Wahl. Die würden die Rodoviária kontrollieren. Der Fernbus war schließlich die naheliegendste Idee. Können sie haben. Heben sie ab! São Paulo um R$299,00. Livia würde fliegen.

Sie nahm Kurs auf die Estrela Shopping Mall, das Einkaufszentrum für die Geldsäcke von Barra, wo sie sich einkleiden konnte und es sicher ein Reisebüro gab. Unter Mandelbäumen ging Livia immer an der weißen Strandbalustrade entlang, so schnell sie konnte ohne aufzufallen. Ein verwahrlostes, schwarzes Mädchen, das bloßfüßig in Barra die Straße entlanglief? Jede Polizeistreife würde anhalten. In welchem Supermarkt hast du geklaut?

Livia hatte keine Augen für den Stefan Zweig-Gedenkstein, an dem sie vorüberhastete. Der österreichische Autor war der Erste gewesen, der den Zauber Bahias beschrieben hatte, und dafür hatten sie ihm ein Denkmal gesetzt.

Einen halben Kilometer weiter hatte Livia auch keine Augen für das große Kastell von Santo Antônio da Barra mit seinem Leuchtturm. Vor dem Leuchtturm war gerade ein Kokoshändler dabei, seinen Stand dicht zu machen. Livia drückte ihm einen aufgeweichten Real in die Hand und bekam eine grüne Kokosnuss mit Strohhalm drin, die sie eilig ausschlürfte.

In der Ferne krachten Knallkörper, Leuchtraketen stiegen auf. Die Seleção hatte gewonnen.

Noch einen Kilometer weiter beachtete Livia auch die Liebespaare am Morro do Cristo nicht, dem Christushügel, auf dem zwischen hohen Palmen eine Jesusstatue ähnlich der von Rio mit ausgebreiteten Armen die Seefahrer segnete.

Die Estrela Shopping Mall war kleiner als die von Iguatemi, hatte allerdings mehr Juweliere, Buchhandlungen und teurere Klamotten. Die Abendstunden waren die Belebtesten, Autos umkreisten die Parkplätze auf der hoffnungslosen Suche nach einem Stellplatz.

Aus dem Nichts stellte sich am Haupteingang ein uniformierter

Aufseher Livia in den Weg. »Bedaure, kein Einlass ohne Schuhe.«

»Was soll das? Ich bin doch gekommen, um Schuhe zu kaufen!«

Er schüttelte den Kopf. »Bitte gehen Sie weiter.«

»Willst du mein Geld sehen? Hier!« Sie kramte ihre durchweichten Geldscheine hervor und hielt sie ihm unter die Nase.

»Ich kann Sie so nicht hereinlassen.«

Es war sinnlos. Livia hatte die Schnauze voll. »Kein Eintritt ohne goldene Kreditkarte, was? Warum sagst du's nicht gleich?«, schrie sie ihn an. »Kein Eintritt für Menschen ohne BMW!« Im Gehen wandte sie sich noch einmal um. »Kein Eintritt für Schwarze!«

Wenn der Frontalangriff nichts brachte, dann würde Livia den Feind von hinten nehmen. Sie umrundete die Mall. Der Personaleingang stand verlockend offen, aber auch hier lehnte einer in Uniform an der Tür. An der Rückseite ging sie die Zufahrtsrampe zum Parkhaus hoch und wurde fündig. Das Kaufhaus Reis & Lisboa hatte seinen eigenen Eingang, ein ganzes Bataillon von Diebstahlsmeldern in Reih und Glied, aber keinen Aufseher. Sobald Livia drin war, machte sie sich auf die Suche nach dem WC.

Sie war entsetzt, als sie sich im Spiegel sah. Sie hätte sich wohl selbst nicht reingelassen. Nach einer Katzenwäsche ging es zu den Wühltischen, schnell, bevor einer sie rausschmeißen konnte.

Ihr sucht ein Mädchen in roten Shorts und einem gelben Top? Also stellen wir aus den billigsten Sonderangeboten eine neue Kollektion für euch zusammen.

Kurze Zeit später verließ ein leidlich hübsches Mädchen Reis & Lisboa. Ihre schmalen Hüften steckten in engen Jeans, ihre dünnen Arme ragten aus dem Fußballtrikot einer Fantasiemannschaft, das ihr zwei Nummern zu groß war, und ihre Rastazöpfe traten als Pferdeschwanz unter einer Baseballkappe zutage. »Herward University« stand vorn drauf. Sie trug schwarze Havaianas, und in einer Plastiktüte hatte sie eine Dreierpackung Slips und einige nasse Fetzen, die sie sobald wie möglich waschen und nähen würde. Ihr Gesicht hatte ein paar Schrammen. Sie beeilte sich einen Stock höher zu kommen zu Goldie Viagens e Turismo.

»Geht heute noch ein Flug nach São Paulo?«, überfiel Livia die Reisebürotante. Die gab die Frage weiter an ihren Computer. »Wollen Sie nicht Platz nehmen?« Sie deutete auf den Sessel vor ihrem Tisch. Livia setzte sich auf die Kante, Plastiktüte auf dem Schoß. Sie zählte ihr Geld nach. 393 Reais waren ihr nach der Neuausstattung noch geblieben.

»Es geht ein Nachtflug um 23:25. Drei Plätze sind noch frei.«

Die Uhr auf dem Tisch zeigte halb zehn. Das ging sich aus. Sie würde ein Taxi zum Flughafen nehmen.

»Ein Ticket bitte. Nur den Hinflug.«

Die Verkäuferin tippte, wartete und verkündete schließlich: »Das macht 559,68 inklusive Taxen.«

»Was?! Am Plakat steht 299!«

»Sie wollen den Billigtarif? Lassen Sie mich sehen. ... Wenn Sie sofort buchen und bezahlen, kann ich Ihnen auch einen Flug um 199 Reais geben, exklusive Taxen. Das früheste Flugdatum wäre dann der 28. März.«

»Ich muss heute fliegen!«

»Tut mir leid, die Billigtarife gelten erst wieder nach dem Karneval. Bis dorthin werden wir nichts unter 500 finden.«

Die Reisebürotante verschwamm vor Livias Augen. Livia hörte nicht mehr, was sie noch alles laberte über Buchungszeiträume, Sitzkontingente und Online-Buchungen. Sie packte ihre Tüte und stürmte durch die Glastür in Richtung Haupteingang.

Bevor sie die Mall verließ, zog sie noch ihre neuen Flip-Flops aus und nahm sie zur Hand. Barfuß und breitbeinig schlenderte sie genau vor dem wachsamen Auge ihres Freundes in Uniform vorbei. Dann klatschte sie die Havaianas auf den Boden und schlüpfte hinein. Sie musste sich nicht umdrehen, um zu wissen, dass sie auf 1:1 ausgeglichen hatte.

Livia nahm das erste Taxi in der Warteschlange.

»Zur Rodoviária bitte, schnell.«

Jetzt war es ihr egal. Entweder sie saß in einer Stunde in dem Scheiß-Komfortbus oder auf einer Polizeiwache. Hauptsache, sie saß überhaupt irgendwo. Es kümmerte sie nicht mehr.

#

Die Fahrt ging erstaunlich schnell und kostete 25,70. Kein Polizist in Sicht, als Livia ausstieg. Die Sache mit dem Aufseher war wahrscheinlich nicht so klug gewesen. Was nützte ihr das neue Outfit, wenn er der Polícia eine Beschreibung davon geben konnte? Livia erinnerte sich genau an den Taschendieb von heute Morgen, die gezückte Pistole und den Schlagstock. Immer in Deckung hinter anderen Passagieren schlich sie zum Schalter hinauf.

Ein junger Mann hatte Dienst.

Eine Minute später und um 254,21 ärmer hielt Livia ihr Ticket in Händen.

Das Goldene Ticket hinaus aus dem Dreck.

18

Das Ticket war anonym. Nicht einmal ihre ID hatte Livia vorweisen müssen.

Schwungvoll hob sie ihre Plastiktüte auf und war schon fast weg vom Schalter, als der Schalterbeamte ihr hinterher rief: »Moment, bitte!« Er klopfte mit dem Stift gegen die Scheibe, dann schob er ein kleines Formblatt durch die Luke. »Das hier ist bitte noch auszufüllen und mitzunehmen.«

»PASSAGIERIDENTIFIKATIONSBLATT«

Livia sah ihn so erschrocken an, dass er erklärend hinzufügte: »Wird beim Einstieg gemeinsam mit ihrem Lichtbildausweis kontrolliert. Sie fahren wohl das erste Mal?« Er lächelte sie an.

»Wozu denn?«

»Ist nicht weiter von Belang. Nationale Vorschrift aus Sicherheitsgründen, damit die Behörden die Passagiernamen einsehen können. Kommt selten vor. Nur wenn sie hinter jemandem her sind.«

Das Passagieridentifikationsblatt verlangte nach Livias vollem Namen, der Nummer ihres Ausweises sowie der ausstellenden Behörde.

Livia gab sich redlich Mühe so unkenntlich wie möglich zu schreiben. Aus *Olívia* wurde *Maria. Dos Santos Vieira* erinnerte bei genauem Hinsehen eher an *das Salas Uleira* und auch Livias ID-Nummer war vor Änderungen nicht sicher. Aus 23 wurde so etwas Ähnliches wie 78 und aus 55 wurde eher 66. Livia war ein bisschen stolz auf sich und hastete zum Bussteig B hinunter. Kein Polizist kam ihr in die Quere.

Der Bus, ein elegantes Monstrum mit getönten Scheiben, wartete mit laufendem Motor und geöffneten Flanken. Gepäck hatte Livia keines abzugeben, sie stellte sich geradewegs in die Schlange vor dem Einstieg. Hinter einem mobilen Holzpult kam der Einstiegskontrolleur seiner Pflicht nach. Das Pult reichte ihm bis zum Hals. Seine stramme Haltung konnte nicht verbergen, dass die Uniform ihm viel zu groß war, genauso wie die Brille, die er mit einem Gummiband um seinen Kopf befestigt hatte. Er machte einen leicht debilen Eindruck.

Seine Brust war beschmückt wie die eines Generals, mit Reihen billiger Anstecknadeln und Buttons, die Livia in der Warteschlange stehend studierte. *Viação Galileu* – verständlich, das war sein Arbeitgeber. Aber *Nationale Bodenverkehrsagentur, Vereinigung Brasilianischer Unternehmen des Bodenpassagierverkehrs, Verband der Personenverkehrsunternehmen des Nordostens, Verband der Verkehrsunternehmen von Bahia und Sergipe* – wer heftet sich so etwas an die Brust?

Sorria, você está na Bahia! Lächle, du bist in Bahia! Das konnte man wieder gelten lassen.

Diensteifrig schrie der Kontrolleur über das Pult hinweg jeden einzelnen Passagier aus nächster Nähe an: »Willkommen auf der Linie Null Sieben Drei Drei Acht von Viação Galileu nach São Paulo Tietê! Bitte um Einstiegsdokumente und Lichtbildausweis!« Dazu salutierte er auch noch.

Als Livia an der Reihe war, ließ auch sie den Knallkopf seinen Spruch vorkrächzen und überreichte ihm das Verlangte. Er war kleiner als Livia.

Er begann bedenklich mit dem Kopf zu pendeln. »Ist nicht ganz vorschriftsmäßig.«

Er kniff die Lippen zusammen. »Ist schlecht lesbar.«

Er schüttelte heftig den Kopf. »Geht nicht. Artikel 4 der Verordnung 290 des Verkehrsministeriums. *Ordnungsgemäß ausgefüllt* steht da drin. Heißt soviel wie vollständig und leserlich, weißt du.«

»Entschuldigung«, lächelte Livia ihn an, »ich kenn mich mit dem Schreiben nicht so aus.«

Der Knallkopf lächelte wohlwollend zurück. »Das wird noch werden, Senhorita, ich füll das für dich aus. Wir sind dazu angehalten vom Verkehrsminister.« Durch seine windschiefe Brille hindurch blickte er Livia bedeutungsvoll an. »Artikel 6 der Verordnung 290.«

»Danke«, himmelte sie ihn an.

Er nahm ein neues Formblatt zur Hand und Livia musste tatenlos zusehen, wie er ihre Daten in Schönschrift vom Ausweis übertrug. Er malte vollendete Blockbuchstaben, seine Zunge hing ihm dabei aus dem Mundwinkel, dann rieb er sich die Hände.

»Bitte sehr!«

Der Knallkopf hatte sich selbst übertroffen. Das Formular war aus fünf Metern Entfernung gut lesbar.

»Siehst du, es ist nur Übung, dann schaffst du das auch. Gute Fahrt!« Er gab ihr ID und Ticket zurück und salutierte.

Die Schlange an der Bustür war zum Stillstand gekommen, Livia musste neben dem Holzpult warten. Eine nette alte Senhora kam hinter ihr an die Reihe.

Als ob es nicht der ganze Terminal längst wüsste, krähte der Knallkopf auch sie an: »Willkommen auf der Linie Null Sieben Drei Drei Acht von Viação Galileu nach São Paulo Tietê! Bitte um Einstiegsdokumente und Lichtbildausweis!«

»Wissen Sie, junger Mann«, begann die Senhora aufgeregt, »ich habe meinen Ausweis überall gesucht, aber ich kann ihn einfach nicht finden! Ich glaube, ich habe ihn am Ende zu Hause vergessen. Ich fahre zu meinem Neffen, müssen Sie wissen, der ist Arzt. Ich habe Wasser in den Beinen. Stützstrümpfe haben sie mir gegeben, sehen Sie. Aber ich sage Ihnen eines: Die drücken nur, die bringen gar nichts.«

Der Knallkopf legte der Senhora seine Hand auf den Arm. »Kein Problem, Senhora, auch Ausnahmen sind vom Verkehrsminister vorgesehen. Ebenfalls Artikel 4.«

Dann nahm er wieder ein leeres Formblatt zur Hand und Livia beobachtete mit offenem Mund, wie er die Alte schlicht nach ihrem Namen fragte und ihn eintrug.

»Und darunter kommt jetzt der Vermerk«, sagte er. Silbe für Silbe las er vor, während er schrieb: »Reist unter der Verantwortung des Passagiers dos Santos Vieira. – Du hast doch nichts dagegen, gelt?«, fragte er Livia ohne aufzublicken.

Es fehlte nicht viel und sie hätte ihm die Brille runtergerissen, um sie dann zu zerstampfen und darauf Afro zu tanzen.

#

Der Bus glitt durch die Abendlichter der Stadt. Die weißen Sitzbezüge dufteten frisch nach Weichspüler, der Platz neben Livia war frei geblieben. Sie hatte beide Lehnen umgelegt und es sich mit Decke und Polster bequem gemacht. Sie hatte es geschafft. In São Paulo wartete ihr neues Leben auf sie. Sie verbot sich an Emilio zu denken. Vorerst.

Noch ehe der Bus Salvador hinter sich gelassen hatte, war Livia eingeschlummert. Sie schlief noch immer, als am nächsten Morgen die Anfrage der Polícia das Busunternehmen Viação Galileu erreichte.

19

Livia schlief, als Viação Galileu die Passagierdaten der Linie 07338 an die Polícia übermittelte. Sie schlief auch, als ein Polizeikommandant aus Salvador seinen Kollegen in Cândido Sales anrief, einem verschlafenen Städtchen an der Schnellstraße 116, zwanzig Kilometer vor der Grenze zum benachbarten Bundesstaat Minas Gerais. Es war kein offizieller Haftbefehl, es war vielmehr die Anfrage eines Kommandanten an einen anderen, ein Gespräch unter Freunden sozusagen. Livia schlief auch, als der Kommandant von Cândido Sales, der kurz vor seiner Pensionierung stand, seinem Kollegen aus Salvador zu verstehen gab, dass sich die Freunde des Gouverneurs ohne Haftbefehl selbst um ihr gestohlenes Geld kümmern sollten. Und Livia schlief, als der Bus kurz danach die Grenze nach Minas Gerais überquerte.

#

Lange bevor sie in der Rodoviária Tietê ankamen, erreichten sie im Morgengrauen die ersten Ausläufer von São Paulo. Ausgedehnte Industriegebiete wechselten sich mit Wohngebieten ab.

Zwanzig, bei großzügiger Zählweise sogar vierzig Millionen Menschen drängen sich hier in einem der größten Ballungsräume der Erde. Nirgendwo sonst hausen so viele Menschen in Favelas und nirgendwo sonst fliegen so viele Menschen in ihrem eigenen Hubschrauber zur Arbeit. Ein Helipad gehört zur Grundausstattung von Bürohäusern, umzäunten Wohnanlagen und Einkaufszentren. Wer schon am helllichten Tag überfallen wurde, wessen Auto beschossen wurde, wessen Kind aus dem Auto entführt wurde oder auch wer mitunter 100 Kilometer im morgendlichen Stau gestanden hat, der versteht, warum.

Alle drei Stunden hatte Livias Bus einen kurzen Halt eingelegt, die meisten hatte sie verschlafen. Bei zwei längeren Zwischenstopps hatte sie die Gelegenheit zur Dusche genützt und sich Seife und Zahnbürste angeschafft. Selbst ihre alten Klamotten lagen jetzt gewaschen und getrocknet in der Plastiktüte.

Aufrecht saß Livia auf ihrer Sitzkante und ließ São Paulos Außenbezirke an sich vorbeiziehen. Im dichten Verkehr rollte der Bus langsam unter einer Brücke durch. Ganze Familien lebten hier in Pappkartons neben der Fahrbahn, mit zerlumpten Töchtern in Livias Alter. Sie alle hatten eines gemeinsam: die schwarze Hautfarbe. Ein Stück weiter hielt der Bus an einer Ampel, ein rotes Ferrari-Cabrio stoppte dröhnend in der Nebenspur und ein zweites in Gelb hielt in der dritten Spur. Die beiden halbwüchsigen Fahrer alberten angeregt herum und zogen die Motoren auf. Auch sie hatten eines gemeinsam: Ihre Hautfarbe war nicht schwarz.

Als der Bus etwas später endlich im Terminal einfuhr, saß Livia noch immer aufrecht auf ihrer Sitzkante.

Tietê gilt als der größte Busterminal Lateinamerikas und übertrifft in Dimensionen und Passagieraufkommen viele internationale Flughäfen.

Ratlos stand Livia in der weitläufigen Halle. Sie hatte keine Adresse, keine Telefonnummer, keinen Anhaltspunkt, außer den Namen einer Sambaschule: Romanos Pretos. Robinho und die anderen müssten längst dort sein.

Also fragte sie den Ersten, der es wissen könnte, einen bierbäuchigen Taxifahrer, der mit einem Schild in der Hand auf einen Senhor Cardoso, GSB Ltda., wartete. Der Taxifahrer war des Wartens müde und überaus gesprächig.

Die Romanos Pretos? Klar doch, jeder wusste, dass die ihre *Quadra,* ihre Probehalle, in der Nordzone der Stadt hatten, in Douradina. Aber warum wollte sie ausgerechnet zu denen? Alles Daumenlutscher! Die *Dona do Morro Vasco,* die im Süden ihre Quadra hatte, das war eine Sambaschule! Die größte aller Tragödien war der Karneval im letzten Jahr gewesen, als die Romanos der Dona den Titel geraubt hatten. Um einen viertel Punkt im allerletzten *Bewertungskriterium.* Fünfzehn Mal war seine Dona schon Meister geworden, öfter als jede andere Sambaschule. Rekordmeister. Und die Romanos? Neulinge, die überhaupt erst vor zwei Jahren in die Oberliga aufgestiegen waren. Alles Schiebung. Der Karneval in diesem Jahr würde der Karneval der großen Abrechnung werden. Der Titel gehörte seiner Dona.

Da Livia nun aber unbedingt zu den Romanos und nicht zur Dona wollte, erklärte er ihr wort- und gestenreich den Weg. Es war nicht weit, sie musste nur den Bus nehmen, konnte es nicht verfehlen, gleich ums Eck.

Eine Stunde später war Livia am Ziel. Die weithin sichtbare Aufschrift ließ keinen Zweifel. Inmitten eines ärmlichen Wohngebietes, am Fuße einer sanft ansteigenden Straße, lag eine stattliche, fensterlose Halle mit einem gewölbten Dach aus Wellblech. Die Quadra. Ehrfurchtsvoll blickte Livia die Stirnseite hinauf. Man hätte es für eine Fabrikhalle halten können, wenn nicht in mannshohen, schwarzgoldenen Lettern »*G.R.C.S.E.S. ROMANOS PRETOS*« auf der weißen Fassade gestanden wäre. *Grêmio Recreativo Cultural e Social Escola de Samba*. Der enorme goldene Lorbeerkranz darüber stand wohl für das römische Erbe und unlängst hatten sie einen goldenen Stern dazugemalt, dessen Farbe noch strahlte. Der stand für den ersten Karnevalstitel. Daneben hatten sie viel Platz für weitere Sterne gelassen.

Es war später Vormittag, die Quadra mit schwarz-goldenen Rollläden verschlossen und die Straße ausgestorben. Verstreute Bierdosen und Plastikteller zeugten von jüngst vergangener Betriebsamkeit. Die gegenüberliegende Straßenseite glich einer Boxenstraße. Ein Dutzend billiger Bars reihte sich hier aneinander, allesamt hinter Rollläden, außer einer, wo der Wirt einsam hinter seinem Schanktisch werkte. Livia nahm auf einem Plastikstuhl Platz, dessen schwarz-goldene Lackierung längst zur Hälfte abgeblättert war, und streckte sich in der Sonne. Sie bat um eine Dose Guaraná.

»So zeitig schon unterwegs?«, fragte der Wirt, als er ihr die Dose brachte

»Gerade angekommen aus Salvador. Ich bin vom Bloco Afro Romanos Pretos.«

»Sieh an, eine Bahianerin! Und so eine hübsche! Willkommen in São Paulo! Ich habe gehört, dass ihr heuer bei uns mitmacht. Die Dose geht auf meine Rechnung.«

»*Muito obrigada*! Vielen Dank! Meine Freunde sind vor mir losgefahren. Waren die schon hier?«

»Denke nicht. Gestern war nicht viel los. Die *Baianas* haben geprobt und die Kinder. Heut Abend probt die Bateria, da wird's rundgehen! Kannst ruhig hier warten. *Fique à vontade*. Fühl dich wie zu Hause.«

Könnte es sein, dass die Paulistaner, die jeder als arrogante Großköpfe kannte, in Wahrheit viel umgänglicher waren, als man in Bahia meinte?

Der hier war jedenfalls eine freundliche Plaudertasche. Er räumte seine Bierkisten herum, säuberte gemächlich sein Lokal und zwischendurch kam er immer wieder zu Livia, um sie auf dem Laufenden zu halten. Sie war sein einziger Gast und eine aufmerksame Zuhörerin.

Sein Name war Ademar. Er war aufgewachsen mit den Romanos Pretos und hatte die Bar von seinem Vater übernommen. Ademar lebte und starb für die Romanos, sein Blut war schwarz-gold. Er hatte Nego da Ilha noch persönlich gekannt! Nego hatte nie Wert auf kostspielige Kostüme und aufwendige *Allegoriewagen* gelegt, nie um viel Geld einen Star-Carnavalesco engagiert. Nego da Ilha hatte nie schmutziges Geld in die Sambaschule gelassen. Darum waren die Romanos zu seiner Zeit auch immer zweitklassig geblieben.

Musikalisch hingegen war Nego eine Ausnahmeerscheinung gewesen, dessen einzigartige Samba-Arrangements bis heute gepflegt wurden. Seine ganze Aufmerksamkeit hatte von Anfang an ausschließlich der Bateria gegolten und der Ausbildung seiner Trommler. Er wollte und verschaffte sich das beste Trommelregiment des Landes. Keine Bateria spielte so exakt wie die der Romanos. Die Bateria umfasste damals 150 Mann und Nego hörte jeden Einzelnen heraus. Wenn er mit geschlossenen Augen seine Bateria dirigierte, konnte keiner sich über ein schwieriges Break hinwegschummeln, sich im Wirbel von 149 anderen verstecken. Nego hörte alles und niemand wusste, wie er es anstellte.

Ein kalter Schauer lief Livia über den Rücken.

Die Bateria der Romanos hatte bis heute einen einzigartigen Sound, der sie von allen anderen unterschied. Sie hatten in jedem einzelnen Karneval seit Bestehen der Sambaschule nur die Höchstnote 10 erhalten, von jedem einzelnen Punktrichter. Keine andere Bateria konnte so eine Bilanz aufweisen, auch nicht in Rio.

Im Laufe des Nachmittags füllte sich die Straße zusehends. Immer mehr trafen ein, viele davon in schwarz-goldenen Shirts mit dem Schriftzug ihrer *Ala*, ihrer Sektion. Vorlaute Jungs aus der Bateria, ältere Senhoras aus der Gruppe der Baianas, langbeinige Girls, die Sambatänzerinnen sein mussten, und Leute wie du und ich, die kamen, um Party zu machen. Eine Bar nach der anderen öffnete. Standbetreiber in Romanos-Pretos-Shirts bauten ihre Imbissstände auf und warfen den Grill an. Irgendwann ließ auch die Quadra ihre Rollläden hoch. Keine Spur jedoch von Robinho und den anderen.

Ademars Bar war bald voll. Er hatte es trotzdem auf sich genommen, Livia, die den Rummel mit großen Augen verfolgte, einigen

Freunden vorzustellen.

Er rief eine dicke Senhora zu sich, Dona Sônia, die die Ala der Baianas anführte. Ihre Augen glänzten Livia aus einem rabenschwarzen Gesicht entgegen. »So, du bist also aus Bahia?«, fragte sie bedächtig und ergriff Livias Hände. »Wer ist denn dein Orixá?«

»Ich habe keinen Orixá.«

Dona Sônia lächelte nachsichtig. »Jeder hat einen, doch nicht alle kennen ihn.« Sie betrachtete Livia stumm und sagte dann: »Deine Orixá ist *Yemanjá*. Ich sehe es in deinen Augen. Ich fühle es an deinen Händen. Yemanjá ist deine Schutzheilige.«

Gut zu wissen. Vielleicht konnte Yemanjá etwas ausrichten gegen Débora und ihren bescheuerten Fluch.

Ademar stellte ihr Pião vor, einen rothaarigen Angeber, der Livia von oben bis unten musterte. Pião leitete eine von 27 *Alas Temáticas*, Themengruppen, die ihre aufwendigen Kostüme an zahlende Teilnehmer verkauften. Eine Million Reais hätten die Themengruppen letztes Jahr den Romanos eingebracht, prahlte er und fragte nach Livias Telefonnummer.

Dann rief Ademar eine baumlange Blondine zu sich, die inmitten einer Schar von Tänzerinnen das große Wort führte. »Katja, komm her, ich will dich jemandem vorstellen!«

Katja trug dreiviertellange Caprihosen, und ein winziger Rucksack baumelte an schmalen Lederriemen über ihrem exquisiten Po. Sie stöckelte zu Ademar her und gab ihm ein Küsschen auf die kahle Stirn. Ademar war von durchschnittlichem Wuchs, Katja einen Kopf größer als er, wovon nur die Hälfte auf das Konto ihrer Absätze ging. Sie schien zu zwei Dritteln aus Beinen zu bestehen.

»Ademar, Schätzchen, glaubst du wirklich, dass es jemanden gibt, der mich noch nicht kennt?«

»Das hier ist Livia, heute aus Bahia gekommen, gehört zu den Romanos Pretos aus Salvador.«

»Eine Bahianerin!«, rief Katja aus. »Und sieh nur, was für ein Püppchen! Komm her, lass dich umarmen.«

Sie herzte und küsste Livia, die es mit einem breiten Lächeln über sich ergehen ließ. Livia mochte Katja. Wer bei ihr genauer hinsah – und die meisten taten das – der sah eine anmutige Russin in ihr: ein voller Mund, graublaue Augen, kaum sichtbare Brauen und hohe Backenknochen.

»Katja ist unsere *Rainha*«, erklärte Ademar, »unsere Bateriakönigin.

Die Sehenswürdigkeit unter den Tänzerinnen, das Mädchen, das sie alle verzaubert.«

Katja widersprach ihm nicht, denn sie wusste auch, warum: »Ich bin die einzige weiße Königin der ganzen Liga, und das ausgerechnet in einer Schule, die Romanos Pretos heißt und in der alle anderen schwarz sind. Und ich hab meine speziellen Girlytricks auf Lager. Die sind aber nicht für dich, Ademar. Geh und kümmere dich um deine Säufer.« Sie legte ihren Arm um Livia und drehte Ademar den Rücken zu. Der verzog sich lachend.

Katja nahm Livia in Beschlag und entführte sie. »Ich defiliere nie völlig oben ohne, weißt du?«, sagte sie unverblümt. »Ich klebe mir immer diese münzgroßen Glitzerdinger auf die Nippel. Und ich verwende kein Körper-Make-up, die Haut bleibt so durchsichtig, wie sie ist. Es sind die blauen Äderchen rund um die Nippel, die alle verrückt machen. Und untenrum klemme ich mir ein ganz schmales *Tapa-Sexo* in den Schritt, eine Schambedeckung. Die Äderchen rund um das Tapa-Sexo geben ihnen dann den Rest. Alle warten darauf, dass es abfällt, aber es fällt nicht. Ich mach es fest mit zwei Tröpfchen Superkleber.«

Sie wieherten beide los.

»Letztes Jahr hat mich das Fernsehen acht Minuten in Großaufnahme gebracht. Acht Minuten! Unsere ganze Parade dauert nur 65 Minuten, es gibt über 3.000 Teilnehmer, aber der Kameramann wollte nicht mehr von meiner Seite. So was ist gut fürs Geschäft, verstehst du? Mehr Anhänger im Sambadrom, mehr Teilnehmer, die unsere Kostüme kaufen und mitdefilieren, mehr Interviews. Carlos Augusto, unser Präsident, der frisst mir aus der Hand.«

Es begann zu dämmern. »Lass uns reingehen«, sagte Katja, »es geht gleich los.«

»Eintritt 10R$«, stand auf kleinen Schildern am Eingang.

»Die gehört zu mir«, sagte Katja im Vorbeigehen zu dem Jungen, der die Tickets kontrollierte. Er stellte keine Fragen. Auch die Jungs und Mädchen von der Security, die in dunklen Anzügen alle Besucher nach Waffen abtasteten, ließen Katja und Livia ungefragt durch.

Das Innere der Quadra war hell erleuchtet und schon gut gefüllt. Katja führte Livia durch die Wunderwelt der Sambaschule. Überall Spruchbänder, Ballons und Girlanden in Schwarz und Gold. Am anderen Ende der Halle stapelten sich auf der Bühne die Trommeln: Surdos, Caixas und Repiniques zu Hunderten. Eine Hand voll Bateria-

Jungs hatte begonnen den Berg abzubauen und die Trommeln von der Bühne zu reichen.

Vor der Bühne steckte die kunstvoll bestickte Fahne in einem Ständer. Katja hob den schweren Saum mit beiden Händen an, führte ihn zwischen ihren Händen an die Stirn und küsste darauf ihren eigenen Handrücken. Sie lachte, als sie Livias fragendes Gesicht sah. »Das machen wir so. Wir küssen die Fahne nicht wirklich. Stell dir vor, ein jeder würde sich daran den Mund abwischen. Die Fahne ist unser Heiligtum. Einzig und allein die *Porta-Bandeira,* die Fahnenträgerin, darf sie vorführen.«

Rund um die Halle lief im ersten Stock eine offene Galerie aus Sichtbeton, auf der ein Spalier von Schaufensterpuppen die volle Pracht der heurigen Kostüme präsentierte. Die Chefs der Themengruppen warben dort oben Teilnehmer für ihre Gruppen an. Jede Gruppe hatte 100 Kostüme zu verkaufen, noch nie waren welche übrig geblieben. Es kam im Gegenteil fast jedes Jahr eine neue Gruppe hinzu. Es kam allerdings auch vor, dass ein Gruppenchef mehr als 100 Kostüme verkaufte, in die eigene Tasche, versteht sich. Dann defilierten eben 110 statt 100 in dieser Gruppe. Fällt keinem auf. Die Versuchung war groß. Die Gruppenchefs arbeiteten ehrenamtlich, sowie fast alle anderen auch, und ein Kostüm kostete mehr als ein Monatsgehalt. Doch das waren Kindereien. Senhoras mit großzügigen Ehegatten waren bereit, bis zu 30.000 Reais für ein Kostüm hinzulegen, um damit ganz oben auf einem der Allegoriewagen aufzutreten.

Mitten in der Menge stand verloren ein Väterchen mit grauem Vollbart und buschigen Brauen, das sich an seiner *Cuica* warmspielte, seiner Reibetrommel. Das war Netinho da Cuica. Wo andere ihrer Cuica gerade mal ein quietschendes Hin und Her zwischen zwei Tönen entlocken konnten, vermochte Netinho ganze Melodien zu spielen. Er brachte seine Cuica zum Lachen, zum Jammern und Weinen, fast konnte man sie reden hören. Passend dazu schnitt Netinho ausdrucksvolle Grimassen. Er war eine Legende.

Unweit von Netinho trieb ein Jongleur mit zwei Pandeiros sein Unwesen. Er ließ seine Rahmentrommeln über die Arme rollen, von einer ausgestreckten Hand über den Nacken zur anderen, dann zurück über die Brust. Er spielte ein paar Takte auf den Pandeiros, drehte sie auf einem Finger, warf sie drehend in die Luft und fing sie drehend zwischen den Beinen wieder auf, sein artistischer Einfallsreichtum nahm kein Ende.

Dann war da noch der Samba tanzende Harlekin im goldenen Glitzerfrack mit Strohhut, ein Tanzakrobat. Mit flatternden Hosenbeinen legte er ein Tempo vor, bei dem keine der Tänzerinnen mithalten konnte, dann hielt er abrupt inne, drehte seine Beine zu einem Salonknicks ein und erwies mit gezogenem Hut den Umstehenden seine Reverenz. Samba der ganz alten Schule.

Die Bühne war mittlerweile leergeräumt. Der *Puxador*, der Leadsänger, hatte mit seinem Samba-Ensemble auf der Bühne hinter den Mikros Aufstellung genommen. Ein Cavaquinho war dabei, eine Gitarre, zwei Pandeiros und eine Surdo. Die Bateria-Trommler standen verstreut in der Menge herum, die Halle hatte sich inzwischen lückenlos gefüllt. Im Geschwätz und Gelächter von vielen Hunderten Besuchern verstand Livia ihr eigenes Wort kaum mehr.

Sie machte sich Sorgen um ihre Freunde aus Bahia und suchte nach einer beruhigenden Erklärung für deren Fernbleiben. Weiter kam Livia nicht, denn in diesem Moment übertönte ein schriller Pfiff den Rummel. Schlagartig verstummte die Menge und räumte eine Seite der Halle leer. Dort nahm blitzschnell die Bateria Aufstellung. Jeder Handgriff saß, jeder Weg war geplant, jeder wusste, was er tat. Binnen einer Minute standen 400 Mann in Reih und Glied, jeder auf seinem Platz.

Livia war beeindruckt. In Bahia trödelten sie ewig lange herum. Keiner wusste, wo er hingehörte, jeder stand, wo er wollte, der eine hatte seine Sticks vergessen, der andere seinen Gurt. 30 Mann benötigten eine Viertelstunde, bis der letzte bereitstand.

Das hier dagegen war eine Armee, die beste Bateria Brasiliens. Ganz vorne stand der Mann, den sie mit ihren Blicken fixierten, auf dessen Kommando sie jetzt warteten.

Der Mestre.

»Das ist er«, flüsterte Katja. »Mestre Espada. Vor dem scheißt sich sogar unser Präsident an.«

20

Livia nahm Mestre Espada in Augenschein. Ein engbrüstiger Riese mit einem pechschwarzen Gesicht und einem Kopf, der viel zu breit war für seine schmalen Schultern. Keiner konnte Espadas Augen sehen, sie waren zu engen Schlitzen zusammengekniffen. Eine gewellte schwarze Mähne lag auf seinen Schultern und an seiner Brust hing eine mächtige Goldkette. Reglos stand er vor seiner Bateria. Ein Feldmarschall mit einer goldenen Signalpfeife im Mund und einer Signaltrommel vor den Hüften. Keiner sah, wohin Espada blickte, jeder fühlte sich beobachtet.

Von den Blocos Afros aus Bahia war Livia es gewohnt, Mestres mit eigenen Trommeln zu sehen. Rasta hatte immer seine Repinique um, andere Mestres bevorzugten Timbas. Espada jedoch war der erste Mestre einer *Sambaschule*, den Livia mit einer eigenen Trommel sah. Für gewöhnlich beschränken sich Sambaschulmestres auf Hand- und Pfeifensignale. Die Trommelsignale, die Chamadas, kommen von Jungs aus der Bateria.

Espada knallte eine ausgedehnte Chamada auf seine Repinique, eine markante Abfolge von Wirbeln, Fellschlägen, Randschlägen und Pausen in atemberaubendem Tempo. Die Bateria antwortete mit voller Wucht. 400 präzise gedrillte Trommeln bliesen Livia aus nächster Nähe hinweg. Sie war wie benommen. Das millimetergenaue Spiel von Frage und Antwort wiederholte sich einige Male, jedes Mal mit neuen, überraschenden Schlagfolgen auf beiden Seiten. Die Spannung stieg. Nach der letzten Chamada brach dann endlich der Karnevalssamba los. Die Menge tobte. Der rasende Karnevalssamba löste ganz andere Emotionen und Farbmuster aus als der erdige Samba-Reggae, den Livia gewohnt war. Der Puxador und sein Ensemble setzten ein. Die Menge begann zu tanzen, *samba no pé*, den klassischen Sambaschritt, bei dem durch schnelle Gewichtsverlagerung und gegenläufige Kniebewegung der Hintern elegant hin und her gleitet. Wenn man es gut genug beherrscht und der Samba schnell genug ist, dann hebt man ab. Die Füße berühren den Boden nur mehr flüchtig, man beginnt zu schweben.

Der Puxador sang von nun an seinen Karnevalssamba in einer Endlosschleife, den ganzen Abend lang ohne Anfang und Ende, so wie auf der Parade im Sambadrom. Alle anderen sangen mit, konnten nach monatelanger Gehirnwäsche den Text vor- und rückwärts. Das muss so sein, denn Singfaulheit kommt im Sambadrom bei Publikum und Punktrichtern nicht gut an.

»*Somos romanos e somos pretos, Carregamos o samba nos peitos, Bahia, mainha do povo, Me ensina sambar de novo*«, kam der Refrain aus hunderten Kehlen.

Die Bateria begann ihre Wendemanöver in dem Korridor, der für sie freigehalten wurde. Bei voller Lautstärke teilten sich die Reihen wie mit dem Lineal gezogen, gingen aneinander vorbei und durch einander hindurch, drehten sich und schwenkten rückwärts ein und vorwärts wieder aus. Sie übten für den *Recuo*, die Ausbuchtung im Sambadrom, in die die Bateria einschwenkt, um den Rest der Parade vorbeiziehen zu lassen. Mitten in der Bateria war ein Dutzend Hilfsmestres unterwegs. Jeder von ihnen zeigte einer bestimmten Instrumentengruppe mit heftigen Gesten Breaks und Choreografien an. Je komplizierter die Manöver, desto beeindruckender für Publikum und Punktrichter.

Katja forderte Livia vorwurfsvoll zum Tanzen auf. Livia winkte ab, sie war beschäftigt. Ihre Sinne standen auf »Aufnahme«. Teils mit offenen, teils mit geschlossenen Augen widmete sich Livia ganz den auf und ab defilierenden Reihen der Bateria. Sie prägte sich jede Instrumentengruppe ein, jede Rhythmuslinie.

Eine Besonderheit der Romanos Pretos waren die legendären Breaks der Bateria. In den meisten anderen Sambaschulen wurden Breaks nur von den *Tamborins* gespielt, den kleinsten aller Trommeln, während alle übrigen Instrumente wie eine Dampfwalze weiterdonnerten. Bei den Romanos unterbrach die gesamte Bateria und antwortete unisono auf die komplizierten Trommelsignale des Mestres.

Immer wieder zogen sie an Livia vorbei, so lange, bis sie jedes Break und jede Chamada verstand und jedes Instrument hätte selbst spielen können.

Dem fittesten Puxador versagt irgendwann die Stimme, der stärkste Trommler bekommt irgendwann bleierne Arme und die schärfste

Sambatänzerin schwere Beine. Mit einem Mal pfiff Espada ab und knallte ein Schlussbreak auf seine Repinique. Totenstille. Die Menge begann sich zu zerstreuen.

Katja war Livia abhanden gekommen und von Robinho noch immer keine Spur. Leise kam Panik in Livia auf. Was sollte sie tun, sie konnte schlecht in der Quadra übernachten? Sie machte sich auf die Suche nach Katja. Die war nirgendwo aufzutreiben. Pião, der rothaarige Gruppenchef, quatschte Livia an, doch sie hatte andere Sorgen. Katja hatte auch er nicht gesehen. Livia verließ die Quadra und sah sich auf der Straße um. Da, endlich, Katja alberte mit ein paar Mädels herum. Livia konnte Katja von den Mädels loslösen und schilderte ihr den Stand der Dinge. Katja wusste, was zu tun war: »Den Präsidenten habe ich heute nicht gesehen. Wir müssen Wilton finden, so ein kleiner, dicker Schwuli. Der macht den Kleinkram für Carlos Augusto.«

Sie fanden Wilton in der Quadra, mit ein paar Baianas an einem der Plastiktische unter der Galerie. Katja überfiel ihn mit Livias Nöten.

»Ja, ja«, sagte er fahrig und sprang auf, was zumindest seinem Scheitel einen Gleichstand mit Katjas Schultern verschaffte, »ich habe euch erwartet. Euer Mestre hat angerufen. Hat gesagt ihr kommt nur zu acht. Mann, das hat Carlos Augusto gar nicht geschmeckt. Wir haben 20 von euch erwartet und mit den Veranstaltern ausgemacht. Keine Ahnung, wie wir das jetzt biegen werden mit euren Auftritten. Carlos Augusto wollte euch schon absagen, aber wir haben euren Besuch schon in die Zeitung gebracht, also müssen wir da durch. Wir haben doch dieses Bahia-Thema heuer und ...« Wilton wischte sich den Schweiß von der Stirn.

»Wissen wir alle.« Katja hatte keine Geduld für verschwitzte Vorwürfe. »Sag uns lieber, wo die anderen sind.«

Wilton zog die Schultern hoch. »Woher soll ich das wissen? Keine Ahnung. Die hier ist die Erste. Wir haben einen 8er-Schlafraum in der Jugendherberge reserviert. Mir hat keiner gesagt, dass da ein Mädchen mitkommt, also ich weiß nicht recht ...« Er wurde rot.

»Beruhig dich«, sagte Katja und legte ihren Arm um Livia. »Die hier wird bei mir wohnen. Frag du lieber nach, wo die anderen bleiben.«

»Ja, ... ja, gleich morgen früh.« Die Erleichterung war ihm anzusehen, als Katja mitsamt ihrer Bahianerin wieder abzog.

Gemeinsam machten sich Katja und Livia auf den Heimweg. Katja hatte ihr Auto in der Nähe geparkt. Ein schwarzer Chevy Pick-up mit getönten Scheiben und samtweichen Sitzen. Während Katja fuhr, ladete sich Livia ihre Abenteuer von der Seele. Sie vertraute sich Katja gerne an. Sie erzählte von Tante Célia, dem Schulverweis, dem Hausarrest, Emilios Krankheit, dem Bloco, Rasta und Déboras Fluch. Die Sache mit Vagner, Sebastião und der Polícia ließ sie weg. Aber sie verkündete, dass sie gekommen war, um zu bleiben.

Ungläubig deutete Katja auf die magere Plastiktüte auf Livias Schoß. »Das ist dein ganzes Gepäck, du hast gerade noch 100 Reais in der Tasche und bist gekommen um hierzubleiben?«

Livia nickte stumm.

»*Meu Deus!*«, rief Katja aus, »Ach du lieber Gott!«

Sie drückte Livia von der Seite fest an sich.

»Uns wird schon was einfallen«, sagte Katja. »Du siehst nicht übel aus und dumm biste auch nicht. Kümmern wir uns mal darum, dass du bis zum Karneval über die Runden kommst, dann sehen wir weiter.«

#

Katja wohnte in einer ärmeren Gegend, doch bei weitem nicht in der Favela. Das fünfstöckige Haus war ein Wohnprojekt der Stadtverwaltung aus den 1970ern, das seither nie renoviert worden war. Rostiges Stahlgitter ragte über dem Hauseingang aus der bröselnden Kante des Vordachs. In einer Drei-Zimmer-Wohnung im obersten Stock lebte Katja hier mit ihrem Vater.

Katja sah nicht nur wie eine Russin aus, sie war tatsächlich eine. Ihre Eltern waren vor 15 Jahren aus Moskau eingewandert. Sie war damals acht gewesen. Katjas Vater, Igor, sah älter aus, als Livia erwartet hatte. Sein schwarz-graues Haar war reichlich ausgewachsen, er hatte wohl einen Frisörtermin ausgelassen oder zwei. Igor war höchst erfreut über den unerwarteten Gast, noch dazu aus Bahia. In der ganzen Wohnung war lautes Gequassel aus dem Radio zu hören. *Golos Rossii*, die Stimme Russlands, der Kurzwellensender, der Jubelmeldungen aus dem Kreml in alle Welt übertrug. Igor war Stammhörer.

»Papa, dreh das Radio ab«, beklagte sich Katja. »Livia versteht doch nichts und du verschreckst sie nur mit dem Gelaber.«

Igor hatte eine bessere Idee. Rasch hatte er eine Audiokassette zur Hand und wedelte damit freudig Livia zu. »Das hier, mein Kind, ist die portugiesischsprachige Sendung von letzter Woche. Wird dich interessieren.«

Also gab es Nachrichten aus Moskau in portugiesischer Sprache zur Untermalung.

»Die Sprecherin! Hörst du ihren Akzent?«, fragte Igor. »Die ist aus Bahia, hab ich nicht Recht? Das ist doch eine Bahianerin!« Er hatte Recht. Welche Bahianerin verdingte sich als Nachrichtensprecherin in Russland?

Igor hatte mit dem Essen auf Katja gewartet. Das tat er immer. Ein dritter Teller landete augenblicklich auf dem Küchentisch und aus einem großen Topf schöpfte Igor eine dampfende, rote Suppe hinein. »Borschtsch«, erklärte er eifrig, »wird aus roten Rüben gemacht.«

Schmeckte anfangs eigentümlich, aber Livia bat bald um einen Nachschlag. Igor spülte seine Suppe in regelmäßigen Abständen mit Wodka hinunter, oder umgekehrt. Er wusste, dass Katja nicht trank, und witterte – jetzt, da sie Besuch hatten – seine Chance auf eine Zechkumpanin. Ganz im Vertrauen lehnte er sich zu Katja und fragte: *»Ona wodku budet?«*

»Nein, Papa, sie trinkt keinen Wodka.«

»A stakantschik wina?«

»Nein, auch keinen Wein«, sagte Katja geduldig. »Sie ist fünfzehn, hundemüde, heute aus Salvador angekommen und möchte nur ins Bett.«

So schnell gab Igor nicht auf. Nach dem Essen hatte er noch etwas anderes für Livia auf Lager. In seinem Zimmer hielt er einen Vogel im Käfig, einen kleinen, bunten Piepmatz. Igor beugte sich zu ihm hin und pfiff ihm behutsam die brasilianische Hymne vor. Erwartungsgemäß antwortete der Vogel umgehend mit einem Liedchen, es war jedoch nicht die brasilianische Hymne.

»Der Teufel soll dich holen!«, beschwerte sich Igor beim Vogel. »Wir haben hier einen Gast aus Brasilien. Was braucht der jetzt von dir die russische Hymne?«

Livia hatte viel Spaß mit Igor und Katja. Sie war noch keine Stunde hier und wollte ewig bleiben. Katja richtete ihr das Sofa im Wohnzimmer her und brachte ihr eine kleine Auswahl an Wäsche und Klamotten. »Nimm dir, was du brauchst.«

Sofort nach einer Dusche mit – kaum zu glauben – warmem Wasser streifte Livia sich einen wohligen Baumwollsweater über und hüllte sich auf dem Sofa in die Decke.

»Papa steht in der Nacht auf und geht in die Küche auf Rauchpause«, sagte Katja. »Erschrick nicht.« Sie gab Livia noch einen dicken

Kuss auf die Wange, doch da war sie schon eingeschlafen.

#

»Aufwachen! Heh, aufwachen!«

Jemand rüttelte heftig an Livias Schulter. Verschwommen blickte sie auf und sah eine Uniform. Eine Polizeiuniform.

21

»Komm schon, du Schlafmütze! Ich hab auch nicht ewig Zeit und hab noch News für dich.«

Es war Katja, die sich über Livia beugte. Katja, die Sambakönigin. In einer Polizeiuniform, ihr blondes Haar zu einem strengen Knoten gebunden, ein Barett in der Stirn.

»Was schaust du so? Ach, die Uniform? Steht mir gut, nicht? Ich muss mich beeilen, mein Kollege wartet unten im Auto auf mich, also pass auf: Wilton hat angerufen. Deine Freunde sind noch unterwegs, hatten eine Panne in Rio, müssten heute eintreffen. Und am Nachmittag ist Bateriaprobe in der Quadra. Sieh zu, dass du um drei dort bist. Ach ja, und euer Mestre konnte nicht glauben, dass du tatsächlich hier bist. Ha! Wilton hat dich dreimal beschreiben müssen, bis euer Mestre ihm geglaubt hat.«

Und dahin war sie. Das war eine echte Uniform, mit einer Pistole, Handschellen und einem Schlagstock. Livia hatte sich nicht getäuscht. Trotzdem musste sie lächeln, wenn sie nämlich daran dachte, wie Rasta seiner Débora beibringen würde, dass Livia es tatsächlich bis nach São Paulo geschafft hatte.

#

Igor wartete schon mit dem Frühstück. Er häufte kleine Pfannkuchen, die er Blinis nannte, auf Livias Teller und klatschte reichlich Honig und Sauerrahm obendrauf. Bei Tageslicht konnte Livia ihn und die Wohnung genauer begutachten. Die Möbel waren nicht die allerneuesten, doch es war sauber, hell und gemütlich. So eine Wohnung würde sie auch einmal haben, für sich und Emilio. Igor hatte ein gerötetes Gesicht, seine braune Hose hatte Bügelfalten und seine Füße steckten mitsamt ihren gelben Socken in Ledersandalen.

»Ich wusste nicht, dass Katja bei der Polícia ist«, sagte Livia so nebenbei, wie es ging. Das Thema war ganz nach Igors Geschmack. Er richtete es sich am Küchentisch ein, hatte eine Flasche Rotwein vor sich, ein Päckchen Zigaretten und eine Zuhörerin. Die Party konnte losgehen.

»Swetlana wusste immer schon, was sie wollte«, begann er. Swetlana, das war Katjas Mutter. Sie und Igor waren in der Sowjetunion auf dem Weg nach oben gewesen. Eine Stationierung auf Kuba würde Ansehen bringen, Geld und ein bisschen Freiheit fernab von Moskau. Swetlana, die ehrgeizige Spanischlehrerin, überließ nichts dem Zufall. Sie bedrängte Igor, den verträumten Physiker, ebenfalls der Partei beizutreten. Sie brachte ihm in endlosen Sonntagslektionen Spanisch bei und erschwatzte ihm durch mühevolles Antichambrieren in der Partei eine Anstellung am Aljochin-Institut. Dort verkroch sich Igor fortan vor Swetlana, um Bordgeräte für die Raumfahrt zu entwerfen. Sein Spezialgebiet waren Bordtoiletten.

Gorbatschow und der Zerfall der Sowjetunion brachten dann das plötzliche Aus für Swetlanas Pläne. Moskaus beschauliche Akademikerelite wurde von heute auf morgen über den Haufen gefahren von ungehobelten »Geschäftsmännern«, deren Herkunft ebenso zweifelhaft war wie die ihrer Mercedes-Limousinen. Swetlanas und Igors Staatsgehälter waren von heute auf morgen nichts mehr wert, wenn sie überhaupt ausbezahlt wurden. Swetlana lief im Kreis und sah sich schon als Putzhilfe arbeiten. Der große Coup gelang ihr einige Jahre später.

Eine Delegation der brasilianischen Raumfahrtbehörde hatte sich in Moskau zu Kooperationsgesprächen angesagt. Die Brasilianer hinkten anderen Raumfahrtnationen weit hinterher und hatten ihre technologische Abhängigkeit von den Amerikanern satt. Die zahlungsunfähigen Russen wiederum erhofften sich Abnehmer für ihre ausgemusterte Technologie.

Die russische Seite ließ keine Gelegenheit aus, um Eindruck zu schinden: Gagarins Weltraumkapsel, das Kontrollzentrum Baikonur und ein Rahmenprogramm mit reichlich Wodka und Kaviar. In Ermangelung eines echten Raketenwissenschaftlers mit Portugiesischkenntnissen wurde der Toiletteningenieur Igor als hochrangiger Raketentechniker vorgestellt. Er gab auf Spanisch sein Bestes, um die Gäste zu unterhalten.

Die Brasilianer waren beeindruckt und machten Igor ein großzügiges Angebot. Da er kein echter Geheimnisträger war, konnten sie ihn tatsächlich mühelos anheuern. Die Aktion lief über einen ahnungslosen Technologieattaché an der Botschaft.

Die Brasilianer brauchten dann drei Jahre, um dahinterzukommen, dass Igor nichts taugte, und schoben ihn in ein Universitätsinstitut nach São Paulo ab. Swetlana sah das Schiff sinken und heiratete einen Fazendeiro, der einen großen Reitstall sein Eigen nannte und in Goiás Soja anbaute.

Töchterchen Katja hatte inzwischen die brasilianische Staatsbürgerschaft erhalten und Igor hatte immer noch seine Kontakte beim Militär. Es gelang ihm, Katja in der Polícia unterzubringen. Sie war nach ihrer Mutter geraten, hatte die gleiche Entschlossenheit. Daneben arbeitete Katja dreimal die Woche im Supermarkt an der Kassa. Igor bezog eine kleine Rente und sie kamen gut zurecht.

»Wie kam es, dass sie Bateriakönigin wurde?«, wollte Livia wissen.

»Katja liebte dieses Land von Anfang an.« Igor genehmigte sich einen Schluck. »Sie hat von klein auf verbissen daran gearbeitet, eine bessere Brasilianerin zu werden als alle anderen. Sie muss damals neun gewesen sein, da hat einer in der Schule sie verspottet wegen ihrer Aussprache. Sie hat ihn zunächst einmal vermöbelt. Er war einen Kopf größer als sie, aber sie ist einfach voll drauflos, hat sich richtig durch ihn durchgeprügelt.« Igor lachte, als er daran dachte. »Dann hat sie ihre Aussprache in Angriff genommen. Wochenlang ist sie vor dem Fernseher gesessen und hat alle Telenovelas nachgesprochen, hat unser Hausmädchen in den Wahnsinn getrieben mit ihrer Nachäfferei. So ähnlich war es mit dem Samba. Sie war stolz darauf, dass sie im Schulhof den schnellsten Samba tanzen konnte, und eines führte dann zum anderen.«

Bis obenhin vollgestopft mit Blinis wehrte Livia eine weitere Portion dankend ab, aber sie hatte eine dringende Bitte. Sie musste unbedingt in Salvador anrufen. Sie würde selbstverständlich bezahlen für das Telefonat. Igor wollte nichts von einer Bezahlung hören. Das Telefon stand im Wohnzimmer. *Fique à vontade!*

#

Im oberen Teil der Favela von São Geraldo, direkt vor Senhor Alfredos Haus, stand ein *Orelhão*, ein öffentliches Telefon – ein blauer Apparat, den eine überdimensionale Ohrmuschel aus Hartplastik vor Sonne und Regen schützte. Wenn es klingelte, war meistens irgendwer zur Stelle, die Leute waren schließlich neugierig. Livia kannte die Nummer auswendig. Es war ihre einzige Möglichkeit zu Hause anzurufen.

Sie hörte ihren eigenen Pulsschlag, als sie wählte.

Pedro der Brunzer ging ran.

»Ich bin's, Livia.«

»Livia! Um Himmels Willen, wo steckst du? Weißt du, was hier los ist! Dona Célia, die Polícia, alle suchen dich. Dann hat es geheißen, du wärst ab nach São Paulo.«

»Ich kann jetzt nichts sagen. Bitte hol Emilio ans Telefon. Es ist dringend. Ich ruf in einer Viertelstunde wieder an, okay?«

Als Livia das zweite Mal anrief, hob Tante Célia ab. Livia hatte Pedro doch um Emilio gebeten!

»Wie kannst du nur?!«, tobte Tante Célia durchs Telefon. »Du undankbares Biest!!«

Das würde sich Livia nicht anhören, sie wollte auflegen.

»Und denk nicht daran aufzulegen!« setzte Tante Célia nach.

»Ich möchte nicht mit dir reden. Hol mir Emilio!«

»Oh, nein, du wirst mir zuhören. Die Polícia war hier. Sie waren zu dritt, waren in meinem Haus, alle Nachbarn haben zugesehen, sie haben überall nach dir gefragt, ganz São Geraldo weiß Bescheid. Sie sagen, du hast Geld gestohlen! Mich wundert es nicht. Habe ich es dir nicht gesagt? Halte dich fern von dem Bloco Afro. Habe ich es nicht gesagt? Geh arbeiten, habe ich gesagt.«

Livia explodierte. »Die Polícia hätte *dich* mitnehmen sollen!«, schrie sie zurück. »Mitsamt deiner Débora! Ihr seid schuld. Ich habe meinen sicheren Platz im Bus gehabt und ihr habt ihn mir genommen. Hinter meinem Rücken! Ihr habt gedacht, ihr könnt mich davon abhalten? Nein, könnt ihr nicht! Wenn du eine Schuldige suchst, schau in den Spiegel, und dann schau dir Débora an!«

»So einfach kannst du's dir nicht machen.«

»Kann ich doch! Wenn ihr mir mein Ticket aus der Favela versaut, dann muss ich es mir von woanders beschaffen.«

»Du bist noch lange nicht volljährig. Soll ich zusehen und warten, bis sie dich auch irgendwann erschießen? Oder einsperren? Wo bist du überhaupt? In São Paulo?«

»Ich möchte jetzt mit Emilio sprechen!«

»Es geht ihm nicht gut, er hat einen Krankheitsschub.«

»Alles Lüge! Lass mich mit ihm sprechen.«

»Er kann nicht aufstehen.«

»Hättest du ihn nicht weggeschafft, bevor ich gefahren bin, dann hätte ich ihm alles erklären können.«

»Wie soll das alles enden mit dir?«

»Ich ruf wieder an. Sag ihm, dass ich ihn liebe und immer an ihn denke.«

#

Genau nach Igors Anweisungen gelangte Livia mit dem Bus zur Quadra. Direkt vor der Quadra parkte ein VW-Bus in schusseliger Schräglage halb auf dem Gehsteig, eine alte Blechschüssel in rot-weißer Pracht. Livia stürmte in die Halle und da hingen sie alle herum. Sie hatte ihren Bloco wieder!

Robinho war da, der freudestrahlende Konsul von Angola mit den kümmerlichen Rastazöpfchen, Basílio, das Dinosaurierbaby, Fabrício, der Angeber im Kleinformat, und Nelson der Trottel. Chico war auch da, ein Caixa-Spieler mit Indianerblut, Dodô, den Livia noch nie anders gesehen hatte als im Unterhemd und mit seinem Tam auf dem Kopf, der rot-gold-grünen jamaikanischen Häkelmütze, und schließlich Marrom, ein einsilbiger Surdo-Spieler, den Livia mochte. Silvio, der Fahrer, war auch noch da.

Livia stürzte von einem zum anderen, herzte und umarmte jeden, sogar Fabrício und seinen Nelson. Neugierig standen sie alle um Livia herum.

»Wir hatten dich längst abgeschrieben!«

»Es hat geheißen, du konntest nicht mitfahren!«

»Dann hat Rasta am Handy erzählt, dass du längst hier bist!«

»Keiner hat es glauben wollen.«

»Und so ein Kerl, Wilson, nein, Wilton, hat dasselbe gesagt.«

»Wie hast du das bloß gedreht?«

Sie ließ die Jungs mit halben Auskünften ein wenig im Dunkeln.

Ausgelassen brachten sie Livia auf den letzten Stand. Der Motor hatte gestreikt, mitten in der Nacht, mitten in der Einöde. Der Kühler war undicht, das Kühlwasser ausgeronnen. Dodô hatte den rettenden Einfall. Kurz entschlossen pinkelte er in den Kühler und sie konnten wieder weiterfahren, ganze zehn Kilometer, dann war das Kühlmittel wieder alle. Und so trug einer nach dem anderen dazu bei, dass sie Stück für Stück weiterkamen. Bis auf Fabrício, der sein Fett abkriegte, weil bei ihm nichts rauskommen wollte, er vergeblich dastand und sich abmühte. Sie campierten vor der ersten Autowerkstatt und mussten dann noch einen ganzen Tag auf die Reparatur warten. Die Jungs hatten einen Riesenspaß an ihrer Geschichte.

»Wir sind direkt hierher gekommen, wissen noch nicht mal, wo wir wohnen«, sagte Silvio.

»Dieser Wilton soll hier irgendwann aufkreuzen«, sagte Robinho und sah sich um. »Hat er sich um dich schon gekümmert?«, fragte er Livia.

»Macht euch um mich keine Sorgen. Ich wohne bei Katja, der Bateriakönigin.«

»Bateriakönigin?« Robinho wurde hellhörig. »Hübsch?«

Dodô stieß Robinho von der Seite an. »Mann, die Bateriakönigin der Romanos Pretos! Was glaubst denn du?«

»Nun sag schon!«, forderte Robinho Livia auf.

Katja, die blonde Russin, die sich von den härtesten Gangstern von São Paulo nicht linken ließ, und Robinho, der Scherzkeks, der auf die dümmsten Mädchen von Salvador spezialisiert war. Das würde Livia sich nicht entgehen lassen. »Ich glaub, sie steht auf Bahianer«, sagte sie. »Sie hat mal so was erwähnt.«

Die Jungs von der Bateria waren unterdessen einer nach dem anderen eingetrudelt. Im Vergleich zu gestern Abend wirkte die Quadra leer. Nur die 400 Mann der Bateria waren da, kein Publikum und keine der anderen Alas. Das große Abtragen des Trommelberges von der Bühne hatte bereits begonnen.

»Worauf warten wir?«, drängte Livia. »Wir sollen heute schon mitmachen. Die Probe gestern hättet ihr sehen sollen! Haltet euch die Ohren zu, wenn es losgeht. Ich hol mir eine Repinique.«

Ohne zu fragen reichten sie Livia eine Repinique von der Bühne, und aus dem VW-Bus organisierte sie sich einen Gurt und Sticks.

Die anderen Bahianer trauten sich nicht recht. Einfach in der besten Bateria des Landes mitspielen? »Warten wir lieber ab«, sagte Robinho. »Mal sehen, was die hier spielen. Bist du dir sicher, dass wir mitspielen sollen?«

»Aber ja doch!«, sagte Livia aufgekratzt. »Wilton hat es gesagt. Seht her, ich zeig euch die Chamadas.«

Sie legte die erste Chamada auf der Trommel vor und gab sich gleich selbst die Antwort mit Schlägen auf den Trommelrand. Dann die zweite und dann die dritte. Jede Einzelne ein kompliziertes Muster mit einer Unzahl von Wirbeln. Und jede Einzelne fehlerlos. Nicht ein einziges Mal strauchelte sie. Die endlosen Wochen Einzelhaft und Tante Célias abgesägte Kochlöffel machten sich endlich bezahlt.

Livias weit offener Mund zeigte strahlende Zähne und grenzenlose Freude, als sie im Kreis ihrer Freunde eine Chamada nach der anderen aufs Fell knallte.

Sie bemerkte nicht, wie es rings um sie in der Quadra still geworden war, wie 400 Mann sie anstarrten, wie Mestre Espada, der mit seinen Adjutanten am Direktoriumstisch neben der Bühne saß, sich langsam erhob.

Gleich zwei von seinen Hilfsmestres stürzten sich auf Livia, fuhren ihr in die Sticks und stoppten sie.

»*Puta que pariu!* Bist du wahnsinnig? Was machst du da?«, brüllten sie Livia an. Sie hätten ihr genauso gut mit dem Holzprügel eins überziehen können. Livias Mund blieb offen, die Freude blieb ihr im Hals stecken, ihre Augen weiteten sich vor Schreck.

Espada schritt auf Livia zu. Der Kreis um sie öffnete sich, alle wichen zurück. Als er näher kam, sah sie zum ersten Mal seine Augen. Er hasste sie.

Wortlos nahm er ihr die Sticks aus der Hand.

Dann sagte er: »Du hast in meiner Bateria nichts verloren. Dein Platz ist dort drüben.« Er deutete auf die verwaisten Plastiktische im Halbdunkel unter der Galerie.

Im Weggehen ließ er Livias Sticks auf den Boden fallen. Dort blieben sie überkreuz liegen. Livia blickte ihm sprachlos hinterher und dann hinunter zu ihren Sticks. Marrom hob sie schließlich auf.

Einer der Hilfsmestres ergriff das Wort. »Ich bin Mané, der Stellvertretende Bateriadirektor.«

Er trug einen Schnauzbart und aus der Nase wuchs ihm dichtes Haar. Schwer zu sagen, wo die Nasenhaare aufhörten und der Schnauzer begann. Auch Mané trug eine schwere Goldkette auf der Brust, kleiner allerdings als die von Espada.

»Ihr seid die Bahianer, ja? Passt mal auf. Wir haben keine Freude mit euch. Wir können in der Bateria keine Anfänger brauchen. Unser Präsident will, dass ihr mitspielt wegen der Presse. Ihr werdet in der Bateria defilieren, aber nicht spielen, klar? Nur die Sticks bewegen.«

Er starrte in die Runde. Keiner antwortete.

»Ihr konzentriert euch darauf, dass ihr an der richtigen Position steht und die Choreografien lernt. Wenn ich bei den Proben einen von euch höre, der in ein Break hineinpatzt, dann fliegt der.«

Er drehte sich Livia zu. Seine Zähne waren genauso unordentlich wie sein Schnauzer.

»Was dich angeht, in unserer Bateria haben Frauen keinen Platz.«

Dann herrschte er wieder die anderen an: »Und noch was. Bei uns rührt keiner seine Trommel an, bevor der Mestre sein Signal gibt. Keinen Ton, klar?«

»Das hat uns keiner gesagt«, versuchte Robinho so etwas wie eine Verteidigung.

»Jetzt wisst ihr's.«

Damit beendete Mané seinen Vortrag. Lautstark ließ er seine Pfeife schrillen und die Bateria nahm Aufstellung. Nach Manés Anweisungen fassten die Bahianer Instrumente aus und bezogen ihre Positionen.

Livia saß draußen auf der Gehsteigkante. Hier war sie ganz allein, nicht einmal Ademar hatte geöffnet. Drinnen legte die Bateria mit Getöse los. Lange saß Livia da, die Ellbogen auf die Knie gestützt.

Senhor Sebastiãos Attacke im Blue Aqua Tower hatte sie nicht so hart getroffen wie das eben. Alles, was sie wollte, war Samba spielen. Was war falsch daran? Es war das Einzige, was sie wollte und auch das Einzige, was sie konnte. Zurück nach Salvador konnte sie nicht und auch hier in São Paulo war Samba ihre einzige Option. Und sie konnte es gut. Hatte diese fiese Sau nicht zugehört? Alle seine Chamadas fehlerlos!

Was würde Rasta tun? Sie sollte nicht mehr davonlaufen, wenn es schwierig wurde. Das hatte er zu ihr nach dem Desaster von Tìbínù gesagt und sie hatte es ihm versprochen. Rasta würde kämpfen.

Livia stand auf, klopfte sich den Staub vom Po und ging zurück in die Quadra. Um nichts in der Welt würde sie sich wie ein Hund auf den ihr zugewiesenen Platz setzen. Neben der Tür führten Betonstufen auf die Galerie hinauf.

Von oben sah die Bateria noch eindrucksvoller aus. Heute freilich war Livia der Rhythmus egal, der Samba klang langweilig. Sie schloss kein einziges Mal die Augen. Heute klang Feindesmusik aus der Bateria.

Robinho und die anderen waren in der Bateria verteilt und sichtbar bemüht nicht aufzufallen. Ihre Trommeln waren Staffage. Keiner traute sich zu spielen, sie taten sich mit den Choreografien schwer. Oft fiel einer aus der Reihe und machte einen hastigen Satz zurück in die Linie. Nelson stand kaum je richtig, war ständig auf der Suche nach der Lücke, in die er gehörte. Livia musste schmunzeln.

Auf einmal rückte ein Mädchen ins Bild. Dort, in der zweiten Caixa-Reihe, ein zierliches Mädchen mit langen Locken. Livia täuschte sich nicht, es gab doch ein anderes Mädchen in der Bateria!

Anders als bei der öffentlichen Abendprobe, wo die Bateria in einem durchspielte, brach Espada bei dieser technischen Probe immer wieder ab. Einzelne Instrumentengruppen, manchmal auch einzelne Trommler mussten bestimmte Passagen wiederholen, wurden ausgebessert und zurechtgewiesen.

Livia schlich die Treppe hinunter und wartete unter der Galerie, direkt hinter Espada, auf den nächsten Abbruch. Sie wollte es genau wissen. Er sollte sich vor allen anderen rechtfertigen. Ihre Hände waren schweißnass.

Es dauerte nicht lange. Espada hob die Hand, zwei kurze Pfiffe und mit einem gewaltigen Rums stand die Bateria.

So laut sie konnte rief Livia: »Entschuldigung!«

Espada blickte sich um. 400 Augenpaare folgten ihm.

»Ich wusste nicht, dass es verboten ist ohne Mestre zu spielen.« Fast versagte ihr die Stimme. »Es wird nicht mehr vorkommen. Aber ich bin gekommen, um Samba zu spielen und ich kann es mindestens so gut wie die Jungs aus Ihrer Bateria. Sie können sich gerne davon überzeugen, und ... ich sehe doch, dass dort auch ein anderes Mädchen spielt.«

Stille.

Mané war der erste, der auflachte, dann stimmten die anderen Hilfsmestres mit ein, und schließlich erheiterte sich die gesamte Bateria. Selbst die Angesprochene mit den brünetten Locken fand das komisch. Mit der erhobenen Rechten klatschte sie ihre Nachbarn ab. »*Demorou!* Lang hat's gedauert!«

Nur die Bahianer standen ratlos da. Bis auf Nelson. Der sah sich zwar verwirrt um, lachte aber mit, als ob er es ganz genau wüsste.

Espada blieb ungerührt. Sobald alle sich wieder beruhigt hatten, sagte er: »Mach, dass du wegkommst.«

22

»W Was für ein ARSCH ist dieser Espada?«, platzte Livia.

Sie saß mit Katja am Küchentisch bei Stroganoff mit Kartoffelpüree und liebevoll aufgefächerten Salzgurken. Igor hatte aufgekocht. Die Salzgurken hatte er selbst eingelegt und Livia wusste jetzt auch haarklein mit welchen Zutaten. Igor selbst hatte sich in sein Zimmer zurückgezogen, er schlief den Nachmittagsschwips aus.

»Ein riesengroßer«, sagte Katja und schob sich eine Ladung Püree in den Mund. »Warum?«

»Er hat mich heute rausgeschmissen!«

Voller Geduld ließ Katja sich die Tragödie von Anfang bis Ende erzählen, einschließlich des Mädchens in der Bateria, das Livia dann auch noch mit allen anderen ausgelacht hatte.

»Das war Josie«, stellte Katja fest, »Carlos Augustos Liebling.«

»Nur weil sie der Liebling des Präsidenten ist, darf sie als einziges Mädchen spielen? Was soll daran so komisch sein?«

»Josie heißt in Wahrheit José. Is' ein Junge.«

»Ein Transvestit?!«

Katja nickte. »Mit Pimmel und Silikontitten.« Sie verzog ihren Mund zu einem breiten Grinsen. »Carlos Augusto steht auf so was, er interessiert sich wahrscheinlich mehr für den Pimmel als für die Titten.«

»Lach nicht!«, verlangte Livia. »Ich hab mich heute schon genug zum Idioten gemacht.«

Katja hatte zu Ende gegessen und wischte sich den Mund ab. »Ich sag dir jetzt mal was bei uns Sache ist. «

Der wahre Präsident der Romanos Pretos hieß nicht Carlos Augusto, sondern Espada. Er war vor vier Jahren zu ihnen gekommen und hatte die Bateria übernommen. Er hatte die Clowns vom *Conselho*, dem Verwaltungsrat, gekauft, den alten Präsidenten rausgemobbt und Carlos Augusto eingesetzt. Mit Espada war das Geld gekommen und mit dem Geld der Aufstieg in die Oberliga. Mit ihm hatten die Romanos ihre Unschuld verloren und ihren ersten Meistertitel gewonnen.

Espada war zwar ein Neandertaler und er war gefährlich, aber er war alles andere als blöd. Er wusste, dass er im Fernsehen schlecht rüberkam und bei Verhandlungen mit Krawattenträgern keine gute Figur machte. Also war Carlos Augusto das kultivierte Gesicht der Sambaschule. Ein Weißer mit angegrautem Kurzhaarscheitel und manikürten Fingernägeln, ein sonnengebräunter Kleiderständer. Im Karneval führte Carlos Augusto die Parade an und schritt mit seiner bezaubernden Frau und den drei reizenden Töchtern vorneweg.

Sonst ließ er sich von Espada ausgewählte Jungs aus der Bateria zukommen, die für kleine Vergünstigungen gerne mitmachten. Carlos Augusto glaubte, es wäre sein Geheimnis, doch in Wahrheit wusste jeder Bescheid. Die meisten der Jungs kamen aus der Favela, konnten nichts und hatten nichts, außer ihren Trommelsticks und dem Shirt der Romanos. In der Bateria waren sie jemand, konnten sich im Fernsehen bewundern, waren Teil einer großen Sache. Die beste Bateria des Landes, das hieß die beste der Welt. Espada machte seine Sache gut, er war ein exzellenter Mestre und alle machten sich in die Hose vor ihm. Die Jungs waren mit den Dschungelgesetzen der Favela aufgewachsen, ein brutaler Anführer war für sie das Natürlichste auf der Welt.

»Was soll ich jetzt tun?«, wollte Livia verzagt wissen.

»Sieht schlecht aus.« Katja machte ihr nichts vor. »Den Karneval kannst du abschreiben. Wenn Espada dich nicht in seiner Bateria will, dann ist es so.«

»Wieso sind wir dann überhaupt hier? Auch die anderen vom Bloco dürfen doch nur als Statisten in der Bateria auftreten.«

»Die Rechnung ist ganz einfach. Vergiss den Presse-Quatsch, den hat sich unser Carnavalesco ausgedacht. Carlos Augusto macht mit, weil für ihn was dabei rausspringt. Er lässt euch kommen auf Kosten der Sambaschule, quartiert euch billig ein, auf Kosten der Sambaschule, und seine Sekretärin, die auch von der Sambaschule bezahlt wird, vermittelt euch ein paar Auftritte. Mit seiner privaten Agentur, die in Wahrheit nichts anderes ist als eine zweite Visitenkarte, schneidet Carlos Augusto aber an eurer Gage mit. So macht er es bei allen Auftritten von Sambaschuleinheiten. Eine Sambashow hier, eine Firmenfeier dort, auch Auslandsreisen. Japan, Amerika, Spanien. Aber das sind kleine Fische für ihn.«

Richtig interessant war für Carlos Augusto und Espada der Karneval. Zwei Millionen kostete die Ausstattung einer Parade: die Allegoriewagen mit ihren verschwenderischen Aufbauten, die 3.600 Kostüme, die Gage für den Carnavalesco. Eine Million kam durch den Kostümverkauf wieder herein, der Rest von der Stadt, über Eintrittsgelder und Fernsehrechte. Ein Nullsummenspiel, alles offiziell.

All die vielen Mitglieder, die Trommler, die Tänzerinnen, die Baianas und all die anderen, die ein ganzes Jahr lang probten, bekamen nichts. Die meisten mussten sich ihre Kostüme selber kaufen.

Doch jetzt kam der interessante Teil: Platzgebühren und Sponsorgelder von Firmen und Privaten. Keiner wusste, wie viel davon jährlich für Espada und Carlos Augusto abfiel.

»Und das lassen sich alle gefallen?«, fragte Livia. »Da sagt keiner was? Du bist bei der Polícia!«

»Jetzt lass mal gut sein. Ich habe andere Dinge zu tun, und einem Espada tritt man nicht auf die Zehen. Er ist gefährlich. Und sieh uns an: Wir haben den Karneval gewonnen!«

Den zu gewinnen war eine hohe Kunst. Die Presse musste einen favorisieren, die Unterstützung der Punktrichter war sicherzustellen, und es gab immerhin 45 davon, und politischer Rückenwind konnte auch nicht schaden. Die Frau eines Abgeordneten im Traumkostüm ganz oben auf einem Allegoriewagen zum Beispiel. Das alles kostete Geld und musste umsichtig eingefädelt werden, immer auf der Hut, ob nicht die Konkurrenz von der anderen Sambaschule schneller war oder mehr bot.

Auch nicht ganz nebensächlich war schließlich die Parade selbst. Größere Wagen, aufwendigere Kostüme, mehr Alas. Kostete auch Geld. Da fragte keiner woher.

»Willkommen in der Wirklichkeit«, sagte Katja. »Nimm nur mein eigenes Kostüm. Heuer habe ich ein ganz besonderes. Ist zur Gänze aus echten Federn, Königsfasan. Eine einzige Feder kostet 100 Reais. Mein heuriges Kostüm ist das erste, das ich nicht selber zahlen muss. Übernimmt Carlos Augusto für mich. Verstehst du?«

#

In den nächsten Tagen verließ Livia ihr Sofabett nur, um ins Bad zu gehen, zu essen und sich Igors Geschichten anzuhören. Wenn sie ein Junge gewesen wäre, dann wäre ihr ein Dreitagebart gewachsen. Igor kümmerte sich rührend um Livia und bekochte sie von früh bis spät. Sie verlor den Überblick darüber, was er ihr alles vorsetzte, aber es schien ihr, dass es nichts gab, wo nicht oben ein großzügiger Löffel Sauerrahm mit Dille draufkam.

Nach zwei Tagen mit Igor hatte Livia einen Kilo zugelegt und wusste alles über Weltraumtoiletten. Sie wusste auch, wie man Wodka in der Badewanne aus Küchenabfällen herstellen konnte, und dass Swetlana Igor 1987 mit Viktor Iwanowitsch betrogen hatte. Sie erfuhr darüber hinaus – nicht, dass sie danach gefragt hatte – dass Gagarin in Wahrheit vom Kreml umgebracht worden war, und dass er gar nicht der erste Mann im All gewesen war, sondern dass es noch andere vor ihm gegeben hatte. Die Phantomkosmonauten, die von vertuschten Raumfahrtversuchen nie zurückgekehrt waren. Igor zählte sie alle namentlich auf.

Nicht einmal zu einem Anruf in São Geraldo konnte Livia sich durchringen. Sie hatte bereits Tante Célia im Ohr: »Hab ich es dir nicht gleich gesagt? Hab ich es nicht gesagt?«

Am dritten Tag rief in aller Frühe Robinho an. Im Halbschlaf holte Katja Livia aus den Federn und drückte ihr den Hörer ans Ohr.

»Livia, Schätzchen!«, gellte es durch die Leitung. »Was verkriechst du dich denn?«

»Was für eine Frage?«, sagte Livia mit belegter Stimme. »Du warst doch selbst dabei.«

»Ich weiß, der Kerl ist ein Aas. Wir haben schon drei Proben mit ihm gehabt. Eine Katastrophe. Ich glaub, Nelson hat sich einmal sogar angemacht. Wirklich! Er sagt, er hat sich Bier über die Hose geschüttet, aber keiner hat ihn eines trinken gesehen.«

Robinho wusste, wie er frühmorgens ein Lächeln auf Livias Lippen zaubern konnte.

»Sag, war das die Bateriakönigin, die vorhin abgehoben hat?«

»Ja, Katja.«

»Klang noch ziemlich verschlafen. Was hat sie denn an?«

»Hautcreme.«

Auch Livia wusste, wie sie Robinho auf Touren bringen konnte. Der beschwerte sich bitter über ihre Unaufrichtigkeit und fuhr dann fort.

»Wir haben bei Carlos Augusto anrücken müssen. Noch so eine Arschgeige. Ich weiß nicht, in was für einen Verein wir da geraten sind. Kurz gesagt, zuerst war er stinksauer, weil wir nur zu acht gekommen sind. *Wir wissen nicht, ob wir euch überhaupt brauchen können*, hat er gesagt. Fünf Auftritte hat er für uns arrangiert, einen Bloco Afro aus Salvador mit 20 Trommlern angekündigt und er hätte große Lust, sie alle abzusagen und uns heimzuschicken. Dann hat er uns folgenden Deal vorgeschlagen: Er stellt 12 zusätzliche Trommler von der Bateria für unseren Bloco ab. Mit denen studieren wir unser Programm ein, Samba-Reggae in allen Variationen. Beim großen Sommerfest der Romanos Pretos treten wir dann auf, und wenn ihm unsere Show gefällt, können wir die anderen Auftritte auch machen. Richtige Gage kann er uns keine geben, nur ein bisschen Taschengeld, wegen seiner Unkosten. Aber es sollte für die Rückreise reichen.«

»Reine Lüge! Der braucht uns doch. Er hat die Presse aufgerüttelt, hat Auftrittsverträge unterschrieben und möchte im Karneval den neuen Rekord für die größte Bateria aufstellen. Mehr als 400 Trommler. Und er kassiert unsere volle Gage. *Er*, verstehst du? Nicht die Sambaschule! Da mach ich nicht mit.«

»Und mit welchem Geld bezahlst du deine Rückfahrt?«

Welche Rückfahrt denn?

»Ich will mit denen nichts mehr zu tun haben«, sagte Livia. »Die Sambaschule kann mir gestohlen bleiben. Tut mir leid. Ihr müsst euch noch einen dreizehnten Trommler aus der Bateria holen. Ich werde Bohnenschälerin.«

Livia kehrte auf ihr Sofa zurück und zog sich die Decke über den Kopf.

Am Abend rief Robinho ein zweites Mal an. Er kam gerade von der ersten Probe des Blocos mit den Sambaschultrommlern und es sah nicht gut aus. Die Probe war ein Desaster gewesen. Die Chamadas hatten ihm nicht gelingen wollen, die Wirbel, die Breaks – alles Mist. Er war keine Holzsticks gewohnt. Wenn er in Salvador ab und zu Rasta vertrat, dann spielte der Bloco eigentlich von selbst. Doch keiner von den Paulistanern verstand, was Robinho von ihnen wollte. Kaum ein Rhythmus hatte heute funktioniert. Die Paulistaner waren von vornherein uninteressiert gewesen und hatten dann auch noch begonnen, die Bahianer zu anzupflaumen. Fabrício wäre fast mit den Fäusten auf einen von ihnen losgegangen. Robinho klang verzweifelt.

»Die wollen uns nach Hause schicken!«, jammerte er. »Wir haben kein Geld mehr. Selbst, wenn wir alles zusammenkratzen, geht sich das nicht einmal für den Sprit aus.«

Robinho hatte Rasta angerufen. Der konnte auch nicht helfen, war blank von seinen eigenen Ausgaben für den Karneval in Salvador.

»Rasta war stinksauer«, sagte Robinho, »dass du dich verdrückt hast. Weißt du, was er gesagt hat?«

Woher sollte Livia das wissen?

»Er sagte, *ab jetzt ist Livia eure Mestra*. Das hat er gesagt. Du sollst uns dirigieren. Du schuldest es ihm, du schuldest es uns, und dann hat er noch gesagt, ich soll dich in den Arsch treten.«

Rasta traute es ihr wirklich zu. Er verlangte es sogar. Und sie schuldete es ihm.

»Hat *er* gesagt«, setzte Robinho entschuldigend nach.

Livia schuldete Rasta noch viel mehr als das.

23

In drei Tagen würde das legendäre Sommerfest der Romanos Pretos wieder über die Bühne gehen. Livia hatte drei Vormittage, um aus einem verunsicherten Häufchen Bahianer und einer selbstgefälligen Meute Paulistaner so etwas wie einen Bloco Afro zu formen, das Sinnbild für Harmonie, eine verschworene Einheit von Rhythmus und geschmeidiger Bewegung.

Der heilige Boden der Quadra blieb den Sektionen der Sambaschule vorbehalten. Nach einem genauen Zeitplan wechselten sich dort alle Alas ab, um ihre Choreografien einzustudieren. Die Kohorten der Themengruppen, die Zwei-Meter-Giganten der *Frontkommission,* die älteren Senhoras der Baianas, die Kindergruppe, die Fahnenträgerin und ihr Tanzmeister und die Gruppe der Sambatänzerinnen. An den Nachmittagen war die Quadra dann für die Bateria reserviert.

Livias Bloco Afro hingegen musste sich mit der Seitengasse hinter der Quadra begnügen, dort wo die Müllcontainer überquollen.

Die Bahianer hatten sich ihre Trommeln von der Bühne geholt und warteten geduldig hinter der Quadra auf die Paulistaner, die vereinzelt und ohne Eile aus der schmalen Hintertür auftauchten. Auch Josie war unter ihnen, Carlos Augustos Liebling.

Kaum war der letzte Paulistaner in der Tür erschienen, rief er Robinho zu: »Was ist, Mestre, worauf wartest du?«

»Ich bin nicht mehr euer Mestre«, sagte Robinho. »Ab heute hat Livia das Kommando.«

Die Paulistaner waren zu zwölft. Robinho hatte nie nach einem dreizehnten gefragt, der Livia hätte ersetzen sollen. Ungläubig musterten sie jetzt Livia, die in Sandalen und Miniröckchen vor ihnen stand wie auf Fohlenbeinen. Keiner gab ihr mehr als dreizehn Jahre.

»Willst du uns verarschen?« Der Paulistaner knallte seine Surdo auf den Boden. »Das ist doch die Kleine, die sich vor allen lächerlich gemacht hat. Das kann nicht euer Ernst sein!«

»Ich bin nicht die Kleine«, sagte Livia, »die *sich* lächerlich gemacht hat. Ich bin die, die euer Mestre lächerlich gemacht hat. Das ist ein Unterschied. Und ich bin die, die euch Samba-Reggae beibringen wird.«

Ätzendes Gelächter.

Die kannten nur die Gesetze des Neandertals. Konnten sie haben.

»Heh, Josie.« Livia setzte ihr breitestes Lächeln auf. »Du bist doch Josie, nicht war? Und du spielst Caixa?«

Josie blickte auf ihre Caixa hinab. »Was fragst du so blöd?«

»Und? Spielst du gut?«, wollte Livia mit einem Engelsgesicht wissen.

»Kannst du lesen?«, fragte Josie. »Lies, was hier auf meiner Caixa steht.«

ROMANOS PRETOS stand auf dem Trommelfell, in Schwarz und Gold, mit einem Lorbeerkranz.

Beeindruckte Livia nicht. »Dann zeig mir doch bitte das Schwierigste, was du kannst.«

Fabrício lehnte sich gegen die Hausmauer und schlug seine Beine übereinander. Er freute sich auf das, was jetzt kommen würde. Auch die anderen Bahianer entspannten sich. Die Paulistaner liefen gerade ins offene Messer.

»Was soll das werden?«, fragte Josie. »*Ich* soll dir was beweisen?«

»Komm schon! Ein Rhythmus, eine Chamada, irgendwas.«

Die Paulistaner waren neugierig geworden. Keiner sagte ein Wort. Der Ball lag bei Josie.

Sie rückte ihre Caixa zurecht und legte los. Sie spielte die Caixa-Linie des Karnevalssambas und dann das erste Break, gefolgt vom zweiten und vom dritten. Eine wilde Abfolge von Schlägen, Wirbeln und Pausen, sauschnell. Einmal geriet sie kurz ins Stocken und musste erneut ansetzen. Als sie fertig war, blickte sie zufrieden auf.

»Das hast du nicht ganz richtig gemacht«, sagte Livia todernst. »Du bist ins Stocken geraten. Bei dir hat das so geklungen.«

Ohne eine Antwort abzuwarten setzte Livia an und wiederholte Josies Vorlage mitsamt dem Fehler, an haargenau derselben Stelle, mit haargenau derselben Unterbrechung.

Dann sagte sie: »Wenn du es einmal richtig kannst, dann klingt es so.« Jetzt kamen die Breaks fehlerlos, das erste, das zweite, das dritte, und dann noch das vierte und das fünfte obendrauf.

»Ist doch scheißegal«, fuhr Josie auf.

»Willst du etwas anderes probieren? Zeig es mir!«

Josie wollte nicht.

»Man braucht keine Eier, um trommeln zu können«, sagte Livia. Die Bahianer fanden es lustig, die Paulistaner weniger.

»Können wir endlich mit dem Reggae anfangen?«, fragte der Rädelsführer der Paulistaner an der Surdo.

Ganz Livias Meinung.

Es war ein schwieriges Vorhaben. Livia leistete mehr Überzeugungs- als Probenarbeit. Aber sie ließ sich von der feindseligen Stimmung nicht beirren. Wie sie es bei Rasta gesehen hatte, galt ihre ganze Aufmerksamkeit dem Groove. Die Paulistaner hatten die erste und zweite Surdo-Stimme verkehrt herum besetzt, während die dritte Stimme die falschen oder überhaupt keine Improvisationen lieferte. Widerwillig ließen sich die Surdos von Livia bekehren.

Dann kamen die Caixas an die Reihe. Die waren Karnevalssamba gewohnt, in einer Geschwindigkeit von 172 *beats per minute*. Für die Caixa-Spieler bedeutete das 688 Schläge pro Minute, jeder vierte davon ein Doppelschlag. Die Caixa-Linie des Karnevalssambas war ein akzentuierter Galopp mit unregelmäßigen Notenlängen, der – ganz abgesehen vom hohen technischen Anspruch – nicht einmal zu erlernen, sondern nur zu erfühlen war. Das war der unverkennbare Klangteppich der Romanos Pretos, die Dampfwalze, die die Punktrichter liebten und die regelmäßig alle anderen Baterias über den Haufen fuhr. 65 Minuten lang hielten die Caixa-Spieler der Romanos das Tempo im Karneval durch ohne nachzulassen. Die Punktrichter vergewisserten sich davon mit ihren Metronomen. Nur die Besten wurden bei den Romanos Pretos an die Caixas gelassen. Genau 137 Trommler entsprachen zurzeit den Auslesekriterien des Mestres.

Livia verlangte jetzt einen Samba-Reggae von ihnen, technisch ein Klacks, aber dennoch eine Umstellung. Der rasende Galopp musste einer gleichmäßigen, langsamen Reggae-Linie weichen.

Nachdem die Caixas auf Linie gebracht waren, kamen zuletzt die Repiniques an die Reihe. Die in São Paulo üblichen Holzsticks hatten ausgedient. Robinho hatte in der Rua General Osório elastische Kunststoffsticks besorgt. Mit solchen wurde in Bahia gespielt. Nur die Akzente aufs Fell knallen, keine Zwischenschläge, keine Wirbel. Für die Repinique-Spieler aus São Paulo ungewohnt, aber auch für sie technisch ein Kinderspiel.

Surdos, Caixas und Repiniques passten jetzt zusammen. Der Samba-Reggae konnte sich sehen lassen. Die Jungs waren gut, wenn sie wollten. Livia war zwischen den Reihen unterwegs und ging von einem zum anderen, um Feinheiten auszubessern. Jeden Einzelnen der 20 hörte sie heraus.

Die Caixa ist ein gefährliches Instrument, eine subversive Macht. Unscheinbar, und trotzdem das stärkste Instrument von allen. Obwohl dem Anschein nach eine Trommelgruppe immer den Surdos folgt, die mit ihren Bässen das Fundament des Rhythmus bilden, ist es in Wahrheit das beharrliche Schnarren der Caixas, dem sich unbewusst alle anschließen. Die Caixa macht den Rhythmus oder sie zerstört ihn.

Livia wusste das besonders gut. Einmal hatte sie sich in Salvador an der Caixa ihren Spaß gemacht und aus der dritten Reihe den gesamten Bloco nach Belieben angetrieben, bis aus dem gemächlichen Reggae eine Raserei geworden war. Dann war sie wieder auf die Bremse gestiegen, bis der Reggae fast eingeschlafen wäre. Keiner hatte gewusst, was los war, Rasta hatte sich ratlos am Kopf gekratzt und Livia ihren Spaß gehabt.

Auch Josie kannte sich aus. Sie setzte ihre Akzente um einen Hauch zu früh, für alle anderen unhörbar. Für alle außer Livia, die sofort zur Stelle war, um Josie abzudrehen, während die anderen weiterspielten. Dann spielte sie Josie die Linie im akkuraten Tempo vor, wie für einen Anfänger, und Josie setzte wieder ein.

Aber sie hatte noch nicht genug. Kaum stand Livia wieder vorne und ließ Josie aus den Augen, versuchte sie die Verzögerungstaktik. Livia brach ab und der gesamte Bloco stand still.

»Du sabotierst uns«, sagte Livia. »Es ist besser, du gehst.«

»Wir sind nur hier, weil Carlos Augusto es will«, sagte Josie. »Wir lassen uns nicht von Clowns belehren.«

»Pass auf, was du sagst!« Fabrício hielt bedrohlich den Zeigefinger in die Höhe.

Das wiederum rief den Rädelsführer der Paulistaner auf den Plan. Er rumste seine Surdo auf den Boden. Robinho ging mit ausgebreiteten Armen dazwischen.

»*Hohoho! Gente, calma!* Beruhigt euch! Wir haben auch nicht um euch gebeten. Keiner muss hierbleiben, wenn er nicht will.«

»Und jeder, der geht«, setzte Livia eins drauf, »wird Carlos Augusto erklären, warum er unsere Auftritte absagen muss und ihm unsere Gagen entgehen.«

Darauf hatte keiner ausreichend Lust. Die Gemüter legten sich und der Samba-Reggae kam wieder in Gang, mit Josie, die auf weitere Spielchen verzichtete, und mit einem prächtigen Sound, der von dem eines echten Blocos Afro nicht mehr zu unterscheiden war.

Am nächsten Tag studierten sie einen zweiten Rhythmus ein, einen Shuffle-Reggae. Zwei Stücke mussten für das Sommerfest reichen. Die Paulistaner waren wirklich gut. In Minutenschnelle hatten sie den Rhythmus begriffen, der um einiges schwieriger war als der vom Vortag. Sie unterließen ihre Sticheleien, wehrten sich aber immer noch dagegen, dass es ihnen gefiel. Musste es ausgerechnet diese bahianische Göre sein? Wortlos verschwanden die Paulistaner nach einer sensationellen Probe durch die Hintertür in der Quadra.

Am dritten Tag schließlich gewann der Samba-Reggae. Er gewinnt immer.

In einer Sambaschulbateria ist im Regelfall nur jedes fünfte Instrument eine Surdo, eine Basstrommel. Alle anderen sind aggressive Hochtöner: Tamborins, Caixas, Repiniques, Schellen, Shaker und Glocken. Ein bahianischer Bloco Afro hingegen ist stets mindestens zur Hälfte mit Basstrommeln besetzt. Dazu kommen noch die ebenfalls dumpfen Timbas, so dass die hochtönenden Instrumente kaum mehr als ein Viertel aller Stimmen ausmachen. Nach Tamborins, Schellen und Glocken sucht man in einem Bloco Afro vergeblich. Der tiefe Puls eines Blocos Afro ist nicht nur hörbar, er durchdringt den Körper und geht ins Herz. Die Frequenz eines Samba-Reggaes entspricht mit etwa 90 bpm einer leicht angeregten Herzruhefrequenz. In dieser Frequenz schlägt das menschliche Herz, wenn es lacht, wenn es tiefe Freude empfindet und wenn es verliebt ist.

Das ist das Geheimnis des Samba-Reggaes. Das ist der Grund, warum man ihm nicht entkommen kann.

Robinho hatte dafür gesorgt, dass sie immerhin zwölf Surdos in ihren Reihen hatten, wenn sie schon ohne Timbas auskommen mussten. Der Samba-Reggae besorgte den Rest. Seine Magie griff endlich. Die Paulistaner hatten aufgegeben. Man kann nicht auf Dauer Samba-Reggae spielen, ohne dabei Freude zu empfinden.

Livia nutzte die dritte Probe, um den Einstieg zu perfektionieren. Die Paulistaner kamen hervorragend mit. Sie reagierten auf die markante Reggae-Chamada, als ob sie nie etwas anderes gespielt hätten. Dann kamen die Choreografien dran. Die Paulistaner waren es gewohnt in Reih und Glied zu marschieren und ihre Manöver wie römische Legionen zu absolvieren. Individuelle Moves standen bei Espada unter Todesstrafe. Jetzt hingegen waren Afro-Bewegungen gefragt, Reggae-Schritte, Hip-Hop-Moves. Basílio stemmte seine Surdo hoch, die Paulistaner taten es ihm gleich. Sie erreichten zwar keine bahianische Geschmeidigkeit, alles in allem aber war es eine passable Vorstellung. Die beiden Rhythmen saßen perfekt und Livia war begeistert. Keine Rede mehr vom Bohnenschälen, sie machte, wofür sie bestimmt war, auch wenn es dafür kaum Geld gab. Nach der Probe kam der Rädelsführer auf Livia zu.

»Woher konntest du am ersten Tag all die Chamadas von Espada?«, fragte er. Die anderen Paulistaner hielten neugierig inne. Auch sie konnten sich die längste Zeit keinen Reim darauf machen. »Und die Breaks? Wer hat dir das alles beigebracht?«

»Espada selbst«, sagte Livia.

»Nun hör aber auf«, lachte er. »Espada unterrichtet keine kleinen Mädchen aus Bahia. Die Chamadas bringt er nicht einmal uns bei. Er und Mané sind die einzigen, die sie können.«

Livia lächelte. »Dann muss es wohl mein Orixá gewesen sein.«

Er gab auf. »Jetzt fängt sie auch noch mit ihrem bahianischen Hokuspokus an!« Er reichte ihr die Hand. Er hatte große Hände, riesige Adidas-Latschen und maß über 1,90. »Ich bin Zé Luis. Komm zu mir, wenn du was brauchst.«

Livia nickte und schlug ein.

24

Die *Concentração* ist der asphaltierte Sammelplatz am Beginn des Sambadroms. Dort gruppieren sich die Alas der Sambaschulen vor ihrem Einzug, tanzen, spielen und singen sich warm und kippen das letzte Bier vor dem größten Augenblick des Jahres, vielleicht des ganzen Lebens.

Es war Tradition, dass das Sommerfest der Romanos Pretos wenige Wochen vor dem Karneval auf der Concentração stattfand. Das enorme weiße Festzelt war doppelt so geräumig wie die Quadra und füllte doch nur einen kleinen Teil der weitläufigen Concentração aus.

Carlos Augusto war das Sommerfest ein zentrales Anliegen. Er, der Präsident, stellte für seine Mitglieder und die Anhänger der Romanos Pretos etwas Besonderes auf die Beine. Ein letzter Motivationsschub vor dem Karneval, ein kleines Dankeschön für ein ganzes Jahr an Vorbereitungsarbeiten.

Ein Show-Act folgte auf den anderen, es gab Bier ohne Ende, jeder Besucher erhielt am Eingang seinen persönlichen Bierkrug aus Steingut zum Mitnehmen, und jeder Besucher legte 40 Reais Eintritt ab. Das füllte vor dem Karneval noch einmal ein wenig die Kassen der Sambaschule und die Taschen von Espada und Carlos Augusto.

Das Festzelt war voll. Hinter der Bühne wartete Livias Bloco Afro auf seinen Auftritt. Wilton hatte für sie Bühnenklamotten aus dem Fundus organisiert. Weite schwarze Hosen und kaffeebraune Shirts. Eine effektvolle Kombination. Die Jungs hatten ihren Spaß mit den magischen Bierkrügen, Bahianer und Paulistaner gleichermaßen, das Eis war gebrochen. Die Zapfanlagen gaben viel zu viel Schaum ab. Wer am wenigsten Schaum und am meisten Bier abkriegte, hatte gewonnen. Robinho war bereits das dritte Mal aus der Warteschlange zurückgekommen und diesmal war sein Krug immerhin zur Hälfte voll mit Bier. Zé Luis hatte bei seinem letzten Gang fast nur Schaum abbekommen.

Draußen auf der Bühne hielt Carlos Augusto eine schwungvolle Eröffnungsrede. Er zählte die Errungenschaften des abgelaufenen Jahres auf: der erste Meistertitel, 15 Prozent mehr Mitglieder, zwei neue Alas, die Bateria in neuer Rekordstärke, die neue Homepage. Dann kündigte er die Show-Acts an: den Karnevalssamba mit einer auf 70 Mann verkleinerten Bateria, die Fahnenträgerin mit ihrem Tanzmeister, Sambatänzerinnen, Baianas und die Alte Garde. Livias Bloco Afro vergaß er.

Der Haupt-Act würde dann Foguetinho sein, ein schwarzgelockter Superstar, der mit langweiligem Schmusesamba vor allem zwölfjährige Mädchen begeisterte. »MMA« nannte Livia seine Schnulzen abfällig, *Música para Mocinhas Apaixonadas*, Musik für verliebte Teeniegirls. Foguetinho scheffelte Millionen damit und er war ein verurteilter Drogendealer, dessen ständiges Rein und Raus aus dem Gefängnis von der Presse minutiös mitverfolgt wurde, einschließlich des »intimen Besuchsrechts« für seine vollbusige Verlobte, ein »Fotomodell«. Immer, wenn eine Halbprominente keine Angaben zu ihrem Beruf machen konnte, schrieben sie »Fotomodell« unter ihr Bild. Livia machte sich nichts vor. Foguetinho hatte Freigang, seine eigene VIP-Garderobe und war der Star, sie selbst hatte keine 100 Reais in der Tasche und war unerwünscht.

Die Bateria setzte mit Getöse ein, das Cavaquinho klimperte los, der Puxador stimmte den Karnevalssamba an und die Menge setzte sich hingerissen in Bewegung.

Die Porta-Bandeira, die Fahnenträgerin, erschien auf der Bühne in ihrem überladenen Reifrock, dessen Durchmesser breiter war als sie selbst hoch. Ihre korsettierte Taille wirkte zerbrechlich. Während die Fahnenträgerin wie ein Kreisel mit der Fahne ihre Pirouetten drehte, mal im Uhrzeigersinn, dann wieder dagegen, umschwirrte sie der *Mestre-Sala*, der Tanzmeister, in einer Pluderhose mit barocken Tanzschritten. Sie muss darauf achten, dass die Fahne sich nicht um den Mast wickelt, wogegen es sein Job ist, die Fahne zu behüten und die Fahnenträgerin zu hofieren. Seine Prioritäten sind dabei klar geregelt. Wenn die Fahnenträgerin stolpert, muss der Tanzmeister die Fahne auffangen, nicht die Fahnenträgerin.

Dann zog die Alte Garde auf, allesamt altehrwürdige Sambaschulangehörige und verdiente Ratsmitglieder, die in Frack, Hut und Promenadenkleid ihre Aufwartung machten.

Zuletzt gab ein Dutzend *Passistas* ihr Bestes, Sambatänzerinnen.

Winzige Glitzerbikinis, farbenprächtiger Federschmuck, beachtenswerte Beine und eleganter Samba.

Livia bedauerte Katjas Abwesenheit. Gerne hätte sie sie einmal in voller Pracht bewundert und sie war nicht die Einzige. Robinho hatte dieses Fabelwesen überhaupt noch nie zu Gesicht bekommen. Katja aber hatte heute Nachtdienst, saß wahrscheinlich gerade mit zusammengeknotetem Haar in einem Streifenwagen oder hielt einem Straßenräuber ihre Pistole ins Genick.

Es war so weit. Wilton, der hinter der Bühne hektisch Kommando führte, drängte zum Auftritt.

Den ganzen Abend schon hatte Livia eine neugierige Anspannung um sie herum verspürt. Die bahianische Göre hatte sich herumgesprochen. Bereits während der Vormittagsproben hatten sich immer wieder Schaulustige hinter die Quadra verirrt, jeden Tag waren es mehr geworden. Baianas hatten ihre Köpfe aus der Hintertür gereckt und Bateria-Jungs sich in der Nähe ihres Blocos versammelt. Jetzt lag es an ihr und an ihrer Mannschaft. Auch gegenüber Carlos Augusto wollte sie einiges klarstellen. Espada hatte sie den ganzen Abend nicht entdeckt, Mané führte heute die Bateria an.

Livia war kein bisschen nervös. Sie wusste, was sie und die Jungs draufhatten. Wilton lotste den Bloco nicht auf, sondern vor die Bühne. Oben wurde gerade für Foguetinho umgebaut, der Bloco war bloß Pausenfüller. Das Zelt hatte sich mittlerweile geleert. Viele Besucher waren des Sambatanzens müde geworden, das Bier hatte auch schon zahlreiche Opfer gefordert. Die Menge hatte sich nach draußen verloren, wo Dutzende Stände Gegrilltes anboten.

Der Bloco stand bereit.

»*Um – dois – um – dois*«, dröhnte es aus den Boxen. »*Som – som – som.*« Die Idioten konnten nicht mal mit ihren Soundcheck für den debilen Drogendealer warten.

Mal sehen, wer lauter war.

Livias Reggae-Chamada, der Einsatz des Blocos, alles kam wie geprobt, der Reggae hob ab. Sein erdiger Sound füllte die weitläufige Concentração und holte die Ersten wieder von den Grillständen herein. Sie begannen zu tanzen, keinen schweißtreibenden, sondern gelösten, unverkrampften Samba. Im Herzrhythmus. Nach und nach füllte sich das Zelt wieder, das Fest erwachte zu neuem Leben.

Livia beendete den ersten Reggae. Die Menge wollte mehr. Livia leitete den zweiten ein, den 6/8 -Shuffle. Es war fulminant. Woher kamen all die Menschen? Die Stände draußen mussten komplett entvölkert sein, das Grillgut auf dem Rost verkohlen.

Der Bloco spielte über die vereinbarte Zeit hinaus, Foguetinhos Band hatte schon auf der Bühne Aufstellung genommen. Wilton stand mit rotem Kopf am Seitenout, deutete auf seine Uhr und winkte hektisch ab. Livia machte einen fliegenden Abgang, leitete den Bloco in voller Fahrt hinter die Bühne und beendete dann den Reggae. Von draußen drang rasende Begeisterung zu ihnen.

Livia blieb keine Zeit, Atem zu holen. Sie wurde überrannt. Robinho quetschte sie an sich und hob sie hoch. Josie hielt beide Flossen hoch zum Abklatschen. »*Foi show de bola! Maneiro!*« Einer nach dem anderen kam und holte sich sein Stückchen Livia. »Das war genial! Sauber!«

Zé Luis wartete bis zum Schluss. Er nahm Livia am Ellbogen und führte sie kurzerhand hinaus in die Stille hinter dem Festzelt. Nebeneinander überschritten sie die Weite der Concentração. Für jeden seiner Adidas-Goliathschritte musste Livia in ihren Flip-Flops zwei machen. Sie sah, wohin der Weg sie führte. Schweigend machten sie Halt. Vor ihnen lag die Paradestraße des Sambadroms, die Avenida. Breit, komplett weiß getüncht und zu beiden Seiten flankiert von Tribünenfluchten, Richtertürmen und Flutlichtbögen. Das Ende war nicht auszumachen.

»500 Meter«, sagte Zé Luis.

»Eigentlich nicht viel«, sagte Livia, »aber wenn dir Millionen dabei zusehen, kommt es dir wahrscheinlich vor wie 500 Kilometer.«

Zé Luis nickte. »Jahre danach kannst du dich noch an jeden einzelnen Schritt erinnern. Wie in Zeitlupe. ... Ich weiß, du darfst nicht mitdefilieren, aber du wirst dort oben sitzen und zusehen. Ich werde dir einen Platz in unserem Tribünensektor besorgen.«

Das hatte Livia nicht erwartet. »*Obrigada*!«, sagte sie erstaunt.

Zé Luis war noch nicht fertig.

»Auf der Parade werde ich rechts ein wenig abrücken und eine kleine Lücke neben mir lassen. Schau genau hin, wenn wir vorbeiziehen. Das ist dann dein Plätzchen in der Bateria der Romanos Pretos. Halte ich für dich frei.«

Das hatte sie noch viel weniger erwartet.

#

Erst spät in der Nacht chauffierte Silvio alle nach Hause. Er kannte sich in São Paulo mittlerweile leidlich aus, war überall dabei und ein verlässlicher Gefährte, obwohl er lange keinen Centavo mehr gesehen hatte. Rasta würde nach ihrer Rückkehr alles regeln.

Livia blieb auf, um auf Katja zu warten. Um 7 Uhr früh kam sie endlich nach Hause, hundemüde von ihrer Nachtschicht, aber interessiert genug, um sich alle Details erzählen zu lassen. Carlos Augustos Selbstbeweihräucherung, all die Respektlosigkeiten, der mitreißende Auftritt, Wiltons Aufgeregtheit, Zé Luis' Kehrtwendung.

Katja nahm Livia in den Arm. »Siehst du, ich wusste, dass sich irgendwas ergeben würde.«

Katja gähnte, gab Livia einen Kuss auf die Stirn und ging zu Bett.

Am späten Nachmittag weckte Igor Livia. Er hatte Robinho an der Strippe. Wilton hatte ihm Carlos Augustos' Urteilsspruch übermittelt. Carlos Augusto fand den Auftritt »annehmbar«. Sie konnten weitermachen. Das nächste Ding war die Restauranteröffnung in Moema. Auch die Proben gingen weiter. Morgen, selbe Uhrzeit, selbe Besetzung, bei den Müllcontainern.

#

Zu Livias Verwunderung war der Bloco, der heute vor ihr allmählich Gestalt annahm, um einiges größer als der vor zwei Tagen. Sie täuschte sich nicht. Dort standen drei neue Gesichter mit ihren Surdos herum, da schnallte sich einer, den sie noch nie gesehen hatte, seine Caixa um und immer noch streckten neue Unbekannte ihre Köpfe zur Hintertür heraus und schlichen sich in die Reihen des Blocos. Wo kamen die alle her? Was wollten sie?

Es stellte sich heraus, dass der Auftritt am Sommerfest derart eingeschlagen hatte, dass sie alle mitspielen wollten. Wer war dieses Mädchen, das so unvorsichtig war, es vor versammelter Mannschaft mit Espada aufzunehmen, und das Tage später ein eingeschlafenes Sommerfest aufgepeitscht hatte? Die bahianische Göre war über Nacht zur Sensation geworden.

»Du hast doch nichts dagegen, wenn die ein bisschen mitproben?«, fragte Josie.

Woher sollte sie? Wenn es nach Livia ging, konnte getrost die gesamte Bateria ihren Reggae einstudieren. Die Jungs kamen eigens am Vormittag, um Reggae zu spielen! Technisch war es für die routinierten Trommler der weltbesten Bateria ein Kinderspiel, und allein der Gedanke, einen Bloco mit 40 Mann in dieser Qualität dirigieren zu dürfen, berauschte Livia. Vor ein paar Tagen noch hatte sie die Sticks verbrennen und Bohnenschälerin werden wollen.

Konzentriert spielte Livia die Reggae-Chamada. Ihre 19 Trommler setzten ein. Sie brach ab und spielte die Chamada von neuem. Jetzt waren es schon 25 oder 30, die mitzogen. Mit diesen Jungs war es wirklich eine Spielerei, der Reggae kam ins Rollen. Jeder von den Neuen brauchte ein, zwei Takte um sich zu orientieren und stieg dann voll ein. Der Reggae schwoll an und es kamen immer noch mehr aus der Quadra hinzu. Mit der Zeit hatte ihr Bloco 50, nein, 60 Trommler, sie verlor den Überblick. In der Gasse wurde es eng. Das Getöse der Trommeln hallte von den Hausmauern wider. Eine Naturgewalt war am Werk.

Die Gesichter der Jungs sagten alles. Weg war die Verbissenheit von 172 bpm, die Hetzjagd nach Adrenalin, die Angst, falsch zu spielen.

Es regierte die Freude am Reggae, die Freiheit, Atem zu holen, das Hochgefühl des Herzrhythmus.

Ohne jede Vorwarnung geriet der Bloco plötzlich ins Stocken.

Die Repiniques setzten aus, die Caixas versandeten, die Surdos verstummten.

Es war Mord.

Die Jungs starrten Livia an, nein, sie starrten ihr über die Schulter. Die Angst war wieder zur Stelle. Noch bevor Livia sich umdrehte, wusste sie, dass Espada hinter ihr stand.

Er sagte nichts, stand mit seinen unsichtbaren Augen da, fixierte niemanden bestimmten und doch jeden Einzelnen.

Er sagte nur: »Die Probe ist aus.«

Die ersten Jungs packten ihre Trommeln und verschwanden wortlos durch die Tür in der Quadra.

Livias Herz setzte ein Schlag aus, ihre Knie flatterten.

»Entschuldigung.« Ihre Stimme zitterte. »*Ich* bin die Mestra dieses Blocos.«

Jetzt sah Espada Livia an, ganz deutlich, nur Livia. Sie musste ihren ganzen Mut aufbringen. »Die Quadra ist da drin«, sagte sie, »warum sollen wir hier auf der Straße nicht proben dürfen?«

»Verzieht euch!«, befahl Espada denen, die noch da waren.

Im Gänsemarsch verschwand der Rest eilends in der Quadra. Nur die Bahianer standen noch hinter Livia.

Espada kam einen Schritt näher. Livia bemerkte die scharfe Narbe, die rund um seinen Hals lief. Da hatte ihm jemand vor langer Zeit die Gurgel zugeschnürt. Nicht fest genug.

»Du willst eine Mestra sein?«, fragte er bedächtig. »Sieh dich an. Eine Mestra ohne Trommler, eine Mestra der Müllcontainer, ein niemand, der zu viel redet und zu viel fragt.«

Er kam noch einen Schritt näher, stand jetzt direkt vor ihr und beugte seinen wuchtigen Kopf zu ihr hinunter.

»Lass mich dir von Sandro erzählen«, begann er. »Ein aufgeweckter Bursche, sehr talentiert. Der Beste von allen. Ich hab ihn zum Hilfsmestre gemacht und er hat mir ans Bein gepinkelt. Hat geglaubt, er kann seine eigenen Regeln aufstellen. Ist nicht gut ausgegangen. Armer Teufel. Ich wette, er verflucht den Tag, an dem er zu den Romanos Pretos gekommen ist.«

Damit ließ er sie stehen und ging davon.

Stumm packten die Bahianer ihre Trommeln zusammen, als Zé Luis aus der Tür lugte. Die Luft war rein. Er kam zu Livia heraus.

»Tu das nie wieder!«, herrschte er sie an.

»Fang du nicht auch noch an!«, brüllte sie zurück. »Auf wessen Seite stehst du?«

»Ich mach mir Sorgen um dich, das ist alles.«

»Was habe ich getan? Wir haben getrommelt, na und?«

»Du hast dem Mestre widersprochen. Das tut man nicht.«

»Der Kerl ist doch nicht ganz dicht, kapiert das hier keiner? Schwafelt wirres Zeug von einem Sandro.«

»Er hat dir von Sandro erzählt? Shit! Er meint es ernst.«

»Was soll das heißen? Kann denn hier keiner Klartext reden?«

»Sandro hat sich mit Espada angelegt. Eine Woche später sind sie zu dritt über ihn hergefallen, im Dunkeln, 27 Messerstiche. Lag 6 Monate im Krankenhaus und sitzt heute im Rollstuhl, Arztrechnungen, Schulden bis unters Dach. Hat seither nie mehr das Haus verlassen.«

Livia verstummte.

»Hör mal«, sagte Zé Luis, »ich glaube es ist besser, du fährst wieder nach Salvador.«

»Auf keinen Fall.« Livia schüttelte heftig den Kopf. Wollte sie nicht. Weil sie nicht konnte. Espada hier, und Sebastião, Vagner und die Polícia dort. Wo lag der Unterschied?

»Überleg es dir«, sagte Zé Luis. »Bitte.«

25

Die Entscheidung, die ohnedies keine war, wurde Livia von Carlos Augusto abgenommen. Ein aufgebrachter Wilton rief bei Katja an und bestellte Livia ins Büro des Präsidenten.

Nach einer unruhigen Nacht fuhr Livia mit Silvio am nächsten Tag ins Zentrum, zu einem Bürogebäude aus den Sechzigern mit dunkelbraunem Spannteppich und krumm gefächerten Jalousien. Das Haus stand zur Hälfte leer, den Flur entlang waren viele Bürotüren mit Papier zugeklebt, kein Helipad auf diesem Dach.

Von einem kleinen Büro aus führte der schöne Carlos Augusto mit fünf Mitarbeitern hier Regie. Carlos Augusto war kleiner, als er auf der Bühne gewirkt hatte. Umgeben von Fahnen und Trophäen thronte er hinter einem mächtigen Schreibtisch, Livia stand davor. Platz hatte er ihr keinen angeboten. Trotzdem fühlte sie sich ihm gegenüber deutlich wohler als Espada gegenüber. Die Krawatte, der Anzug, die beiden Sekretärinnen im Vorzimmer, das war nicht die passende Kulisse für 27 Messerstiche.

Carlos Augusto war ein vielbeschäftigter Mann und wollte es kurz halten, ließ Livia kaum zu Wort kommen. Der Kern seiner Rede war, er hatte Pläne mit ihr und ihrem Bloco. Vielleicht könnten sie sogar eine oder zwei Wochen an den Karneval anhängen, länger in São Paulo bleiben - bei entsprechender Nachfrage nach ihren Auftritten. Zuerst allerdings müsste Ordnung hergestellt werden und Disziplin. Carlos Augusto würde nicht zulassen, dass die beste Bateria der Welt sich Freiheiten herausnahm, der Karneval durch Undiszipliniertheit gefährdet werden würde. Den Anordnungen des Bateriadirektors sei unter allen Umständen Folge zu leisten. Unter allen Umständen, sonst könnte sie sofort wieder packen.

Dann kam das Zuckerbrot.

Wenn Livia ihm gleich bleibende Auftrittsqualität sowie Disziplin in der Quadra garantieren könnte, dann würde er Livias persönliches

Taschengeld erhöhen auf eine richtige Gage von sage und schreibe 100 Reais pro Auftritt. Eine Sonderkondition nur für Livia, die in ihrem eigenen Interesse zwischen ihm und ihr bleiben sollte. Carlos Augusto zwinkerte ihr zu.

Gerne hätte sie ihm seinen Kaffee ins Gesicht geschüttet, doch sie hatte eine bessere Idee. Sie zwinkerte zurück.

»Na siehst du!« Carlos Augusto erhob sich mit einem breiten Lächeln. »Ich wusste, wir verstehen uns.« Er reichte Livia die Hand und wies ihr die Tür. »Die Details der kommenden Auftritte wird Wilton mit dir klären. Du musst mich jetzt entschuldigen, ich habe einen Pressetermin.«

Als Livia ging, blieb ihr der Eindruck, dass, solange Espada sich an ihren Auftritten bereichern konnte, sie sicher war. Niemand konnte eine Mestra im Rollstuhl brauchen. Espada und Carlos Augusto hatten Geld gerochen, und siehe da, die bahianische Göre war mit einem Schlag zur Geschäftspartnerin geworden. Carlos Augusto tat ganz, als ob er tagein, tagaus fünfzehnjährige Barbiepuppen als Mestras verpflichtete. Zu gerne wäre Livia ein Mäuschen in seinem Büro, wenn er ihre Auftritte aushandelte. Trotz allem beschloss sie, Espada aus dem Weg zu gehen.

Eigentlich sollte Livia jetzt feiern und jubeln. Das Projekt *Zukunft in São Paulo* war wieder auferstanden.

#

Die Vormittagsproben hinter der Quadra setzten sich fort. Der Bloco studierte noch drei weitere Rhythmen. Sie feilten an den Choreografien und fügten neue Breaks ein. Das Programm wurde vervollständigt, die Jungs waren gut drauf und die Proben eine Freude.

Keiner außer den auserwählten Zwölf stellte sich jemals wieder in die Reihen des Blocos, niemand riskierte den Zorn Espadas. Livia hätte es auch nicht wieder zugelassen. Allerdings hatte der Bloco jede Menge neugieriger Zuseher. Sie lehnten im Schatten an der Hausmauer, saßen auf den Gehsteigkanten und tanzten auf der Straße. Tag für Tag beendete Livia die Proben überpünktlich und war lange weg, bevor Espada auf der Bildfläche erschien.

#

Ôxente hieß das neue bahianische Restaurant in Moema. Während in der Favela von São Geraldo das durchschnittliche Monatseinkommen unterhalb des Mindestlohns von 678 Reais lag, verdienten Senhor und Senhora in Moema über 15.000 pro Kopf und Monat. Schicke Wohntürme wechselten sich hier ab mit Villen mit Swimmingpool, originellen Restaurants und Clubs. Für den Fugu beim Edeljapaner legte man 950 Reais ab, im australischen Steakhouse gab es Butterweiches vom Krokodil im Ambiente der Fünfziger, und im New Orleans Club täglich feinsten Rhythm & Blues live.

Das Ôxente war im Soft Opening vom Stapel gelassen worden. Es hatte bereits vor Tagen ganz ohne Trara den Betrieb aufgenommen, das Team war nun eingespielt und der bahianische Chef hatte Moqueca, Vatapá und Caruru auf den hiesigen Geschmack abgestimmt. Heute war das Grand Opening: geladene VIPs, Presse und Galamenü.

Unter dem kegelförmigen Dach aus Palmblättern, das auf Holzpfählen ruhte, traf sich *tout le monde*. Auch draußen im Garten kein einziger freier Stuhl. Die Panoramawand aus Glas war zur Seite geschoben, Küche und Kellner im Großeinsatz und als besonderen Gag frittierte eine Baiana in weißer Tracht an ihrem Stand Acarajé. Es duftete nach Bahia.

Die geräumige Speisekammer neben der Küche diente dem Bloco als Umkleideraum. Carlos Augusto war zwar unter den Gästen, hatte sich jedoch bei Livia nicht blicken lassen. Dafür wurde Wilton nicht müde, auf Carlos Augustos Anwesenheit hinzuweisen. Livia sollte heute ihr absolut Bestes geben. Nachdem Schwarz und Kaffeebraun am Sommerfest recht ansehnlich zur Geltung gekommen waren, trugen sie es auch heute wieder. *Romanos Pretos* hatte Wilton in Weiß darauf drucken lassen.

Bühne gab es keine. Sie legten auf Wiltons Zeichen hin im Küchengang los, zogen mit Krawall in den Gastraum ein und hatten das überraschte Publikum sofort auf ihrer Seite. Im Gänsemarsch zogen sie an den Tischen vorbei und hinaus in den Garten, wo Livia den Bloco auf ein freies Fleckchen Rasen unter Palmen lotste. Das halbe Restaurant war ihnen nach draußen gefolgt. Die Gäste wollten tanzen, waren jedoch keine Bahianer, es fielen ihnen nur Sambaschritte ein. Das ging gar nicht. Livia schnallte ihre Repinique ab und deutete Dodô dasselbe zu tun. Dodô war ein begabter Axé-Tänzer, Stammgast auf den Proben von Ajeun, er hatte die besten Moves drauf. Dodô hüpfte es vor, Livia kam gut mit, und zu zweit zeigten sie den VIPs die ganze Geschmeidigkeit synchroner bahianischer Bewegung. Die ließen sich nicht lange bitten und machten mit, so gut es halt ging. Die Fotografen hatten einen Festtag. Der Minister mit den Armen in der Höhe, die Fernsehmoderatorin mit gegrätschten Beinen und der Serienstar mit gekreuzten.

Livia hatte erreicht, was sie wollte. Sie schnallte sich ihre Repinique um und kümmerte sich wieder um den Bloco, der inzwischen verlässlich auf Autopilot unterwegs gewesen war.

Als sie nach dem Auftritt im Küchengang mit viel Gejohle abklatschten, tauchte ein junger Mann mit Nickelbrille neben Livia auf. »Mein Chef möchte dich kurz sprechen«, sagte er. »Darf ich dich zu ihm begleiten?«

Livias erster Fan, ein feiner Fatzke mit einem eigenen Kofferträger? Livia zuckte mit den Achseln und folgte ihm. Er führte sie durch den Hinterausgang auf eine schmale Veranda hinaus, auf der sich Bierfässer stapelten. Dort bezog er an der Tür Position und deutete hinter eine Wand aus Getränkekisten. Stirnrunzelnd umrundete Livia die Kisten. Dahinter standen zwei Tische, an denen das Personal für gewöhnlich seine Rauchpausen einlegte. An jedem Tisch saß ein Kerl. Der eine hatte einen grauen Wuschelkopf und ein smartes Polohemd, der andere war ein klobiger Bursche im dunklen Anzug. Livia blickte zwischen beiden hin und her. Der Wuschelkopf lächelte Livia an. »Der gehört zu mir. Achte nicht auf ihn.«

Er stand auf, als Livia an den Tisch trat. »Hallo, meine Kleine«, sagte er mit einer sanften Stimme. »Setz dich, bitte. Ihr wart fantastisch.« Er strahlte sie an.

»Danke«, sagte sie unsicher.

Der Wuschelkopf holte ein Geldbündel aus der Hosentasche, zählte 500 Reais ab und blätterte sie vor Livia auf den Tisch.

»Hier, nimm das.«

Irritiert sah Livia ihn an.

»Weißt du denn, wer ich bin?«, fragte er.

Sie schüttelte den Kopf.

Er war Seu Júlio. Der Präsident der Dona do Morro Vasco.

»Du hast wohl schon gehört von uns?«

Livia nickte.

Wer hatte das nicht? Die Rekordmeister, denen Carlos Augusto den Titel weggenommen hatte. Die Brutalos aus Favela-Land im Süden der Stadt, dort, wo die Mordstatistiken herkamen, die man weltweit für einen Tippfehler hielt und die dennoch stimmten. Die reichste Sambaschule von allen. Versank im Geld.

»Ich habe dich hierher gebeten, weil es nicht klug wäre, wenn Carlos Augusto uns beide zusammen sieht.«

»Hören Sie, Seu Júlio«, Livia rückte unruhig auf ihrem Stuhl hin und her, »ich habe bei den Romanos Pretos schon so meine Schwierigkeiten. Ich kann keine weiteren brauchen. Es tut mir leid. Es ist besser, Sie nehmen das hier wieder.«

Sie schob das Geld über den Tisch zurück und stand auf.

Seu Júlio lachte und schob es wieder zurück zu ihr. »Keine Sorge, das Geld ist deines, kein Haken dabei. Du hast es dir verdient. Komm, setz dich. Dauert nur eine Minute.«

Seu Júlio war trotz, oder wahrscheinlich eher wegen seiner sanften Stimme sehr überzeugend, fast hypnotisierend. Livia setzte sich.

»Ich weiß von deinen Schwierigkeiten mit Espada«, sagte er und lehnte sich zurück. »Ist eine kleine Welt.«

Auf dem Laufenden zu bleiben, war wichtig. Gehörte zum Geschäft. Auch Carlos Augusto und alle anderen hatten bei ihm ihre Maulwürfe.

»Den anderen immer einen Schritt voraus, und wenn ein anderer mal schneller ist«, er schnellte seinen Daumen in die Höhe, »rauf mit dem Preis.«

Livia ließ das Geld vor sich liegen. »Was wollen Sie?«

Er rückte mit der Sprache raus. Seu Júlio wollte Livia. Sie sollte zur Dona überlaufen. Carlos Augusto hatte in letzter Zeit etwas zuviel Presse bekommen für Seu Júlios Geschmack. Seu Júlio hatte vom Sommerfest gehört. Nach Livias Auftritt hatte Foguetinho vor einem halbleeren Zelt gesungen. Foguetinho! Ein Millionenstar. Livia hatte ihm die Show gestohlen. Seu Júlio war heute eigens ihretwegen hergekommen, hatte sie im Einsatz gesehen und sie hatte ihn überzeugt. Er würde die 20 Besten aus der Bateria für sie abkommandieren und sie sollte dieselbe Show auf die Beine stellen wie für die Romanos. Er bot ihr 300 Reais für jeden Auftritt und sie würde unter seinem persönlichen Schutz stehen, Espada würde nicht daran denken ihr ein Haar zu krümmen.

Seu Júlio verlangte keine Antwort von Livia, nicht heute. Sie sollte es sich in Ruhe überlegen. Er schrieb eine Telefonnummer auf eine Serviette und reichte sie ihr.

Eine einzige Bedingung allerdings hatte er.

Er dachte langfristig.

Sie müsste in São Paulo bleiben.

Livia rang nach Luft. Sie starrte eine Weile auf Seu Júlios dicht behaarte Unterarme und die klobige Golduhr. Sie war weit weg. Als sie schließlich aufstand und ging, steckte sie das Geld ein.

Mit dieser Geschichte war sie allein. Wenn sie Ja sagte, würde sie da jemals wieder rauskommen? Wäre es Verrat an Rasta? Sie konnte unmöglich Robinho und die anderen einweihen. Die würden so oder so nach Salvador zurückfahren. Katja konnte sie schon gar nicht zu Rate ziehen. Katja hatte Schwarz-Gold in ihren Adern, und Livia wusste, was Katja von den Leuten der Dona hielt. Sie war Polizistin.

26

»Wie geht es Emilio?«, war das Allererste, was Livia von Tante Célia wissen wollte. Gleich, nachdem sie zu Hause angekommen war, hatte sie in São Geraldo angerufen. Es war kurz vor Mitternacht, doch Pedro war zuverlässig zur Stelle gewesen und hatte Tante Célia ans Telefon geholt.

»Es geht ihm nicht gut«, sagte Tante Célia. »Er kann noch immer nicht aufstehen und dank dir wird er bald auf der Straße liegen, statt im eigenen Haus!«

Tante Célia hatte bei Vagner vorsprechen müssen. Auch wenn sie generell zu Übertreibungen neigte – es muss eine unschöne Szene gewesen sein. Vagner hatte getobt. Sein freiliegendes Auge war blutunterlaufen gewesen. Er würde sie und Emilio auf die Straße setzen, und das wäre nur der Anfang. Tante Célia hatte Angst.

»Du schuldest einem seiner Freunde was. Ausgerechnet so einem! Und der setzt Vagner jetzt mächtig unter Druck. Was tust du uns nur an! Wo bist du da hineingeraten? Vagner will dich hier haben, du musst sofort nach Salvador kommen!«

Livia wusste etwas Besseres.

»Sag ihm, ich zahle alles zurück, alles, sag ihm das! Gleich morgen früh schicke ich dir 400 Reais. Du bringst das Geld zu Vagner und alles wird gut.«

»Er hat gesagt, du musst selbst kommen.«

»Nein, ich bleibe hier. Ich komme nicht mehr. Ich bin noch keine zwei Wochen hier und habe schon 600 verdient! Wie lange musst du dafür Bohnen schälen?«

»Aber Kind, das hier ist dein Zuhause.«

»Mein Zuhause? Das Haus einer Verräterin? Das ist nicht mehr mein Zuhause.«

Zum ersten Mal schwieg Tante Célia.

»Erzähl mir von Emilio«, sagte Livia leise. »Kann er sich aufsetzen, seine Arme bewegen?«

Hatte er noch vor einer Woche gekonnt, doch es wurde täglich schlimmer. So einen langen Krankheitsschub hatte er noch nie gehabt. Tante Célia weinte.

#

Katja begleitete Livia auf die *Correios*, das Postamt. Während sie in der Schlange standen, studierte sie Livias ID. »*Olívia dos Santos Vieira* also?«

»*Olívia Palito* haben sie mich früher genannt, Olivia Oyl.«

Es stellte sich heraus, dass Livia zu jung war, um Geld von A nach B schicken zu dürfen. Also trug sich Katja als Absender ein.

Die Überweisungsspesen machten 33,20 und die Sache war erledigt. In einigen Tagen konnte Tante Célia das Geld beheben und es bei Vagner abliefern, damit das Schwein Sebastião endlich Ruhe gab. Wenn er seine Sony-Kamera auch noch ersetzt haben wollte, würde er sich noch etwas gedulden müssen.

Mit Geld in der Tasche sah die Welt anders aus.

#

Wilton hatte sich noch nicht über die nächsten Schritte des Blocos geäußert, sie warteten auf seinen Anruf und pausierten mit den Proben. Livia war es recht. Heute war in der Quadra Nachmittagsprobe ohne Bateria angesetzt. Es gab jemanden, den sie dort aufsuchen musste.

Als sie die Quadra betrat, war die Probe voll im Gange. In verschiedenen Blöcken übten einige Themengruppen und die Baianas ihre Choreografien. Abseits davon war heute nicht viel los. Der Karnevalssamba kam in einer Endlosschleife von der CD.

Livia ging auf die verwaiste Galerie hinauf und setzte sich an die Brüstung. Niemand trug heute sein Karnevalskostüm, aber auch ganz ohne Glitzerkram war die Probe sehenswert. Dort war sie! Dona Sônia, die Herrin über 200 Baianas, die sich im Gleichschritt drehten. Sie steckte in einem prall gefüllten T-Shirt mit der Aufschrift »Ala das Baianas«. Wozu übten die noch? Soweit Livia es beurteilen konnte, klappte alles tadellos. In zwölf Tagen war Karneval.

Livia wartete. Nach dem Ende der Probe ließ sie Dona Sônia nicht aus den Augen. Es dauerte lange, bis sie die übrigen Senhoras verabschiedet hatte und sich mit ihren Assistenzdirektorinnen an einen Tisch auf ein Bierchen zurückgezogen hatte.

Livias Chance.

Selbstverständlich erinnerte sich Dona Sônia, dass Ademar ihr Livia vorgestellt hatte. Wie schön, dass eine waschechte Bahianerin der Probe ihrer Baianas beigewohnt hatte. Ob es Livia denn gefallen hätte?

»Es war großartig«, sagte Livia und zögerte dann ein wenig. »Dona Sônia, kann ich die Senhora kurz allein sprechen? Es ist dringend.«

Zu zweit zogen sie sich auf die Galerie zurück, setzten sich an einen der Tische und Livia rückte mit der Sprache raus.

Es war wegen Emilio, ihrem Bruder. Sie hatte in Salvador Streit gehabt mit einem Mädchen vom Candomblé. Die war zu allem fähig. Sie hatte Livia eine fürchterliche Macumba angedroht und seit damals ging es ihrem Bruder so schlecht, immer schlechter.

Dona Sônias ohnehin pechschwarzes Gesicht nahm auch noch eine finstere Miene an. »Wer ist der Orixá deiner Gegnerin?«

Livia zuckte mit den Schultern.

»Liebst du ihn sehr, deinen Bruder?«

»Ich würde mein Leben für ihn geben.«

»Das habe ich mir gedacht.«

Dona Sônia senkte ihre Stimme. »Macumba ist übertragbar. Wenn du als Getroffene selbst nicht greifbar bist, dann geht die Macumba auf jemanden über, den du liebst. Je mehr du ihn liebst, desto leichter geht das. Macumba trifft auch immer das schwächste Glied in der Kette, immer den, der ohnedies krank ist, der einen offenen Körper hat.«

Dona Sônia verschwamm vor Livias Augen.

»Was kann ich tun?«, fragte sie verzweifelt. »Kann die Senhora mir nicht helfen? Vielleicht der Orixá der Senhora oder Yemanjá? Die Senhora sagte doch, dass Yemanjá meine Orixá ist. Bitte, tun Sie etwas dagegen!«

Dona Sônia legte ihre warme Hand auf Livias. »Yemanjá ist auch meine Orixá. Sie ist stark und klug. Doch das nützt uns leider nichts, mein Kind, denn du bist nicht initialisiert.«

»Ich kann doch nicht zusehen, wie Emilio stirbt!«

»Du musst ihn wegholen von dort, so schnell es geht. Hol ihn hierher zu dir. Dann kommt er mit mir in den Terreiro und wir können ihn vom Fluch erlösen. Weißt du, was dann passieren wird?«

Livia schüttelte den Kopf.

»Die Macumba wird auf ihre Urheberin zurückfallen. Ihr eigener Fluch wird sie treffen.«

#

»Deine Freundin Débora ist an allem schuld«, zischte Livia erschöpft in den Hörer. Ihr fehlte die Kraft zum Toben, sie hatte nur mehr Angst um Emilio. Sie brachte Tante Célia eine Tatsache nach der anderen zur Kenntnis. Déboras Boshaftigkeiten, ihre Drohungen, ihre Macumba und Dona Sônias Ausdeutung.

Tante Célia war betroffen. »Wie hätte ich das wissen können? Es war falsch sich mit Débora einzulassen. Ich hätte es wissen müssen, als sie mir das Geld anbot.«

»Welches Geld?«

Débora war eines Tages bei Tante Célia aufgetaucht, sie hatte sich in São Geraldo nach Livias Zuhause durchgefragt. Sie legte Livias Schulschwänzerei bloß und erzählte haarsträubende Geschichten über den Bloco Afro, bei dem Livia in aller Heimlichkeit ihre Vormittage verbrachte. Alles Drogendealer, Prostituierte, Gewaltverbrecher – Débora ließ nichts aus. Livias Wohl lag Débora so sehr am Herzen, dass sie Tante Célia beschwor Livia dort rauszuholen. Beide waren sich einig, dass Livia nie von Déboras Besuch erfahren dürfte. Eigensinnig wie Livia war, hätte das nur das Gegenteil eingebracht.

Nachdem der Hausarrest in die Hose gegangen war, erschien Débora ein zweites Mal und erzählte von der geplanten Reise nach São Paulo. Auf offener Straße erschossene Polizisten, in Brand gesteckte Autobusse, die ganze Stadt per Handy von Gangs aus dem Gefängnis regiert. Die Nachrichten waren doch voll davon. Und die Verbrecher vom Bloco mitsamt Livia mittendrin. Das mussten Tante Célia und Débora verhindern.

Am Abend vor der geplanten Abreise kam Débora ein weiteres Mal. Auf ihr dringliches Anraten hin leitete Tante Célia die Operation »Rettet Livia« ein. Sie schaffte Emilio weg, es half nichts. Sie gab Livia Schlafmittel in den Orangensaft, Livia trank ihn nicht. Schließlich stellte Tante Célia in der Nacht den Wecker ab und erschien am nächsten Morgen zeitig beim Bus, um Livia zu entschuldigen. Damit es amtlich würde, wollte Débora Livias Platz besetzen und in Feira de Santana wieder aussteigen. Das scheiterte an Rasta.

»Und was für ein Geld war da im Spiel?«

»Débora hat eine Erbschaft gemacht. Sie mag dich so sehr und konnte nicht zusehen, wie du ins Verderben ranntest, also hat sie mir 1.000 Reais für meine Unkosten versprochen, falls es mir gelingt, dich von der Reise abzuhalten. Sie hat mir das Geld gezeigt. Sie hatte viel dabei, bündelweise.«

»Und? Hast du dein Kopfgeld eingestreift?«

»Du bist ja doch gefahren. Débora hat sich seither nicht mehr blicken lassen.«

»Dumm gelaufen!«

»Ich wollte doch nur dein Bestes.«

Tante Célias Dummheit war namenlos. Sich sein gesamtes Erspartes von einer Kirche abschwatzen lassen, die dann für immer verschwand, das war eine Sache. Die eigene Nichte zu verkaufen, eine andere. Selbst wenn man ihr keine böse Absicht unterstellen konnte, auch Dummheit war eine Sünde.

Das alles half Emilio nichts.

»Du musst zu Débora!«, verlangte Livia. »Sie soll sofort ihre Macumba zurücknehmen!«

»Heute noch!«

»Das Geld für Vagner ist unterwegs«, sagte Livia noch. Sie gab Tante Célia Anweisungen, wo sie Débora finden und wie und wann sie das Geld auf der Post beheben konnte.

#

Auf Tante Célias Kampflust war Verlass, auf Déboras Einsicht gab Livia andererseits gar nichts. Es galt, Emilio so bald wie möglich herzuholen. Dafür fehlte nur eines: Geld.

Livia rief auf der Stelle Wilton an.

»Wilton, hier spricht Livia ... vom Bloco Afro.«

»Ich weiß, wer du bist.«

»Ich wollte fragen, wann wir den nächsten Auftritt haben. Ich brauche Geld.«

»Den nächsten Auftritt habt ihr, wenn ich es sage.«

»Ich muss wissen, wann. Carlos Augusto hat gesagt, es würden noch Auftritte folgen nach dem Karneval. Ist schon was geplant?«

»Hör mir zu! Wir haben in zwölf Tagen einen Karneval hier. Wir sind Tag und Nacht im Einsatz. Ich habe drei Handys, die allesamt pausenlos klingeln. Den nächsten Auftritt hast du dann, wenn ich es dir sage.«

Er legte auf. Arschloch.

27

Livia wählte die Nummer auf der Serviette. Es war die direkte Nummer, Seu Júlio ging selbst ran. Keine Sekretärinnen, kein Wilton.

»Wann du mit uns den ersten Auftritt haben kannst?«, fragte er. »Erst nach dem Karneval. Solche Auftritte wachsen auch nicht auf Bäumen. Da müssen erst ein paar Leute beackert werden. Du könntest vielleicht schon ein paar Proben abhalten vor dem Karneval.«

Vielen Dank, sie war noch am Überlegen und würde sich melden.

#

Igor verbrachte den Abend auswärts. Er hatte sich aufwendig fein gemacht und zu einer Sitzung seines Vogelkundevereins verabschiedet.

Mit einem Schmunzeln sagte Katja zu Livia: »Es gibt keine Vogelkundesitzung, von der man erst am nächsten Tag zurückkommt, ausgeschlafen und nach einem fremden Shampoo duftend. Ich kenne seine Vogelkundegesellschaft. Sie heißt Rosa Maria und ist mit einem Gewerkschaftsbeamten verheiratet, der dann und wann auf Dienstreise geht. Es ist Papas kleines Geheimnis. Ich weiß von nichts.«

Livia saß auf Katjas Bett und ging ihr zur Hand. Auch Katja machte sich für ein Date zurecht, hatte zwei dienstfreie Tage vor sich. Sie schlüpfte in ein enges, türkisblaues Kleid mit Spagettiträgern. Katja brauchte keinen BH, um in engen Kleidern gute Figur zu machen, und sie hatte auch untenrum nichts an, was die Silhouette ihres glatten Pos hätte beeinträchtigen können. Sie kannte einen Investmentbanker mit einer Stupsnase und 200 Quadratmetern im 19. Stock in Morumbi, auf die sie neugierig war.

»Ich glaube nicht, dass ich heute noch nach Hause komme.« Katja umarmte Livia hastig. »Wenn doch, dann schieße ich den Kerl auf den Mond. Mach dir einen schönen Abend.«

Die Tür fiel ins Schloss und Livia saß alleine da. Es sah nicht gut für sie aus. Statt hier endlich Geld zu verdienen, führte sie Krieg an vielen Fronten. Vagner, Sebastião und die Polícia wollten ihren Hintern in Salvador, Espada hasste sie in São Paulo, Tante Célia lag irgendwo zwischen Kopfweh und Zeitbombe, und Livia hatte eine Millionenrechnung mit Débora offen und vor allem die Sorge um Emilio im Kopf. Auftrittsgage war fürs Erste keine mehr in Sicht, weder bei Carlos Augusto noch bei Seu Júlio. Livia zählte ihr Geld nach. Es waren traurige 209 Reais und zwei Centavos. Wenigstens mehr als bei ihrer Ankunft.

Livia brauchte Leute um sich, sie rief Robinho an.

»Komm rüber zu uns!«, verlangte Robinho am Handy. »Wie oft hab ich dich eingeladen und noch nie warst du hier.«

Silvio kam sie abholen.

#

Die Jugendherberge, in der Wilton die Bahianer einquartiert hatte, lag ebenso wie die Quadra der Romanos in Douradina, einem heruntergekommenen Arbeiterbezirk. Früher einmal hatte Douradina betriebsame Werkhallen gehabt, jetzt ein wachsendes Drogenproblem.

Auch die Herberge selbst hatte ihre besten Tage längst hinter sich, aber einen bemühten Besitzer, der verstand, worauf es seiner Kundschaft ankam: billige, hinreichend saubere, und vor allem gemischtgeschlechtliche Schlafräume. Da störten auch der bröckelnde Putz und die abgewohnten Plastikmöbel nicht.

In der Vorhalle begegnete Livia wortkargen Japanerinnen, geschwätzigen Italienerinnen und einem lauten Pack Amerikaner. Jenseits der Rezeption zog sich eine Chill-Zone dahin, eine weitläufige Wohnlandschaft aus Matratzen, Polstern und Hängematten auf der die Bahianer abhingen. Ein paar Bierdosen wurden im Kreis gereicht. Die Jungs verbrachten hier keine schlechten Tage.

Jetzt, wo Livia endlich hier war, konnte Fabrício zum wiederholten Mal die Geschichte von Robinhos denkwürdiger Erstbegegnung mit Katja erzählen. Livia hatte sie versäumt, da sie sämtlichen Abendproben fernblieb, Espada sei Dank.

Robinho hatte den Direktangriff gewählt. »Du musst Katja sein. Ich bin Robinho aus Bahia, früher mal war ich der Konsul von Angola.«

Katja hatte verzückt die Hände zusammengeschlagen. »Der Konsul von Angola? Nein, darf das wahr sein! Da kennst du sicher viele berühmte Leute.«

»Oh, ja! Jede Menge. Dilma, Lula und all die anderen, ich kenn sie alle.«

»Wirklich schade, dass du nicht der Botschafter warst, sonst hätte ich gern mehr gehört.«

Damit hatte sie den Konsul stehengelassen, wo er war. Auch im fünften Wiederholungslauf sorgte die Geschichte noch für generelle Erheiterung.

Marrom meldete sich aus der Internetkoje gleich nebenan: »Heh, der Chef ist online! Ich hab Rasta im Chat!«

»Ich muss mit ihm reden!«, rief Livia zur selben Zeit, als Marrom hinzufügte: »Er möchte mit Livia reden.«

»Einen Moment noch!« Marrom hielt die Hand hoch. »Er sagt, er hat Neuigkeiten.«

Gespannt warteten sie auf Rastas Breaking News. Marrom las vor: »Der Karneval in Salvador steht! Es war ganz knapp am Aus vorbei, die letzten Wochen waren die Hölle und wieder zurück, aber wir haben es geschafft! Wir bekommen den Zuschuss und sind am Donnerstag auf dem *Circuito* Campo Grande dabei, und Sonntag und Dienstag in Barra-Ondina. Ihr fahrt Sonntag nach dem Karneval von São Paulo los, seid Montagnacht in Salvador und am Dienstag steht der Bloco Afro Romanos Pretos wieder KOMPLETT auf der Piste! Schicke Silvio Geld für die Rückfahrt.«

Rundherum Jubel und Erleichterung. Finanziell waren sie vorerst im Trockenen. Keiner hatte eine Ahnung gehabt, wie es sonst je für die Rückfahrt gereicht hätte. Bahianer neigen allgemein nicht dazu, Problemen zuvorzukommen. Viele Probleme lösen sich von selbst, wenn man sie nur sorgfältig in Ruhe lässt. Hat sich wieder mal bestätigt. Das Beste von allem war, sie würden an beiden Karnevalen teilnehmen. Heute Karnevalssamba im Sambadrom von São Paulo und übermorgen Samba-Reggae am Strand von Salvador. Wie gefällt uns das?

Marrom überließ Livia seinen Platz und das geöffnete Chat-Fenster.

nordestino que veio tirar emprego do paulista sagt (21:56):
hallo, hier livia

rasta a pé sagt (21:56):
neeeeeeegerlein!!! endlich hab ich dich an der strippe! was machst du für sachen??!! wie bist du nach são paulo gekommen?
so antworte doch, was ist los?

nordestino que veio tirar emprego do paulista sagt (22:00):
es tut mir schrecklich leid, aber
rasta a pé sagt (22:02):
aber was?
nordestino que veio tirar emprego do paulista sagt (22:03):
sag débora, ich bringe sie um, wenn sie nicht sofort ihre macumba zurücknimmt!!!
rasta a pé sagt (22:03):
jetzt mal gaaaaaaaaanz langsam. was für eine macumba?
nordestino que veio tirar emprego do paulista sagt (22:04):
du musst doch bescheid wissen nach dem skandal, den ich in liberdade geschlagen habe
rasta a pé sagt (22:04):
ich weiß von gar nichts. ??? erzähl endlich!!!

Und Livia erzählte. Ihre Anklageschrift war umfangreich und traf Rasta völlig unvorbereitet. Einige Male musste er nachfragen, um das ganze Ausmaß von Déboras Gehässigkeit zu begreifen. Livia ließ nichts aus. Die Sonnenbrille in ihrer Schulmappe, die Geschichte vom Italienischlehrer, die erste Petzerei, die zum Hausarrest geführt hatte, und die zweite, die dazu geführt hatte, dass Livia den Bus versäumt hatte und sich alleine nach São Paulo durchschlagen musste. Wie genau, blieb sie ihm schuldig. Und schließlich Déboras Macumba auf der Veranda ihres Hauses, die sich jetzt auf Emilio niedergeschlagen hatte.

rasta a pé sagt (22:18):
wieso hast du mir nie was gesagt?????
nordestino que veio tirar emprego do paulista sagt (22:21):
tante célia hat mir selbst erst heute alles gebeichtet, nachdem es emilio so schlecht geht. und was hätte ich dir sagen sollen? dass débora mir schauergeschichten erzählt und sonnenbrillen versteckt? ich bin kein kleines mädchen, komme allein zurecht, und du hast doch andere sorgen gehabt, hast versucht den bloco zu retten. und außerdem
rasta a pé sagt (22:21):
außerdem was?
nordestino que veio tirar emprego do paulista sagt (22:22):
sie ist deine verlobte, wem wirst du also mehr glauben? mir oder

ihr? der bloco war mein ganzes leben, meine zukunft. das riskier ich nicht wegen einer kindischen eifersüchtelei

rasta a pé sagt (22:23):

das ist er immer noch! ich glaube dir jeden beistrich.
weißt du, ich bin vielleicht selbst ein bisschen mitschuldig ...

nordestino que veio tirar emprego do paulista sagt (22:23):

wieso?

rasta a pé sagt (22:24):

ich glaub, ich hab dir zuviel aufmerksamkeit gegeben, zuviel von dir geredet ... aber ich hatte doch recht. sieh nur, wie du den bloco in são paulo auf die beine gestellt hast, keiner außer dir hätte das geschafft. robinho hat es versucht und wir wissen, was dabei rausgekommen ist. ich wusste, ich täusche mich nicht in dir. du hast die gabe meines großvaters, schon vergessen?

nordestino que veio tirar emprego do paulista sagt (22:25):

wie könnte ich denn je?

rasta a pé sagt (22:25):

was débora angeht, ich werde sie mir vorknöpfen, kannst du mir überlassen, aber ich bin mir nicht sicher, ob ihre macumba etwas mit emilio zu tun hat ...

nordestino que veio tirar emprego do paulista sagt (22:26):

dona sônia ist sich sicher.
tante célia wird sich débora auch vornehmen und débora soll nicht glauben, dass sie tante célia noch einmal mit ihrem geerbten geld kaufen kann!!!

rasta a pé sagt (22:27):

geerbtes geld?

nordestino que veio tirar emprego do paulista sagt (22:27):

sie hat tante célia 1.000 reais geboten, wenn ich nicht mitfahre, hat bündelweise damit herumgewedelt

rasta a pé sagt (22:27):

es gibt keine erbschaft. wann war das?

nordestino que veio tirar emprego do paulista sagt (22:28):

kurz vor der abfahrt nach são paulo

rasta a pé sagt (22:28):

nachdem tatu verschwunden ist?

nordestino que veio tirar emprego do paulista sagt (22:28):

muss wohl so gewesen sein

rasta a pé sagt (22:29):

das muss ich mir genauer ansehen ...
was anderes: hast du schon mit henrique borboleta geredet?

nordestino que veio tirar emprego do paulista sagt (22:29):

den hab ich noch nicht getroffen. die haben hier eine drecksau als mestre und ich gehe zu keinen bateria-proben mehr

rasta a pé sagt (22:30):

ich weiß, die jungs haben mir davon erzählt. mach dir bitte nichts draus! das wichtigste ist der bloco und den checkst du besser als ich!!!

nordestino que veio tirar emprego do paulista sagt (22:31):

jetzt hör aber auf, ich hab noch keinen einzigen salto hingelegt :)

rasta a pé sagt (22:32):

kommt schon noch :))
geh zu henrique! er kennt das geheimnis von großvater, er wird auch dich verstehen, und viele menschen hast du nicht, die dich verstehen ...

nordestino que veio tirar emprego do paulista sagt (22:32):

ok

rasta a pé sagt (22:33):

ich muss los. wir sehen uns bald!

nordestino que veio tirar emprego do paulista sagt (22:35):

sicher doch, wir sehen uns

In der Zwischenzeit hatte Wilton Robinho angerufen. Es war doch wieder ein Auftritt im Anmarsch, noch dazu im Fernsehen! Genaues hatte Wilton nicht bekanntgegeben, nur soviel: Morgen früh war eine Testaufnahme im Studio angesetzt.

Ein Grund mehr zum Feiern. Dodô holte sein Pandeiro aus dem Zimmer und bald sorgte eine singende, trommelnde und klatschende Horde Bahianer für Stimmung im Haus. Die Amerikaner und die Italienerinnen wollten das auf keinen Fall verpassen. Ein *Carioca* kam dazu, dann noch zwei Deutsche und sogar die Japanerinnen. Es wurde eine lange Nacht. Der geschäftstüchtige Hauswirt sorgte dafür, dass das Bier nicht knapp wurde. Wenn einer Livia zu sehr auf die Pelle rückte, dann ging bald einer von den Bahianern dazwischen. Livia rührte keiner an, daran hatte sie selbst von allem Anfang an keinen Zweifel gelassen. Und was für die Romanos Pretos aus Bahia galt, das galt erst recht für Doug aus L.A. und für Günther aus München. Gegen drei Uhr morgens traten die letzten Übriggebliebenen den Rückzug an. Livia nickte an Ort und Stelle in der Hängematte ein.

Sie sollten zeitig in der Früh ins TV-Studio. Das hieß aufstehen um halb sechs. Zum Glück hatte Marrom nicht vergessen seinen Wecker zu stellen. Es war Knochenarbeit, alle anderen auf die Beine zu kriegen. Einige musste er zuerst noch aufspüren, denn nicht jeder hatte die Nacht im eigenen Bett verbracht. Chico blieb verschollen. Er war zuletzt an der Seite von Elena gesehen worden, einer raustimmigen Turinerin mit kleinen Brüsten und einer großen Schwäche für exotische Jungs. Also rückten sie ohne Chico ab.

Die Bahianer verspäteten sich um eineinhalb Stunden. Die Paulistaner erwarteten sie mit langen Gesichtern im Foyer des Fernsehzentrums. Ein Produktionsassistent schob sie in ein schwach beleuchtetes Studio mit leeren Zuschauerrängen und der Dekoration einer bekannten Kindersendung. Dort nahm der Bloco Aufstellung und musste anschließend warten.

Zwei Tontechniker bauten an den Mikros herum und dann kam eine wichtige Produktionstante, die ihnen grünes Licht gab. Sie spielten eine Minute, dann brach sie ab.

»Danke, das war's.«

Der ganze Aufwand wegen einer Minute Samba-Reggae? Livia war erleichtert, als Silvio sie bald danach zu Hause absetzte. Es war keiner da, Igor also noch auf seiner Vogelsitzung und Katja irgendwo im 19. Stock. Dankbar nahm Livia eine warme Dusche und fiel aufs Sofa.

28

Katja nahm Livia im Chevy zur Abendprobe mit. »Du möchtest Henrique Borboleta treffen? Er macht immer Station in Ademars Bar.« Das passte Livia gut. In die Quadra hinein wollte sie so oder so nicht. Feindliches Territorium.

»Wie erkenne ich ihn?«, wollte Livia wissen.

»Ha! Er heißt Borboleta. Du kannst ihn nicht verfehlen.« Mit dieser unscharfen Auskunft verabschiedete sich Katja in die volle Quadra.

Ademar war hoch erfreut, dass Livia wieder einmal aufkreuzte. Sie nahm Platz und fragte: »Heute schon Henrique Borboleta gesehen?«

»Nein, aber er muss bald kommen.«

»Ich kenne ihn noch nicht. Könntest du mich rufen, wenn er da ist?«

»Ha! Den erkennst du auch ohne mich.«

Angestrengt beobachtete Livia die Scharen, die sich bei Ademar ihr Bier holten und dann in der Quadra verschwanden.

Dann sah sie ihn. Sie schmunzelte.

Ein kleines Väterchen stach aus der Menge hervor. Ein flotter Kamerad in einem urzeitlichen Straßenanzug, komplett mit Strohhut, Stecktuch und einer sichtlich zu groß geraten *Borboleta* im Kragen, einer Fliege.

Zackigen Schrittes steuerte er direkt auf Livia zu.

»Gestatten, Senhorita.« Er stellte sich mit Handkuss vor! Sie fand Henrique ungemein erheiternd. Sein Duftwasser hatte Charme und sein Schnauzbart war so kurz gestutzt, dass man ihn erst beim zweiten Hinsehen entdeckte.

»Ich habe dich am Sommerfest gesehen«, sagte er, nachdem sie ihm auf seine manierliche Frage hin gestattet hatte, Platz zu nehmen. »Ihr wart großartig! Mein altes Sambaherz hat sich lange nicht mehr so gefreut. Mein Freund Rasta hat mir viel von dir erzählt. Ich habe dich mit meinen eigenen Augen dirigieren gesehen, und«, er sah sich um, bevor er fortfuhr, senkte konspirativ seine Stimme, »ich habe gesehen, wie du Musik siehst.« Henrique Borboleta rollte bedeutsam die Augen. »Genau wie einst Nego da Ilha.«

Ungefragt brachte Ademar ein Gläschen Magenbitter und ein Glas Sodawasser für Henrique an den Tisch. Ademar hielt stets eine Flasche Magenbitter für ihn parat, seinen einzigen Gast, der das Zeug verlangte.

»Erzählen Sie mir von Nego da Ilha«, bat Livia, als sie wieder alleine waren.

Henrique Borboleta holte weit aus. Die große Zeit, die Sambazeit, hatte für ihn in den vierziger Jahren begonnen, als er im Lichtspieltheater von Salvador Limonade verkaufte. Zu den Carmen-Miranda-Filmen schmuggelte er seinen besten Freund ein, Nego da Ilha. Die beiden Halbwüchsigen aus der bahianischen Provinz standen dann ganz hinten im Saal, von wo aus sie elegante Herren bestaunten, die an der Copacabana noch eleganteren Sambasängerinnen den Hof machten. Der Limojob wurde geschmissen, zwei weitere Freunde zum Mitmachen überredet, einige Wochen lang von früh bis spät geprobt, und die »Romanos Pretos« waren im Geschäft. Schon damals beeindruckte Nego da Ilha alle mit einer Fähigkeit, die auch ihm selbst unerklärlich war. Er konnte jeden Samba nach einmaligem Hören nachspielen, und zwar jedes einzelne Instrument. In kurzer Zeit waren die Jungs in ihren geliehenen Anzügen eine gefragte Nummer in Salvadors Vorstadtbars. Dort brachten sie den Bahianern einen Hauch von Rios Schick näher und die neuesten Sambas.

In den Siebzigern, in der Zeit der Militärdiktatur, bekam Nego da Ilha Schwierigkeiten mit der Polícia. Also gingen er und Henrique mit ihrem Ersparten nach São Paulo, wo sie gemeinsam mit neuen Freunden die Sambaschule gründeten.

Ihr Freund Tatu führte die Sambagruppe in Salvador weiter. Nego da Ilha kehrte bis zu seinem Tod regelmäßig nach Salvador zurück. Rasta übernahm dann als 16-Jähriger die musikalische Leitung und machte einen Bloco Afro daraus.

Heute hatten in der Sambaschule längst andere das Sagen. Henrique Borboleta war der letzte lebende Gründervater, Ehrenmitglied im Conselho. Die »Liga Nova do Samba Paulista«, die Sambaliga, hatte ihm den Ehrentitel eines Sambagesandten verliehen, der ihm eine rote Schärpe eingebracht hatte, die er bei offiziellen Anlässen überstreifte. Henrique machte sich nichts vor. Er wurde von allen respektiert, aber von niemandem gebraucht. Außer, wenn es um das Regelwerk des Karnevals ging, dann zogen sie ihn manchmal zurate. Die Urfassung der Bewertungsrichtlinien hatte er selbst vor vielen Jahren mitverfasst.

»Rasta hat mir Negos Aufzeichnungen gezeigt«, sagte Livia. »Er sagt, ich bin die Einzige, die sie lesen kann.«

»Das ist richtig, mein Kind. Ich selbst habe sie nie verstanden. Nach Negos Tod habe ich sie Rasta übergeben. Er bewahrt sie in Ehren auf, und du bist diejenige, die all die alten Sambas wieder zum Leben erwecken kann.«

»Was ist das für eine Gabe? Wieso kann nur ich die Rhythmen sehen?«

Henrique hatte eine Antwort: »Nego da Ilha hat es Zeit seines Lebens nicht gewusst. Ich weiß es heute. Ein Arzt hat es mir erklärt, es gibt einen medizinischen Namen dafür: Synästhesie.«

»Eine Krankheit?«, fragte Livia entsetzt.

»Nein, es bedeutet, dass du mit den Augen siehst, was andere nur hören können. Merke dir dieses Wort: Synästhesie. Es wir dir noch viel Freude schenken in deinem Leben.«

Livia war nicht so überzeugt davon. »Manchmal denke ich, es wäre besser, wenn ich normal wäre. Meine Tante Célia versteht mich nicht, selbst meine beste Freundin Maria Clara glaubt mir nicht. Ich bin von zuhause ausgerissen, um Samba zu spielen, und jetzt merkt nicht einmal Mestre Espada, dass ich gut bin. Er lässt mich nicht spielen.«

»Du würdest an Espadas Stelle genauso handeln.«

»Niemals!«

»Ich kenne die Geschichten. Jeder hier kennt sie. Du bist längst eine Legende bei uns. Ich habe seinerzeit im Conselho als einziger gegen Espada und Carlos Augusto gestimmt. Keiner hat auf mich gehört. Das Geld macht sie alle blind. Ich soll der neuen Generation ihren Erfolg gönnen, sagen sie.«

Henrique nahm einen kräftigen Schluck von seinem braunen Zeug und holte die nächste Geschichte für Livia hervor: »Früher einmal waren die Romanos Pretos für ihre Mitglieder da, für die Gemeinschaft. Wir hatten einen Arzt, der zweimal die Woche kam, und einen Rechtsanwalt, den jeder von uns um Rat fragen konnte, wir organisierten Kurse, wir sammelten Geld, Lebensmittel und Medikamente für die Ärmsten von uns. Das und die beste Bateria von allen – das war die Handschrift von Nego da Ilha.

Die beste Bateria haben wir immer noch, alles andere nicht mehr.

Die Sambaschule hat unserer Gemeinde den Rücken gekehrt. Dafür verkaufen sie jetzt Drogen mitten in der Quadra und wir haben den ersten Stern auf unseren Shirts. Ich kann nur mehr zusehen, wie wir dorthin gehen, wo die Dona do Morro Vasco längst steht.«

Henrique beugte sich dicht zu Livia vor.

»Und jetzt stell dir vor, du bist Espada. Der, vor dem sich alle in die Hose machen. Der, dem die beste Bateria und die gesamte Sambaschule auf ein Augenzwinkern folgen. Gottes Geschenk an die Menschheit. Ein kleines Mädchen aus Bahia ist für dich eine Schmeißfliege, eine Ameise, Ungeziefer, das man gedankenlos zertreten kann. Und dieses Ungeziefer dreht auf einmal auf, spielt deine eigenen Chamadas nach. Ohne eine einzige Probe. In allen anderen Sambaschulen gibt es einen Signaltrommler, der auf Handzeichen vom Mestre hin die Signale gibt, aus der Bateria heraus. Nicht so in Espadas Bateria. Als Mestre Espada bist du der Einzige, der Trommelsignale gibt. Deine Chamadas sind unspielbar für andere, sie sind das Symbol deiner Überlegenheit.«

Livia rührte sich nicht.

»Espada hat dein Geheimnis gerochen«, flüsterte Henrique Borboleta. »Er weiß, dass du besser bist als er. Er hat Angst vor dir.«

Sie hatten sich lange unterhalten. Drinnen in der Quadra war die Probe längst im Gange, die Stimme des Puxadors kämpfte gegen das Getöse der Bateria an. Henrique Borboleta schob seinen Plastikstuhl zurück und entschuldigte sich formvollendet. Er müsse drinnen nach dem Rechten sehen. »Du kennst jetzt deine eigene Stärke«, sagte er zum Abschied. »Du kannst gezielt darauf bauen. Die meisten Menschen kennen ihre eigene Stärke nicht. Sie quälen sich ein Leben lang mit ihren Schwächen ab. Du bist ein Glückskind.«

Livia sah ihm lange nach, als er sich mit strammen Zappelschritten davonmachte. Rasta hatte genau gewusst, weshalb er sie zu Henrique Borboleta geschickt hatte.

Livias Anwesenheit auf der Abendprobe war nicht unbemerkt geblieben. Mané kam plötzlich auf sie zu, als Abgesandter Espadas. Sie sollte doch bitte zu Espada reinkommen. Ja, jetzt gleich. Livia hatte sich nicht verhört. Hatte da jemand plötzlich keine Angst mehr vor ihr? Hatte sich ihre Nützlichkeit herumgesprochen und jemanden zum Nachdenken gebracht?

Livia folgte Mané in die Quadra hinein und blieb abwartend am Eingang stehen. Espada dirigierte seine 400 Mann. Die Bahianer hatten sich mittlerweile gut integriert und fielen nicht mehr durch falsche Manöver auf. Siehe da, auch Chico war wieder aufgetaucht und tat artig, als ob er seine Repinique bearbeitete.

Es dauerte lange, bis Espada endlich abpfiff. Er deutete der Bateria, in Formation stehen zu bleiben, woraufhin auch das Publikum blieb, in neugieriger Erwartung einer Zugabe.

Espada sah zu Livia herüber.

»Du! Komm her!« Seine Stimme füllte die Quadra.

Langsam ging Livia zu ihm. In ihren klatschenden Flip-Flops schritt sie die Bateria ab wie ein Ehrenbataillon. Vor Espada blieb sie stehen.

Zielgenau deutete er dann auf die 19 Jungs des Blocos Afro, die in der Bateria verstreut standen. Er hatte 400 Trommler vor sich und wusste exakt, wo ein jeder stand. »Kommt heraus und stellt euch hier auf.«

In der schmalen Gasse zwischen Bateria und Publikum nahm hastig der Bloco Aufstellung. Ein Repinique-Spieler aus der Bateria musste seine Trommel an Livia abgeben.

Aufgeregt stand sie für eine fulminante Ehrenrunde Samba-Reggae bereit.

Allein, Espada hatte anderes im Sinn.

Er hatte Livia nicht aufs Podest geführt, sondern auf die Schlachtbank. Jetzt zückte er den Schlachtschussapparat.

»Unsere Senhorita Mestra hier ist eine von den ganz Ungeduldigen«, donnerte er los. »Sie ruft im Büro des Präsidenten an und verlangt mehr Auftritte für ihren Bloco. Der Präsident verschafft ihr einen Fernsehauftritt, und was machen unsere bahianischen Freunde? Sie kommen verspätet zur Probeaufnahme und spielen dort einen solchen Dreck, dass sie auf der Stelle wieder rausfliegen. Den Auftritt hat eine andere Gruppe bekommen. Besser kann man den Namen der Romanos Pretos nicht in den Dreck ziehen.«

Keiner traute sich zu atmen.

»Das da draußen ist ein Krieg!« brüllte Espada. »Und mit Dilettanten gewinnt man ihn nicht! Ihr werdet mir jetzt euren Samba-Reggae vorspielen und wenn er mir nicht gefällt, dann möchte ich die Senhorita Mestra nie mehr bei uns sehen.«

Livia zögerte nicht. Sie stellte die Repinique sachte ab und ging einen Schritt auf Espada zu.

»Das können Sie auch einfacher haben«, sagte sie. Sie hob ihre

Sticks auf Brusthöhe an, und – direkt vor Espadas Augen, vor denen seiner 400 Mann und vor denen der gesamten Sambaschule – öffnete sie ihre Hand und ließ die Sticks zu Boden fallen. Dann drehte sie Espada den Rücken zu und nahm Kurs auf den Ausgang. Die Sticks sprangen ein paar Mal auf, bevor sie zum Erliegen kamen. Das Geklapper war bis in den letzen Winkel zu hören.

29

Die Dona do Morro Vasco, die Herrin des Baskenhügels, hatte ihre Quadra weit unten im Süden der Stadt. Alle übrigen Sambaschulen drängten sich rings um das Zentrum und im Norden. Im Süden hingegen herrschte die Dona unangefochten über weites Land.

Ihre Quadra lag auf dem Plateau einer Anhöhe, dem Morro Vasco, wie eine Raubritterfestung, umgeben von ihrer uferlosen Favela. Am Morro Vasco gab es für 300.000 Bewohner keinen einzigen Geldautomaten, keine Postfiliale und keine Apotheke. Dafür gab es Crack – einen Neymar um 35 Reais und einen Hulk um 20 – sowie eine Gedächtnismauer mit hunderten Fotos von denjenigen, die die Mordstatistik ausmachten. Am Morro Vasco kommt es vor, dass sie einen erschießen, weil er auf der falschen Straßenseite wohnt. Der, dessen Ziegelbaracke Einschusslöcher abbekommt, macht sich selten die Mühe diese zu verputzen.

Livia hatte eine zweistündige Anreise mit U-Bahn und Bus hinter sich. Igors Anweisungen hatten sie auch diesmal genau ans Ziel geführt. Sie war alleine gekommen. Katja wusste noch nichts von Livias Fahnenflucht. Katja war nach Livias gestriger Szene in der Quadra nicht mehr zu Hause aufgetaucht. Im 19. Stock schien es ihr zu gefallen.

Livia überquerte die freistehenden Wiesen und Schotterparkplätze, die die Quadra umgaben. Hier hielt die Favela ihren Respektabstand.

Sie zahlte die 10 Reais am Eingang, passierte die Leibesvisitation und landete mitten in einem Gangsta-Video.

Düsterer Favela-Rap dröhnte aus den Boxen. Es ging um Schießeisen. Die Guten schossen mit AK-47, die Bösen mit M16, das waren die Cops. Es ging um Hautfarben. Die Guten waren schwarz, die Bösen weiß. Und es ging um Verrat. Dem Verräter würde einer namens Mano demnächst die Eier ausreißen.

Die Quadra der Dona war beträchtlich größer als die der Romanos.

Ein Flugzeughangar. Eine Orgie in glänzendem Blau, Rot und Silber. Boden und Decke waren mit einem dreifarbigen Rautenmuster überzogen. Die Menschenmenge war doppelt so umfangreich wie bei den Romanos. Mädchen waren in der Überzahl. Viele von ihnen waren jünger als Livia und hübscher als der Durchschnitt. Tattoos waren groß in Mode. Der Spitzenreiter war »*In Fide Constans*«, der Leitspruch der Dona. Er sprang einem von Knöcheln, Schultern und Armen entgegen. Kaum einer der Jungs kam ohne Goldkette aus, ohne Kopfbedeckung und ohne angriffslustige Visage. Unglaublich, dass einer, der mit seinem zerzausten Wuschelkopf wie ein zuvorkommender Philosophieprofessor wirkte, das alles im Griff hatte.

Wie auch immer, hier war Livia vor Espada sicher. Seu Júlio hatte zu ihr gesagt: »Komm zu unserer Probe und wir besprechen alles.« Die Dona war Livias neues Zuhause.

Eine dreigeschossige Galerie lief rundum, kunstvoll beleuchtet mit versenkten Spotlichtern, und es gab auch Nebenräume, zwei kleinere Säle für Proben mit bis zu 120 Mann, eine *Hall of Fame* mit einer Unzahl von Trophäen hinter Panzerglas und die Büroflucht des Präsidenten. Seu Júlio versteckte sich nicht vor seinen Leuten. Jeder wusste, wo er ihn finden konnte, und seine Tür stand offen für jeden, den die Security durchließ.

Die Probe fing an, Bateria und Puxador legten los. Die Bateria selbst war kleiner als die der Romanos und hatte einen völlig anderen Sound. Es war deutlich zu hören, warum die Bateria der Romanos die bessere war. Der Mestre fesselte Livias Aufmerksamkeit. Er trug sein langes, weißes Haar im Nacken zu einem Pferdeschwanz zusammengebunden, und ein Buckel schien ihn zu plagen. Nach vorn gebeugt fixierte er mit hochgerecktem Kopf seine Bateria. Ein zäher, alter Krieger.

Sie hatten einen Puppenspieler hier mit einer Bauchrednerpuppe im Arm. Die Puppe war das exakte Ebenbild ihres Herrn, trug den gleichen Anzug, den gleichen Strohhut und kopierte alle Sambaschritte ihres Herrn. Der verhedderte sich mit seinen Beinen, worauf die Puppe bitter mit ihm schimpfte und das Kommando übernahm.

Einen Harlekin hatten sie auch. Er tanzte, knickte mit seinen Beinen ein und sank zu Boden wie eine Marionette. Sein fetter Freund stand daneben und zog ihn gelangweilt an einem imaginären Faden wieder hoch.

Livia musste lachen. Auch Gangster können erstaunliche Talente haben.

Nach der Probe machte Livia sich auf die Suche nach Seu Júlio. Sie fand zunächst seinen Kofferträger, den smarten Jungen mit der Nickelbrille aus dem Ôxente in Moema. Noch so einer, der eigentlich nicht hierher passte. Sein Name war Bruno, er war nett. Er führte Livia zu Seu Júlio in dessen Büro.

Im Gegensatz zu Carlos Augustos Büro war hier keine einzige Trophäe zu sehen. Sämtliche Trophäen gehörten der Allgemeinheit, so wollte es Seu Júlio. Sein Stolz waren die Fotos an der Wand. Er gab Livia eine schnelle Führung durch seine Welt. Seu Júlio mit dem Minister, mit dem amerikanischen Schauspieler und mit unzähligen Krawattenträgern, die Livia nicht kannte.

»Setz dich doch«, lud er sie ein. »Das mit dem Fernsehauftritt tut mir leid. Und die Sache gestern mit Espada.«

Gab es irgendetwas, was Seu Júlio nicht wusste?

»Ist ja nicht Ihre Schuld.«

»Ist es doch. Ihr wart Spitze. Der Sender wollte euch unbedingt haben. Ich habe rechtzeitig davon erfahren und musste etwas dagegen tun. Ich habe ihnen einen anderen Act angeboten und ihn auch noch selbst bezahlt. Wie gesagt, tut mir leid, aber heuer muss der Titel wieder uns gehören. Jede Minute Publicity für die Romanos ist eine zu viel für sie und eine zu wenig für uns. Keine Sorge, du kommst noch ins Fernsehen, allerdings mit der richtigen Sambaschule.«

Wenn Livia Sticks dabeigehabt hätte, dann hätte sie sie ihm hier und jetzt auf den Schreibtisch geschmissen. »Wir waren gut? Alles geschoben? Und alle glauben, dass wir es vergeigt haben!«

Seu Júlio nickte. »Wenn du einmal mit den Romanos Pretos im Hauptabendprogramm aufgetreten bist, dann bist du für uns unbrauchbar. Jeder würde wissen, dass du gekauft bist. Macht sich schlecht. Dann gehörst du Espada und er tritt dich in die Ecke, in der er dich braucht, und du kannst nicht mehr zurück. Außerdem wissen er und Carlos Augusto ganz genau, dass ich dahinterstecke. So was kann man leider nie verheimlichen.«

»Espada hat gewusst, dass wir gut waren? Dass die Dona dahinter steckt? Und trotzdem hat er diese Szene gemacht?«

Sue Jorge bestätigte. »Das einzige, was er nicht weiß, ist, dass wir beide miteinander reden.« Er lächelte.

Es war tatsächlich ein Krieg, in den Livia geraten war. Sie verstand, warum Seu Júlio hier der Präsident war. Seine Trickkiste war umfangreicher als die von Carlos Augusto. Die Dona war die richtige Seite, erfolgversprechender und sicherer.

»Wird Espada mich in Ruhe lassen?«, fragte Livia.

»Ich werde mich darum kümmern.«

»Wann kann ich mit den Proben anfangen?«

#

»Du hast sie doch nicht alle!«, donnerte Katja drauflos. Sie war soeben von der Arbeit gekommen und ohne *Grüß Gott* und *Hallo* in die Küche gestürmt. Livia saß beim Abendessen, das Igor noch zubereitet hatte, bevor er sich in Richtung Vogelkunde verabschiedet hatte. Die Dienstreise des Gewerkschafters dürfte sich in die Länge ziehen.

»Glaubst du wirklich, dass Espada sich das gefallen lässt? Vor seiner Bateria? Vor der versammelten Sambaschule? Der sitzt längst mit seinen Leuten zusammen. Die sind genau jetzt am Überlegen, ob sie dich abstechen, anzünden oder erschießen sollen. Du hast nur eine Wahl: packen und zurück nach Bahia. Verlass dich nicht auf mich. Hier in São Paulo kann keiner mehr für deine Sicherheit garantieren.«

»Einer schon.«

»Wer soll das sein?«

»Seu Júlio.« Livia schob sich ein großes Stück Rindsschnitzel in den Mund.

»Seu Júlio?« Katja hatte richtig verstanden. Sie ließ sich auf den Stuhl plumpsen und schnallte ihren Gürtel mit Waffe und Schlagstock ab. Livia musste ihr alles erzählen: Moema, Seu Júlios Angebot, der Abstecher auf den Morro Vasco.

Katja packte Livia zart am Nacken und beutelte sie wie ein Hundejunges, das auf den Perser gepieselt hatte. »Ha! So eine ausgekochte Göre! Schmeißt dem großen Espada die Sticks hin.«

»Das hat er selbst mir beigebracht.«

»Und dann geht sie zu Seu Júlio. Ausgerechnet zu Seu Júlio!«

Schnell war es wieder vorbei mit Katjas Bewunderung. All das war eine Nummer zu groß für Livia. Jemand musste dieses Kind vor seiner eigenen Ahnungslosigkeit retten.

»Du solltest trotzdem nach Hause fahren. Du bist da wo hineingetreten, wo du nicht hingehörst. Mitten ins Braune. Hier geht es um viel mehr als um den nächsten Karnevalstitel. Hier sind die großen Jungs am Spielen.«

»So ein Angebot bekomm ich nie wieder. Die anderen fahren nach dem Karneval doch so oder so zurück nach Salvador. Ihnen ist es egal, in welcher Sambaschule ich bin, und ich kann endlich Geld verdienen. 300 pro Auftritt!«

Livia verstand immer noch nicht. Ein wenig Geschichtsunterricht war genau das, was sie brauchte.

»Espada ist selbst ein Kind des Morro Vasco«, begann Katja.

Espada hatte sein ganzes Leben in der Dona verbracht. Sein Lehrmeister war Ulisses, der weißhaarige Mestre, der alte Krieger. Von ihm hatte Espada alles gelernt. Wie man eine Bateria führt und wie man Geld macht. Jahrelang war Espada Ulisses' treuer Stellvertreter gewesen und hatte großen Anteil am Erfolg der Dona. Aber – wie in Wolfsrudeln so üblich – Espada konnte es nicht abwarten, selbst Nummer Eins zu werden, und fiel dem alten Ulisses in den Rücken. Seu Júlio griff auf Seiten Ulisses' ein und Espada musste zusammenpacken und sich woanders sein eigenes Revier markieren. Das war vor vier Jahren gewesen.

Die Romanos Pretos waren zu der Zeit angeschlagen gewesen, ein waidwundes Beutetier. Der damalige Mestre hatte genug von allem und Espada bot ihm einen Deal an. Der Mestre bereitete bei den Romanos den Boden für Espada auf, der dann die Bateria übernahm und kurze Zeit später über Carlos Augusto die gesamte Sambaschule. Seither sannen Ulisses und Espada gegenseitig rigoros auf Rache. Es gab viel böses Blut. In der Quadra der Romanos ging einmal eine Bombe hoch, zum Glück keine große und zum Glück in der Nacht. Nur Sachschäden, aber seit damals hatten beide Sambaschulen Wachposten am Eingang.

»Das Ganze ist nicht bloß der Wettkampf zweier Sambaschulen«, sagte Katja eindringlich. »Es steckt mehr dahinter und da hast du nichts verloren. «

»Machst du dir Sorgen, dass du durch mich ins Kreuzfeuer kommst? Soll ich ausziehen? Ist es das?«

»Um mich mach ich mir keine Sorgen. Ich habe niemandem mit Anlauf in den Arsch getreten, so wie du. Alle wissen, dass ich meine PT immer schussbereit dabeihabe.« Katja legt ihre Hand auf die Taurus. »Wenn ich mit dem Auto unterwegs bin, liegt sie zwischen meinen Beinen. Wieso gehe ich immer mit meinem kleinen Rucksack zur Probe? Pistole drin. Wieso holt mich mein Kollege in der Früh mit dem Auto ab? In Uniform gehst du nie allein auf die Straße. Ich bin auf der Hut, mir passiert nichts. Ich mach mir Sorgen um *dich*.«

Livia wusste keine Antwort.

»Alle sagen, du bist einsame Klasse an der Repinique, du kannst dirigieren wie ein Profi. Glaubst du nicht, dass du auch in Salvador Chancen hast?«

»Keine 300 pro Auftritt, niemals. Ich brauche das Geld für Emilio.«

»Wie geht es ihm?«

»Schlecht, jeden Tag schlechter. Dona Sônia sagt, Déboras Fluch ist auf ihn übergegangen und ich muss ihn so schnell wie möglich hierher holen. Sie kann ihn vom Fluch befreien.«

»Gib doch nichts auf das Geschwätz einer alten Baiana. Alles Hokuspokus. Das Einzige, was ihm helfen kann, ist ein Arzt. War deine Tante beim Arzt mit ihm?«

Livia schüttelte den Kopf. »Kein Geld.«

»Alles klar. Du wirst zunächst mal mit einem anständigen Arzt reden statt mit alten Hexen. Ich werde mich nach einem umhören, Papa fragen.«

#

Livia nahm die Proben am Morro Vasco auf. Bevor sie das Haus verließ, sah sie sich um, sie mied leere Busse und wartete lieber auf einen vollen und sie hatte sich von Igor alternative Routen aufschreiben lassen, die sie abwechselnd nahm.

Von Ulisses bekam Livia 20 Jungs, einen der kleinen Säle und drei Vormittage, dann würde die letzte Woche vor dem Karneval anbrechen, die Bateria wieder zur Gänze Ulisses gehören und die Jungs ihre Kräfte schonen für die Avenida. Nach dem Karneval würden sie die Proben des Blocos Afro fortsetzen.

Die Trommler der Dona sahen zum Fürchten aus, doch sie stellten sich durchwegs geschickt an. Was Livia am allermeisten freute: keine Spielchen, kein Widerstand, keine Überzeugungsarbeit. Seu Júlio stand hinter ihr und das genügte. Die Jungs waren junge Mädchen in ihrer Quadra gewohnt, und dieses bahianische Kätzchen hier hatte zwar kein Tattoo, aber sie hatte eine Repinique umgeschnallt und wusste damit umzugehen.

Ulisses sah sich Livias erste Probe von der Galerie aus an. Danach sagte er kein Wort, hatte allerdings ein stummes Kopfnicken für Livia, mehr konnte sie nicht erwarten. Endlich war sie auf dem richtigen Gleis unterwegs. Das hier würde zu etwas führen.

Es gab bereits Anzeichen für einen ersten Auftritt. Bruno kreuzte auf und redete von einer bevorstehenden Promihochzeit, ein Spektakel mit viel Presse. Foguetinho wollte heiraten. Der straffällige

Schnulzenstar sein vollbusiges Fotomodell. Und er dachte dabei an Livias Bloco Afro! Foguetinho erkannte einen guten Act, wenn er ihn sah, selbst wenn der ihm einmal die Show gestohlen hatte. Seine Anfrage bei Carlos Augusto war ein Griff ins Leere gewesen, die Romanos Pretos hatten keinen Bloco Afro mehr. Erst bei Seu Júlio war Foguetinho fündig geworden. Ganz nach Livias Geschmack.

Am dritten Vormittag saßen die beiden Reggaes mit allen Chamadas und Breaks. Die Jungs spürten die Rhythmen so wie es sein sollte, Livia strahlte.

»Bleib noch hier«, sagte Cacique zu Livia, als sie nach der Probe gehen wollte. Er war der Rädelsführer, ganz so wie Zé Luis bei den Romanos. Cacique hatte auch in der größten Sommerhitze eine knallgelbe Wollmütze über die Ohren gezogen, etliche Ringe an den Fingern und ein Gehabe wie ein Rapper auf MTV.

»Was gibt's?«, fragte Livia.

»Is' besser, du gehst jetzt nich' raus.«

»Wieso nicht?«

»Was machen wir, wenn dir was passiert? Wer uns dann die übrigen Rhythmen beibringt, wird nie so einen leckeren Hintern haben.«

»Willst du mir Angst machen oder ein Kompliment? Oder willst du lustig sein?«

»Wir wollen nur nicht, dass dir was passiert.«

»Was zum Teufel soll mir denn passieren?«

»Komm mit.« Die Jungs stiegen alle auf die dritte Galerie hinauf, Livia folgte ihnen. Die Quadra war heute ungewöhnlich verlassen. Kaum jemand war in der großen Halle zu sehen. Die oberste Galerie hatte breite, vergitterte Fensteröffnungen, vor denen sich bereits ein paar Baianas versammelt hatten. Von hier aus hatte man die beste Sicht nach draußen. Auch die sonst quirligen Gassen des Morro waren heute ausgestorben.

Livia wollte endlich wissen, was hier los war.

»*Batalhão de Choque*«, sagte Cacique mit einem andächtigen Glanz im Auge. Das Schockbataillon, die schießwütige Spezialeinheit der Polícia. »Gestern haben sie uns vorgewarnt. Sie kommen nie ohne Vorwarnung, das trauen sie sich nicht. Sie kommen um drei.«

Tatsächlich tauchten sie nur wenige Minuten nach drei auf. Paulistaner, pünktlich wie die Schweizer. Eine Karawane massiger, schwarzer SUVs flog mit rot-blauer Festbeleuchtung an der Quadra vorbei und hielt mit schlitternden Rädern auf dem Schotterparkplatz.

Die Türen flogen auf, die Männer quollen heraus. Helme, Masken und Maschinenpistolen überall. Knapp dahinter folgte eine Abordnung ziviler Fahrzeuge mit einem Haufen Pressefotografen. Dann kamen noch einige gewöhnliche Polizeifahrzeuge und spuckten Krawattenträger mit gezückten Pistolen aus. Livia hatte mitgezählt. Zwölf Jeeps, 14 Presseautos und sieben Polizeifahrzeuge. Ein ganzer Karnevalszug. Ein Hubschrauber tauchte auch noch auf und der festgegurtete Kameramann hielt das Geschehen für die Öffentlichkeit fest. Alle waren da, sie konnten loslegen. Die Elite des Landes stürmte die verlassenen Schluchten des Morro Vasco, Polizeikommandanten und Presse hinterher. Sie scheuchten eine Hand voll Straßenköter auf. Es kam zu keinem Schusswechsel, auch nicht zu Verhaftungen. Wohl wurden Hausdurchsuchungen vorgenommen und einige Großmütter ins Verhör genommen, jedoch weder illegale Substanzen noch verbrecherische Subjekte vorgefunden. Der Morro Vasco war clean.

Nach 30 Minuten zogen sie genauso schnell wieder ab, wie sie gekommen waren. Die Schreibtischhelden hatten ihre Tatkraft unter Beweis gestellt, der Kameramann seine Szenen für die Abendnachrichten im Kasten, der Spuk war vorüber.

Im Vorjahr hatte es am Morro Vasco 28 Tote gegeben, allein in den fünf Tagen des Karnevals. Heuer hatte die Stadt alles im Griff, die Bürger konnten ruhig schlafen. Der Karneval konnte kommen.

#

Zu Hause wartete auf Livia eine Ansammlung gelber Haftnotizen, die Igor in den letzten Tagen liebevoll angelegt hatte, und die sie nicht länger beiseite schieben konnte.

»Für Livia: Robinho hat angerufen. Will wissen, was los ist.«

»Für Livia: Robinho hat angerufen (der von gestern). Bittet um Rückruf bezüglich was los ist.«

»Für Livia: Robinho, was los ist.«

»Livia: Robinho.«

«Livia: Magst du ihn nicht? (er klingt nett)«

Sie musste Robinho und den anderen endlich sagen, »was los war«. Jetzt konnte sie. Das mit der Dona war gut angelaufen, sie war sich ihrer Sache sicher.

Livia rief Robinho an und noch ehe sie ein Wort vorbringen konnte, wetterte er drauflos. Warum sie sich nie meldete, was denn nun los war? Aus Katja war nichts rauszukriegen. Die schwieg eiskalt, als ob sie nur Russisch verstünde. Es lief das Gerücht, dass Livia zur Dona desertiert wäre. Was denn das brächte, schließlich würden sie doch in einer Woche nach Salvador zurückfahren. Zé Luis hatte ein Karnevalsticket, das er unbedingt loswerden wollte. Morgen hatten die Romanos Pretos Generalprobe im Sambadrom und Henrique Borboleta bestand darauf, dass Livia sich blicken ließe.

Als er endlich Luft holte, ergriff Livia ihre Chance: »Ich bleibe hier, Robinho. In São Paulo. Ich fahre nicht mit euch zurück nach Salvador.«

Damit hatte sie seine Wortflut erfolgreich abgedreht. Nach einer schweigsamen Schrecksekunde fragte er: »Bist du dir sicher?«

»Ja.«

Sie spürte, wie er an dem Brocken würgte, den sie ihm soeben hingeworfen hatte.

»Weiß Rasta Bescheid?«, fragte er.

»Nein, und ich möchte es ihm selbst sagen.«

Robinho fragte nicht nach dem Warum und Weshalb, er protestierte nicht. Livia war ihm dankbar, es war ohnedies nicht leicht für sie.

»Und du defilierst jetzt mit der Dona?«

»Nein, mit deren Karneval habe ich nichts zu tun. Ich stelle mit ihnen einen Bloco Afro auf die Beine für die Zeit nach dem Karneval.«

»Dann komm wenigstens morgen zu unserer Generalprobe. Wer weiß, wie oft wir uns noch sehen werden.«

»Ich weiß nicht recht.«

»Henrique Borboleta besteht darauf.«

»Espada wird keine Freude haben. Er kommt vielleicht auf dumme Gedanken. Er weiß, dass ich jetzt für die Dona arbeite, da gibt es offene Rechnungen.«

»Ach was! Du sitzt auf der Tribüne. Espada wird gar nicht mitkriegen, dass du da bist. Wir holen dich um neun ab.«

30

In Silvios Bus herrschte Staatstrauer. Alle schwiegen, keiner schnitt das Thema an, es war als blinder Passagier mit an Bord. Erst nachdem Silvio sie an der Concentração abgesetzt hatte, kam allmählich wieder Stimmung auf.

Es war der letzte Sonntag vor dem Karneval. Die Spannung, die sich in den vergangenen Monaten aufgestaut hatte, konnte sich auf der Generalprobe erstmals ein wenig entladen.

Die Bahianer bestaunten die weißen Ungetüme, die auf der Concentração in Reih und Glied standen, die verhüllten Allegoriewagen. Marrom hatte sich die Sache mit den Allegoriewagen genau erklären lassen: Ausgewachsen konnten sie bis zu 60 Meter lang werden, 12 Meter breit und 15 hoch. Die Wagen waren die große Überraschung jeder Parade und die Sambaschulen hielten sie bis zuletzt unter Verschluss in ihrem *Barracão,* ihrer Werkhalle.

Es war vorgekommen, dass ein Barracão aus unerklärlichen Gründen kurz vor dem Karneval über Nacht in Flammen aufgegangen war. Mit dem Verlust einer halben Million Reais, die ohne weiteres in den Allegoriewagen stecken konnte, drohte der Sambaschule der finanzielle Ruin. Mit einer Nullnummer im Bewertungskriterium »Allegoriewagen« überdies der sichere Abstieg. Seither war es üblich, den Barracão rund um die Uhr bewachen zu lassen.

In den letzten Tagen vor dem Karneval wurden dann die eingehüllten Wagen nach und nach im Morgengrauen zum Sambadrom geführt. Dazu gab es einen Generalstabsplan der Sambaliga in Absprache mit dem Verkehrsamt. Für 100 Allegoriewagen musste ein Stellplatz gefunden werden, fünf von jeder Sambaschule der Oberliga, drei bis vier von den übrigen. Die Wagen wurden teils auf der Concentração, teils auf dem Luftwaffengelände nebenan geparkt und warteten dort bewacht auf ihren Einsatz.

Generalprobe. Das ist die Stunde der *Harmonia,* der Jungs und Mädels aus der Harmonieabteilung, deren Job es ist, Ordnung in die Anarchie zu bringen.

In unzähligen Proben in der Quadra sowie viel zu wenigen im Sambadrom hatten sie versucht, das choreografische Gesamtkonzept des Carnavalescos umzusetzen. 3.600 Individuen mussten eins werden.

Zwischen den in Blöcken defilierenden Sektionen, den Alas, dürfen sich keine Lücken auftun. Keiner darf stehen bleiben, keiner verlorenem Terrain hinterherjagen. Die Avenida muss in ihrer gesamten Breite ausgefüllt werden und jeder Schritt muss sitzen. Genau 65 Minuten nachdem der Präsident den heiligen Asphalt des Sambadroms betreten hat, muss der Letzte seinen Hintern über die Ziellinie schieben, sonst gibt es Punkteabzug und ein ganzes Jahr Arbeit war umsonst.

Auf der Concentração war die Aufregung spürbar. Geleerte Bierdosen sammelten sich auf dem Boden. Alle riefen und liefen durcheinander, die meisten in Freizeitkleidung, nur wenige Alas hatten für die Generalprobe einheitliche T-Shirts verordnet bekommen. Nur zögerlich fanden die Alas zusammen, die unförmigen Blöcke bedeuteten zähe Schwerarbeit für die Viehtreiber aus der Harmonieabteilung.

Livia überließ Robinho und die Jungs dem Chaos und machte sich auf den Weg durch das Sambadrom. Wenn Livia schon nicht in der Bateria durchmarschieren durfte, dann wenigstens einmal alleine. Die Tribünen und Logen standen größtenteils leer, nur wenige Sektoren waren belebt. In kleinen Gruppen hatten sich dort Funktionäre und hartgesottene Anhänger verschiedener Sambaschulen versammelt. Die Generalprobe war die einzige Chance auf ein bisschen Karnevalsluft für diejenigen, die während des Karnevals arbeiten mussten oder deren Geld weder für ein Kostüm noch für ein Tribünenticket reichte. Oder für alle, die draußen bleiben mussten, weil der Mestre ein Dreckskerl war.

Als Livia an der Haupttribüne vorbeikam, entdeckte sie bekannte Gesichter. Ademar saß mit anderen Romanos Pretos am Pistenrand, hinter der kniehohen Leitplanke. Sie hatten es sich unter Sonnenschirmen an Plastiktischen gemütlich gemacht. Als Ademar Livia sah, änderte er die Blickrichtung. Nach ihrem Wechsel zur Dona war sie zur Aussätzigen geworden.

Sie marschierte ein Stück weiter und setzte sich schließlich auf die Betonstufe hinter der Leitplanke, halb verborgen hinter einem der

Richtertürme. Hier würde sie Espada nicht entdecken.

Endlich legte die Bateria auf der Concentração los, gut 300 Meter weit weg und nicht zu überhören. So angestrengt Livia auch zurückblickte, es tat sich nichts, sie kamen nicht näher. Die Bateria spielte sich warm, während die Alas letztlich doch in sauberen Kolonnen Aufstellung nahmen. Der Puxador und sein Samba-Ensemble setzten ein und die ganze Sambaschule stimmte mit ein. Nach einer halben Stunde Aufwärm- Samba bemerkte Livia endlich Bewegung am Anfang der Avenida. Der Gesang schwoll langsam an, die Trommeln näherten sich Schritt für Schritt.

Carlos Augusto war der Erste, der an Livia vorüberzog. Mit Frau und Töchtern an den Händen eröffnete er die Parade. Ständig blickte er sich um, nahm keine Notiz von Livia. Knapp dahinter folgte die Frontkommission, deren Job in Zeiten des Straßenkarnevals es einmal gewesen war, ihrer Sambaschule den Weg zu bahnen. Die 14 Hünen von heute zeigten eine aufwendige Choreografie, die genauso gut eine moderne Theaterinszenierung hätte sein können.

Hinter der Frontkommission gingen Jungs aus der Harmonieabteilung, die mit langen Plastikbändern ein großräumiges Rechteck freihielten. Einer hielt ein Schild in die Höhe: *Carro 1 Abre-Alas*. Das waren die Platzhalter für den ersten Allegoriewagen, den Eröffnungswagen.

Dann kam die erste Themengruppe, ein Block mit 100 Teilnehmern, die sich ordentlich ins Zeug legten:

»Somos romanos e somos pretos
Carregamos o samba nos peitos!«

Es folgten weitere Themengruppen und dann die Fahnenträgerin und der Tanzmeister, die wichtigsten Einzelpersonen der gesamten Parade. Ihnen galt ein eigenes der insgesamt neun Bewertungskriterien. Wenn er ihr auf den Sechs-Meter-Saum trat, sie ihm die Fahne ins Gesicht klatschte oder einer von beiden stolperte, dann war es geschehen. Punkteabzug, und 3.598 andere hatten sich ein ganzes Jahr lang umsonst geplagt.

Nach *Carro 2* und weiteren Themengruppen war die Bateria an der Reihe, angeführt von ihrer Rainha, der Königin Katja, die in einem goldenen Miniröckchen mit dazu passendem Sport-BH defilierte. Katja zeigte ihre Beine, ihren Bauchnabel und ihren Samba. Alles weitere hob sie sich für die Parade auf. Sie entdeckte Livia hinter dem Richterturm und warf ihr ein Kusshändchen zu.

Jetzt rückte Espada ins Blickfeld. Mit dem Rücken in Laufrichtung behielt er ständig seine Bateria im Auge. Die Bateria selbst war zweigeteilt. Rechts der gelben Mittellinie hatten alle goldene Shirts an und die Trommeln waren mit Goldfolie überzogen, während die linke Seite komplett schwarz war. Schräg gegenüber von Livias Plätzchen lag der Recuo, die Ausbuchtung für die Bateria.

Die Manöver begannen. Von Mané und den Hilfsmestres mit Handzeichen gesteuert machte die goldene Seite eine Kehrtwendung und ging zurück, die schwarze wechselte in weitem Bogen auf die andere Seite, das Ganze wurde zu einem effektvollen Ringelspiel, und das war erst der Anfang. Nach weiterem eindrucksvollen Hin und Her, Vor und Zurück, Ineinander und Wiederauseinander waren schließlich 400 Mann im Recuo verstaut. Espada dirigierte mit dem Rücken zu Livia. Der Sound-Wagen mit dem Samba-Ensemble parkte am Rande des Recuos, Puxador und Refrainsänger waren mit ihren Funkmikros zu Fuß unterwegs. Die nachrückenden Themengruppen passierten den Recuo und verdeckten nun die Bateria. Livia sah Netinho da Cuica, den Pandeiro-Jongleur und den Harlekin, weitere durchnummerierte Platzhalter und die Ala der Passistas, der Sambatänzerinnen.

Die Ala der Baianas, angeführt von Dona Sônia, bot ein seltsames Schauspiel: 200 ältere Senhoras in Jeans und Shorts trugen weite Kunststoffreifen um ihre Hüften geschnallt. Das waren die Skelette ihrer Reifrock-Kostüme. Die Baianas mussten die richtigen Abstände zueinander einstudieren. Es folgten ein zweites und ein drittes Paar von Mestre-Sala und Porta-Bandeira sowie ein Kinderpaar und eine ganze Kinder-Ala. Lauthals sangen 70 Kinderkehlen:

»Bahia, mainha do povo
Me ensina sambar de novo!«

Die Parade näherte sich ihrem Ende. Die Alte Garde zog an Livia vorüber. Inmitten der würdigen Damen und Herren kam Henrique Borboleta ins Bild. Zappelschritte, der Anzug wie immer tadellos, wenngleich ein wenig zu groß und eine knallrote, extrabreite Schärpe quer über der Brust. Livia winkte ihm zu, schließlich war er es, der sie unbedingt auf der Generalprobe sehen hatte wollen. Als Henrique sie sah, machte er einen freudigen Satz und lüftete seinen Hut mit weiter Geste.

Die Alte Garde zog vorüber, Henrique Borboleta jedoch blieb zurück. Er blieb stehen, wo er war, und drehte sich um, direkt auf Livias

Höhe. Von dort aus starrte er Espada in den Rücken.

Der hatte den Vorbeimarsch der Alten Garde abgewartet und führte jetzt die Bateria wieder aus dem Recuo heraus auf die Piste. Die Bateria schwenkte aus und lief genau auf Henrique Borboleta zu, der noch immer regungslos auf der Mittellinie stand, Espada von hinten im Visier. Das konnte so nicht geplant sein, da bahnte sich etwas an. Der alte Henrique führte etwas im Schilde und Livia hatte eine böse Ahnung.

Henrique streckte beide Arme hoch und hielt sie der Bateria entgegen. Der alte Mann wollte eine Dampfwalze aufhalten, Espadas Bateria im vollen Lauf auf der Avenida!

Henrique warf seine Arme hoch, winkte aufgeregt ab. Espada folgte den Blicken der Bateria, drehte sich um und blickte einem wild entschlossenen Henrique Borboleta ins Auge.

Espada wandte seiner Bateria eine Spur zu lange den Rücken zu. Die ersten Reihen waren stehen geblieben, die hinteren liefen auf. Die Tamborins in der ersten Reihe zögerten, Henrique hörte nicht auf, mit voller Überzeugung abzuwinken, die Tamborins setzten aus und das war es dann auch schon gewesen. Eine Reihe nach der anderen geriet ins Stocken und brach ab. Zum Schluss stellte auch der verunsicherte Puxador seinen Gesang ein und mit einem Mal herrschte Stille auf der Avenida.

Der zitternde Henrique Borboleta, dem die Rosette seiner knallroten Schärpe seitlich bis auf Kniehöhe herabhing, stand einem turmhohen Espada gegenüber. Henrique stieß dem Mestre seinen sommersprossigen Finger in die Brust. Mit der anderen Hand deutete er auf Livia.

»Dieses Mädchen dort ist der beste Trommler, der je seinen Fuß in unsere Quadra gesetzt hat.« Jetzt schnellte Henriques Finger himmelhoch in die Luft: »Und ich habe mit NEGO DA ILHA gespielt!« Finger zurück auf Livia: »Sie wird in der Bateria der Romanos Pretos defilieren.«

Jeden anderen hätte Espada auf der Stelle zertreten. Ihm ohne Umstände das Gesicht zertreten. Henrique Borboleta aber war der letzte lebende Gründervater. Sein Bild prangte im Präsidentenbüro und auf der Homepage gleich neben dem von Nego da Ilha. Auf Henriques Schärpe stand in Großbuchstaben *GESANDTER DES SAMBA*. Auch wenn Espada keinen Centavo auf Tradition gab, er kannte die Regeln. Die Fahne, die Farben und die Gründerväter, das waren die Heiligtümer jeder Sambaschule.

Espada wuchs um einige Zentimeter, seine Augen flimmerten und seine Stimme entlud sich über die Avenida: »Diese kleine Kröte dort ist bei der Dona untergekrochen!«

»Ihr Name ist Livia«, belehrte ihn das stramme Väterchen unbeirrt. »Sie spielt bei der Dona *nicht* in der Bateria und du bist der einzige Grund, warum sie dort ist.« Henriques Finger bohrte sich wieder auf Augenhöhe in Espadas Brust.

Espada schlug Henriques Hand weg. »Sie hat uns einen Fernsehauftritt versaut!«

Katja kam angeflogen und warf sich mit ausgebreiteten Armen dazwischen. »*Calma gente! Calma!* Beruhigt euch, Leute!«

»Es war Seu Júlio, der uns den Auftritt versaut hat«, trompetete Henrique Borboleta unter Katjas Armen hindurch. »Für alle, die es noch nicht wissen, der Sender wollte Livia und unseren Bloco Afro unbedingt haben. Seu Júlio hat das verhindert. Er hat Livias Talent erkannt.«

»Ein Trommler, der mir seine Sticks vor die Füße wirft, hat in meiner Bateria nichts verloren!«

»Es ist nicht *deine* Bateria, es ist *unsere*. Du hast gewusst, dass Seu Júlio dahinter steckt. Du hast sie trotzdem vor allen blamiert. Sie hat genau das Richtige getan. Nego da Ilha hätte an ihrer Stelle genau dasselbe getan.«

Livia war stumme Zeugin ihres eigenen Schicksals und sie musste mit ansehen, wie es in die völlig verkehrte Richtung lief. Ihre Zukunft waren nicht die Romanos, sondern die Dona, waren 300 Reais pro Auftritt, war Foguetinhos Hochzeit. Den Karneval hatte sie längst abgeschrieben. Was half der Karneval ihrem Emilio? Livia ertappte sich dabei, wie sie zu Espada hielt. Der Kampf vor ihren Augen war noch nicht entschieden. Sie musste eingreifen. Sie lief zu Henrique Borboleta hin und zupfte ihn am Ärmel. »Senhor Henrique, lassen Sie es sein, bitte! Ich komme ohne den Karneval zurecht. Es ist gut so.«

Der alte Rappelkopf verstand sie nicht. Er schenkte keinen Millimeter her. »Das ist es nicht! Ich bin im Conselho und das auf Lebenszeit. Wenn er mich aus dem Weg haben will, muss er mich umbringen.«

Es ging nicht mehr um Livia. Da waren andere Dinge am Werk, aufgestaute Vergangenheit.

Carlos Augusto erschien abgehetzt und irritiert auf der Bildfläche. Er war den ganzen Weg zurückgelaufen durch die verdutzten Reihen einer Sambaschule, die plötzlich ohne Samba dagestanden hatte.

Alles redete durcheinander, bis Carlos Augusto die Situation erfasste. Er nahm Espada mit sanfter Gewalt zur Seite und redete im Flüsterton auf ihn ein. Carlos Augusto war ein pragmatischer Mensch. Seitdem Seu Júlio seine Hand auf Livia hatte, war sie im Marktwert gestiegen. Der verlorene TV-Auftritt schmerzte ebenso wie die Absage, die Carlos Augusto Foguetinho hatte erteilen müssen und gezählten vier anderen, die Livias Sensationsbloco hatten buchen wollen. Vielleicht tat sich da eine Chance auf, sie Seu Júlio wieder auszuspannen. Wenn man sie richtig einsetzte, war die Kleine eine Goldquelle. Außerdem war die Politik im Conselho ohnedies schon eine mühsame Angelegenheit und weder Carlos Augusto noch Espada konnten dort einen aufgebrachten alten Rammschädel brauchen.

Ohne dass Livia noch die Chance gehabt hätte ihr Veto einzulegen, bekam sie ihren Startplatz in der Bateria. Die Szene löste sich auf, Henrique Borboleta räumte siegesfreudig das Feld, Espada warf mit geballter Faust die Bateria wieder an und die Parade setzte sich fort.

Sein Blick streifte Livia. Das war nicht sein letztes Wort gewesen.

31

Livia rief das Orelhão in São Geraldo an. Keiner ging ran. Sie versuchte es immer wieder, den ganzen Abend lang. Vergebens, keiner hob ab. War das Orelhão defekt? Kam immer wieder vor. Für Livia war das Orelhão aber lebenswichtig. Wie ging es Emilio? War das Geld angekommen? Gab Vagner endlich Ruhe? Hatte Débora eingelenkt?

Kurz vor Mitternacht unternahm Livia einen letzten Versuch.

»*Alô?*«, sagte eine weibliche Stimme.

»*Quem fala?* Wer spricht?«

Es war Taís, die alte Schnapsdrossel. Um diese Zeit war sie für gewöhnlich in den Treppengassen von São Geraldo unterwegs. Das aufgedunsene Gesicht aufgetakelt mit viel zu viel Lippenstift, zog sie einen leeren Koffer hinter sich her, den sie vor Jahren auf dem Sperrmüll erobert hatte. Sie musste auf Geschäftsreise, ließ sie jeden wissen.

»Taís, hier ist Livia. Bitte, bitte, hol mir Dona Célia ans Telefon. Es ist ganz wichtig. Du weißt doch, wer Dona Célia ist?«

»Ich hab keine Zeit, ich muss in die Sitzung.«

Livia nahm den Ball auf: »Der Generaldirektor möchte Dona Célia sprechen. Dringend.«

»Dona Célia ist auf Geschäftsreise.«

»Der Generaldirektor sagt, jetzt sie ist wieder zu Hause.«

»Geschäftsreise.«

»Was ist mit Pedro, oder Senhor Alfredo? Es ist das gelbe Haus gleich vor dir.«

»Ich hab keine Zeit, der Generaldirektor möchte mich sprechen.«

Weg war sie. Livia probierte es noch einmal und noch einmal und noch einmal, aber Taís ging nicht mehr ran. Sie war auf Geschäftsreise.

Das Orelhão funktionierte also. Wo blieb Pedro? Wo alle anderen, die sonst nie eine Gelegenheit ausließen, ihre Nase in das Leben anderer zu stecken?

Livia konnte nicht schlafen. Igor und Katja waren längst nicht mehr wach, also stellte Livia den Fernseher ohne Ton an. Sie war dankbar für die Untertitel des alten Wildwestfilms, konnte ihnen aber ohnedies nicht folgen. Ihre Gedanken waren bei Emilio. Auch Tom & Jerry und die anderen Cartoons im Nachtfernsehen halfen nicht. Gegen sechs Uhr früh fielen ihr endlich die Augen zu.

Sie schlief nicht lange und verbrachte den nächsten Tag neben dem Telefon. In halbstündigen Intervallen wählte sie die Nummer des Orelhão. Keiner ging ran. Am Abend versuchte Igor, sie ein wenig aufzuheitern. Er lieferte eine Simultanübersetzung der *Stimme Russlands*. Bravourös, doch Livia konnte sich nicht dafür begeistern, dass Russlands Weizenernte um 10 Prozent gestiegen war. Auch nicht dafür, dass der russische Präsident vor Sanktionen gegen den Iran warnte.

Igor war unbeirrt am Übersetzen seiner Kremlmeldungen, als Katja aus dem Dienst zurückkehrte. Spät, und wie immer in ihrer forschen Uniform, die mancher wahrscheinlich schärfer fand als ihre nackte Haut auf der Avenida.

»*Pap, iswini, mnje s njej nushno najedinje pogoworit.*«, sagte Katja mit ernster Miene zu Igor.

»*Gospodi, tschto-to serjosnoje?*«

»*Otschen.*«

Livia blickte von einem zum anderen.

»Komm mit in mein Zimmer«, sagte Katja zu ihr.

Katja schloss die Tür hinter sich, sie setzten sich nebeneinander aufs Bett.

Sie holte ein Blatt Papier aus ihrer Uniform und entfaltete es. Sah amtlich aus. Katja las vor: »Olívia dos Santos Vieira, wohnhaft in Salvador, Bahia, brasilianischer Staatsbürger, ledig, Alter 15 Jahre, Körpergröße ca. 1,70m, Gewicht ca. 45kg, Augen grün, keine besonderen Kennzeichen, Personalausweis *Registro Geral* N° 942315579BA.«

Jetzt war Katja nicht mehr die Bateriakönigin. Die graublauen Augen, die Livia anstarrten – das waren Polizistenaugen.

»Was ist das?«, fragte Livia. Die Antwort kannte sie längst.

Katja las weiter. »Gesucht wegen Diebstahls und Sachbeschädigung am 25. Jänner d.J. in Salvador, Bahia, Avenida Sete de Setembro, Schadenssumme: 5.497 Reais und 70 Centavos.«

»Ich bin 171 und hatte in Salvador 47kg, jetzt wahrscheinlich 49«, sagte Livia. »Der Rest stimmt.«

Was soll der Scheiß, sagte Katjas todernster Blick.

Livia wich ihm aus. »Entschuldige. Ich werde Seu Júlio gleich morgen um eine Unterkunft bitten.«

»Oh nein, dir ist offenbar nicht klar, was das hier bedeutet.« Katja wedelte mit ihrem Dokument. »Das ist ein Haftbefehl. Du wirst mir jetzt erklären, was da los war.«

Livia breitete alles vor Katja aus. Der versäumte Bus, Vagners Angebot, das Schwein Sebastião, die Flucht. »Musst du mich jetzt verhaften?«, fragte sie.

»Müsste ich. Bleiben kannst du auf keinen Fall. Wenn sich das herumspricht, bin ich meine Uniform los.«

»Das wollte ich alles nicht. Ich wusste nicht, dass du Polizistin bist«, bot Livia zu ihrer Verteidigung auf. »Kannst du nichts dagegen tun? Den Haftbefehl verschwinden lassen?«

»Keine Chance, der ist aus Bahia. Ist ein nationaler. Der liegt jetzt in jedem Wachposten auf, von Porto Alegre bis Manaus. Auch wenn du zu Seu Júlio gehst, und ich dich nie gesehen habe, ist der Haftbefehl hinter dir her, und du kannst jeden Moment auffliegen. Du willst im Fernsehen auftreten? Würde ich an deiner Stelle nicht. Und falls du es vergessen hast, ich scheine in der Post auf als Absender von Geld an deine Tante. Wie wird das vor Gericht aussehen? Wenn die Kollegen in Bahia ein bisschen heller wären, hätten sie das längst rausgefunden.«

»Und Seu Júlio? Könnte der nicht was für mich machen?«

»Nein. Hier in São Paulo schon, aber nicht in Bahia. Vergiss es.«

Livia vergrub den Kopf in ihren Händen und schwieg. Katja holte Livias Kopf sanft aus seiner Versenkung, richtete ihn am Kinn auf und sah ihr in die Augen.

»Du hast nur eine Möglichkeit«, sagte sie. »Du musst das mit Senhor Sebastião selbst regeln.«

»Kann ich ihn nicht anzeigen?«

Katja schüttelte den Kopf. »Auch wenn du minderjährig bist und er sich selbst strafbar gemacht hat. Du weißt, wie diese Dinge laufen für jemanden wie ihn. Du musst ihn dazu bringen, dass er die Anzeige zurücknimmt. Solange das hier in der Welt ist, hast du keine ruhige Minute.«

»Das kann ich nicht.«

Katja seufzte. »Ich kannte eine, die war 14. Hübsches Ding. Ist im Gefängnis gelandet, und zwar war nicht im Frauentrakt. Sie haben sie in eine Zelle gesteckt mit 76 Männern, musste es allen besorgen, Tag und Nacht. Dabei war sie unschuldig. Die haben sie absichtlich eingelocht. Das ist *ein* Fall, den ich kenne. Was glaubst du, wie viele es da draußen noch gibt. Jemand wie Sebastião hat die Richter immer auf seiner Seite.«

»Ich muss doch Geld verdienen für Emilio.«

»Hol es dir von Sebastião und seinen Freunden. Es ist mehr und schneller verdient, und – wenn du ein bisschen aufpasst – auch nicht halb so gefährlich, wie sich mit Espada oder Seu Júlio anzulegen.«

Benommen kam Livia wieder aus Katjas Zimmer heraus. Abwesend griff sie zum Telefon und wählte. Noch bevor sie es läuten hörte, hatte sie Maria Clara in der Leitung.

Maria Clara sprach hastig und im Flüsterton. »Livia! Gott sei Dank! Vagner hat Dona Célia auf die Straße gesetzt. Es war furchtbar. Sie mussten von einem Augenblick auf den nächsten das Haus verlassen. Dona Célia hat Emilio auf dem Weg zur Haltestelle gestützt. Er war ganz abgemagert. Alle haben zugesehen, keiner hat sich helfen getraut. Wer ihr hilft, fliegt auch hinaus, hat es geheißen. Es war schrecklich. An eurer Tür hängt ein neues Schloss.«

»Um Gottes Willen! Wo sind sie hin? Wie kann ich sie erreichen?«

»Ich weiß es nicht.«

»Frag Dona Marlene, Dona Ofélia, Senhor Alfredo, den Gemüsehändler. Irgendwer muss es wissen!«

«Ruf morgen um dieselbe Zeit wieder an, nicht früher, keiner traut sich hier abzuheben, alle wissen, dass du anrufst.« Maria Clara hängte ein.

Tränenüberflutet stürzte Livia zurück zu Katja ins Zimmer. »Sie haben Emilio auf die Str... Str... Straaaße ...!«

Katja verstand nicht alles, was Livia zwischen den Flutwellen hervorschluchzte, aber die Dramatik der Lage war sonnenklar. Katja holte eine Küchenrolle und legte Livias Gesichtchen behutsam trocken. »Möchtest du heute bei mir schlafen?«

Livia umklammerte Katjas Arm und war binnen Minuten eingeschlafen.

#

Heute war Donnerstag, in Bahia ging der Karneval los. Livia schlief bis in den frühen Nachmittag, danach musste sie die Zeit totschlagen, bis sie um ein Uhr früh Maria Clara anrufen konnte.

Robinho meldete sich am Nachmittag. Heute war die letzte Bateriaprobe vor dem Karneval, ob Livia nicht wenigstens zur Probe kommen wollte? Sie wollte nicht, auch wenn sie damit Henrique Borboleta bitter enttäuschen würde. Robinho hatte es wenigstens versucht. Er wusste, dass Livia nicht Seu Júlios Gunst aufs Spiel setzen würde, nur um mit ihrer Anwesenheit in der Quadra Espada eins auszuwischen.

Im Fernsehen überschlugen sich die Vorschauen auf den Karneval. Ein ganzes Land stürzte sich jetzt mit Anlauf in den alljährlichen Ausnahmezustand. Wer immer ab Mitte Jänner etwas dringend erledigt haben wollte, bekam zu hören »*Só depois do carnaval.* Erst nach dem Karneval.«

Salvador, Rio de Janeiro, São Paulo und das pernambucanische Städteduo Recife/Olinda. Das waren die Hochburgen, von denen landesweit berichtet wurde. Die Paraden der Oberliga von São Paulo fanden Freitag- und Samstagnacht statt, die von Rio dann Sonntag- und Montagnacht. Als Erstes aber kam Salvador ins Rollen. Die Bahianer sind immer die Ersten und die Letzten, wenn es ums Feiern geht. Und wer glaubt, dass in Salvador am Aschermittwoch Schluss ist, der täuscht sich, denn dann geht es mit der *Ressaca* weiter, dem Katerfest, sehr zum Missfallen der Kirche. Während also am Aschermittwoch alle anderen Brasilianer längst wieder sterbenselend hinter ihrem Schreibtisch hängen, erfinden die Bahianer immer neue Ausreden, um die Party nicht gar so brutal abzuwürgen.

Am Abend zeigten sie die ersten Live-Bilder aus Salvador. Trios Elétricos und Blocos Afros, die sich auf dem Campo Grande und vor dem Leuchtturm von Barra in Bewegung setzten. Axé-Musik und Samba-Reggae traten an, um zwei Millionen Besucher auf Touren zu bringen. Menschen überall, kein Quadratzentimeter Asphalt war zu sehen. Rasta und der Karnevalsblock der Romanos Pretos waren irgendwann spät in der Nacht an der Reihe. Eher unwahrscheinlich, dass sie ins Bild kommen würden. Livia hatte das erste Mal Heimweh.

Ein Uhr nachts. Die letzte halbe Stunde lang hatte Livia unruhig die Sekunden gezählt.

Wieder war Maria Clara vor dem ersten Läuten in der Leitung.

»Ich hab eine Telefonnummer für dich«, flüsterte sie. »Hab ich von Dona Marlene, aber das darf niemand wissen.« Sie sagte die Nummer an, Livia notierte hastig.

»Wessen Nummer ist das?«, wollte sie wissen.

»Weiß nicht. Muss auflegen. Mach's gut.« Und weg war sie.

#

Es läutete. Lange. Eine verschlafene Männerstimme. »*Alô?*«

»Kann ich bitte Dona Célia sprechen?«

»Sie haben sich verwählt.«

»Nein, warten Sie!«

Aufgelegt. Hatte Livia in der Eile die Nummer falsch notiert?

Einen Versuch war es noch wert. Diesmal war er schneller am Apparat.

»Entschuldigen Sie bitte, ich bin Livia, Emilios Schwester. Ich ruf aus São Paulo an, muss unbedingt meine Tante Célia sprechen. Man hat mir diese Nummer gegeben.«

Er zögerte. »Ich weiß nicht recht ... warte mal.«

Stille.

Dann Tante Célias Stimme!

Das Unglück war weit schlimmer, als Livia gedacht hatte. Tante Célia hatte das Geld von der Post geholt, war damit zu Vagner marschiert, doch der wollte nichts davon wissen. Er wollte Livia und nicht ihr Geld.

Vagner selbst war in Bedrängnis geraten. Jamelão, die Ratte, war auf dem besten Weg, zum neuen starken Mann von São Geraldo zu werden. Er nahm Vagner immer mehr von seinem Geschäft weg und alles, was ihm noch fehlte, war die Rückendeckung von ganz oben, von Senhor Sebastião und seinen Freunden. Und Sebastião verlor allmählich seine Geduld mit Vagner. Er wollte Livia. Wenn Vagner nicht lieferte, würde Vagner selbst aus São Geraldo vertrieben werden und mit ihm alle seine Leute. Ein Hangrutsch, der ganz São Geraldo mitreißen würde.

Drei von Vagners Jungs waren ohne Vorwarnung angerückt, um das Haus zu versperren. Hastig konnte Tante Célia gerade noch ihre Tasche vollstopfen und musste dann mit Emilio auf die Straße. Es war fürchterlich.

Sie waren bei Emilios Schulkollegen Daniel in Pau da Lima untergeschlüpft. Daniels großzügige Eltern hatten ihnen Asyl gewährt, vorübergehend. Tante Célia hatte keine Ahnung, wie es weitergehen sollte. Emilio konnte sich nicht mehr bewegen, aß kaum noch was, fragte dauernd nach Livia.

Tante Célia war auch in Liberdade gewesen bei Débora. Eine wilde Szene. Débora war vollkommen uneinsichtig gewesen, auch Rasta hatte ihr bereits alles Mögliche angedroht, aber sie blieb dabei. Sie hatte sogar Spaß daran, Tante Célia ihre Macumba detailreich zu schildern: Im Candomblé-Tempel wurden Frösche gezüchtet. Livias Name auf einem Zettel, der Zettel – nebst einem Schnipsel von Livias Flip-Flop – in das Maul eines Frosches und dem Frosch das Maul zugenäht. So war es geschehen. Der Frosch war längst verendet, der Fluch unwiderruflich.

»Livia, Kind«, flehte Tante Célia. »Komm nach Hause. Bitte.«

»Kannst du Emilio ans Telefon holen?«

Livia musste eine Weile warten, bis Emilio aufgeweckt und ansprechbar war. Tante Célia hielt ihm den Hörer ans Ohr.

»*Emilio, meu amor! Queridinho!* Ich bin's, Livia. Sag doch was.«

»Wann kommst du nach Hause?«, fragte ein dünnes Stimmchen.

Livias Stimme setzte aus. Die Tränen überrollten sie, fortwährend rang sie nach Luft und zog die Nase auf. Sie konnte nichts sagen. Katja war vorhin aus ihrem Zimmer erschienen und saß schon eine zeitlang neben Livia. Jetzt war sie mit der Küchenrolle zur Stelle und legte ihren Arm um Livia.

»Weinst du?«, fragte das Stimmchen. »Warum weinst du?«

Livia hörte, wie ihm selbst das Sprechen Schmerzen bereitete.

»Es wird alles wieder gut«, schluchzte Livia auf, »alles wieder gut. Ich komm wieder nach Hause.«

»Wann?«

»Gleich nach dem Karneval. Am Sonntag fahren wir weg von hier. Noch dreimal schlafen und dann sitz ich im Auto und komm schnurstracks zu dir nach Hause.«

Livia vernahm einen tiefen, langen Seufzer vom anderen Ende.

»Wirst du im Karneval trommeln? Kann ich dich im Fernsehen sehen?«, fragte das Stimmchen mit soviel Aufregung, wie es aufbringen konnte.

Livia überlegte nicht eine Sekunde. »Ja, ich werde im Karneval trommeln. Die Sambaschule heißt genauso wie unser Bloco in Salvador, Romanos Pretos. Sie haben die beste Bateria der Welt.«

»Samstagnacht, drei Uhr früh«, flüsterte Katja ihr zu.

»Du musst aber lange wach bleiben, unsere Parade ist erst um drei in der Früh. Willst du nicht lieber doch schlafen gehen?«

»Niemals!«, sagte das Stimmchen. »Wenn du im Fernsehen bist, werde ich zusehen.«

»Dann versprich mir bitte, dass du mehr isst. Rote Rüben, Salat, Spinat, Fleisch. Du brauchst das alles, damit du wieder gesund wirst, bis ich komme.«

»*Tá bom.* Is' gut. Und du kommst wirklich?«

»Ich komm wirklich. Jetzt schlaf schön, mein Herz. *Te amo.* Ich liebe dich.«

»*Te amo também.* Ich liebe dich auch.«

#

Um zwei in der Früh rief irgendein Idiot Robinhos Handy an. Er landete in der Sprachbox, dort, wo sie um diese Zeit hingehören. Auch beim zweiten Mal ließ Robinho es läuten, bis die Sprachbox den Deppen schluckte. Beim dritten Anruf kam ihm der Gedanke, dass es wichtig sein könnte, doch der Gedanke kam ihm zu spät. Erst beim vierten Mal hob Robinho benommen, aber rechtzeitig ab.

»Ich bin's, Livia!« Ihre Stimme fuhr ihm in die Glieder. »Ich trete mit euch im Karneval an und fahre mit zurück nach Salvador.«

Ein Eimer kaltes Wasser hätte Robinho nicht wirkungsvoller wach kriegen können. Kerzengerade saß er auf einmal im Bett.

»Und du bist dir sicher?«

»Ja.«

»Espadas Bateria?«

»Welche sonst? Carlos Augusto ist einverstanden, Henrique Borboleta wird überglücklich sein und außerdem möchte ich Espadas langes Gesicht sehen, wenn er mich nun doch in seiner Bateria entdeckt. Das bin ich ihm noch schuldig.«

Robinho kannte sich nicht mehr aus. »Warum plötzlich doch?«

»Hat sich gerade so ergeben. Es muss sein.«

»Und die Dona do Morro Vasco?«

»Dort hab ich mit der Bateria nichts zu tun.«

»Und du fährst mit uns nach Salvador zurück?«

»Hab ich doch gesagt.«

»Und Seu Júlios Bloco Afro?«

»Über den hab ich noch nicht nachgedacht. Ich weiß nur, dass ich in Salvador ganz dringend einen Haufen Dinge ins Lot bringen muss. Ich schätze, ich muss Seu Júlio bitten, das Ganze zu verschieben. Es geht nicht anders.«

»Er hat nichts dagegen, wenn du im Karneval fremdgehst?«

»Auweh! Was hast du denn noch für Fragen! Die Hälfte aller Trommler spielt in mehr als einer Bateria.«

»Nicht Espadas Leute. Bei den Romanos bist du entweder dabei oder nicht. Sie sagen, sie möchten nicht erstklassige Trommler ausbilden, von denen dann andere Sambaschulen profitieren.«

»Mich hat keiner ausgebildet.«

»Nun denn, morgen, das heißt heute, zu Mittag holen wir unsere Kostüme in der Quadra ab.«

»Da kann ich nicht, ich hab einen Arzttermin. Den kann ich nicht auslassen. Könntest du eines für mich mitnehmen?«

»Müsste gehen. Die haben immer ein paar in Reserve. Schuhgröße?«

»6.«

»Das ist ja Kindergröße.«

»Was bist du bloß anstrengend! Dann nimm halt die Kleinsten, die es gibt.«

»Um zwei in der Früh bin ich immer anstrengend. Kannst alle meine Exbräute fragen.«

»Welche von beiden?«

32

Schon lange hatte Livia nicht so tief geschlafen. Igor hatte große Mühe, sie am späten Vormittag zu wecken. Viel zu zaghaft rief er ihren Namen. Nachdem das nichts einbrachte, rüttelte er an ihrer Schulter. Zunächst vorsichtig, dann doch etwas heftiger, da die Zeit schon drängte. Endlich schlug sie ihre Augen auf.

»Livia, *gospodi, tschto tak krepko spisch!* Du musst aufstehen, wir haben den Termin bei *Doutor* Justiniano.«

Doutor Justiniano war Militärarzt, Spezialgebiet Hämatologie. Igor kannte ihn von früher und er hatte sich bereit erklärt, die Senhorita mit dem kranken Bruder unentgeltlich zu sprechen. Igor fuhr mit Livia nach Tucuruvi, wo Doutor Justiniano in einer privaten *Clínica* sein Gehalt verdoppelte. Für gewöhnlich hatte hier nur Zutritt, wer über einen entsprechenden *Convênio* verfügte, eine private Krankenversicherung. Die jungen Palmen im Vorgarten, die schneeweißen Mauern und die blauen Spiegelglastüren der Clínica waren deutliche Belege dafür.

Die charmante Rezeptionistin leitete Igor und Livia ohne Formalitäten in den Wartebereich weiter. Doutor Justiniano erschien in seinem weißen Kittel, plauderte ein wenig mit seinem alten Bekannten Igor und bat dann Livia zu sich herein. Hinter seinem Schreibtisch hörte er sich andächtig Emilios Leidensgeschichte an. Die frühen Symptome, die Diagnose Sichelzellenanämie, die immer wiederkehrenden Schmerzattacken und Lähmungen und zuletzt Déboras Macumba, die zu einer dramatischen Verschlechterung seines Zustands geführt hatte.

Doutor Justiniano rieb sich die Glatze und fuhr sich mit der Hand übers Gesicht. »Ich bin seit 30 Jahren Arzt und habe viel gesehen, allerdings noch keinen Patienten, der an Macumba erkrankt ist. Vergiss den Unsinn mit den toten Fröschen.«

Doutor Justiniano lehnte sich in seinem ledernen Drehstuhl zurück, faltete seine Hände und begann den Vortrag.

Es geht um das Hämoglobin, Hauptbestandteil der roten Blutkörperchen und Botendienst für den Sauerstoff im Körper. Gesunde Blutkörperchen sind weich und rund und können sich durch die kleinsten Äderchen zwängen. Kranke dagegen sind hart und haben eine längliche Sichelform. Wenn es eng wird, kommen sie nicht um die Kurve und liefern keinen Sauerstoff mehr an. Das führt zu den Gelenkschmerzen und Lähmungen.

Die Deformierung der Blutkörperchen hat genetische Ursachen und ist generell unheilbar, außer durch eine Knochenmarktransplantation, aber auch die hat ihre Risiken. Die Forschung beschäftigt sich mit Gentherapie und embryonalen Stammzellen. Wenn die Politik etwas mutiger wäre, könnte Sichelzellenanämie einmal heilbar werden.

Warum befällt dieser Gendefekt weltweit vorwiegend dunkelhäutige Menschen? Ist Gott ein Rassist?

Entstanden ist die Krankheit in Afrika, in Gebieten, in denen es Malaria gibt. Ein gesundes Blutkörperchen lebt vier Monate lang, ein deformiertes hingegen nur zwei Wochen. Zu kurz für den Malariaerreger. Der Erreger stirbt zusammen mit dem Blutkörperchen ab. Die Krankheit ist also ein raffinierter Schutzmechanismus der Natur, ein Evolutionsvorteil.

Was Emilio zurzeit durchmachte, war eine Sichelzellkrise. Falls es ganz schlimm würde, halfen nur mehr Infusionen, gegebenenfalls auch Bluttransfusionen. Der Auslöser dieser Krise war keinesfalls ein malträtierter Frosch, sondern es gab eine Reihe klinisch erforschter Auslösefaktoren: zu wenig Sauerstoff, etwa durch Höhenlage, Dehydratation, Infektionen, große Temperaturschwankungen, Alkohol oder Drogen. Konnte man bei Emilio alles ausschließen. Somit blieb nur mehr ein einziger Faktor: Stress.

»War dein Bruder zum Zeitpunkt, als die Krise kam, einer großen körperlichen oder psychischen Belastung ausgesetzt?«

Livia nickte. Emilios einzige und geliebte Schwester, sein Ein und sein Alles, hatte ihn über Nacht ohne Lebewohl verlassen, für immer und entgegen ihrem Versprechen. Wie groß kann der Schock für einen Neunjährigen ohne Eltern noch sein?

»Dann ist alles klar«, resümierte Doutor Justiniano. »Du musst so schnell es geht zurück zu ihm und seine Krise wird vorübergehen.«

#

Bruno rief Livia an, Seu Júlios smarte Nickelbrille.

»Wir haben gehört, du machst bei den Romanos Pretos mit?«

Vor diesen Leuten blieb wirklich nichts geheim. Livia erklärte ihm die Sache mit Emilio, und dass sie auf jeden Fall nach Salvador musste.

»Seu Júlio wird nicht begeistert sein. Ich hoffe, du weißt, was du tust.«

»Ich kann nicht anders. Ich hab's dir ja gerade erklärt«

»Du solltest dich vor Espada in Acht nehmen. In seiner Bateria kann Seu Júlio dich nicht in Schutz nehmen. Das war nicht abgemacht.«

»Danke, ich kann auf mich selbst aufpassen.«

Sagte sie zumindest.

#

Heute, Freitag, waren die ersten sieben von insgesamt vierzehn Sambaschulen der Oberliga von São Paulo dran. Bis in den frühen Morgen saßen Igor, Katja und Livia vor dem Fernseher und verfolgten die Paraden. Manche waren origineller, manche fantasieloser, einige aufwendiger, andere bescheidener, ein paar wurden bejubelt und der Rest war auch nicht schlecht. Die Kommentatoren waren sich aber einig: Den Champion hatte heute noch niemand gesehen. Der Titel würde voraussichtlich erst morgen vergeben werden, wenn zuerst die Romanos Pretos und gleich danach die Dona do Morro Vasco defilieren würden. Sie hatten den vorletzten und den letzten Startplatz. Spannender ging es nicht.

33

Heute waren sie also selbst an der Reihe. Katja war die Erste, die sich bereitmachte, das Haus zu verlassen. Ihr Kostüm war sorgfältig in Noppenfolie eingepackt. Die langen Federn um 100 Reais das Stück waren fast alles, was sie am Körper tragen würde. Sie hatte ihr Kostüm bereits einmal anprobiert, doch das hatte Livia verpasst. Heute würde Katja das Kostüm erst in der Quadra anlegen. Dort warteten helfende Hände mit Nadel, Faden und Superkleber auf sie. Von der Quadra aus würde dann ein Konvoi von 100 städtischen Bussen die gesamte Sambaschule zum Sambadrom führen.

Bevor Igor Katja gehen ließ, versammelte er sie und Livia um sich. Sie saßen eine Minute lang stillschweigend beisammen - ein alter russischer Brauch, der jedem großen Vorhaben Ruhe und Glück einbringt. Dann entließ er Katja mit einem dicken Kuss.

Igor selbst war als nächster dran. Er musste um 22 Uhr im Sambadrom sein. Sein Platz war auf der Tribüne, im Sektor der Romanos-Pretos-Anhänger. Igor hatte noch nie einen Karneval ausgelassen, in dem seine Katja defilierte. Nicht, als sie noch einfache Passista war, und schon gar nicht, seitdem sie die Rainha war. Störte es ihn nicht, dass seine Tochter sich so gut wie nackt vor Millionen Zusehern präsentierte? Nein, er war Russe, unmäßige Scham kannte er nicht. Schon in der Sowjetunion hatte es passieren können, dass man die Nachbarin bei einer verschwitzten Nummer im Stiegenhaus erwischte. Keine Affäre. Wir sind alles Menschen.

Ein anderer russischer Brauch ist der *Pososhok*, das letzte Gläschen vor dem Aufbruch. Igor machte zur Sicherheit gleich drei letzte Gläschen daraus. Einen Wodka kippte er auf Katja, einen auf Livia und noch einen auf sich selbst. Nun konnte nichts mehr schief gehen, auch Igor machte sich auf den Weg.

Zuletzt kam ein aufgeregter Silvio und brachte Livia zur Jugendherberge. Übermütiges Gejohle empfing sie, als sie in der Eingangshalle auftauchte.

»Na bitte, da kommt sie ja! Die Nummer 404 der besten Bateria der Welt!«

»Die einzige Fliege in Espadas Süppchen.«

»Und was für eine! Sie paddelt nicht nur drin rum, sie pisst ihm auch noch kräftig hinein.«

»Ist ja gut«, wehrte Livia die zahlreichen Umarmungen ab.

Die Chill-Zone hinter der Rezeption glich einem zweifarbigen Clown-Festival. Der Carnavalesco hatte sich Capoeira-Kostüme für die Bateria ausgedacht. Marrom, Basílio und Livia hatten ihren Platz rechts von der Mittellinie, also war für sie alles in Gold. Flatternde Glockenhosen, ein dazu passendes Oberteil, billige Gymnastikschläppchen mit einer dünnen Gummisohle und eine riesige Afroperücke, ein Black-Power-Ungetüm aus knisterndem Nylonhaar. Die Perücke war zum Totlachen, sie erinnerte alle an Ana. Robinho und die übrigen gehörten in die linke Seite der Bateria. Sie hingen als komplett schwarze Capoeira-Clowns herum.

Im Zimmer der Jungs, einem Saustall mit vier Stockbetten, zog Livia sich um. Sie musste nicht einmal ihre Rastazöpfchen hochbinden, um sie zu überdecken. Das Nylonhaar-Ungetüm reichte ihr bis auf den Rücken. Livia ließ ihre Sachen auf dem Boden liegen und sauste zurück in die Eingangshalle. Der Trupp war startklar.

Erhitzt kletterten sie zu Silvio in den VW-Bus, während der Fahrt wurden Bierdosen im Kreis gereicht. Es war kurz nach Mitternacht, als sie dem Sambadrom näherkamen. Die Startzeit für die Romanos Pretos war 3:05, noch war Zeit genug.

Bereits von weitem verdichteten sich die Anzeichen des Riesenspektakels: die Flutlichter des Sambadroms, der Wirbel von hunderten Trommeln und der Karnevalssamba aus tausenden Kehlen. Ein Feuerwerk ging gerade über der Concentração in die Luft, ein Eröffnungsfeuerwerk. In diesem Moment begann eine Sambaschule ihre Parade. Auf der Zufahrtsstraße ging nichts mehr. Buskonvois und Karawanen von Teilnehmern in abenteuerlichen Kostümen blockierten die Straße. Silvio ließ seine bahianischen Clowns aussteigen, das letzte Stückchen mussten sie zu Fuß gehen. Der treue Silvio würde sie nach der Parade an der *Dispersão,* dem Auslaufplatz am anderen Ende der Avenida, wieder auflesen.

Im Gewoge der ausgelassenen Menge drängten sie in Richtung Concentração, bis auch hier nichts mehr ging. Sie mussten warten, bis die Sambaschulen vor ihnen nachrückten.

Ein Stückchen weiter vorne sammelten sich bereits die Alas der Romanos Pretos. Mit ein wenig Gedränge und Geschiebe gelangten schließlich auch die Bahianer zu ihrer Bateria. Vor einem der Busse waren die Trommeln aufgestapelt. Livia schnappte sich eine goldene Repinique. Nelson, im schwarzen Kostüm, nahm sich in der Aufregung auch eine von den goldenen und bekam dafür von Fabrício einen kräftigen Klaps auf den Hinterkopf.

Livia erntete schräge Blicke von einigen Romanos Pretos, andere wieder freuten sich sie zu sehen. Besonders die aus ihrem Bloco Afro und die anderen, die damals mitgespielt hatten, bevor Espada ihren Samba-Reggae abschlachtete.

Zé Luis kam und umarmte Livia. »Mann, du bist ganz schön verkehrt gewickelt. Ich halte dir ein symbolisches Plätzchen in der Bateria frei und verschaff dir ein echtes Tribünenticket. Aber nein, die Senhorita will's genau umgekehrt, will unbedingt selbst in der Bateria stehen.«

»Von unbedingt kann ja nicht so sehr die Rede sein. Du hast es selbst gesehen, Henrique Borboleta hat mir keine Wahl gelassen.«

»Jetzt bleibt dein Plätzchen auf der Tribüne frei.«

»Ich kann mich nicht zweiteilen.«

»Ist besser so. Willkommen in der Bateria.«

Auch Josie erschien, zum Abklatschen: *»Demorou!«*

Sie beklagte sich, dass sie ihre schönen Locken unter dieser hässlichen Perücke verstecken musste.

»Heh, Josie, wieso gehst du nicht als Passista?«, wollte ein Caixa-Spieler wissen. »Da könntest du außer den Haaren auch noch deine Titten herzeigen.«

»Wollte ich ja, aber sie lassen mich nicht!«

»Nicht weinen, Liebste, du kriegst sie doch alle dran. Ob du sie nun mit Haaren aus Nylon reinlegst oder mit Titten aus Silikon.«

Die Bateria vertrieb sich die Wartezeit mit aufgedrehtem Unfug, mit jeder Minute wuchs die Anspannung. Ein ganzes Jahr des Wartens näherte sich dem Ende und es stand wieder einmal alles auf dem Spiel.

Livia hielt nach Espada Ausschau. Er stand vorne im Gespräch mit Mané und drei Jungs aus der Harmonieabteilung. Er schien Livia noch nicht bemerkt zu haben.

Gegen ein Uhr konnte die Bateria dann endlich die Concentração betreten. Wie ein Schwamm sog das ausgedehnte Areal die ganze Sambaschule auf. Die Schule vor den Romanos stand noch zur Gänze auf der Concentração, und die davor war schon zur Hälfte auf der Avenida. Die Harmonieabteilung schritt zur Tat. Sie brüllten hektische Anweisungen in die Reihen, und die Alas nahmen ihre Formationen an. Klappte alles viel schneller als in der Generalprobe. Auch die Bateria erhielt ihre Anweisungen. Die Goldenen nach rechts, die Schwarzen nach links, ein Hilfsmestre wies Livia ihre Position an und die Bateria stand. Livia war dabei. Jetzt, wo ein jeder an seinem Platz war, konnten sie zwischendurch aufatmen. Es blieb Zeit genug, sich ein wenig umzusehen.

Basílio hatte seinen Platz hinter Livia. Sie hängte ihm ihre Repinique um, drückte ihm die Sticks in die Hand und ging auf Besichtigungstour. Zwischen den Alas wanderte sie umher, wie einer von den zahlreichen Pressefotografen. Alles hier war um drei Nummern größer als im realen Leben. Die Reifröcke weiter, die Hüte breiter, die Plateaustiefel höher und die Beine der Passistas länger. Eine Sambaschule bestand genau genommen zur Gänze aus Federn, Strasssteinen, Glitter und jeder Menge Tüll, in sämtlichen Farbtönen, die dem Carnavalesco unter die Finger gekommen waren.

Vor den Allegoriewagen machte Livia Halt. Seite an Seite warteten hier die enthüllten Eröffnungswagen der Romanos und der Dona auf ihren großen Auftritt. Beide Wagen trugen den mannshohen Schriftzug ihrer Sambaschule und beide protzten mit ihrer 15 Meter hohen Symbolfigur als Blickfang. Livia lehnte den Kopf zurück und blickte hoch.

Die Romanos Pretos boten ihren Schwarzen Römer auf, einen sanftmütigen Giganten mit rabenschwarzem Gesicht und weißer Toga. Unter einem Lorbeerkranzbogen hob und senkte er seine ausgebreiteten Arme und begrüßte die Menge. Hinter ihm standen acht riesige Skulpturen in bahianischen Gewändern auf dem Wagen. Livia musste schmunzeln. Das waren Nachbildungen der acht Orixás des Dique do Tororó in Salvador. Dort schwebten die Skulpturen in der Mitte des Sees über dem Wasser und waren bei Dunkelheit geheimnisvoll beleuchtet. Livia kannte sie alle: *Oxalá, Yemanjá, Xangô, Ogum, Oxóssi, Oxum, Iansã* und *Nanã.* Acht Bahianer, die es unversehens ins ferne São Paulo verschlagen hatte, ganz so wie Livia und ihre sieben Jungs. Zum ersten Mal freute sie sich auf die Heimreise.

Die Orixás auf dem Wagen standen im Kreis und in ihrer Mitte spritzte eine leibhaftige Wasserfontäne hoch, genau wie auf dem See in Salvador. Oben auf dem Turban jedes einzelnen Orixás befand sich eine kleine Plattform mit einer hüfthohen Absturzsicherung für die *Destaques*, die Highlights der Parade. Neben dem Wagen entdeckte Livia die Gruppe der Auserwählten, die darauf warteten ihre Plattformen zu besteigen. Deren pompöse Kostüme stellten sämtliche andere weit in den Schatten. Livia erkannte eine Serienschauspielerin, einen Politiker, der im Fernsehen gehässige Reden schwang, und einen anderen, der durch seine langweiligen Reden auffiel. Die anderen fünf Senhoras kannte Livia nicht. Das mussten die sein, die 30.000 Reais für ihr Kostüm auf den Tisch legten. Carlos Augusto hielt inmitten des erlesenen Kreises angeregt Hof. Tausche Bildschirmpräsenz gegen politischen Rückenwind und ein bisschen Geld für mich. Das war wohl der Saldo des Ganzen.

Alles in allem war der Eröffnungswagen der Romanos Pretos eine wohlüberlegte und effektvolle Hommage an den bahianischen Candomblé, dessen afrikanische Trommelrhythmen aller Anfang des Sambas gewesen waren. Keine Rede hier von zugenähten Froschmäulern. Livia ging ein paar Schritte weiter und nahm den Wagen der Dona in Augenschein.

Die Dona do Morro Vasco starrte grimmig auf Livia herab, die Herrin des Baskenhügels in Person, eine fettleibige Senhora. Sie lehnte sich vor und zurück, wobei sie dem Betrachter ihren rechten Arm bedrohlich entgegenstreckte. Hinter ihr auf dem Wagen türmte sich die Favela des Morro Vasco in den Himmel, ein Wirrwarr aus Holzbaracken mit zerlumpten Statisten, die aus Türen und Fenstern lugten.

Fome Zero - A Esperança Do Povo war das Karnevalsthema der Dona, *Null Hunger – Die Hoffnung des Volkes. Fome Zero* war ein Programm der Regierung zur Bekämpfung des Hungers im Lande. Ein wohlgemeintes Vorhaben der Politik, der Seu Júlio eine noch wohlgemeintere Werbeplattform bot. Wer von beiden sein Geschäft besser verstand, Carlos Augusto oder Seu Júlio, stand nunmehr zur Klärung an.

Es war Zeit, zur Bateria zurückzukehren. Livia schlängelte sich zurück zu ihrer Bateria, die in der Zwischenzeit ein gutes Stück vorgerückt war. Bevor sie sich einreihte, machte sie plötzlich kehrt. Jetzt war vielleicht der letzte Augenblick, um noch mal rasch für kleine Mädchen zu gehen. Die Aufregung machte Druck.

Sie wusste nicht, dass die endlose Reihe aus mobilen WCs auf der Eingangsseite der Concentração stand, und steuerte auf die abgelegene Seite zu, dort wo die Allegoriewagen aufgereiht warteten.

Und Livia war nicht die Einzige, die sich von der Bateria entfernte. Auch Espada verließ seinen Posten, Mané im Schlepptau. Espadas Blick suchte kein WC. Espadas Blick folgte Livia.

Hinter den Wagen lag die Ruheoase der Concentração. Hier, außerhalb der Einflugschneise in die Avenida, drängten sich keine Alas. Livia fand eine einzige WC-Anlage vor, mit je einem Eingang für Sie und für Ihn. Eine der größten Ungerechtigkeiten der Natur waren die Warteschlangen vor solchen Einrichtungen. Während Livia gut 20 Senhoras vor sich hatte, von denen jede einzelne sich erst mühsam aus dem Kostüm schälen und wieder einpacken musste, herrschte nebenan bei den Herren ungehindertes Kommen und Gehen.

»Du kannst Bier nie kaufen, höchstens für kurze Zeit ausleihen«, scherzte vor Livia eine Senhora mit ihrer Kollegin.

Livia hatte bereits einmal einen VW-Bus versäumt, mit katastrophalen Folgen. Dieses Mal würde sie nicht zu spät kommen. Emilio hielt sich gerade mit letzter Kraft vor einem Fernseher in Salvador wach, um sie zu sehen.

Livia umrundete also die WC-Anlage und hatte auch noch Glück. Dem Maschendrahtzaun, der die Concentração einzäunte, fehlte hinter dem WC ein halbes Feld. Jenseits des Zaunes stand ein unbeleuchtetes Wirtschaftsgebäude, umgeben von dichtem Buschwerk, und dahinter ging es leicht abwärts zur Avenida Marginal Tietê und zu der toten Brühe, die sie Rio Tietê nannten. Livia schlüpfte durch den Zaun und fand ein geschütztes Plätzchen zwischen den Büschen. Sie streifte sich Goldhose und Slip hinunter und ließ sich in die Hocke nieder.

Der Lärm des Sambadroms mischte sich hier mit dem Straßenlärm der Marginal Tietê.

Livia hörte nicht, wie das Gebüsch hinter ihr raschelte.

Mit einem Schlag passierte es. Kräftige Hände packten sie brutal am Genick, schleuderten sie herum wie eine Gummipuppe. Sie begriff erst, was los war, als sie auf dem Rücken lag und Espada auf ihr saß. Livias Nacken fühlte sich an wie zerbrochen, ihre Lippen schmeckten salzig und Espada wog eine Tonne auf ihren Hüftknochen. Er presste ihre zarten Handgelenke ins Gras. Es war der Griff des Mestres, vom Trommeln gestählte Unterarme. Livias Hose umspannte ihre Fußknöchel.

Sie konnte sich nicht rühren, war auch nicht fähig zu schreien, konnte ihn nur anstarren.

Espadas wuchtiger Schädel schwebte über Livia. Aug in Aug schnaubte er ihr ins Gesicht.

»Neuigkeiten für dich: Du wirst nicht in meiner Bateria spielen. Du wirst auch nicht bei Seu Júlio spielen. Du wirst nie mehr irgendwo spielen.«

Erst jetzt bemerkte Livia Mané, der hinter dem Gebüsch stand und die Zaunlücke bewachte. Er grinste vergnügt über die Büsche hinweg, zeigte seine schiefen Zähne unter dem verwahrlosten Schnauzbart.

Espadas Augen glühten. »Wir werden gewinnen. Du wirst es nicht mehr erleben. In ein paar Minuten sind wir fertig mit dir und du liegst unten im Flussbett. Die Ratten warten schon.«

Hart packte Espada sie zwischen den Beinen. Livia wand sich, als könnte sie sich in den Boden hineindrücken. Sie spürte etwas Hartes im Rücken. Der Reservestick! Sie lag auf dem Reservestick! Wie immer seit der Blamage von Bonfim hatte sie ihn hinten in der Hose stecken gehabt.

Espada setzte sich auf Livias Knie. Sie brüllte vor Schmerzen. Ihre Schreckstarre hatte sich gelöst, sie würde kämpfen. Mit einem Griff öffnete sich Espada jetzt seine Hose und umklammerte im nächsten Moment wieder Livias Handgelenke. Für einen kurzen Augenblick hätte sie die Hände freigehabt. Zu spät. Sie hatte ihre Chance verpasst.

»Du kannst schreien, soviel du willst. Keiner kann dich hören.« Mit einem Ruck verdrehte er ihre Arme. Sie brüllte ihm ins Gesicht.

Espada langte hinter sich, um ihr die Hose vom Knöchel zu streifen. Sie sträubte sich verbissen dagegen, hielt ihn dort unten irgendwie beschäftigt. Jetzt gab er auch ihre zweite Hand wieder frei. Sie tastete unter ihren Rücken, bekam den Stick zu fassen, zog ihn blitzartig hervor und stieß ihn Espada ins Gesicht.

Espada war schneller. Er fing den Stick ab und hielt ihn fest.

Livia ließ nicht locker, umklammerte ihn verzweifelt mit beiden Händen, Espada zerbrach den Stick.

Im Blutrausch warf er sich auf Livia. Die hatte ihre Hälfte des Sticks noch nicht losgelassen. Halb rammte sie ihm die abgesplitterte Spitze ins linke Auge, halb spießte er sich selbst daran auf. Mit einem schrillen Gurgeln ließ er ab von ihr und rollte zur Seite. Noch immer ließ sie nicht los. Jetzt setzte sie mit beiden Händen nach.

»Zwei sind zu wenig!«, schrie sie ihm ihre Verzweiflung ins Gesicht. Mit ganzer Kraft und zusammengebissenen Zähnen drang sie schubweise noch tiefer ein: »Immer! Einen! In! Reserve!«

Der Stick hatte einen Widerstand durchstoßen und saß fest. Espadas linker Augapfel hing ihm heraus, das rechte Auge verdrehte er, er zappelte und wimmerte. Die Narbe um seinen Hals war rot angeschwollen.

Mané brauchte eine Sekunde zu lang, um zu kapieren, was dort hinter dem Gebüsch geschehen war. Livia riss sich die Hose hinauf. Ein guter Tormann wusste, wann er seine Torlinie verlassen musste. Mané stürzte sich auf Livia, sie schlug einen Haken unter seinen Armen hindurch, er erwischte sie am Knöchel, hielt sie fest, sie flog der Länge nach hin. Sie zerrte wie ein tollwütiges Tier, grub ihre Finger in den Boden. Da sah Mané Espada in dessen grauenhaftem Zustand. Sollte er die Göre kaltmachen oder sich um Espada kümmern? Manés Griff ließ etwas nach, Livia konnte sich losreißen. Mané war kein guter Tormann.

»Wir kriegen dich!«, brüllte er ihr nach, als sie durch den Zaun schlüpfte. »Du kannst dich nicht vor uns verstecken!«

34

Benommen taumelte Livia zurück in das bunte Treiben der Concentração. Menschen, sie brauchte viele Menschen um sich. Keiner nahm Notiz von ihr. Alles hier rannte und schwatzte durcheinander. Wo sollte sie hin? Sie blickte sich um, erwartete jeden Moment Mané und Espada hinter sich. Sie stolperte weiter durch die Alas. Federn, Kostüme, Wagen, alles verschwamm um sie herum sich. 10.000 Menschen auf dieser Scheiß-Concentração und an wen sollte sie sich wenden? Wem konnte sie das erklären? Livia fand sich mitten in den fremden Reihen der aufgerückten Dona wieder. Dort standen Seu Júlio und Ulisses! Sie stürzte in Seu Júlios Arme, riss ihn von den anderen fort. »Espada!«, keuchte sie. »Er wollte mich umbringen! Ich hab ihn erwischt! Abgestochen! Dort hinten.«

Seu Júlio schaltete schnell. Er rief Ulisses zu sich und seinen stämmigen Bodyguard, der heute in der Uniform der Harmonieabteilung steckte. Livia führte sie im Laufschritt zurück hinter die WC-Anlage. Ihre Knie schmerzten. Als sie durch den Zaun schlüpften, überraschten sie Mané, der noch immer versuchte, seinen Herrn und Meister auf die Beine zu bringen. Als er Seu Júlio und Ulisses erblickte, ergriff er blitzartig die Flucht in Richtung Marginal Tietê.

Espada lag noch an Ort und Stelle. Er war grässlich anzusehen. Er krümmte und wand sich wie ein zertretener Wurm. Der Stick ragte ihm aus der Augenhöhle, das herausgequetschte Auge bewegte sich noch, Blut lief ihm übers Gesicht. Mané hatte ihm die Hose raufgezogen, Espada hatte sich angemacht. Hasserfüllt starrte er mit beiden Augen Seu Júlio und Ulisses an. Espada schrie um sein Leben, allein, kein Laut drang ihm aus der Kehle. Nur ein wenig roter Schaum tropfte von seinen Lippen.

Seu Júlio schob Livia zur Seite: »Es ist besser, du gehst jetzt. Wir kümmern uns um ihn.«

Sie verstand. Sie hob ihre Afroperücke auf und machte sich aus dem Staub. Nichts wie weg. Zehn Meter von der Stelle des Dramas entfernt stand immer noch die Damenschlange vor dem WC. Niemand hatte etwas mitbekommen.

Irgendwo am anderen Ende des Sambadroms wartete Silvio mit seinem VW-Bus. Wie kam sie so schnell wie möglich dorthin? Alleine hinter den Tribünen oder außenherum im Halbdunkel zwischen hunderten geparkten Bussen? Mané lief hier irgendwo frei herum und Livia stand ganz oben auf seiner Liste. Mit einem Totenkopf dahinter. Wo und wann würde Mané zuschlagen? Würde er sich zur Bateria zurückwagen? Die Concentração war voll von Presse- und Kameraleuten. Nein, der schnellste und sicherste Weg führte Livia mitten über die Avenida. Zehntausende auf den Tribünen, Millionen vor den Bildschirmen. Und der einzige Weg über die Avenida war mitten in der Bateria. Außerdem wartete Emilio. Wenn Mané nicht mehr auftauchte, dann war die Bateria wohl der sicherste Ort für Livia. Wenn er doch auftauchte, dann würde sie sich außenherum durchschlagen.

Vorsichtig pirschte Livia sich durchs Gedränge in Richtung Bateria. Die hatte mittlerweile auf dem Aufwärmplatz Position bezogen, einer weiß markierten Fläche unmittelbar seitlich vor dem gigantischen Startportal, durch das die Sambaschulen auf die Avenida einzogen. Im Schutze einer Themengruppe mit riesigen Flügeln auf dem Rücken spähte Livia die Bateria aus. Die Hilfsmestres hatten sich zusammengerottet, suchende Blicke, kein Mané. Aus der Ferne schielte Livia zur WC-Anlage hinüber. Seu Júlios stämmiger Begleiter rückte jetzt mit der gesamten Frontkommission an! Kurz darauf rückten sie wieder ab, in enger Formation. In ihrer Mitte trugen sie ein lebloses Paket, blickdicht in rosa Tüll eingehüllt. Das war wohl nicht die Bestattungsformation, die Espada sich zu Lebzeiten gewünscht hatte. Auf dem letzten Weg in rosa Tüll gewickelt und getragen von seinen Mördern. Niemand schien die kleine Prozession für auffällig zu halten.

Livia wurde entdeckt, jemand packte sie am Ellbogen. »Himmelherrgott, was machst denn du noch hier? Die Bateria legt jeden Augenblick los! Mach, dass du auf deinen Platz kommst.« Ein Junge aus der Harmonieabteilung. Er wollte ganz sicher gehen und begleitete Livia zur Bateria vor. Sie schlich sich auf ihren Platz zurück. Basílio hielt ihr ungeduldig ihre Repinique entgegen. »Wo warst du so lange? Alles Okay?«

»Du würdest nicht fragen, wenn du auch eine Muschi hättest.«

Er gluckste vergnüglich. Gut zu wissen, dass dieses bahianische

Riesenbaby dicht hinter ihr stand.

»Heh, was ist mit deinen Lippen passiert?«, fragte Basílio und beugte sich neugierig vor.

»Ach nichts.« Hastig wischte sie sich getrocknetes Blut von den Lippen. »So ein Suffkopp von der Dona ist in mich reingedonnert.«

Drei Reihen vor Livia drehte sich Zé Luis um und zwinkerte ihr zu.

Kein Skandal, keiner ahnte was, alles wartete auf Espada und Mané.

Und sie wurden nervös.

Die Sambaschule vor ihnen war schon fast zur Gänze auf der Piste, die Concentração leerte sich Ala um Ala und Wagen um Wagen. In einer halbe Stunde sollte Carlos Augusto die Startlinie überschreiten. Wo blieb der Aufwärm-Samba der Romanos Pretos? Aufwärm-Samba war Karnevalssamba aus sämtlichen Rohren, um die Stimmung in den eigenen Reihen anzuheizen. Als die letzte Ala der vorangehenden Sambaschule die Concentração verlassen hatte, war Espada immer noch nicht aufgetaucht. Carlos Augusto hielt hektisch Kriegsrat mit den Hilfsmestres und den Direktoren der Harmonieabteilung.

Die ratlose Bateria verstand das Problem.

Als einzige Sambaschule weit und breit hatten die Romanos Pretos keinen Signaltrommler in ihren Reihen. Espada allein, allenfalls noch Mané, waren mit ihren Chamadas imstande, die Bateria in Gang zu setzen. Espada hatte immer auf seinen Chamadas gesessen wie ein argwöhnisches Huhn auf seinem einzigen Ei. Keiner, mit Ausnahme von Mané, hatte sich je an den Chamadas versuchen dürfen. Noch nie hatte die Bateria ohne einen der beiden begonnen. Carlos Augusto schickte die Harmonieabteilung aus, sie suchten die Concentração nach Espada und Mané ab. Einer nach dem anderen kamen sie achselzuckend zurück. Die Uhr tickte, die Presse roch was. Wo blieb der Aufwärm-Samba? Fotografen und Kameraleute sammelten sich um Carlos Augusto und die Bateria.

Bei den Romanos Pretos war es üblich, dass die Bateria vor dem Puxador mit dem Karnevalssamba begann. Die Bateria legt ein gewaltiges Intro vor, verzwickte Chamadas des Mestres mit präzisen Antworten und Breaks der Bateria, und dann erst steigen Cavaquinho und Puxador ein. Espadas Handschrift. Zuerst die Leistungsschau des besten Mestres von allen und dann der Rest.

Keiner aus dem Dutzend der Hilfsmestres hatte das drauf. Livia sah Espadas gesamte Partitur im Geiste vor sich. Doch Livia fragte keiner.

Mittlerweile war es für den Aufwärm-Samba längst zu spät geworden. Carlos Augusto kochte eilig einen Notfallplan aus. Er schickte einen der Hilfsmestres an die Front, Faustinho, ein junger Glatzkopf, der für gewöhnlich die Tamborins dirigierte. Mit Schweiß auf der Stirn nahm er vor der Bateria Aufstellung. Carlos Augusto gab ihm einen Klaps auf die Schulter und eilte an die Startlinie, wo Frau und Kinder auf ihn warteten. Die Harmonieabteilung stand links und rechts von ihrem Präsidenten in goldenen Uniformen Spalier. Hinter Carlos Augusto stand die Frontkommission in römischen Legionärskostümen bereit und dahinter schon der Eröffnungswagen.

Die Stunde des Puxadors war gekommen. Er war ein Profi, die große Ratlosigkeit hatte ihn nicht aus der Ruhe gebracht. In seinem schwarzen Smoking mit Goldkragen brüllte er das Funkmikro an.

»Schwarze Römer! Seid ihr bereit?«

3.600 schrien sich die Seele aus dem Leib.

Der Puxador drehte auf: »Freunde, unsere Stunde ist gekommen! Unsere Community, ganz Douradina, unsere Bateria, unsere Alas, wir alle sind stark, unser Samba wird uns tragen, wir werden fliegen, wir sind das Samba-Volk, wir sind der Samba! Wir lassen unseren Schweiß auf der Avenida, wir lassen unser Blut auf der Avenida, wir sind Schwarz und wir sind Gold! Wer ist der regierende Champion? – Wir, die Romanos Pretos! Und wer wird der neue Champion? – Wir, die ROMANOS PRETOS!«

3.600 Schwarze Römer gaben ihm unüberhörbar Recht.

Das Cavaquinho stimmte einen wunderschönen, langsamen Samba an. Livia kannte die Melodie. Sie hatte sie noch nie gehört, aber sie hatte sie gesehen. In dem abgegriffenen Notizheft in Rastas Proberaum. Die Melodie stammte von Nego da Ilha. Nach Negos Tod hatten sie diesem Samba einen neuen Text gegeben und ihn zur Hymne der Sambaschule erklärt. Rasta hatte ihr davon erzählt. Der Puxador begann:

»Halt ein, Schwarzer Römer
Nicht so schnell, nicht so laut
Hast du vergessen
Worauf Schwarz-Gold gebaut?
Nego da Ilha kam von weither
Sein Samba ward unser
Er spielt ihn nicht mehr

Schwarz-Gold war sein Stab
Und Schwarz-Gold ist sein Grab
Verkünde es allen
Mit Stolz und mit Lust:
Schwarz unsre Haut
Und golden die Brust«

Jeder Einzelne der Romanos Pretos hatte aus voller Brust mitgesungen und viele auf den Tribünen. Nicht wenige wischten sich die Augen trocken und schüttelten sich die Gänsehaut ab. Jetzt waren sie weich geklopft, jetzt waren sie bereit. Ein ganzes Jahr Arbeit für die wenigen Minuten, die jetzt kamen. Für die Emotionen von 15 Minuten auf 500 Metern.

Der Platzsprecher kündigte die Romanos Pretos lauthals an: »Hallo Douradina! Hallo Schwarz-Gold!«

Die Menge rastete aus.

Der Sprecher stellte das Karnevalsthema der Romanos vor, *Bahia – Wiege des Sambas*. Er nannte ihre Gesamtstärke, 3.624 Mann, und die Rekordstärke der Bateria, ganze 404 Mann, die größte Bateria, die der Karneval von São Paulo je gesehen hatte. Dann war es so weit: »Romanos Pretos! Die Avenida gehört euch!«

Das Sambadrom bebte, das Gatter unter dem Startportal gab die Avenida frei, das Startsignal ertönte und unter Eröffnungsfeuerwerk und Blitzlichtgewitter überschritt Carlos Augusto die Startlinie. Puxador und Samba-Ensemble stimmten den Karnevalssamba an, Zehntausende sangen mit:

»*Somos romanos e somos pretos*
Carregamos o samba nos peitos
Bahia, mainha do povo
Me ensina sambar de novo.
Wir sind Römer und wir sind schwarz
Tragen den Samba im Herz
Bahia, Mutter des Volks
Zeig mir den Samba so stolz.«

Ab jetzt gab es kein Zurück mehr, weder für den Puxador, noch für Carlos Augusto, noch für die gesamte Sambaschule. Jeder musste sein Ding durchziehen. Jeder Schritt zurück, jeder Abbruch würde einen Totalausfall bedeuten, den Abstieg in die Unterliga und den Verlust von Millionen. Ab jetzt hieß es Singen und Tanzen ohne Rücksicht auf Verluste. Hinter Carlos Augusto betrat die Frontkommission die

Avenida und dahinter rollte schon der Eröffnungswagen mit dem Römer durch das Portal. Aus versteckten Düsen versprühte der Eröffnungswagen einen Duftwassernebel auf die Tribünen. Warum sollte der Carnavalesco einen der fünf Sinne auslassen, wenn er erreichbar war?

Jetzt schickte die Harmonieabteilung Ala um Ala und Wagen um Wagen auf die Piste. Mit panischen Blicken zogen die Teilnehmer an der Bateria vorbei, die noch immer stumm auf dem Aufwärmplatz stand. Nur der Puxador und sein Ensemble gaben ihr Bestes.

Faustinho wischte sich den Schweiß von der Stirn. Jetzt oder nie. Er versuchte sich erst gar nicht an Espadas Chamadas, sondern blies seine ganze Verzweiflung in die Pfeife und gab einen einfachen Einsatz. Mit voller Wucht donnerte die Bateria los. Sie schafften es eine Strophe lang, dann hörte Livia die erste Schieflage heraus. Die zweiten Surdos orientierten sich am Puxador, die ersten an den Tamborins, und die Tamborins hörten den Puxador nicht mehr wegen ihres eigenen Geknalles. Faustinho reagierte nicht und als er die Katastrophe bemerkte, war es zu spät. Wer lief hier davon und wer hinkte hinterher? Das war alles zu viel für Faustinho. So konnten sie nicht auf die Avenida. Er brach ab.

Das Magische Band fehlte, an dem Espada die Bateria geführt hatte. Jeder gute Mestre hatte dieses Magische Band. Die Bateria spürte und fühlte, was der Mestre von ihr verlangte.

In wenigen Augenblicken musste die Bateria auf die Avenida ausschwenken. Verunsichert nahm Faustinho einen zweiten Anlauf.

Das Ergebnis war dasselbe: Notabbruch. Faustinho war der Schnellste mit dem *Tamborim*, und keiner konnte die Breaks so gut wie er. Doch 400 Mann steuern, das war ein größeres Paar Schuhe.

Noch war die Bateria nicht auf der Piste, noch war nichts verloren. Die letzte Ala vor der Bateria zog gerade vorüber. 400 Jungs blickten hilflos umher und einander an. In dem Moment kamen die Zeichen und Rufe der verzweifelten Harmonieabteilung, die Bateria musste ausschwenken. Auf die Avenida. Jetzt!

Da tönte die Stimme einer einzelnen Repinique über den Aufwärmplatz. Laut, sicher und überzeugend

Es war eine Chamada, die alles übertönte.

400 Mann hörten diese Chamada.

Sie kam aus Livias Repinique.

35

Die Bateria antwortete. Zunächst nicht alle, aber immerhin 19, von denen acht eigentlich nur als Statisten gedacht waren. Sie antworteten so exakt, konsequent und klar, dass ab dem zweiten Takt 50 mitspielten und dann 100. Immer mehr stiegen ein, während die Bateria in einem weiten Bogen unter dem Startportal einzog. Noch bevor der letzte Mann den heiligen weißen Asphalt betreten hatte, spielten alle 404. Es war die Magie eines Rhythmus, dem noch nie jemand hatte widerstehen können, schon gar nicht eine einsatzbereite Bateria.

Denn sie spielten keinen Karnevalssamba.

Sie spielten Samba-Reggae.

Zum ersten Mal in der Geschichte des Karnevals zog eine Sambaschule mit einem Samba-Reggae ins Sambadrom ein.

Noch oft würde Livia sich später fragen, was sie damals geritten hatte. War es Espada, der ihren Reggae hinter der Quadra niedergemetzelt hatte? Espada war nicht mehr und Livia konnte mit den Jungs Reggae spielen wann und wo sie wollte, und wenn es sein musste, mitten auf der Avenida. War es Rasta, dem sie nach dem Desaster von Tìbínù versprochen hatte, nicht noch einmal davonzulaufen, wenn es eine schwierig würde? War es Emilio, der sie sonst nie auf dem Bildschirm hätte sehen können? Er hatte diese kleine Freude so dringend nötig. Oder war es ihre eigene Ungeduld? Livia hatte lange genug zugesehen, wie diese Deppen herumstümperten und ins Verderben rannten, ohne sie zu fragen. Sie alle wussten, dass Livia die Chamadas des Karnevalssambas draufhatte. Sie alle hatten es gesehen am ersten Tag nach ihrer Ankunft, bevor Espada ihr die Sticks weggerissen hatte. Und sie alle würden jetzt nach Livias Taktstock spielen. Einen Samba-Reggae.

Livia hatte alle Hände voll zu tun. Zwei Reihen hinter sich hörte sie Unsicherheit aus den Caixas. Sie zwängte sich nach hinten und sorgte für Ordnung. Ganz vorne hatten die Tamborins ihren Rhythmus noch nicht gefunden. Einige drehten ihre Tamborins und spielten die Linie des Karnevalssambas, andere waren bereits umgestiegen auf die Reggae-Linie der Repiniques. Livia zwängte sich nach vorn und schaltete alle auf gleich.

Zé Luis kam zu ihr und bahnte ihr eine Schneise aus der Bateria heraus. Livia war jetzt die Mestra der Romanos Pretos, ob es allen gefiel oder nicht. Sie hatte die Bateria in Gang gesetzt und sie würde die Parade zu Ende führen. Faustinho kümmerte sich sichtlich erlöst wieder nur um seine Tamborins und überließ Livia das Feld. Niemand wusste, wie der Wahnsinn mit dem Reggae ausgehen würde, aber alles andere war besser, als abzubrechen. Livias Platz war *vor* der Bateria und nicht drinnen.

Von hier vorne war die Übersicht zwar besser, doch drinnen gab es noch viel zu tun, bis der Reggae so richtig rund und schön war. Livia war ständig unterwegs von einer Reihe zur anderen. Sie hatte 403 Trommler, um die sie sich kümmern musste. Sie turnte um die Bateria herum, zwängte sich durch die Reihen, leistete in Wahrheit die Arbeit von zwölf Hilfsmestres, die ihr alle verstört zusahen dabei. Für Livia gab es jetzt nur die Bateria. Was sonst im Sambadrom abging, lief an ihr vorbei.

Die Punktrichter waren über den gesamten Verlauf der Avenida auf mehrere Richtertürme verteilt. Sie logierten abgeschirmt im Hotel und waren mit Polizeieskorte ins Sambadrom gebracht worden. Dort wurden unmittelbar vor Beginn des Karnevals aus 45 Kandidaten per Losentscheid 27 Juroren ausgewählt, jeweils drei für die neun verschiedenen Bewertungskriterien. Soll keiner sagen, dass man es den Herrschaften mit den Geldkuverts allzu leicht macht.

Der erste Bateria-Richter, an dem Livia vorbeizog, kannte sich nicht mehr aus. Der Puxador sang mit seinem Ensemble den Karnevalssamba, war deutlich aus der Boxenanlage des Sambadroms zu hören. Ein mitreißender Samba, keine Frage. Das Metronom zeigte dem Richter 172 bpm an. Sauschnell und perfekt. Doch das, was die Bateria dort unten spielte, das war kein Samba. Das war etwas Langsames, Bahianisches. Ein Samba-Reggae? Das konnte nicht sein, das hatte es noch nie gegeben. Aber er täuschte sich nicht. Und trotz allem nicht die kleinste Verschiebung, nicht die geringste Verzögerung zwischen Bateria und Samba-Ensemble. Sie passten eins zu eins aufeinander. Ein nochmaliger Blick auf das Metronom brachte Aufklärung: Der

Reggae hatte genau 86 bpm, die Hälfte des Sambas! Der Richter kratzte sich am Hinterkopf und nahm das Regelheft zur Hand.

Die Romanos Pretos hatten eine großartige Anhängerschaft, nicht zuletzt dank des vorjährigen Meistertitels. Viele kannten den heurigen Karnevalssamba auswendig und sangen von Anfang an lautstark mit. Es dauerte eine Weile, bis die Ersten auf den Rängen genauer hinhörten und verstummten. Das war doch nicht ihr Samba! Die Blitzlichter setzten aus, keiner mehr wollte Kostüme, Tänzerinnen und Wagen fotografieren. Was trommelten die Jungs dort unten? Nach und nach verstummte das Sambadrom zur Gänze.

Ein Geistersambadrom.

Jetzt hörten sie hin, nahmen den ungewohnten Rhythmus auf.

Der TV-Sender, der national und in über 100 Länder übertrug, hatte ein bewährtes Kommentatorenduo im Einsatz, doch nichts und niemand hatte sie auf das vorbereitet, was sie jetzt zu kommentieren hatten.

»Meine Damen und Herren, die Romanos Pretos überzeugen auch heuer wieder mit originellen Kostümen, effektvollen Choreografien und kreativen Wagen. Der Carnavalesco hat sich einiges einfallen lassen zum Thema *Bahia*.«

»Aber sehen Sie sich das an! Was ist dort auf den Tribünen los?! Das ganze Sambadrom verstummt!«

»So etwas hatten wir noch nie. Was ist da los?«

»Hören Sie sich das an! Was führt die Bateria dort unten auf? Die Bateria der Romanos wartet heuer mit einem ganz außergewöhnlichen Rhythmus auf. Das Publikum ist höchst irritiert – und wir sind es auch. Sehen wir uns die Bateria einmal aus der Nähe an.«

Livia war zufrieden, sie hatte es geschafft, hatte 403 Jungs auf Linie gebracht. Die Jungs waren wirklich Extraklasse. Der Puxador und seine Refrainsänger hatten begriffen, dass die Bateria jetzt ohne Stopps und Breaks spielte, die Sache lief rund. Der Reggae wurde von Takt zu Takt idealer, schöner und mächtiger. Jetzt marschierte Livia vorneweg.

Das Publikum hatte genug gehört. Die Wirkung des Samba-Reggaes setzte langsam ein. Die ruhige Kraft des bahianischen Rhythmus hatte die überreizte Aggressivität des Karnevalssambas von den Rängen geblasen. Die ersten Anhänger griffen zu den Plastikfähnchen, die die Romanos Pretos massenhaft verteilt hatten. Grüppchenweise fingen sie mit Choreografien an. Rauf, runter, rauf und rauf. Runter, rauf, runter und runter. Es waren bahianische Axé-Choreografien.

Der Recuo war in die Nähe gerückt, die Manöver standen an. Jetzt machten sich die Hilfsmestres bezahlt. Unter ihren präzisen Kommandos teilte sich die Bateria souverän in Schwarz und Gold, legte die einstudierten Choreografien hin und parkte sich im Recuo. Die ausladenden Perücken und die schnellen Richtungswechsel sorgten dabei für überraschende Farbeffekte, jedes Mal begleitet vom Aufschrei der Tribüne.

Katja tauchte neben Livia auf. Sie bewegte sich hinreißend im Groove des Samba-Reggaes, schwebte über der Piste und überragte Livia um zwei Köpfe. Sie trug Plateaustiefel mit hautengen Schäften bis übers Knie, Satinhandschuhe bis über die Ellbogen und ein verschwindend kleines Tapa-Sexo im Schritt. Meterlange Fasanfedern spreizten sich von ihren Unterarmen, vom Kopf und von den Schultern. Das war's. Der Rest war blonde Haut, goldenes Haar und blaue Äderchen dort, wo man als erstes hinsah. Ein weit aufgerissener Mund mit makellosen Zähnen machte aus Katja eine sibirische Tigerin kurz vor dem Sprung.

Sie schrie Livia zu: »Du bist wahnsinnig! Hammer! Sieh dir die Leute an!«

Die ganze Haupttribüne war mittlerweile eine geschlossene Choreografie aus schwarz-goldenen Plastikfähnchen.

»Du schaffst das!«, brüllte Katja. »Nicht nachlassen!«

Livia hatte nicht vor nachzulassen. Während die Bateria im Recuo stand und Ala um Ala vorbeizog, war Livia immer dort zur Stelle, wo sie die geringste Unsicherheit heraushörte. Zwischendurch schloss sie immer wieder ihre Augen. Was sie sah, war so beeindruckend, dass sie sich jedes Mal zwingen musste, die Augen wieder zu öffnen.

Die Alte Garde zog vorbei. Henrique Borboleta schwenkte unaufhörlich seinen Hut.

»*Vamos ganhar!*«, schrie er Livia und Katja mit zappeligen Luftsprüngen zu. »*Vamos ganhar! Vamos ganhar!* Wir werden gewinnen!«

»*Vamos ganhar!*«, schrie Katja zurück.

Livia war nicht nach Schreien und nicht nach Gehüpfe zumute. Es war noch keine Stunde her, da hatte sie um ihr Leben geschrien. Ihr Nacken war taub, ihre Handgelenke schmerzten und unter ihren Fingernägeln klebte Erde.

Als die Bateria schließlich wieder aus dem Recuo ausschwenkte, zurück auf die Avenida, hatte die Tribüne ihr Urteil gefällt.

»*É CAMPEÃ!*«, riefen die ersten. »DAS IST DER CHAMPION!«

Immer mehr kamen hinzu: »*É CAMPEÃ!*«

Immer lauter riefen sie: »*É CAMPEÃ!*«

Bis das Sambadrom mit einer Stimme schrie: »*É CAMPEÃ!*«

Die Rufe nahmen kein Ende.

Die Bateria war schon leicht in Verzug. Die Jungs aus der Harmonieabteilung machten Dampf und lotsten Livia mit der besten Bateria der Welt weiter in Richtung Dispersão.

Das Kommentatorenduo überschlug sich im Dialog:

»Meine Damen und Herren, wir erleben heute eine absolute Sensation. Ein Samba-Reggae im Sambadrom! Sie sehen uns völlig überrascht von diesem Einfall der Romanos Pretos.«

»Und was für ein Einfall! Das Publikum stand noch nie derart geschlossen hinter einer einzigen Sambaschule.«

»Aber riskant. Ein Punkteabzug scheint mir wahrscheinlich.«

»Unausweichlich. Die Karnevalsregeln lassen keine Experimente zu. Die Romanos Pretos erinnern mich an ein Fußballteam, das mit dreifachen Saltos spielt und sich dennoch ein Eigentor schießt. Die Romanos können heuer nicht mit einer Titelverteidigung rechnen, ein herber Schlag für die Community aus Douradina.«

Der Kameramann mit den wulstigen Kopfhörern wich nicht mehr von Livias Seite. Er hatte sich darauf gefreut, Katjas Tapa-Sexo länger im Bild zu halten, doch das hier war wichtiger. »Draufbleiben!«, befahl der Regisseur via Funk. Sie brachten Livia in Großaufnahme. Livia hatte nicht vergessen, dass es einen Haftbefehl gab mit ihrem Namen drauf. Sie war dankbar für die lächerliche Perücke.

Ein vorprogrammiertes Insert kam ins Bild:

Mestre Espada
DIRETOR DE BATERIA

Ein Schnelldenker beim Sender ahnte, dass da etwas nicht stimmen konnte. Espadas Visage war aus den Vorjahren bestens bekannt, sein Name wurde rasch gelöscht, das Insert umgeschrieben:

DIRETOR DE BATERIA

Nach genauerem Hinsehen war noch eine Änderung fällig:

DIRETORA DE BATERIA

»Wer zum Teufel ist das?«, brüllte der Regisseur im Übertragungswagen. Die Wagentür flog auf, die Produktionsassistentin stürzte heraus und lief hinüber zur VIP-Loge der Romanos Pretos. Hier sorgten sich Direktoriumsmitglieder um das Wohl ihrer Freunde und Förderer. Entgegen der sonstigen Sitte wollte niemand die Senhorita vom Fernsehen hineinlassen. Noch nie hatte sie einen Sambaschulfunktionär zweimal um eine Stellungnahme bitten müssen. Doch diesmal blieb die Logentür geschlossen und das Insert musste namenlos bleiben.

Dafür hatte der Sender etwas anderes für die werten Zuseher auf Lager: Lippenlesen. Die Scherzbolde vom Sender bedienten sich taubstummer Studenten, die an die Öffentlichkeit brachten, was nicht für die Öffentlichkeit bestimmt war. Sie waren Wiederholungstäter. Während der Fußball-WM hatten sie den Trainer auf der Bank gefilmt und laufend Premium-Selektionen seiner Derbheiten preisgegeben. Ein ganzes Land hatte sich auf die Schenkel geklopft.

Die Geheimnisse der Richtertürme waren ähnlich spannend wie die der Trainerbank. Ein Bateria-Richter sagte zu seinem Nachbarn: »Mannomann! Was soll ich denen für eine Note geben? Das ist doch keine 10.«

Die Note 10 ist die magische Höchstnote, die jeder Richter pro Sambaschule vergeben kann.

»Hört sich an wie 'ne 1.000«, sagte der andere, »ist aber 'ne glatte Null. Du kannst nicht einfach 'nen obergeilen Reggae spielen, du musst nach den Regeln spielen.«

Auch Carlos Augusto kam ins Visier der Lippenleser. Mit einem Lächeln auf den Zähnen für die Kameras raunte er seiner Frau zu: »Diese Göre bring ich um.«

Die »*É-CAMPEÃ*«-Rufe begleiteten Livia und die Bateria bis ans Ende der Avenida und hinaus auf die Dispersão.

36

»Wo steckt Silvio?«, war Livias erster und einziger Gedanke, nachdem sie den rollenden 400-Mann-Reggae mit einem grandiosen Knall abgedreht hatte.

Alle wollten etwas von Livia.

Robinho und die Bahianer konnten es nicht glauben. Die Parade war ein Wahnsinn gewesen, eine Sternstunde, Sambageschichte, und sie alle mittendrin.

Livia hingegen war ausgelaugt und stand mit hängenden Schultern im Trubel. Sie hatte soeben 400 Mann durch das Sambadrom getragen, alles tat ihr weh, sie hatte Angst und wollte nichts wie weg von hier.

»Los, lass uns verschwinden!« raunte sie Robinho zu.

»Verschwinden? Bist du wahnsinnig? Du hast es geschafft!« Er hob sie hoch und schmatzte sie ab. »Du hast es tatsächlich geschafft. Wir holen den Titel! Hast du das Publikum nicht gesehen? Du bist die Größte! Jetzt wird gefeiert!«

»Lass mich runter, du Depp.« Livia strampelte und boxte ihn in die Oberarme. »Ich hab kein gutes Gefühl. Was ist, wenn Espada wieder auftaucht?«

Daran hatte Robinho nicht gedacht, doch zunächst gab es ohnehin kein geordnetes Abrücken. Das große Durcheinander regierte. Die Trommeln wurden eingesammelt, die Harmonieabteilung drängte. 100 Busse mussten gefüllt werden, eine ganze Sambaschule hineingepfercht, die Dispersão geräumt und Platz für die nächste Sambaschule geschaffen werden. In wenigen Augenblicken würde die Dona do Morro Vasco die Avenida betreten. Feiern konnten sie in der Quadra. Die Romanos Pretos rückten allmählich nach links ab, wo auf der Marginal Tietê die Busse bereitstanden, während ihre Allegoriewagen die Dispersão auf die rechte Seite verließen.

»*Vamos ganhar!*«, schrien einige Teilnehmer noch immer.

Andere sahen es nüchterner.

Schleichend machte unter den Paulistanern eine ganz andere Auffassung die Runde: »Ein Samba-Reggae auf der Avenida? Damit kommen wir nicht durch.«

»Die Tribünen haben wir überzeugt, aber die Punktrichter sind ein anderes Paar Schuhe.«

»Strafpunkte werden wir bekommen, das ist alles.«

»Wo zur Hölle stecken Espada und Mané?«

Die Verunsicherung stieg. Standen die Strafpunkte bereits fest?

Carlos Augusto, der das Räderwerk der Sambaliga genau kannte, sagte vor laufender Kamera: »Wir waren die Besten. Das konnte jeder sehen. Eine fehlerlose Parade. Das Publikum war bis auf den letzten Platz auf unserer Seite. Mehr möchte ich im Moment nicht sagen. Bitte um Verständnis. Kein weiterer Kommentar.«

Die Bahianer absolvierten die große Verabschiedungsrunde. Umarmungen, Austausch von E-Mail-Adressen, man sieht sich. Zé Luis tauchte mit besorgter Miene bei Livia auf. »Mané soll sich einen der Jungs angerufen haben«, sagte er im Vertrauen.

Mané rührte um, machte mobil. War zu erwarten.

»Er hat nicht gesagt, worum es geht, aber er ist hinter dir her.«

»Muss wohl mit dem Reggae zu tun haben«, rätselte Livia.

»Ich bin froh, dass du fährst«, sagte Zé Luis. »Lass Gras drüber wachsen. Sei vorsichtig.«

Sie umarmten sich.

»Heh, wisst ihr was«, sagte Fabrício, »wieso fahren wir nicht auch zur Quadra? Dort geht heute noch die Party ab.«

»Das werden wir nicht«, widersprach Livia. »Lasst uns verschwinden.«

»Das kannst du uns doch nicht vorschreiben!«

»Kann ich doch. Ich hab meine Gründe.«

»Dir ist wohl was in die Krone gestiegen.«

Livia ließ sich nicht reizen: »Glaubt mir, da ist was im Anrollen gegen uns. Die Stimmung kippt.«

»Wieso denn das?«, fragte Dodô.

»Ist wegen des Reggaes.«

»Wird schon nicht so schlimm sein«, sagte Nelson.

Livia brüllte sie an: »Wenn ihr nicht sofort mitkommt, dann fahr ich mit Silvio allein los! Bis nach Salvador. Und ihr könnt zu Fuß gehen! Bis nach Salvador!«

»Is' ja gut.«

Die Bahianer verließen die Dispersão und suchten die Straße nach Silvio ab. Soweit sie in dem Chaos die Marginal Tietê auch nach vor und zurück absuchten, sie fanden ihn nicht. Auch am Handy ging er nicht ran. Die Busse der Romanos Pretos brachen nach und nach zur Quadra auf und das Grüppchen Bahianer suchte noch immer vergeblich nach seinem Fahrer.

Im Sambadrom wurde jetzt die Dona do Morro Vasco angekündigt. Seu Júlio durchschritt das Startportal.

Livia und die Jungs gaben die Suche auf der Marginal Tietê auf und gingen zurück auf die Dispersão. Falls Silvio sie suchte, würde er sie am ehesten hier vermuten. Am Ende der Dispersão lehnten sie sich an den Zaun und verfolgten das Eintreffen der Dona do Morro Vasco mit einem strahlenden Seu Júlio an der Spitze. So sah ein Sieger aus. Die Dona beeindruckte mit gigantischen Allegoriewagen, hochwertigen Kostümen und einer tadellosen Vorstellung. Ihre Parade war riesig. 4.500 Teilnehmer, die die Avenida komplett ausfüllten und die Tribünen mitrissen. Nachdem das Schicksal der Romanos Pretos abzusehen war, würde der Titel wieder auf den Morro Vasco zurückkehren. Der Sektor der Dona stand Kopf.

Seu Júlio hatte keine Zeit für Interviews. Ein dunkler Mercedes erwartete ihn und rettete ihn vor den Journalisten. Nach Seu Júlios Frontkommission rollte die mächtige Herrin des Baskenhügels auf dem Eröffnungswagen über die Ziellinie. Sie hielt kurz an, damit die verwahrlosten Favela-Statisten vom Wagen klettern konnten. Unter dem Kommando von Bruno und Seu Júlios Bodyguard setzte die Herrin ihre Fahrt fort. Sie wurde auf den rechten Ausgang zugeschoben und rollte dicht an Livia vorbei. Schwenkende Theaterspots und brennende Öltonnen auf dem Wagen beleuchteten die verlassene Favela. Als Livia genauer hinsah, erstarrte sie. Unter der Figur der Herrin ragten zwei nackte Männerbeine aus einem Müllhaufen hervor. Von den Knien aufwärts waren sie in rosa Tüll gewickelt. Es passte zur Kulisse. Hier hauste einer im Schutt. Der allerdings kletterte nicht mehr vom Wagen. Der Verräter Espada als toter Statist auf dem Eröffnungswagen der Dona. Wie Livia hatten auch Seu Júlio und Ulisses den einzig möglichen Weg von der Concentração zur Dispersão gewählt. Und sie hatten sicher auch ein wenig Spaß dabei gehabt.

Als Bruno Livia sah, kam er verstohlen zu ihr herüber.

»Seu Júlio wird dir nie vergessen, was du heute für die Dona getan hast. Zuerst Espada, dann die Strafpunkte für die Romanos.«

Auch so konnte man es also sehen.

»Du verlässt São Paulo wirklich?«

»Ich hab dir doch von meinem Bruder erzählt und es gibt noch andere Dinge, um die ich mich dringend kümmern muss.«

»Seu Júlio hofft, dass du wiederkommst. Unser Bloco Afro wartet auf dich.«

»Ich weiß noch nicht, wie die Dinge in Salvador sich entwickeln werden.«

»Seu Júlio möchte sich erkenntlich zeigen.«

»Ich hab Angst vor Mané.«

Bruno nickte. »Um ihn werden wir uns so oder so kümmern müssen. Falls dir noch was anderes einfällt, du weißt, wo du Seu Júlio erreichen kannst.«

Livia nickte und Bruno nahm seine Entsorgungstätigkeit wieder auf. Die Herrin des Baskenhügels verließ die Dispersão nach rechts.

Dort hatten die Bahianer noch nicht nach Silvio gesucht. Sie folgten der Herrin des Baskenhügels und prompt fanden sie Silvio aufgeregt wartend vor seinem VW-Bus. Er war nicht auf die Idee gekommen, dass er auf der falschen Seite parkte. Staunend hatte er einen Allegoriewagen nach dem anderen an sich vorbeirollen gesehen. Er wollte alles bis ins Kleinste wissen, er hatte die Tribünen jubeln gehört: *»É CAMPEÃ!«* Und war das wirklich ein Samba-Reggae gewesen, was er da vernommen hatte?

»Erzählen wir dir während der Fahrt. Bitte mach schnell!« Livia sah nicht nach Karnevalsstimmung aus.

»Sie ist nervös«, erklärte Fabrício. »Frauen halt.«

Alle waren an Bord, Silvio fuhr los und Livia atmete durch. Sie alle freuten sich auf eine Dusche und ein paar Stunden Schlaf, bevor es dann endlich zurück nach Bahia gehen würde. Am Dienstag war dann der Karneval von Salvador an der Reihe. Waren sie Glückspilze, oder was?

#

Es war noch dunkel, als an einem Ende von Douradina unaufhörlich die Busse anrollten, um die Romanos Pretos an ihrer Quadra abzusetzen. Auf der anderen Seite des Viertels quälte Silvio seinen vollen VW-Bus um die Kurve. Er würde zuerst die Jungs an der Jugendherberge abladen und danach Livia nach Hause bringen. Acht Jungs schwatzten wild durcheinander, Livia schwieg. Keiner außer Livia sah den Jungen am Straßenrand, der eine Feuerwerksrakete zündete, als sie um die Kurve kamen. Mit einem Ruck setzte Livia sich kerzengerade auf. Sie näherten sich der Herberge. Genau davor qualmte eine Art Lagerfeuer auf der Straße.

»Gib Gas!«, brüllte Livia. »Ein Hinterhalt! Die warten auf uns!«

Dem Herzanfall nahe sprang Silvio aufs Pedal und würgte den Motor ab.

»Mach schon!«, schrie Livia. »Schneller!«

Die anderen starrten sie mit aufgerissenem Mund an.

Im dritten Anlauf sprang der Motor wieder an. Der voll beladene Bus kam nur träge auf Touren, das Getriebe knirschte, die Reifen drehten sich auf der Stelle, eine Staubwolke stieg hoch. Endlich griffen die Reifen. Der Bus fuhr mit heulendem Motor am Lagerfeuer vorbei.

»Das sind unsere Sachen!«, rief Robinho fassungslos. Taschen, Kleidung und Schuhe der Bahianer lagen auf einem Haufen und brannten lichterloh.

»Die Schweine haben unsere Sachen angezündet!«

Und die Schweine waren nicht nur hinter den Habseligkeiten der Bahianer her. Drei von ihnen kamen aus der Herberge gelaufen, Schießeisen in der Hand. Acht Bahianer gingen in Deckung, Schüsse, Silvio riss den Bus in die nächste Seitengasse hinein. Ein, zwei, drei Schüsse hatten das Blech durchschlagen, Nelson schrie in der letzten Reihe auf. Silvio gaste im Blindflug durch unbekanntes Terrain. Lieber mit Vollgas gegen die Wand, als von denen hingerichtet. Noch zwei andere kamen aus einer Quergasse gelaufen, mit AK-47-Gewehren in der Hand und Patronengürteln über der Brust. Silvio nahm die nächste Seitengasse und landete nach 20 Metern auf der Hauptstraße. Bei Rot über die Kreuzung, Augen zu, Vollgas, egal wohin.

Sobald sie außer Schussweite waren, konnten sie die Verluste zählen. Nelson blutete an der Hüfte. Schien nichts Ernstes zu sein, ein Streifschuss. Alle anderen waren unversehrt geblieben. Glück gehabt.

Silvio raste durch die Stadt. Sein Tank war fast voll, es gab kein Zurück mehr. Nächster Halt Salvador. Livia konnte sich weder von Katja noch von Igor verabschieden und sie musste sich einmal mehr um neue Flip-Flops umsehen. Das erste Paar hatte sie in Déboras Affenkäfig eingebüßt, das zweite auf dem Friedhof und das dritte verschmorte gerade in Douradina.

Fieberhaft brüllten sie einander an.

»Die werden uns nachfahren!«

»Die wissen, wohin wir wollen!«

»Ein rot-weißer VW-Bus mit schwarz-goldenen Clowns drin. Warum malen wir uns nicht gleich eine Zielscheibe auf die Kiste?«

»Mit jeder Schrottschüssel können die uns einholen!«

»Wir müssen einen Umweg machen«, rief Livia, »eine andere Strecke fahren.«

Also verließen sie die Stadt nicht nach Westen, sondern über die Avenida Ibirapuera nach Süden, Richtung Santos.

Hoffentlich hielt der Kühler bis Salvador. Als sie endlich aus der Stadt fuhren, nickte Livia an Marroms Schulter ein.

Sie umfuhren Santos und von da an ging es immer die Küste hinauf. Das Ziel war die Bundesstraße 101 über Espírito Santo, anstatt der 116 über Minas Gerais. Nach Angra dos Reis hielten sie kurz, um zu tanken und zu pinkeln. Robinho wechselte Silvio am Steuer ab. Silvio, Robinho und Marrom hatten Führerscheine. Sie konnten in drei Schichten ohne Schlafpause durchfahren bis Salvador. Weiter ging es über Rio de Janeiro und Niterói. Erst nachdem sie Sonntagnachmittag die Grenze zu Espírito Santo überquert hatten, fühlten sie sich sicher genug, um einen längeren Zwischenstopp einzulegen.

Silvio parkte an der Rückseite der Raststation und erlöste sie von ihren Sitzen. Nachdem sie ausgiebig ihre Glieder gestreckt hatten, begutachteten sie den Schaden. Drei Löcher in der Karosserie, sah eigentlich genial aus. »*Massa, Rapaz!* Krass, Mann!« Silvio würde sie so lassen.

Den Stauraum hinter der letzten Bank hatte er vollgestopft mit billigem Ramsch aus der Rua 25 de Março, der sich in Salvador sicher gut verhökern ließe. Geschmuggeltes Allerlei aus Paraguay und China zu Tiefstpreisen. Eine Ladung Originaldressen der Seleção hatte infolge eines Durchschusses stark an Wiederverkaufswert verloren, zwei goldene Rolex hatten dran glauben müssen und ein zusammengerollter Perserteppich konnte nur mehr abgeschrieben werden.

»Ein Perserteppich?«, fragte Dodô. »Wieso ein Perserteppich? Wer kauft dir einen Perserteppich ab?«

Zumindest hatte der Teppich Schlimmeres verhindert, zwei Kugeln geschluckt, die dritte steckte in der Rückenlehne vor Nelson.

Rasta hatte Silvio das versprochene Geld für die Rückfahrt geschickt. Ein guter Teil davon war offensichtlich in die Rua 25 de Março abgeflossen, der Rest sollte bis Salvador reichen. Liebend gerne hätten sie ihre auffälligen und lächerlichen Klamotten gewechselt, doch das Budget war knapp und der Tank hatte Vorrang. Sie mussten es in

Schwarz und Gold bis nach Salvador schaffen.

Sie gingen ausgiebig duschen und trafen sich nachher in der Raststation auf den ersten Happen in zwanzig Stunden. Fassungslos rätselten die Jungs über das Ausmaß an Feindseligkeit.

»Ich versteh immer noch nicht, warum die so sauer waren?«

»Ich würde sagen, die schulden Livia was.«

»Gewaltig was.«

Robinho legte seinen Arm um Livia. »Du hast Geschichte geschrieben, Negerlein. Ohne dich würden die sich noch immer auf der Concentração in die Hose machen.«

Livia schwieg. Gewisse Dinge waren besser zwischen ihr und Seu Júlio aufgehoben. Offiziell war der Reggae schuld.

Im Fernseher über der Bar liefen die Nachrichten. Sie brachten Bilder der Parade.

»Psst!«, sorgte Robinho für Ruhe.

Die Bateria kam ins Bild.

»São Paulo. Für die Sensation des zweiten Karnevalstages sorgte die Bateria der Romanos Pretos. Das erste Mal in der Geschichte verzichtete eine Sambaschule auf den klassischen Karnevalssamba und zog stattdessen mit einem Samba-Reggae ins Sambadrom ein. Nach einer anfänglichen Verunsicherung war das Publikum vor Begeisterung nicht mehr zu halten. Die Romanos zeigten eine großartige Parade, das Publikum eine einzigartige, spontane Choreografie.«

»Hab ich's nicht gesagt?«, jubelte Robinho. »Geschichte!«

Die Nachrichtensprecherin kam wieder ins Bild. »Wie die Sambaliga heute mitteilte, fasste das Präsidium der Liga in einer Sondersitzung den Disqualifikationsbeschluss für die Romanos Pretos. Wegen substantiellen Regelverstoßes werden die Romanos Pretos nicht in die Wertung genommen und in die Unterliga strafversetzt. Die Auswertung des Karnevals von São Paulo und damit die Bekanntgabe des diesjährigen Siegers erfolgt Dienstagvormittag. Wir werden wie immer live aus São Paulo berichten.«

Schweigend brachen sie auf.

Irgendwann in der Nacht auf Montag und irgendwo nördlich von Linhares wurden sie von der Polícia angehalten. Livia verkroch sich in die Dunkelheit ihres Sitzes und stellte sich schlafend. Ein fetter Sargento und sein stummer Sidekick waren auf Beutezug. Sie fanden eine Menge Gründe für die sofortige Beschlagnahmung des Kraftfahrzeuges. Kein einziger stimmte, aber Silvio war kein Anfänger.

»Ich würde gerne etwas für Ihre Kaffeekasse spenden.«

»Ich mach mir nichts aus Kaffee. Ich bevorzuge Whisky.«

Silvio zeigte ihnen sein Warenlager. Der Fette hatte ein Auge auf den Perser geworfen.

»Nein, alles nur nicht den!«, jammerte Silvio. »Ein Familienstück.«

»Der Teppich oder das Auto.«

Den Tränen nahe gab Silvio nach und half den beiden auch noch, den Teppich in ihr Polizeiauto zu verfrachten. Sie durften weiterfahren. Kaum waren sie wieder auf der Piste, brüllten sie los und klopften sich auf die Schenkel. Ein wertloses Stück Plastik, schätzungsweise 35-mal durchschossen. Ausgelassen malten sie sich aus, wie der Fette den Teppich stolz nach Hause brachte und seine Frau ihn ausrollte. Wenn der bloß nicht zu früh dahinter kam. Marrom war am Steuer und gab Gas.

Ab São Mateus konnten sie Bahia riechen. Es war nicht mehr weit zur Grenze. Die Luft wurde schwerer und würziger. Als sie die Grenze überfuhren, fielen sie einander um den Hals. Die Anspannung wich, der bahianische Frohsinn kehrte in den VW-Bus zurück. Bald hatten sie es geschafft.

Der Umweg über die 101 hatte sie 400km gekostet und Silvios Spritkalkulation über den Haufen geworfen. Nachdem sie es bis über den Rio Paraguaçu geschafft hatten, ging bei Cachoeira der Sprit zur Neige. Sie hielten an der nächsten Tankstelle. 130km waren es noch bis Salvador. Silvio hatte keinen Centavo mehr zum Nachtanken. Robinho schielte mit aufkeimender Tobsucht auf Silvios pralles Warenlager hinter der Sitzbank. Sie alle waren bankrott. Bis auf Livia. Sie kramte 100 Reais aus der Tasche.

»Hier, nehmt. Ist Geld von Carlos Augusto. Gehört uns allen.«

Livia schlief, als sie am späten Montagabend die Lichter der Stadt erreichten, so wie sie geschlafen hatte, als sie vor einem Monat Salvador verlassen hatte.

#

Silvio setzte einen nach dem anderen zu Hause ab. In Pau da Lima war Livia an der Reihe. Silvio musste sich auf der Straße durchfragen nach Daniels Adresse, die Livia von Tante Célia erhalten hatte. Einer schickte Silvio beim Bompreço nach links, der nächste beim Bompreço nach rechts und der dritte schickte ihn überhaupt in die Richtung, aus der sie gekommen waren. Livia stieg auf der Rua Direta aus und schickte die Jungs des Weges. Sie würde sich zu Fuß durchschlagen.

»Bis morgen!«

Livia hatte Glück. Auf Anhieb geriet sie an eine Senhora, die ihr den richtigen Weg wies.

37

Schon von weitem sah Livia Emilio auf dem Betonsockel vor dem Haus sitzen, abgemagert, ohne Shirt, das Relief seiner Rippen deutlich sichtbar. Livia lief zu ihm und presste ihn an sich. Ganz fest. Er hatte Leila im Arm, die Stoffpuppe mit Livias Geruch.

»*Meu queridinho!*« Sie legte ihre Hände um sein Gesichtchen. Er strahlte, wie sonst nur dann, wenn er beim Straßenkick ein Tor geschossen hatte.

»Was machst du denn hier draußen?«, fragte sie besorgt.

»Ich warte, damit du schneller kommst.«

»Ja kannst du denn wieder gehen?«

Er nickte. »Es geht so. Du hast gesagt, ich soll gesund werden, bis du kommst.«

»Ich hab dich im Fernsehen gesehen. Du hast noch immer das Kostüm an! Sie haben dich ganz oft gezeigt.«

»Das hier hab ich dir mitgebracht.« Sie setzte ihm die Perücke auf. Er strahlte.

»Komm, lass uns reingehen«, sagte sie.

Tante Célia begann zu weinen, als Livia zur Tür hereinkam.

Daniel und seine Eltern waren gute Gastgeber. Sie waren bemüht, ihre Gäste nicht spüren zu lassen, dass die ganze Geschichte auch für sie selbst nicht ungefährlich war. Sie hatten zwei Schlafzimmer, zwei Kühlschränke und zwei Fernseher – gemachte Leute. Im Wohnzimmer standen zwei Sofas, auf denen Tante Célia und Emilio einquartiert waren. Tante Célia hatte sämtliche Arbeiten im Haus übernommen. Sie kochte, putzte und erledigte die Wäsche. In São Geraldo konnte sie nicht mehr arbeiten. Sie hatten von den 400 Reais gezehrt, die Livia aus São Paulo geschickt und Vagner verschmäht hatte. Eine nutzlose Arztvisite und ein paar schmerzstillende Medikamente für Emilio, und das Geld war aufgebraucht.

Tante Célia berichtete von Emilios rascher Genesung, während sie ihm den Kopf tätschelte. In den letzten Tagen hatte er wieder Appetit bekommen, es war stündlich bergauf gegangen. Heute war er das erste Mal schmerzfrei und konnte aufstehen.

»Ab wann ist es ihm besser gegangen?«, wollte Livia wissen.

»Du hast am Donnerstag in der Nacht angerufen. Freitag früh ging es ihm schon besser.«

Kein Dummkopf, der Hämatologe in São Paulo. Menschen erkranken nicht an verendeten Fröschen. Emilio hatte seine Krise überstanden, es konnte freilich niemand sagen, wann die nächste kommen würde.

30 Reais würde es von Rasta für den morgigen Karnevalsauftritt geben. Ganze acht Reais und ein paar Centavos hatte Livia aus São Paulo zurückgebracht. Kein gutes Geschäft, die Reise. Ihr war nicht besonders nach Karneval zumute, sie brauchte allerdings das Karnevals-Geld zumindest für neue Sandalen.

»Möchtest du morgen im Karnevalsblock mitkommen?«, fragte sie Emilio.

»Jaaa!«

»Oh, nein«, legte Tante Célia ihr Veto ein, »so kräftig bist du noch nicht. Dieses Gedränge, Herumgestoße die ganze Nacht lang. Das hältst du nicht durch.«

Diesmal hatte Tante Célia Recht.

»Soll ich bei dir zu Hause bleiben?«, fragte Livia.

»Nein, geht klar. Ich möchte dich im Fernsehen sehen.«

Es gab Huhn mit Reis und Bohnen und *Vinagrete,* Salat aus Tomaten, Zwiebeln und Koriander. Der Fernseher lief. Zum zigsten Mal brachten sie Ausschnitte von Livias Samba-Reggae, diesmal als Anheizer für die Übertragung des zweiten Tages aus Rio. Daniel und seine Eltern wollten alles genau wissen. Tante Célia war zum ersten Mal ein wenig stolz auf Livia. Emilio sowieso immer schon.

Carlos Augusto kam kurz ins Bild. Die Story dazu war: »Die Romanos Pretos legten heute erwartungsgemäß Berufung gegen den Disqualifikationsbeschluss der Liga von São Paulo ein. In dem veröffentlichten Schreiben verlangt der Präsident der Sambaschule eine detaillierte Begründung für den Präsidiumsbeschluss. Diesem Schritt der Romanos Pretos wird ausschließlich formelle Bedeutung beigemessen.«

Später, als Tante Célia mit Livia allein war, begann sie von Vagner zu erzählen, seiner Wut, seiner eigenen Zwangslage, seinen Drohungen. Jamelão die Ratte hatte Vagner im Eck. In São Geraldo war es zu Schießereien gekommen, die Polícia hatte eine nächtliche Ausgangssperre verhängt.

»Ich gehe morgen zu ihm«, sagte Livia entschlossen. »Er wird uns das Haus wiedergeben.« Thema beendet.

Beide wussten, dass Raubtiere dann am gefährlichsten sind, wenn sie in die Enge getrieben werden. Tante Célia hatte es durch ihre Delogierung schon ansatzweise zu spüren bekommen. In dieser Nacht betete sie für Livia.

Livia bekam eine Matratze für die Nacht. Als alle schliefen, kroch Emilio zu ihr auf die Matratze. Jetzt war alles wieder, wie es sein sollte.

#

In aller Früh machte Livia sich auf. Sie schlüpfte in ihr Goldkostüm, das sie gewaschen und über Nacht zum Trocknen aufgehängt hatte. Sie hatten Livia etwas von Daniels Klamotten angeboten, aber sie hatte bestanden auf ihrem albernen Clownskostüm. Emilio schlief noch fest und bekam zum Abschied einen Kuss auf die Stirn. Tante Célia war schon wach, aufgelöst und den Tränen nahe. Sie bekreuzigte sich in einem fort.

»*Vai com Deus!*«, rief sie Livia nach. »Geh mit Gott!«

Heute bewachte ein ganzer Trupp Vagners Festung. Drei lehnten an der Mauer, Taurus und Walther im Hosenbund, und der kleine Kopf mit der niedrigen Stirn hatte an der Eingangstür das Kommando mit einer AK-47 um die Schulter. Dumpf und feindselig gaffte er Livia an, als sie vor ihm auftauchte. Ohne Fragen führte er sie zu Vagner hinauf. Er klopfte und öffnete die Wohnzimmertür einen Spalt.

»Chef, die Kleine ist da.«

Von drinnen erntete er Husten, Stöhnen und Schnaufen. Vagner hatte geschlafen und quälte sich auf seinem elektrischen Komfortsofa auf.

»Soll reinkommen«, krächzte er. »Du wartest vor der Tür.«

38

Vagners Stimme rasselte hohl, sein Wohnzimmer glich einem Krankenhauszimmer und er selbst hatte das linke Auge zugeklebt, das rechte voll Blut und die Beine dick verbunden. Bei halb aufrechter Lehne hing er im Liegesofa. Scharfer Krankenhausgeruch füllte den verdunkelten Raum. Der kleine Kopf schloss die Tür hinter Livia, sie war allein mit Vagner, stand vor ihm, er ließ sie nicht aus dem Auge.

»Vor zehn Jahren«, rasselte er bedächtig los, »vielleicht auch vor 20 oder 30, hat mich im Schlaf eine Wanze gestochen. Ein Barbeiro. Hat mich gestochen und dann auf die kleine Wunde gekackt. Das machen die so. Stechen mit einem Betäubungsmittel, sodass es keiner auf Anhieb merkt und sie in Ruhe ihr Geschäft machen können. Wenn die Betäubung nachlässt, kratzt du dich und reibst dir den Wanzenschiss kräftig in die Wunde. Bin ihm voll in die Falle gegangen. Ein Parasit ist aus der Kacke in meinen Körper gekrochen. Haust schon jahrelang da drin. Hat sich Gänge gegraben. Bis ins Herz. Larven gelegt. Das ganze Volk ist hier drinnen unterwegs. Mein Herz ist angeschwollen auf die doppelte Größe. Auf einem Auge bin ich blind. In meiner Leber geht es zu wie in einem Ameisenhaufen. Das Wasser sprengt mir die Beine und steht mir bis in die Lunge.«

Er war erschöpft, machte eine lange Pause. Regungslos stand Livia vor ihm. Dann hatte er wieder genügend Atem. »Ausrotten kann die Biester niemand, nicht ich und nicht die besten Ärzte. Die bleiben. Ich komme um vor Durst, aber je mehr ich trinke, desto schneller geht ist es aus mit mir. Die Krankheit heißt Chagas. Hat der Teufel erfunden.«

Kraftlos legte er den Kopf zurück. Livia wartete, er rührte sich nicht. War er eingeschlafen? Auf einmal schrie er auf, mit neuen Kräften und geschwollenen Halsadern: »Aber noch ist es nicht so weit! Es gibt noch andere Wanzen, um die ich mich kümmern muss. Parasiten!«

Ein Hustenanfall beutelte ihn kräftig durch. Er beruhigte sich wieder. »Dein Vater ist damals zu mir gekommen. Hat mich um Arbeit angebettelt, seine Kinder hungern. Nachdem er weg ist, habe ich dir und deinem Bruder die Straße erspart. Dann bist du zu mir gekommen und hast um Geld gebettelt. Ich habe dir einen guten Kunden verschafft. Und was hab ich davon? Sebastião und seine Freunde haben mich fallen lassen. Jamelão die Ratte nagt mir von allen Seiten das Geschäft ab. Spielt sich auf als neuer Herr von São Geraldo. Sie können es nicht erwarten, mich zu vertreiben. Mich! *Ich* war es, der São Geraldo groß gemacht hat!«

Vagner schloss sein Auge, ruhte sich aus. Dann war er wieder bereit.

»Aranha da draußen«, er deutete auf die Tür, »ist ein Sonderling. Aber sehr gewissenhaft. Er hat so seine Art mit jungen Mädchen. Sind seine Spezialität. Er ist wirklich gut, braucht nichts als ein altes Küchenmesser. Nach einer halben Stunde winseln sie ihn um eine Kugel an. Ein neugieriger Kerl.«

Livia blickte sich um. Die Läden fest verschlossen, eine einzige Tür, und davor Aranha.

Nach einer neuerlichen Weile war Vagner wieder so weit: »Der Einzige, der mich davon abhält, dich Aranha zu geben, ist Sebastião. Er besteht auf dir. Ich hab ihm andere geschickt. Die haben ihn auch nur für kurze Zeit ruhig gestellt. Er will nur dich. Ist richtig verliebt in dich. Er sagt, für dich hat er bezahlt und dich will er. Kannst dich bei Sebastião bedanken. Ha!« Vagner hustete lange und spuckte Blut in ein zerknülltes Handtuch.

»Du hast zu viel Mist gebaut. Hast ihn blamiert. Die Kamera. Musst mächtig viel bei ihm abarbeiten. Der Haftbefehl. Denk nicht, dass du davonlaufen kannst. Dann bekommt Aranha deinen Bruder. Freikaufen kannst du dich auch nicht. Geld spielt für Sebastião keine Rolle. Drei Millionen hat er hingelegt, um seine Frau loszuwerden und eine andere zu heiraten. 30 Jahre jünger und auch die wird ihm langsam zu alt. Du hast jetzt die Wahl: Sebastião oder Aranha.«

Livia war nicht ohne Plan gekommen. »Ich möchte mit dir über Diego sprechen.«

»Diego? Der hatte kein Talent. Hat sich ungeschickt angestellt. Jamelãos Leute haben ihn kaltgemacht. Als nächstes ist einer von Jamelãos besten Leuten verschwunden. Bin quitt mit ihm. Sache gegessen.«

»Ich war dabei, als sie Diego erschossen haben. Es waren nicht Jamelãos Leute. Es war Jamelão selbst. Ich habe ihn auf dem Motorrad erkannt.«

Vagner starrte sie an. Sein Auge hüpfte zwischen ihren beiden hin und her. »Du und ich, wir wissen, dass Jamelão nicht blöd ist. Er hat Leute für solche Jobs.«

»Ich habe ihn trotzdem gesehen.« Livia wich Vagners Blick nicht aus. »So wird es die Polícia von mir hören und der Richter. Wem wird der glauben? Mir oder einem Gangsterboss? Mir ist egal, wer abgedrückt hat. Jamelão wird dafür bezahlen, das schulde ich Diego. Und du bist deine Probleme los.«

Das musste sickern. So eine Aussage vor Gericht war ein Todesurteil für Livia.

»Nicht ganz«, sagte Vagner.

Livia nickte. »Sebastião bekommt von mir, was er will. Ich werde nicht ins Gefängnis gehen.«

»Ich kenne Sebastião. Er würde dafür sorgen, dass du in den Männertrakt kommst. In die Gemeinschaftszelle.«

Auch Vagner kannte die einschlägigen Geschichten.

»Sieh dir an, was ich anhabe«, sagte Livia. »Ein Clownskostüm. Das ist alles, was ich habe. Wir müssen wieder zurück in unser Haus. In São Geraldo hast du uns auch besser im Blick.«

#

Als sie drei Stunden später zuhause ankamen, war das Schloss entfernt und die Tür stand offen. Ihre Habseligkeiten waren alle an Ort und Stelle. Während Tante Célia durch São Geraldo unterwegs war, um ihr Renommee wiederherzustellen, kehrte Livia das Ungeziefer hinaus. Falcão klopfte an die offene Tür. »*Olá!* Komm doch einen Moment raus.«

Livia breitete eine Matratze für Emilio aus. »*Só um momentinho.* Leg dich nieder, Emilio, ich komm gleich wieder.«

Sie trat hinaus und schloss die Tür hinter sich.

»Senhor Sebastião kann es nicht erwarten«, sagte Falcão mit leiser Stimme. »Er ist bis Mitternacht in der Gouverneursloge. Um ein Uhr sollst du zu ihm in den Tower kommen.«

Livia nickte.

»Keine Dummheiten diesmal «, setzte er eindringlich nach. »Du machst es nur schlimmer. Und sei pünktlich, es ist deine letzte Chance.«

»Ich weiß.«

»Und ...«, er zögerte, er hasste diesen Teil seines Jobs, »ich glaube, du solltest dir für die nächsten Tage nichts vornehmen.«

Er legte Livia eine Hand auf den Oberarm. »Mach's gut!«

Als Falcão wieder gegangen war, schloss Livia die Tür von innen und setzte sich zu Emilio auf die Matratze. Sie saßen einander gegenüber und hielten sich die Hände.

»Ich mach mich jetzt fertig für den Karneval«, sagte sie, »und bleibe danach bei einem Freund. Es kann ein paar Tage dauern.«

Emilio blickte sie bestürzt an. Etwas stimmte nicht mit Livia.

»Keine Sorge«, sagte sie und drückte seine Hände fest, »ich komm bald wieder, ich muss dorthin, es geht nicht anders. Dann muss ich noch was anderes erledigen, eine Aussage machen, und dann fahren wir nach São Paulo, du und ich gemeinsam. Mit oder ohne Tante Célia, das soll sie selbst entscheiden. In São Paulo gibt es jemanden, bei dem ich viel Geld verdienen kann und der uns eine Wohnung gibt. Ein sehr einflussreicher Mann, er sorgt dafür, dass niemand uns etwas antun kann. Aber du darfst das niemandem erzählen, genau wie damals, als sie mich aus der Schule geschmissen haben. OK?«

»Nach São Paulo? Kann ich dort das Sambadrom sehen?«

»Wir werden gemeinsam durchgehen, die ganze Avenida entlang.«

Livia stand unter der Dusche, als Tante Célia hochzufrieden wiederkam. Ganz São Geraldo wusste jetzt, dass alles nur ein Missverständnis gewesen war. Mission erfüllt. Mit einem satten Schnauben ließ Tante Célia sich im Plastikstuhl nieder und bezog ihren Posten vor dem Fernseher. Karnevalsbilder aus Salvador und vom zweiten Tag in Rio. Der Aufreger von São Paulo war heute nur mehr eine Nebenmeldung wert:

»São Paulo. Die für heute Vormittag angesetzte Punktevergabe wurde vertagt. Auf die Anfrage der Romanos Pretos hin gab das Präsidium der Liga heute offiziell die Begründung für die Disqualifikation bekannt: Die Bateria der Romanos Pretos habe keinen Samba vorgeführt, die Darbietung war hinsichtlich Rhythmik und Tempo zur Gänze regelwidrig.«

Livia war es einerlei. Die Romanos Pretos aus São Paulo waren abgehakt. Sie band sich ihre Rastazöpfchen zu einem Bukett hoch. Am Haaransatz waren sie schon ausgewachsen und gehörten bald neu geflochten, doch das musste warten. Endlich konnte Livia wieder in ein menschliches Outfit schlüpfen, ein weißes Top und rote Shorts.

Emilio bestand darauf, sie hinauf zur Rua Aurélia zu begleiteten.

Sie umarmte ihn lange, bevor sie ihn heim ins Bett schickte und ihren Fußmarsch nach Liberdade aufnahm.

#

Ein Gewühl aus Rot und Orange erwartete Livia vor dem Proberaum des Blocos Afro. Die Percussionistas trugen orangefarbene Shirts mit langen, kirschroten Hosen, während die *Associados*, die Teilnehmer des Karnevalsblocks, rote Shirts anhatten.

»ROMANOS PRETOS - O Bloco Afro« stand in einem fetzigen Kreis auf allen Shirts vorne drauf, und *»Carnaval de Salvador – Bahia – Brasil«* hinten. Die Orangefarbenen trugen noch den Zusatz *»Percussionista«*. In der Kreismitte ein schöner Kopf mit fliegenden Rastazöpfchen und drum herum jede Menge Kaurimuscheln. Die Abadás waren gelungen, stimmige Farben und ein astreines Design.

Um die 50 Percussionistas waren da und noch einmal so viele Associados, größtenteils Freunde und Verwandte. Alle anderen würden direkt zur Concentração nach Barra kommen.

Ein genereller Aufschwung war spürbar. Sogar die brasilianische und die jamaikanische Flagge an der Hausmauer waren in der Zwischenzeit frisch überpinselt worden.

»Liiivia! Neguinha!« Ana hatte Livia als Erste gesichtet und stürzte sich auf sie. Im Nu war sie umrundet von Orange und Rot. Alle hatten Livia im Fernsehen gesehen und alle wollten alles von ihr wissen. Sie kam nicht dazu, zu antworten, Robinho sprang sofort für sie ein. Heldensagen aus São Paulo. Die Allegoriewagen waren größer, die Avenida länger, die Choreografien phantastischer, die Bateria mächtiger, Espada durchtriebener und Livia mutiger als Robinho es je hätte wissen können.

Auch die Daheimgebliebenen hatten Geschichten auf Lager: Tatu, der verschollene *Presidente*, war tot, und Débora im Gefängnis. Das war alles, was Livia im Tumult verstand.

Rasta ritt ein, auf der leeren Ladefläche eines ausgebeulten Lastwagens, der in einer schwarzen Dieselwolke vor dem Proberaum anhielt. Rasta hatte das gelbe Tuch um seine Mähne gebunden, das orangerote Abadá an und sein glattes Gesicht glänzte ganz ohne Hip-Hop-Bärtchen. Er schwang sich vom Laster und machte freudig die große Umarmungsrunde durch die aus São Paulo wiedergekehrten Söhne. Die wiedergekehrte Tochter kam zuletzt an die Reihe.

»Komm«, sagte er strahlend zu Livia. Sie gingen hinter den Proberaum für ein bisschen Ungestörtheit. Aus dem Fleckchen roter Erde und Unkraut hinter Tatus Cabana war eine lauschige Partyzone geworden. Junges Gras, eine verkohlte Feuerstelle und entrindete Baumstämme zum Sitzen.

Sie hockten sich nebeneinander auf einen der Stämme.

»Tatu ist tot?«, fragte Livia.

Tatu war schon vor Wochen gestorben, an dem Tag, als er verschwunden war.

»Du erinnerst dich daran, dass er Barra-Fan war?«, fragte Rasta.

»Klar doch. Die ganze Cabana ist voll mit Fahnen und Schals.«

»Und du erinnerst dich daran, dass zur selben Zeit das Stadion eingestürzt ist?«

Heimspiel, zweite Halbzeit, 35. Minute. Nach langen schmachvollen Saisonen in der Unterklasse stand endlich wieder der Aufstieg fest. 60.000 hemmungslose Fans, morscher Stahlbeton aus 1951 und tropische Feuchtigkeit, die auch Büroklammern in Monatsfrist rosten ließ. Mehr brauchte es nicht. Eine Tribünenstufe brach ein und riss Dutzende Fans mit sich, 20 Meter talwärts auf den Asphalt. Betonteile und noch mehr Fans hinterher und obendrauf. Einige hielten sich am Nachbarn fest und rissen ihn mit, andere klammerten sich an der Betonkante fest, bis die blutigen Finger aufgaben. Die Behörden bilanzierten mit sechs Todesopfern, zwei davon nicht identifiziert, und 50 Schwerverletzten. In der Stunde seiner größten Freude brach Tatu sich das Genick. Barra war wieder auf dem Weg zurück nach oben. Zeit seines Lebens hatte Tatu sich geschworen, dass er den dritten Meistertitel noch erleben würde.

Er hatte keine Papiere bei sich getragen.

»Ich habe Abgängigkeitsanzeige erstattet – aber du kennst unsere Polícia.« Rasta breitete die Arme aus.

Livia senkte ihren Kopf. Sie sah Tatu vor sich, als sie damals zum ersten Mal alleine und verunsichert im Proberaum aufgetaucht war. »Such dir eine Trommel aus«, hatte er sie wortkarg eingeladen.

»Ich vermisse ihn auch«, sagte Rasta nachdenklich.

»Und Débora?«, fragte Livia nach einer Weile.

Rasta war schon eine Zeitlang misstrauisch gewesen. Débora brachte auf einmal noch mehr Geld in Umlauf als üblich. Klamotten, Handtaschen, Schuhe, sie war Stammgast in der Estrela Shopping Mall, dort, wo sie Livia nicht reinlassen wollten. Das Ganze auch noch unmittelbar nach Tatus Verschwinden. Rasta aber sah keinen Zusammenhang.

»Dann hast du mir geschrieben von ihrem Angebot an deine Tante, von Geldbündeln und einer Erbschaft.«

Daraufhin spionierte Rasta Déboras Kontoauszüge aus und fand um 8.000 mehr auf dem Konto als es sein sollten. Das waren keine Zufälle mehr. Tatu war weg, das Geld aus São Paulo war weg und Rasta und der Bloco strampelten sich wochenlang ab, um 150 Reais für die Fahrt aufzutreiben. Der Karneval stand auf der Kippe, der Bloco war so gut wie tot. Und die ganze Zeit über saß Débora seelenruhig auf einem Stoß Geld, sah allen zu und trieb ihre Spielchen mit Livia. Rasta war sprachlos. Es war Zeit, den Spieß umzudrehen. Aber wie? Das alles waren keine Beweise. Es gab keine Beweise. Nur Débora selbst konnte sich belasten, aber sie war eine gewitzte Lügnerin. Ein paar dümmliche Sargentos aus Liberdade wären keine Gegner für sie gewesen. Also ging Rasta aufs Ganze.

Mordanzeige.

Er nahm volles Risiko. Er gab zu Protokoll, dass Débora selbst ihm die Tat anvertraut hätte, den Mord an Tatu mit Rattengift aus Geldgier. Die Leiche hätte sie dann im Meer entsorgt. Rasta hätte eine Weile aus Loyalität geschwiegen, sein Gewissen ließe ihn aber nicht länger ruhen.

»Sie kamen aus Piedade und baten Débora mitzukommen. Sie ging ganz handzahm mit, um hier im Viertel keinen Skandal zu schlagen. Einer von der Mordkommission hat mir später alles erzählt.«

Débora kippte aus ihren nagelneuen Stöckelsandaletten, als die Jungs ihr die Mordanschuldigung verkündeten. Sie nahmen Débora kräftig in die Zange und die zog sämtliche Register. Abwechselnd weinte sie, schlug ihre Rehäuglein auf und brüllte die Jungs nieder.

»Alles Lügen! Wo sind die Beweise? Ich werde euch verklagen!«

Die Jungs ließen nicht locker und nach einer knappen Stunde gab Débora auf, um ihren süßen Po vor einer Mordanklage zu retten.

»Ich habe ihn nicht umgebracht! Er ist ins Stadion und zufällig wusste es keiner außer mir! Am nächsten Tag war das Fernsehen voll mit der eingestürzten Tribüne. Zwei nicht identifizierte Todesopfer. Tatu ist nicht mehr wiedergekommen. Ich habe eins und eins zusammengezählt, aber ihr Idioten habt ihn nicht identifiziert. Daraufhin bin ich in seine Cabana und habe nach dem Geld gesucht. Es lag unter der Matratze. So easy war das alles. Aber ich bin doch keine Mörderin!«

Sie kamen mit Fotos der zwei unidentifizierten Todesopfer nach Liberdade und alle erkannten einen als Tatu. Rasta zog seine Mordanzeige zurück, die Sargentos lachten sich eins und Débora saß seither wegen Diebstahls in der Strafanstalt von Mata Escura in U-Haft. Sie beschwor ihren Orixá um Rache und wartete auf ihren Prozess. Das, was von dem Geld noch übrig war, war vorerst eingefroren und würde nach einer rechtskräftigen Verurteilung an den Bloco zurückerstattet werden.

Livia konnte nicht anders, als an eine verpestete Gemeinschaftszelle im Männertrakt zu denken, an Dauervergewaltigung und einen Plastiknapf schwarzer Bohnen mit weißen Maden drin. Débora würde mit ihren Macumbas nicht nachkommen.

»Und du?«, fragte Livia Rasta. »Liebst du sie noch?«

»Wir haben denselben Terreiro und denselben Orixá, Ogum. Sie ist eine Frau, die man einfach haben muss, wir sind zusammengekommen und dann zusammengeblieben. Wahrscheinlich habe ich sie nie geliebt. Sie ist Geschichte.«

»Ich hab Angst um dich. Sie hat mir diese Geschichte erzählt von ihrem Exmann, dem Italienischlehrer. Sie hat ihn verflucht und ins Elend getrieben.«

»Die Geschichte ist wahr, aber er hatte schon vorher getrunken, als er noch mit ihr verheiratet gewesen war. Die Trennung von Débora und ihre Bösartigkeit haben ihm den Rest gegeben. Das hat nichts mit Macumba zu tun. Wie geht es Emilio?«

»Schon viel besser, hat auch nichts mit Débora zu tun gehabt.«

»Hab ich's nicht gesagt?« Er legte seinen Arm um sie und drückte sie an seine Seite. »Und? Du warst bei Henrique Borboleta?«

»Henrique war köstlich! Ich weiß genau, warum du mich zu ihm geschickt hast! Er hat mir die Sache mit der Syn...«

»Synästhesie.«

»... erklärt. Warum hast du mir nicht gleich gesagt, dass ich einen Kurzschluss im Kopf habe?« Sie gab ihm einen sanften Stoß in die Rippen. Livia erzählte von Henrique Borboletas Heldenmut, mit dem dieses schmächtige Männlein dem brutalen Espada entgegengetreten war, mitten auf der Avenida, nur um Livia in die Bateria hineinzuboxen.

Und damit waren sie bei dem Thema, auf das Rasta gewartet hatte. Wie zur Hölle und warum zur Hölle und was zur Hölle war da im Sambadrom abgelaufen? Rasta hatte Livia trotz Riesenperücke und Goldkostüm sofort erkannt. Er hatte sich die Augen gerieben und mit Schweiß auf der Stirn die Übertragung verfolgt.

Livia erzählte. Von der ersten Probe in der Quadra bis zur Flucht aus Douradina, wenn auch nicht alles, was dazwischen passiert war.

»Und Espada? Keiner weiß, wo der abgeblieben ist?«

Livia schüttelte den Kopf.

Rasta hatte Verständnis für ihren Wechsel zur Dona. »Ich hätte dich nie fahren lassen sollen. Wenn ich denke, was hätte passieren können.«

»Ist ja gut.« Livia schoss das Blut in den Kopf. Sie wandte sich ab.

»Wir müssen los«, sagte Rasta. »Der Verkehr ist die Hölle. Am Sonntag haben wir zwei Stunden bis nach Barra gebraucht.«

Er nahm Livias Hände und zog sie hoch. »Ich habe gewusst, du schaffst es in São Paulo. Machst du mir die Freude, heute mit mir zu dirigieren? Wir haben 30 Gastspieler dabei, die nur wenige Proben mitgemacht haben. Donnerstag war eine Katastrophe, Sonntag war schon besser. Heute mit dir sollte es endlich wirklich gut werden.«

Wie konnte sie das ablehnen? Endlich einen Samba-Reggae zu dirigieren in Bahia, dort, wo kein Mestre es ihr verbieten könnte und es keine Sambaregeln gab.

»Für die Saltos bist du zuständig «, sagte sie.

Als Livia und Rasta wieder an der Vorderseite auftauchten, war noch ein zweiter LKW vorgefahren,. Livia zog sich hastig im Proberaum um. Orange und Rot standen ihr besser als Gold. Die Jungs verstauten die Trommeln auf der Ladefläche und die orange-rote Meute verstaute sich selbst so gut es ging dazu. Einige setzten sich auf die Dächer der Fahrerkabinen, andere hängten sich außen an die Bordwände, und ab ging es an den Strand von Barra.

39

Salvador hat kein Sambadrom, keine Sambaschulen und kein Feder-Klimbim, gilt aber trotzdem als Party-Hauptstadt Brasiliens, denn sein Karneval ist die fetteste Streetparty der Welt. Love Parade? Spring Break? Abi-Reise nach Antalya mit Alkohol inklusive? Sie alle müssen sich hinten anstellen, denn Salvador hat Streetparty erfunden, und zwar schon 40 Jahre vor der Love Parade, und das kam so: Im Karneval der 1950er war ein Musikantentrio in Salvador als erstes in einem umgebauten Automobil mit Trichter-Lautsprechern unterwegs. Diese Sensation wurde damals von der staunenden Presse "Trio Elétrico" genannt und die Bezeichnung ist bis heute geblieben. Aus dem Töff-Töff sind im Laufe der Jahrzehnte Sattelschlepper geworden, mit gigantischen Bühnenaufbauten und Boxen in Stadionqualität.

Zwei Millionen Kids kommen Jahr für Jahr, um sich eine Woche lang gründlich auszutoben. Sie wollen Party und Sex. Und genau das kriegen sie. Und der Samba-Reggae liefert den Soundtrack dazu. Unverfälscht aus den Trommeln eines Blocos Afro, traditionsbewusst als Afoxé mit Yoruba-Gesängen oder massentauglich als Axé-Pop aus den Mega-Boxen eines Trios Elétricos.

Es gibt ein Mindestmaß an Organisation: Die Party findet auf zwei vorgegebenen Routen statt, den Circuitos: Campo Grande in der Oberstadt und Barra-Ondina unten entlang der Küstenstraße. Das Publikum teilt sich in drei Klassen. Die einen sehen sich das Ganze von teuren *Camarotes* aus an, Logen aus Metallgerüsten und Kunststoffplanen entlang der Circuitos. Die anderen, die Associados, haben sich teure Abadás gekauft und tanzen und knutschen auf der Straße hinter einem Bloco Afro oder einem Trio Elétrico her, umgeben von der *Corda*, dem Sicherheitsseil, das von Dutzenden Seilträgern um den Bloco gespannt wird. Und die Holzklasse, genannt *Pipoca*, drängt sich gebührenfrei auf der Straße und füllt jeden Quadratzentimeter zwischen Corda und Camarote aus.

Am gefährlichsten wird es, wenn ein Karnevalsblock seine Route beendet und die Seilträger das Sicherheitsseil zu Boden lassen. Die Associados schwärmen aus auf der Suche nach einem Taxi, das sie heim ins Bett bringt, oder auf der Suche nach der aufregenden Viviane, die sie in der vorletzten Kurve noch geküsst haben und gerne heim ins Bett bringen würden. Kann auch sein, dass sie Vanessa geheißen hat.

Und die Taschendiebe aus der Holzklasse schwärmen aus auf der Suche nach geistesabwesenden Associados, die durch ihre Abadás einwandfrei als zahlungskräftig erkennbar sind.

#

An der Rua Marquês de Caravelas, drei Blocks vom Strand entfernt, war Endstation für die Truppentransporter der Romanos Pretos. Zu großer Andrang auf der Straße, nichts ging mehr. Absitzen, jeder eine Trommel über den Kopf gestemmt und im Gänsemarsch durch das Gewühl und dabei immer ein achtsames Auge auf die eigene Hosen- oder Gürteltasche, denn ein Taschendieb sieht nichts lieber als einen, der gerade keine Hand frei hat.

Ein angeheiterter Associado der Irmãos dos Palmares machte sich im Gedränge an Livia ran, mit Turban, Kaftan und seinem Lavendel-Spray. Er sprühte ihr den nackten Nabel ein, beugte sich hinunter und roch daran. »Lass mich riechen. Köstlich.« Livia bekam einen Kuss auf den Bauch. Das machen die immer so, den meisten Mädchen gefällt es. Es kitzelte. Livia musste lachen. »Hau ab, das Zeug macht Kopfweh.«

Das letzte Mal, als Livia am Strand von Porto da Barra gewesen war, hatte sie bei Nacht gegen das Absaufen in der Brandung kämpfen müssen, zerschunden, frierend und nackt.

Heute musste sie sich bei glühender Nachmittagshitze durch das Menschenmeer kämpfen, bis der Bloco seine Startposition gefunden hatte, in der Kurve vor dem Hospital Espanhol. Immer mehr Associados trafen ein und neue Percussionistas kamen hinzu, die Livia noch nie gesehen hatte. Langsam wich die Menge zurück und der Bloco Afro wuchs zu einem richtigen Karnevalsblock an mit über 80 Trommlern und knapp 300 Associados. Rasta hatte in den letzten Wochen ganze Arbeit geleistet. Den Versorgungswagen mit dem Bier hatte er ebenso gestrichen wie die Idee, einen Perkussions-Showtrupp auf einem kleinen Trio auftreten zu lassen. Zu teuer. Percussionistas, Associados und drumherum die *Cordeiros*, die Seilträger mit dem Sicherheitsseil. Das war der Karnevalsblock der Romanos Pretos.

Weiter vorne, beim Leuchtturm, war der Karneval bereits voll im Gange. Ein Karnevalsblock nach dem anderen legte los, die großen Stars auf ihren 18-Meter-Trios waren weithin zu hören. Nun hieß es warten für Livia. Sie setzte sich auf den Sockel des mannshohen Gedenksteins an der Strandbalustrade. Der bronzene Stefan Zweig blickte ihr über die Schulter und ihm entging nicht, wie Livias Blick Rasta verfolgte. Rasta lief geschäftig hin und her, teilte die Seilträger ein, kümmerte sich um Wasser für die Percussionistas, vergessene Sticks und gerissene Gurte und er begrüßte viele Associados persönlich. Livia beobachtete seine Ruhe, seine Sicherheit. Und seinen Hintern.

Eine Stunde später war der Karnevalsblock der Romanos Pretos weit vorgerückt, fast bis vor den Leuchtturm. Der Block direkt vor ihnen kam ins Rollen, ein Riesenblock mit Superstar Yvonne Gomez und tausenden Associados, von denen jeder zehnmal mehr für sein Abadá bezahlt hatte als die Associados der Romanos Pretos für das Ihre. Vier Monatsgehälter für drei Tage Party. Kids aus São Paulo, New York und Oberfränkisch-Coburg. Yvonne war in einem verdunkelten Van mit Polizeieskorte eingetroffen, die Associados hatten sie angekreischt, als sie im Inneren des Trios verschwand. Jetzt erschien sie oben auf der Bühne. Ein Aufschrei.

»Alô, Galera!«

Noch ein Aufschrei.

»Que povo lindo! Que gente bonita!«

Und dann kamen die Worte, auf die sie alle gewartet hatten, der Schlachtruf des Karnevals von Salvador.

»S A I D O C H Ã O!«

Bedeutet so viel wie »Hebt ab vom Boden! Bewegt eure Hintern!«

Yvonnes Associados ließen es sich nicht zweimal sagen. Die Band schlug ihren aktuellen Nummer-1-Hit an, Axé-Musik mit 100.000 Watt auf einer rollenden 40-Quadratmeter-Bühne in 4 Metern Höhe und ab ging die Post. Wer nicht mitmachte, lebte gefährlich, wurde von der entfesselten Meute zur Seite getanzt.

Nach einer halben Stunde war Yvonne so weit entfernt, dass Rasta es riskieren konnte loszulegen.

#

Die Statuten der »Liga Nova do Samba Paulista« sehen vor, dass eine disqualifizierte Sambaschule im Berufungsverfahren angehört werden muss, noch bevor Punktevergabe und Siegerermittlung stattfinden. Man traf sich in den Räumlichkeiten von Rossi Tiefenbach Advogados, der Anwaltsfirma, die sich um die rechtlichen Belange der Liga kümmerte. Rossi Tiefenbach klagten, prozessierten und schoben ihre Akten von einem eleganten Büro aus, unweit der Avenida Paulista gelegen, im 12. Stock eines weißen Betonturmes mit einem Helipad auf dem Dach.

Auf der einen Seite des geleckten Glastisches saßen die Ligapräsidentin, drei ihrer Vorstandskollegen und drei Anwälte von Rossi Tiefenbach, die per Mannstunde verrechneten. Ihnen gegenüber saßen Carlos Augusto und sein Anwalt Inácio, der ebenfalls per Mannstunde verrechnete, sowie Henrique Borboleta. Henrique hatte seine Sonntagsfliege umgebunden und das farblich passende Stecktuch in der Brusttasche. Die schwarzen Lederstühle waren von einem italienischen Designer und denkbar ungemütlich. Henrique pendelte unruhig mit den Beinen, die den flauschigen Buchara-Teppich nicht erreichten.

Carlos Augusto wäre von sich aus nie auf die Idee gekommen, Henrique Borboleta mitzunehmen, doch der hatte darauf bestanden. Er war seinerzeit mitbeteiligt gewesen an der Abfassung der Bewertungskriterien, also konnte seine Anwesenheit nicht schaden. Im Grunde aber war die Lage aussichtslos. Carlos Augustos einzige Hoffnung war das Geldkuvert, das in seiner Innentasche steckte. Die Anwesenheit der Anwälte ließ jedoch nichts Gutes ahnen. Bei so vielen Krawattenträgern um den Tisch war es unmöglich, vernünftig Geschäfte zu machen.

Die Ligapräsidentin kotzte die ganze Sache an. Sie hatte die Punktevergabe verschieben müssen, die Fernsehstationen mussten ihre Programme umkrempeln, und sie selbst musste andauernd Stellungnahmen abgeben. Was sie anlangte, stand der Sieg der Dona do Morro Vasco fest und das war gut so. Carlos Augusto war nie ihr bester Freund gewesen.

Dementsprechend einseitig lief die Sitzung ab.

Die Anwälte von Rossi Tiefenbach zitierten aus dem Disqualifikationsbeschluss und aus den Statuten der Liga, wonach ein solcher Beschluss zulässig sei, wenn ein Bewertungskriterium als Ganzes nicht bewertet werden konnte.

»Als Nächstes könnte eine Sambaschule gleich ganz ohne Allegoriewagen antreten, die ersparen sich viel Geld dadurch.«

»Oder eine andere kommt auf die Idee, die Baianas einzusparen.«

»Oder noch eine andere kommt auf die Idee –«

»Wir kennen die Bewertungskriterien!«, fuhr Inácio den Senhores

Advogados über den Mund.

Inácios Linie war zunächst eine andere. Er zweifelte die formale Korrektheit des Disqualifikationsbeschlusses an. Doch Rossi Tiefenbach hatten ihre Hausaufgaben gemacht. Einer zauberte ein dreiseitiges Gutachten hervor: Bekanntmachung, Fristen, Anwesenheits- und Abstimmungsquorum, alles gecheckt, alles regelkonform.

Inácio tastete nach anderen Schwachpunkten herum. Er arbeitete die komplette Liste ab, die er im Kopf hatte. Rossi Tiefenbach freilich waren ihr Honorar wert, sie zeigten sich auf alles vorbereitet, hatten auf alles eine Antwort.

Carlos Augusto bat um eine kurze Sitzungsunterbrechung. Draußen am Korridor passte er die Präsidentin ab und versuchte, sie unter vier Augen zu überzeugen, von Erwachsenem zu Erwachsener, mit seinem Kuvert. Die Präsidentin war empört und drohte ihm den Rausschmiss an. Für Carlos Augusto war damit alles klar. Seu Júlio hatte seine dreckigen Finger im Spiel, er hatte nun einmal die tieferen Taschen.

Wieder um den Tisch versammelt, nahmen sie einen letzten Anlauf. Carlos Augusto verwies nachdrücklich auf den substantiellen Schaden, den seine Sambaschule erleiden würde, den finanziellen Verlust, die Familien, die an der Sambaschule hingen. Inácio stellte darüber hinaus Schadenersatzansprüche in den Raum, die von den Anwälten der Gegenseite mit aller Schärfe zurückgewiesen wurden. Sie stellten eine Gegenklage wegen Rufschädigung in Aussicht. Die Stimmen wurden lauter, die Vorwürfe heftiger und die Gesichter röter. Es half alles nichts. Die ganze Zeit über saß Henrique Borboleta stumm da mit baumelnden Beinen und gluckste gelegentlich vor sich hin. Nutzlos, ein Fall fürs Altersheim.

Mit einem lauten Schnalzer klappte die Ligapräsidentin ihre Aktenmappe zu. »Ihr hattet eure Anhörung. Das war's.«

Als sie aufstand, räusperte sich Henrique Borboleta lauthals. »Hmhm ... Senhora Presidente! ... Würden Sie wohl einen alten Sambista anhören, der nie weiß, welcher Karneval der letzte für seine arthritischen Knochen sein wird?«

Entnervt nahm sie wieder Platz.

Henrique Borboleta nahm sich Zeit. Aus einer speckigen Ledermappe fingerte er umständlich ein abgegriffenes Dokument hervor, die Bewertungskriterien der Sambaliga. Auch Carlos Augusto hob den Blick zum Himmel.

Henrique las zunächst die offizielle Begründung des Präsidiums vor: Die Bateria der Romanos Pretos hatte keinen Samba vorgeführt, die Darbietung war hinsichtlich Rhythmik und Tempo zur Gänze regelwidrig gewesen.

Dann holte er aus. »Meine Dame und meine Herren, Punkt eins: Im Abschnitt über das Bewertungskriterium Bateria wird kein einziges Mal explizit das Wort *Samba* oder *Karnevalssamba* erwähnt. Lesen Sie es selbst nach. Es wird die zentrale Rolle der Bateria beschrieben, es werden die Instrumente aufgezählt, es werden die Kriterien für die Punktevergabe taxativ aufgezählt und es wird unmissverständlich angeführt, was die Juroren zu berücksichtigen und was sie *nicht* zu berücksichtigen haben. Keine Rede von *Samba* weit und breit. Unsere Bateria«, er legte eine kleine Pause ein und blicke ihnen reihum in die Augen, »hat in allen Punkten dem Reglement entsprochen.«

Jetzt hatte er ihre Aufmerksamkeit. Die Ligapräsidentin blickte stirnrunzelnd ihre Anwälte an, doch Henrique war noch lange nicht fertig.

»Was den Vorwurf des falschen Tempos angeht, so wird Ihnen nicht entgangen sein, dass Bateria und Puxador in vollkommenem rhythmischen Einklang waren. Der Puxador wurde mit 172 Schlägen pro Minute gezählt. Es ist also nur eine Frage der Notation, ob wir Viertel- oder Achtelnoten als Schläge zählen. Wir fertigen gerne eine Partitur unseres Samba-Reggaes an, aus der die korrekte Anzahl von Schlägen pro Minute hervorgeht. Weiters: Im Absatz über die zu berücksichtigenden Punkte wird von einer Bateria *Kreativität und Vielseitigkeit* verlangt. Bitte merken Sie sich *Kreativität und Vielseitigkeit.* Das bringt mich zu meinem letzten Punkt. Ich zitiere hier aus unserem Karnevalsthema:

Wir sind Römer und wir sind schwarz
Tragen den Samba im Herz
Bahia, Mutter des Volks
Zeig mir den Samba so stolz.«

Henrique Borboleta blickte in die schweigende Runde.

»Zeig mir den Samba so stolz! Der bahianische Samba, meine Herren, ist der Samba-Reggae. Unsere Bateria hat es als Erste und Einzige geschafft, das Karnevalsthema *Bahia* nicht nur in unseren Kostümen und Allegoriewagen umzusetzen, sondern darüber hinaus auch im Rhythmus der Bateria! *Kreativität und Vielseitigkeit*. So kreativ und so vielseitig wie wir ... war noch nie eine andere Sambaschule vor uns!«

#

In Salvador setzte ein warmer, weicher Regen ein. Ein bahianischer Sommerregen. Die Romanos Pretos passierten gerade die Christusstatue am Ende von Barra und waren auf dem Weg ins Nachbarviertel Ondina. Es lief prächtig. Vor dem Leuchtturm von Barra, dort wo die meisten Fernsehkameras lauerten, hatte Rasta seine Capoeira-Akrobatik zum Besten gegeben, während Livia in den Reihen des Blocos für den sauberen Groove gesorgt hatte.

Im Windschatten von Yvonne Gomez auf ihrem Trio Elétrico ist es schwierig die Menge zu begeistern. 600 PS, 100.000 Watt, 24 Nummer-1-Hits, 17 Millionen verkaufter Einheiten und 400 Millionen auf dem Konto. Yvonne war der lebende Beweis für die Machtübernahme des Samba-Reggaes.

Rasta hatte mit fliegender Mähne seine Räder geschlagen, seine Kicks und seine Saltos, und die Percussionistas hatten auf jede seiner Bewegungen reagiert. Die Pipoca, die Associados und die Camarotes waren hingerissen.

Jetzt führte Rasta den Karnevalsblock mit ruhigen Choreografien auf der Küstenstraße durch den Regen. Alle 300 Associados machten die Choreografien mit. Eine orange-rote Legion, die im Rhythmus wogte.

Der Regen störte niemanden, er sorgte für das bisschen Erfrischung, das ohnedies nötig war. Nicht ein Einziger verließ die Party, sie war noch lange nicht aus. Klitschnass tanzt es sich ausgelassener und liebt es sich bedenkenloser.

Livia führte den Karnevalsblock an Rastas Seite an. Keiner bemerkte ihre Tränen. Es waren die Tränen einer Heimgekehrten, einer Angekommenen, einer Geborgenen. Und es waren Tränen der Angst.

#

Als die Romanos Pretos ihre Route beim Strand von Ondina beendeten, war es dunkel geworden. Der Regen hatte nicht nachgelassen, vielmehr goss es jetzt in Strömen. Die letzte Nacht des Karnevals von Salvador war angebrochen. Samba-Reggae, Bier und Regen trieben alle zur Höchstleistung an. Die letzte Chance auf einen schnellen Griff in die Tasche eines Unvorsichtigen. Die letzte Chance auf Viviane, Carla oder eine andere, die sich erst ab morgen, im Aschermittwochskater, wieder an ihren Anstand erinnern würde. Der Regen spülte die Kotze weg von denen, die ihr Bierlimit überschritten hatten, und er kühlte die Gemüter derer, die dem Nachbarn an die Gurgel gegangen waren, weil der schon zum zweiten Mal ihrer Freundin in den Schritt gefasst hatte. Die eigene Freundin zum Karneval von Salvador mitzubringen, ist generell keine so gute Idee. Besonders für Begleiter und Beschützer einer scharfen Granate ist Nahkampf-Erfahrung ratsam.

Die Seilträger der Romanos Pretos rollten das schwere Seil ein und Rasta war im Großeinsatz. Sie mussten im Gemenge die beiden Laster aufspüren, die in der Avenida Adhemar de Barros warteten, und die Trommeln verladen. Viele der Associados und Percussionistas hatten noch nicht genug. Sie blieben und machten als Pipoca weiter.

Nachdem die Trommeln auf der Ladefläche verstaut waren und alle, die genug hatten, aufgesessen waren, öffnete Rasta die Beifahrertür und lud Livia in die Fahrerkabine ein.

»Spring rein, hier drin ist es trocken.«

Rasta hielt die Tür auf, Livia stand dicht vor ihm. Die Tropfen, die von seiner Schulter absprangen, trafen sie im Gesicht.

»Ich hab den Regen gern«, sagte sie. »Ich möchte noch ein wenig hierbleiben. Mit dir.«

Rasta hatte sich nicht verhört.

»Wollen wir nicht nachher wiederkommen? Die Nacht ist noch lang.«

»Nein.«

»Fahrt ohne mich!«, rief er zum Fahrer hinein und warf die Tür zu.

Livia nahm ihn an der Hand. Sie führte, er fragte nicht. Sie wollte den Circuito ein Stückchen zurückgehen, ein problematisches Vorhaben. Es gab einen Helikopter, der nichts anderes tat, als die Straße zu überqueren, um Besucher in die Camarotes auf der Strandseite zu bringen.

Um gegen den Strom vorwärtszukommen, gibt es eine einzige erfolgversprechende Taktik. Abwarten, bis wieder ein Karnevalsblock vorbei ist. Der Block drückt links und rechts alles platt. Nach ihm gibt es in der Straßenmitte ein wenig Luft, die man ausnutzen kann.

Nachdem Livia und Rasta sich fast einen Kilometer zurückgekämpft hatten, nahmen sie eine Seitenstraße zwischen Wohnblocks, Palmen und Aparthotels. Lärm und Rummel dünnten sich aus. Hier spülte der Karneval sein Strandgut an den Rand. Einer schlief neben der Straße im Regen seinen Rausch aus, zwei Jungs untersuchten fieberhaft den Inhalt einer Brieftasche. Am Straßenende führte ein Stufenweg zum Strand hinunter.

Der Strand von Ondina ist keiner von den sehenswerten. Viel Fels, zwei oder drei kurze Sandstrecken und in den Böschungshängen darüber hässliche Hotelburgen, deren Gäste den Hotelpool bevorzugten. Die Hotels sorgten für ein angenehmes Halblicht am Strand und der Circuito dahinter für den Sound. Jetzt im Regen war so gut wie niemand hier unten. Nur halb verdeckt hinter einem Felsen ging dort drüben im Dunkeln was ab. Dem Gestöhne nach war es ein Mädchen mit drei Jungs. Livia hoffte, dass das Mädchen freiwillig dabei war.

Wortlos schlenderte sie mit Rasta den Strand entlang. Sie kamen an einen baumbestandenen Abhang, wo sie zwischen zwei Felsen ein annähernd trockenes Grasfleckchen fanden, über das eine Gruppe von Seemandelbäumen schützend ihre dichten Kronen hielt.

Livia und Rasta ließen sich nebeneinander nieder. Arme um die Knie geschlungen saßen sie aneinandergelehnt und sahen der Brandung zu.

»Ich habe dich weinen gesehen«, sagte er.

Livia schüttelte den Kopf. »Siehst du nicht, dass es regnet?«

»Ist kein Grund zu weinen ... und kein Grund mich anzuschwindeln.«

Sie legte ihren Kopf an seine Schulter, er seinen Arm um sie.

»Ich habe Angst.«

»Wovor?«

Sie vergrub ihr Gesicht an seinem Hals, drückte sich an ihn, zaghaft anfangs, dann fester. Sie sog seinen Duft ein, umklammerte ihn, als wollte sie sich in ihm verkriechen.

Waren es seine Lippen, die ihre fanden, oder war es umgekehrt? Keiner von beiden kannte sich aus und keinen von beiden kümmerte es.

40

Vagners Herz hörte schlicht auf zu schlagen. Es war angenagt und ausgezehrt, wollte und konnte nicht mehr. Vagner war in seinem Liegesofa eingeschlafen und nicht mehr aufgewacht. Als die Pflegerin kam, um ihm die Nachtpillen zu verabreichen, lief im Fernsehen die Karnevalsübertragung. Bis zuletzt hatte sich Vagner gegen eine Einlieferung ins Spital gewehrt. »Ich bleibe in São Geraldo!«, hatte er die Ärzte angeschrien. »Ich muss nach dem Rechten sehen, die Ratten werden mich nicht vertreiben!«

#

Livia schreckte hoch und riss sie beide aus dem wohligen Halbschlaf. »Ich muss gehen,« sagte sie knapp. Sie befreite sich aus Rastas Armen, zog sich hastig an und streifte sich die Klamotten sauber.

Langsam setzte auch Rasta sich auf und zog sich seine Shorts über. »Du musst was? ... Jetzt? … Wohin?«

»Muss was erledigen.«

»Was kann so wichtig sein?«

»Kann ich nicht sagen.«

Livia hockte sich zu ihm hin, fuhr ihm mit den Fingern die Augenbrauen entlang und strich ihm mit der Hand über die Wange.

»Bitte, bitte, vertrau mir.«

Sie stiegen zurück zur Straße hinauf, der Regen hatte mittlerweile aufgehört, der Karneval tobte nach wie vor. Livia holte ihre ID-Karte hervor und drückte sie Rasta fest in die Hand.

»Nimm sie und pass drauf auf.«

»Sag mal, was soll das?«

Livia wandte ihr Gesicht ab. »Frag bitte nicht. Steck sie in deine Tasche, damit sie ganz eng an deiner ID liegt. Sie gehören zusammen.«

Lange sah er ihr nach, als sie sich eilig in Richtung Barra durch die Massen schlängelte.

#

Die abschüssige Ladeira da Barra war während des Karnevals so belebt wie sonst nie. Massenhaft kamen und gingen sie, pendelten zwischen dem Circuito Barra-Ondina unten am Strand und dem von Campo Grande oben im Zentrum.

Livia stand vor der weißen Mauer des Englischen Friedhofs und hatte zwei langstielige Blumen in der Hand. Sie hatte nicht die geringste Ahnung, wie sie hießen, aber sie waren schön anzusehen. Groß, leuchtendes Dottergelb und üppige grüne Blätter. Unten am Porto da Barra gab es einen Vorgarten mit einem Blumenbeet etwas zu nahe am Zaun. Dem fehlten jetzt zwei von den Gelben.

Ein Straßenhändler hatte seine Zuckerrohrstangen an die Friedhofsmauer gelehnt und gleich daneben stand sein Handwagen, auf dem ein Zweitaktmotor die Zuckerrohrpresse antrieb. Noch bevor er »Heh!« rufen konnte, war Livia auf den Wagen geklettert und hinter der Mauer verschwunden.

Auf Anhieb fand sie ihr Grab, das Grab von Anne, der siebzehnjährigen Seemannstochter. Unter der Grabplatte musste noch immer Livias Sandale liegen. Um nichts in der Welt würde sie noch einmal dort hineinkriechen. Sollten die Ratten dran ersticken.

»Danke«, flüsterte Livia und legte Anne die beiden Blumen aufs Grab. »Du hast mir einmal das Leben gerettet, mich vor diesem Schwein bewahrt. Würdest du es ein zweites Mal tun? Bitte!«

Derselbe Friedhofswächter wie vor einigen Wochen saß unter dem Pavillondach und verfolgte im Fernsehen den Karneval. Er zuckte zusammen, als Livia aus dem Nichts neben ihm auftauchte, und glotzte sie mit offenem Mund an.

»Was ist?«, fragte sie vorwurfsvoll. »Bis jetzt hast du mich nicht gefunden. Ich hab die Schnauze voll. Hast du eine Ahnung, wie eng es in so einem Grab ist. Ich will nicht länger warten und zusehen, wie du dich am Hintern kratzt. Lass mich raus hier.«

Nachdem er seine Sprache wiedergefunden hatte und aufgesprungen war, rief er: »Oh ... oh ... oh, nein!« Sie würde schön hierbleiben und er die Polícia rufen.

Livia verschränkte die Arme. »Es ist Karnevalsdienstag. Du glaubst doch nicht, dass auch nur ein einziger Sargento Zeit für so 'nen Quatsch hat. Sieh auf deiner Uhr nach, wie spät es ist. Ein Freund des Gouverneurs erwartet mich dort drüben im Tower um Punkt ein Uhr. Du kannst mich gerne rüberbegleiten. Ich möchte nicht in deiner Haut stecken, wenn ich deinetwegen zu spät komm.«

#

Voll Argwohn stand der Friedhofswächter in der Pforte und starrte Livia in den Rücken, als sie die Straße überquerte.

Das Schwein wartete.

Sie hielt sich den Bauch vor Schmerzen. Immerhin würde das Schwein nicht mehr ihr Erster sein. Dafür war es jetzt zu spät, diese Freude hatte sie ihm verdorben.

Blaue Akzentspots bestrahlten die Fassade des Blue Aqua Towers, selbst Palmen und Zierpool waren stilvoll ausgeleuchtet. Livia warf einen Blick hinunter auf die Allerheiligenbucht. Positionslichter auf dem Meer und in der Ferne ganz klein die Lichterketten von Itaparica.

Marcelo hatte wieder Dienst. Er trat aus seiner Pförtnerloge, sah Livia und öffnete das Alu-Gatter von Hand. Hinter ihr drückte er die Tür ins Schloss. Es schnappte zu. Marcelo blieb am Eingang stehen und hütete sein Gatter.

»Bloß keine Dummheiten diesmal.«

»Was du nicht sagst.«

Er schüttelte den Kopf. »Ich habe hier 'nen Job zu verlieren, verstehst du? Das letzte Mal hat Senhor Sebastião hier ein Inferno veranstaltet. Dieses Mal kommst du nur raus, wenn er persönlich grünes Licht gibt.«

»Is' klar, keine Dummheiten.«

Marcelo streckte ihr die offene Hand entgegen. »Du kennst die Regeln.«

»Das tut mir jetzt aber Leid, ich muss meine ID verloren haben, ich finde sie nicht mehr. Hab gesucht und gesucht.«

Er verdrehte seine Augen. »Ich schwör's dir! Keine Tricks. Du kommst hier ohne sein Okay nicht raus.«

Marcelo betrat seine Kabine und hob den Hörer ab. Livia wartete in der offenen Kabinentür. Der Fernseher lief.

»Meine Damen und Herren, wir unterbrechen unsere Berichterstattung aus Salvador und kommen zurück zur Sensationsmeldung dieser Nacht. Wir schalten jetzt live zu Bernadete Barelli nach São Paulo.«

Bernadete meldete sich aufgeregt mit einem dicken Mikro vorm Gesicht. Hinter ihr drängte und schrie alles durcheinander. Sie musste ins Mikro brüllen.

»Ich befinde mich hier direkt vor der Quadra des neuen Karnevals-Champions von São Paulo. Unbeschreibliche Szenen spielen sich ab. Seit einer knappen Stunde steht das Ergebnis der Punktevergabe fest.

Die Polícia musste das Viertel mittlerweile absperren, der Andrang zur Quadra hatte den Verkehr zum Erliegen gebracht. Und sie strömen noch immer hierher, zu Hunderten und zu Tausenden. Sie feiern ihren Sieg, ihre Sambaschule und ihren zweiten Meistertitel in Folge: die Romanos Pretos!«

Ein Kamera-Hubschrauber kreiste über der Quadra und zeigte den schwarz-goldenen Trubel auf der Straße. Aus allen Richtungen kamen sie gelaufen, schwenkten ihre Fahnen und Transparente und fielen sich in die Arme.

Bernadete kam wieder ins Bild.

»Ich glaube, niemand, wirklich niemand mehr hat mit diesem Sieg gerechnet. Bei mir jetzt Carlos Augusto, der Präsident der Romanos Pretos.«

Er trug ein Romanos-Shirt, sein Scheitel war völlig zerzaust.

»Carlos Augusto, was sind Ihre ersten Worte nach diesem unglaublichen Erfolg?«

»Mein Dank geht an all unsere Mitglieder und an alle, die auch heuer wieder mitgeholfen haben, dass dieser Tag Wirklichkeit geworden ist. Kommt zur Quadra und feiert mit uns! Das Direktorium spendiert Freibier für alle. Im Besonderen möchte ich unserer unglaublichen Bateria danken. Sie hat einmal mehr die maximal mögliche Punktezahl erreicht und eindrucksvoll bestätigt, dass es keine bessere auf der ganzen Welt gibt. Wir haben unter voller Ausnutzung des Reglements eine Riesenüberraschung geliefert. Wir haben gezeigt, dass auch mit einem Samba-Reggae der Titel zu holen ist.«

»War das nicht ein riskantes Spiel? Die Romanos Pretos wären um ein Haar disqualifiziert worden.«

»Wir haben diese Strategie im kleinsten Führungskreis der Sambaschule beschlossen. Es war ein kalkuliertes Risiko und wir haben es unter größter Geheimhaltung durchgezogen. Von unserem bisherigen Mestre haben wir uns getrennt. Er hat dankenswerterweise die Bateria bis zur Parade kommandiert, um unsere Überraschung perfekt zu machen. Dann hat eine junge, sensationell begabte Mestra übernommen. Dieser Tag wird in die Geschichte des Sambas eingehen.«

»Ich kann das bestätigen. Die Meldung ist noch keine Stunde alt und wir erhalten bereits Anfragen von internationalen Medien. Ein Samba-Reggae gewinnt den Karneval. Carlos Augusto, was waren das für Szenen vor der Parade auf der Concentração?«

»Wir wollten unsere Strategie bis zuletzt geheim halten. Die Überraschung ist uns gelungen.«

»Wo ist diese junge Mestra? Wir möchten sie vor die Kamera bitten.«

»Dieser Tag gehört ihr, diese Feier ist ihre. Sie möchte diese Stunde ungestört im Kreis ihrer Familie verbringen. Ich bitte um Verständnis. Wir werden sie zu gegebener Zeit der Öffentlichkeit präsentieren.«

»Die Bateria der Romanos Pretos hat auch in diesem Jahr wieder die Trophäe der besten Bateria gewonnen, die Jurywertung und die Publikumswertung. Die Prämie der Liga für den besten Mestre beträgt 15.000 Reais und geht einmal mehr an die Romanos Pretos.«

»Diese Prämie gehört unserer Mestra.«

»Vielen Dank, Carlos Augusto. Meine Damen und Herren, das war es vorerst aus Douradina, ich gebe zurück ins Studio.«

Marcelo legte auf. »Senhor Sebastião erwartet dich.«

Livia nickte. Livia war so weit.

*****

Glossar

abadá (m.)

Karnevals-Shirt, Karnevals-Set. Inkludiert oft auch Shorts oder Röckchen und Accessoires wie Halstücher oder Gürteltaschen, alles im knalligen Design eines bahianischen *Karnevalsblocks*. Abadás sind im Karneval von Salvador anstelle von Tickets üblich als Eintrittsberechtigung in einen Karnevalsblock. Alle Teilnehmer (s. *associado)* sind dadurch einheitlich gekleidet, die Choreografien wirken homogen und die Seilträger (s. *cordeiro)* wissen im Gedränge sofort, wer ihr Seil (s. *corda*) überqueren darf und wer nicht. Die Designs wechseln jedes Jahr, manchmal sogar jeden Tag, und sind ein wichtiges Marketing-Instrument für den Betreiber eines Karnevalsblocks. Mädchen geben ihren Abadás gerne eine individuelle Note, etwa durch Abtrennen der Ärmel oder Umschneidern auf bauchfrei. Abadás werden auch gestohlen und gefälscht, da sie sich gut verkaufen lassen. Die Abadás der großen Stars der *Axé-Musik* kosten bis zu mehreren Monatsgehältern und haben oft fälschungssichere Gummiplaketten. Der Begriff stammt aus der afrikanischen Yoruba-Sprache. Im Deutschen hat der Begriff noch keinen Artikel, der Autor tendiert zum sächlichen, *das Abadá*.

abre-alas, carro abre-alas (m.)

Eröffnungswagen. Der erste *Allegoriewagen* einer Parade. Trägt meist auch den Schriftzug und die Symbolfigur der *Sambaschule*.

acarajé (m.)

Bahianische Spezialität. Brötchen aus Bohnenmasse, das in Palmöl (*azeite de dendê*) frittiert wird. Acarajé wird traditionell gefüllt mit *Vatapá*, *Caruru*, *Pimenta*, in der Schale getrockneten Garnelen und grünen Tomaten. (s. *baiana do acarajé*)

afro (m.)
Hier besondere Bedeutung: traditioneller bahianischer Tanzstil, stark beeinflusst von den Choreografien der *Candomblé*-Zeremonien. (s. a*foxé*)

afoxé (m.)
Besonders traditionsbewusste afro-bahianische Musikrichtung, die auf den Rhythmen und Choreografien der *Candomblé*-Zeremonien basiert. (s. *afro*)

ala (f.)
Untergruppe einer *Sambaschule*. Sektion, Flügel.

Allegoriewagen
Festwagen, Festzugswagen, Umzugswagen (*alegoria, carro alegórico*). Eine Bühne auf Rädern und mit einer opulenten Bühnenszene. Jeder Wagen erzählt eine Geschichte durch sein Bühnenbild und die auf ihm befindlichen Tänzer (s. *passista*), Berühmtheiten (s. *destaque*) und Statisten, stellt also eine Allegorie dar. Die tonnenschweren Wagen werden ausschließlich von Hand bewegt, angeschoben von Mitarbeitern unter den Wagen. (s. *Bewertungskriterium*)

associado (m.)
Teilnehmer eines bahianischen *Karnevalsblocks*. (s. *abadá, cordeiro* und *pipoca*)

atabaque (m.)
Fasstrommel. Schlanke, zumeist mit der Hand gespielte Holztrommel aus *Candomblé* und *Capoeira*. Höhe 70-120 cm.

avenida (f.)
1. in Rio und São Paulo: Paradestraße durch das *Sambadrom*. Piste. (auch genannt *passarela, pista*)
2. in Bahia: bezeichnet die längste der drei Karnevalsrouten in Salvador. (s. *circuito*)

Axé-Musik, Axé
Sammelbegriff für Popmusik aus Bahia. Bahianische Karnevalsmusik. Stark vom Samba-Reggae beeinflusste Musikrichtung. Die Texte sind voll mit anzüglichen Wortspielen und – oft ebenfalls anzüglichen – Choreografieanweisungen. Der Begriff *Axé* kommt ursprünglich aus dem *Candomblé*, wo er so viel wie *göttliche Energie* bedeutet. (s. *abadá* und *trio elétrico*)

Bahia

Tropischer Bundesstaat im Nordosten Brasiliens mit dem höchsten schwarzen Bevölkerungsanteil des Landes. Herkunftsort und Hochburg afro-brasilianischer Kultur.

Bahianer, Bahianerin

Ethnikon des Bundesstaates Bahia, aus Bahia gebürtig, Einwohner Bahias.

baiana (f.)

1. Weibliches Ethnikon von Bahia. Bahianerin, aus Bahia gebürtig, Einwohnerin Bahias.
2. *baiana do acarajé.* Imbissverkäuferin in weißer afrikanischer Tracht, die an ihrem Straßenstand *Acarajé* frittiert. Gehört in Salvador zum Straßenbild.
3. *baiana do candomblé.* Frau in afrikanischer Tracht, die dem *Candomblé* angehört. (s. *Bonfim*)
4. *baiana de escola de samba.* Angehörige einer *Sambaschule,* die in der *Ala* der Baianas in Fantasietracht, meist mit weitem Reifrock, defiliert.

barracão (m.)

Werkstätte einer *Sambaschule.* Hier werden *Allegoriewagen* und Kostüme hergestellt.

bateria (f.)

Trommel-, Perkussions- oder Rhythmusgruppe einer *Sambaschule.* Motor und Herzstück der Karnevalsparade. Umfasst in den oberen Ligen von Rio de Janeiro und São Paulo 200 bis 400 Trommler, die dort *ritmistas* genannt werden. (vgl. *bloco afro,* s. *Bewertungskriterium*)

beats per minute, bpm

Schläge pro Minute. Gibt das Tempo eines Rhythmus an.

berimbau (m.)

Musikbogen. Saiteninstrument mit einer Saite. Besteht aus einem gebogenen Holzstock, auf dem eine Drahtsaite aufgespannt ist und eine getrocknete Kürbishülle (Kalebasse) als Resonanzkörper befestigt ist. Hauptinstrument der *Capoeira.* Höhe 120-150 cm.

Bewertungskriterium

Der Karneval von São Paulo hat zurzeit neun Bewertungskriterien (*quesitos*), der von Rio zehn. Bewertet wird von einer Fachjury (*comissão julgadora, júri*). In São Paulo werden für jedes Kriterium fünf Punktrichter (*jurado, juiz*) nominiert, aus denen unmittelbar vor Beginn des Karnevals durch Losentscheid jeweils drei ausgewählt werden, um Unregelmäßigkeiten zu erschweren. Die derzeit in São Paulo (und weitgehend auch in Rio) geltenden Kriterien sind (in alphabetischer Reihenfolge, die nicht der Bewertungsreihenfolge entspricht):

Alegoria (in Rio: *Alegorias e Adereços*): siehe *Allegoriewagen.*

Bateria (siehe): Trommelgruppe.

Comissão de Frente: siehe *Frontkommission.*

Conjunto (nur in Rio): Gesamteindruck.

Enredo: Karnevalsthema (s. *Karnevalssamba*). Bewertet werden Ideenvielfalt und Darstellung des Themas durch Kostüme, Allegoriewagen und Gesamtkonzeption der Parade.

Evolução: Paradenablauf, Bewegungsabläufe der *Alas* und der Teilnehmer. (s. *harmonia 1.*)

Fantasia: Kostüme. Bewertet werden Ideenreichtum, visuelle Effekte, Vollständigkeit und Verarbeitungsqualität.

Harmonia: Zusammenspiel von *Bateria*, Samba-Ensemble und Gesang der Teilnehmer. (s. *harmonia 2.)*

Mestre-Sala e Porta-Bandeira: Darbietung von Tanzmeister (auch Saalmeister) und Fahnenträgerin.

Samba-Enredo: Text und Melodie des *Karnevalssambas* (siehe).

bloco afro (m.), kurz **bloco**

Bahianische Trommel- oder Perkussionsgruppe, im weiteren Sinne auch afro-brasilianischer Kultur- und Sozialverein. Umfasst typischerweise 20 bis 100 Trommler, die in Salvador *percussionistas* genannt werden. (s. *circuito, cordeiro, Karnevalsblock*, vgl. *bateria*)

Bonfim, Festa do Bonfim, Lavagem do Bonfim

Religiöses Fest in Salvador. Alljährliche, feierliche Prozession zur Kirche Nosso Senhor do Bonfim, angeführt von *Baianas.*

Break

Unterbrechung einer Rhythmus-Linie (Pattern, Schema), Einschub von abweichenden Schlagfolgen.

caixa (f.)

Marschtrommel, Kleine Trommel, Snare Drum. Es gibt verschiedene Bauarten und Bezeichnungen, wie z.B. Tarol oder Malacacheta. Allen gemeinsam sind die über dem oberen oder unteren Trommelfell gespannten Drahtsaiten oder -spiralen (Schnarrsaiten, Snareteppich), die durch ihre Nachvibrationen der Caixa einen dichten, breiten Klang verleihen. Durchmesser 10-14 Zoll (25,4-35,6 cm), Höhe 10-20 cm, beidseitig bespannt.

camarote (m.)
Karnevalsloge. Loge im *Sambadrom* oder Straßenloge. (s. *pipoca*)

candomblé (m.)
Traditioneller afrikanischer Götterkult der Bahianer.

capoeira (f.)
Traditioneller bahianischer Kampf-Tanz.

carioca
Ethnikon von Rio de Janeiro, aus Rio gebürtig, Einwohner Rios.

carnavalesco (m.)
Künstlerischer Leiter einer *Sambaschule*. Hauptverantwortlich für das Gesamtbild einer Parade, d.h. für *Allegoriewagen* und Kostüme.

caruru (m.)
Bahianische Spezialität. Gekochter Brei aus Okra-Schoten.

cavaquinho (m.)
Mini-Gitarre, deren markanter, verstimmt anmutender Klang ein wesentlicher Bestandteil des Samba-Sounds ist.

caxixi (m.)
Kleine Korbrassel. Besteht aus einem geflochtenen Gehäuse mit Samenkernen im Inneren.

chamada (f.)
Trommelsignal, wörtlich »Ruf, Aufruf«. Markante Abfolge von Schlägen, oft in Kombination mit Wirbeln und Pausen. Dient der Einleitung, Änderung oder Beendigung eines Rhythmus. Jede Chamada fordert eine einstudierte Reaktion der Trommelgruppe heraus.

circuito (m.)
Karnevalsroute in Salvador. Der bahianische Karneval findet nicht im *Sambadrom*, sondern auf der Straße statt. Auf festgelegten Strecken ziehen die *Karnevalsblöcke* durch die Stadt. Es gibt drei verschiedene Circuitos.

1. Circuito Campo Grande (auch Osmar oder Avenida). Mit sechs Kilometern Länge der längste von allen. Windet sich vom zentralen Platz Campo Grande durch das Zentrum und wieder zurück. Dauer etwa 8 Stunden.
2. Circuito Barra-Ondina (auch Dodô). Vier Kilometer lang, auf der Küstenstraße entlang der Strände von Barra und Ondina.

Szenisch die beste Route, die Meeresbrise sorgt für die nötige Abkühlung, aber entlang der Strandbalustrade herrscht das schlimmste Gedränge. Dauer etwa vier Stunden.

3. Circuito Batatinha. Karneval von anno dazumal mit Blasmusik und ganz ohne *Trio Elétrico* in den Gassen der Altstadt.

concentração (f.)
Sammelplatz des *Sambadroms*. Hierher werden die Teilnehmer der Parade mit Bus-Konvois aus der *Quadra* gebracht, hier formiert sich die *Sambaschule* vor dem Einzug in die *Avenida*. Sammelplatz auch im Straßenkarneval von Salvador am Beginn eines *Circuitos*.

conselho, kurz für **conselho deliberativo**
Beschlussfassendes Leitungsgremium einer *Sambaschule*. Entspricht am ehesten dem Verwaltungsrat oder Aufsichtsrat einer Aktiengesellschaft.

corda (f.)
Sicherheitsseil, Begrenzungsseil. Umspannt einen bahianischen *Karnevalsblock*. (s. *cordeiro*)

cordeiro (m.)
Seilträger. Dutzende von Seilträgern halten im Karneval von Salvador das geschlossene Seil, das einen *Karnevalsblock* umspannt. Innerhalb des Seiles defiliert entweder ein *Bloco Afro* oder fährt ein *Trio Elétrico* zentimeterweise vorwärts, umgeben von tausenden Teilnehmern (*associados*), außerhalb des Seiles herrscht das wilde Straßengedränge der *Pipoca*. Besonders in Kurven kann es dabei zu gefährlichen Szenen kommen. Für die 3.000 Cordeiros eines Karnevals ist es trotzdem eine willkommene Gelegenheit, dabei zu sein und sich ein paar Reais dazuzuverdienen.

coxinha (f.)
Gebackene Krokette mit Hühnerfleischfüllung. Es gibt auch Varianten mit Fisch- oder Käsefüllung.

cuica (f.)
Reibetrommel. Durch das Reiben eines im Inneren am Trommelfell befestigten Stäbchens mit einem feuchten Tuch entsteht ein klagendes Geräusch, ähnlich dem Quietschen eines Welpen. Es braucht große Virtuosität, um einer Cuica ganze Melodien zu entlocken. Durchmesser 8-10 Zoll (20,3-25,4 cm), Höhe 23-28 cm, einseitig bespannt.

destaque (m.)

Highlight. Hauptfigur einer Parade, besonders aufwendig kostümierte Figur. Oftmals Prominente aus dem Showbusiness, die auf diese Weise ihre Unterstützung für die *Sambaschule* zeigen, oder begüterte Sponsoren, die sich den Auftritt als Destaque einiges kosten lassen.

dispersão (f.)

Auslaufplatz des *Sambadroms*. Hier nimmt die Parade ihr Ende. Die Teilnehmer werden sofort von Bussen zurück zur *Quadra* gebracht, um Platz für die nächste *Sambaschule* zu schaffen. (auch genannt *apoteose*)

fazendeiro (m.)

Farmer. Großgrundbesitzer.

Frontkommission

Eröffnungskomitee, Begrüßungskomitee (*comissão de frente*). Eröffnungsreihe einer Parade, besteht oft aus hochgewachsenen Jungs, die das Publikum begrüßen und ihrer *Sambaschule* symbolisch den Weg bahnen. (s. *Bewertungskriterium*)

Funk

Rhythmusart.

G.R.C.S.E.S.

Grêmio Recreativo Cultural e Social Escola de Samba.

Freizeit- Kultur- und Sozialverein Sambaschule. Rechtsform der *Sambaschulen*. Je nach Statuten und Tätigkeitsumfang gibt es auch G.R.C.E.S. und G.R.E.S.

harmonia (f.)

1. Harmonieabteilung einer *Sambaschule*. Sorgt für das reibungslose Zusammenspiel der einzelnen *Alas* und den geordneten Ablauf der Parade. Die Mitarbeiter der Harmonieabteilung bewegen sich auf der Parade frei zwischen den Alas und geben den Teilnehmern Anweisungen für Position und Schritttempo. (s. *Bewertungskriterium evolução)*
2. In musikalischer Bedeutung, eines der Bewertungskriterien des Karnevals. (s. *Bewertungskriterium harmonia*)

Iansã (f.)

Orixá des Windes im *Candomblé*.

Karnevalsblock

In Salvador trifft man auf verschiedene Kategorien von Karnevalsblöcken, hauptsächlich jedoch auf diese beiden:

1. *Bloco Afro* (siehe)
2. *Bloco de Trio* (s. *trio elétrico*)

Darüber hinaus gibt es - vornehmlich in Rio und São Paulo - den sogenannten *Bloco Carnavalesco*. Das ist ein kleinerer Karnevalsverein, der nicht alle Elemente einer *Sambaschule* hat, eine Vorstufe zur vollwertigen Sambaschule.

Karnevalssamba

Themensamba (*samba-enredo*). Der explosive, schnelle Samba der Karnevalsparaden. Die Parade jeder *Sambaschule* hat ein bestimmtes Leitmotiv, ein Karnevalsthema (*enredo*), vorwiegend historischer oder sozialkritischer Natur. Nach einem Karneval beginnt der Jahreszyklus einer Sambaschule von vorn mit der Festlegung des neuen Themas. Entsprechend diesem Thema werden *Allegoriewagen* und Kostüme entworfen und es findet ein Ausscheidungswettbewerb unter den Komponisten der Sambaschule statt (*ala dos compositores*). Sobald der siegreiche Karnevalssamba feststeht (meist im September oder Oktober), wird er unermüdlich geprobt. *Bateria, Puxador* und Samba-Ensemble müssen fehlerlos harmonieren. Die Karnevalssambas klingen alle recht ähnlich und unterscheiden sich in erster Linie durch den Text, der ein mitreißendes Wir-Gefühl erzeugen soll. Wichtig ist, dass der Text von den Teilnehmern der Parade und von den Tribünen aus, wo Flugzettel verteilt werden, kräftig mitgesungen wird. In kleiner Besetzung und ohne Melodie wird der Karnevalssamba außerhalb von Brasilien oft als *Samba-Batucada* bezeichnet. (s. *Bewertungskriterium*)

macumba (f.)

Eigentlich eine afro-brasilianische Religion, wird jedoch umgangssprachlich meist als Synonym für Fluch und schwarze Magie verwendet.

mestre (m.)

Dirigent und Arrangeur eines *Blocos Afro* oder einer *Bateria* (*diretor de bateria*), Bateriadirektor, eigentlich der Meister, Bezeichnung aus dem *Candomblé*. (weibliche Form *mestra*)

moqueca (f.)
Bahianische Spezialität. Eintopf aus Kokosmilch und Palmöl mit Fisch oder Meeresfrüchten.

Nanã (f.)
Orixá des Alters im *Candomblé.*

Ogum, Ogun (m.)
Orixá des Eisens und des Krieges im *Candomblé.*

orelhão (m.)
Öffentlicher Fernsprecher, wörtlich »Riesenohr«. Fernsprechapparat unter einem schalenförmigen Regenschutz aus Hartplastik, der einer überdimensionalen Ohrmuschel nicht unähnlich ist.

Orixá
Orisha. Oberbegriff für Gottheit oder Heiliger des *Candomblé.* Es gibt männliche und weibliche Orixás, insgesamt um die 20. Jeder Angehörige des Candomblé hat seinen persönlichen Orixá.

Oxalá (m.)
Höchster *Orixá* im *Candomblé.*

Oxóssi (m.)
Orixá der Jagd im *Candomblé.*

Oxum (f.)
Orixá des Reichtums und der Binnengewässer im *Candomblé.*

pagode (m)
Samba in kleiner Besetzung. Der Samba der Favelas, Hinterhöfe und Hitparaden.

Paulistaner
Ethnikon der Stadt São Paulo, aus São Paulo gebürtig, Einwohner São Paulos. (*paulistano,* nicht zu verwechseln mit *paulista,* dem Ethnikon des Bundesstaates São Paulo)

pandeiro (m.)
Schellentrommel, ähnlich einem Tamburin. Handtrommel mit im Rahmen eingelassenen Metallschellen. Durchmesser meist 10 Zoll (25,4 cm), Höhe ca. 5 cm, einseitig bespannt. (vgl. *tamborim*)

passista (f.)
Sambatänzerin. Das, was wir aus dem Fernsehen vom Karneval kennen: viele bunte Federn, viele weiße Zähne und viel zu knapper Bikini. Die Passista tanzt den *samba no pé,* den »Samba auf dem Fuß«, den klassischen Sambaschritt mit der schnellen Po-Bewegung. Von »Schritt« (*passo).*

percussionista (m., f.)
Trommler, Trommlerin. (s. *bloco afro*)

pimenta (f.)
Scharfe Chilisauce. Chilischote. Pfeffer.

pipoca (f.)
»Gemeines Karnevalsvolk«. Karnevalsbesucher in Salvador, die weder an einem Karnevalsblock teilnehmen (s. *associado*) noch Zutritt zu einer Loge haben (s. *camarote*), sondern gebührenfrei die Straßen bevölkern. Wörtlich »Popcorn«: je heißer es hergeht, desto heftiger hüpft und pufft die dicht gedrängte Pipoca.

porta-bandeira (f.)
Fahnenträgerin. (s. *Bewertungskriterium*)

puxador (m.)
Karnevalssänger, Sambasänger, Paradesänger. Interpret des *Karnevalssambas*. Der Puxador ist eine zentrale Figur in einer *Sambaschule*. Er ist der Leadsänger des Samba-Ensembles, bestehend aus Saiteninstrumenten (*Cavaquinho* und Gitarre), einigen Rhythmusinstrumenten (meist *Pandeiro, Surdo* und *Repinique*, im Gegensatz zur *Bateria* jedoch mit Mikrofonen) und einigen Refrainsängern (*auxiliares, cantores de apoio*), die den Puxador ergänzen und ablösen. Puxador und Refrainsänger sind meist zu Fuß mit der Bateria unterwegs, das Samba-Ensemble auf dem Soundwagen dahinter (*carro de som*), einem kleinen *Trio Elétrico.* Von *puxar*: ziehen, reißen. Der Puxador reißt mit seinem Gesang und seinen Anfeuerungsrufen (*cacos, gritos de guerra*) das Publikum mit.

quadra (f.)
Sitz und Probehalle einer *Sambaschule*, wörtlich »Häuserblock«.

rainha, rainha de bateria (f.)
Bateriakönigin. Die herausragendste aller *Passistas*. Führt die *Bateria* durch das *Sambadrom* an.

recuo (m.)
Ausbuchtung der Paradestraße, in die die *Bateria* einschwenkt, um die *Sambaschule* vorüberziehen zu lassen. Die Bateria schwenkt am Schluss der Parade wieder aus dem Recuo aus und zieht als eine der letzten *Alas* aus dem *Sambadrom* hinaus. Sinn des Recuos: Die Bateria ist der Motor einer Parade. Sie soll nicht schon zur Hälfte der Parade das Ende des Sambadroms erreicht haben.

repinique (m.), auch **repenique, repique**

Tenortrommel, Signaltrommel. Äußerst lautstark. Die Repinique wird in einer *Bateria* mit einem oder zwei Holzsticks gespielt (vom Signaltrommler meist mit nur einem Stick und einer Hand), in einem *Bloco Afro* jedoch mit zwei biegsamen Kunststoffsticks. Durchmesser 10-12 Zoll (25,4-30,5 cm), Höhe 27-30 cm, beidseitig bespannt.

ressaca do carnaval (f.)

Katerfest. Dient als Vorwand zum Weiterfeiern.

rodoviária (f.)

Busterminal. Busbahnhof.

Samba no pé (m.)

Siehe *passista.*

Sambadrom

Karnevalsarena *(sambódromo).* Paradestraße *(s. avenida),* flankiert von Tribünen (*arquibancadas*) und Logen (s. *camarotes*).

Sambaschule

Karnevalsverein *(escola de samba).* Keine Schule im herkömmlichen Sinn. Die irreführende Bezeichnung »Schule« stammt aus den 1920ern, als die schwarze Unterschicht Rios ihrem halblegalen Karnevalstreiben einen respektableren Anstrich geben wollte. Organe einer Sambaschule: Die *Assembléia Geral* (Mitgliederversammlung, Generalversammlung) wählt den *Conselho* (siehe), der seinerseits die *Diretoria* (Direktorium, Vorstand) bestellt. Den Vorsitz der *Diretoria* hat der Präsident inne. Daneben gibt es Vizepräsident, Karnevalsdirektor, Finanzdirektor und andere Funktionäre, je nach Statuten. In großen Sambaschulen kann das Direktorium aus 50 oder mehr Mitgliedern bestehen. Weiters gibt es Karnevalsrat, Karnevalsdirektion, Karnevalskommission (manchmal sogar alles in ein und derselben Sambaschule), Kulturabteilung, Sozialabteilung, Sportabteilung, Rechtsabteilung, Eventabteilung, Marketing & PR, eine eigene Produktionsstätte für *Allegoriewagen* und Kostüme (s. *barracão*) und vieles mehr.

sambista (m., f.)

Sambatreibender. Umfassende Bezeichnung für Angehörige einer *Sambaschule,* Sambamusiker, -trommler, -sänger oder -tänzer.

soteropolitano, gelegentlich auch **salvadorense**

Ethnikon von Salvador, aus Salvador gebürtig, Einwohner Salvadors. Aus dem Griechischen (gr. *soter* = pt. *salvador* = Erlöser, Heiland, Retter und gr. *polis* = Stadt), um keine Verwechslung mit »salvadorenho« aufkommen zu lassen, dem Ethnikon von El Salvador in Zentralamerika.

Sticks

Trommelstöcke, Schlegel. Es gibt drei unterschiedliche Formen. *Surdos* werden mit Schlegeln gespielt, die einen wattierten und filzüberzogenen Kopf haben, *Caixas* sowie *Repiniques* in *Sambaschulen* mit Holzsticks und Repiniques in *Blocos Afros* mit biegsamen Kunststoffsticks.

Stopp

Pause (*paradinha*). Kurzes Aussetzen der Instrumente.

surdo (m.)

Basstrommel. Durchmesser meist 20, 22 oder 24 Zoll (50,8, 55,9 oder 61 cm), Höhe 40-60 cm, beidseitig bespannt.

tamborim (m.), Mrz. **tamborins**

Kleine, in der Hand gehaltene Trommel, nicht zu verwechseln mit dem dt. Begriff Tamburin (frz. Tambourin, siehe *pandeiro*). In einer *Bateria* wird das Tamborim mit elastischen, vielendigen Kunststoffpeitschen gespielt, die einen scharfen Knall erzeugen. In anderen Sambaformationen und Stilrichtungen werden auf dem Tamborim mit einem Holzstick synkopische Klopfmuster erzeugt. Durchmesser 6 Zoll (15,2 cm), Höhe 4,5 cm, einseitig bespannt.

tapa-sexo (m.)

Schambedeckung. Bikiniunterteil ohne Haltebänder. Wird von Sambatänzerinnen (s. *passista*) bei Karnevalsparaden »getragen«. Meist ein dekorierter Kunststoffbogen, ähnlich einem Haarreif, der in den Schritt geklemmt wird.

terreiro (m.)

Candomblé-Haus, -Kultstätte, -Tempel.

timba (f.), auch **timbal** (m.), **timbau** (m.)

Konische Handtrommel, verjüngt sich nach unten. Kommt oft in *Blocos Afros* zum Einsatz, nicht jedoch in *Baterias*. Felldurchmesser meist 14 Zoll (35,6 cm), Höhe 70-90 cm, einseitig bespannt.

trio elétrico (m.), kurz **trio**

Bahianischer Karnevals-Truck, mobile Bühne. Lastwagen, auf dem eine Musikgruppe durch die Stadt zieht. Die Formen reichen vom umgebauten Pritschenwagen bis zum riesigen Sattelschlepper mit gigantischen Aufbauten und Boxen in Stadionqualität.

Ein ausgewachsenes Trio Elétrico wiegt 35 Tonnen und seine Stromgeneratoren können eine Kleinstadt versorgen. Das Trio Elétrico hat einen wesentlichen Anteil am Erfolg des Karnevals von Salvador und der *Axé-Musik*. Der Name geht zurück auf ein Musikantentrio, das im Karneval der 1950er als erstes in einem umgebauten Automobil mit Trichter-Lautsprechern unterwegs war. Die großen Karnevalsrouten in Salvador sind nach den beiden Erfindern des Trios Elétricos benannt, Dodô und Osmar. (siehe *Circuito*)

vatapá (m.)
Bahianische Spezialität. Paste aus zermahlenen Cashew-Kernen, Erdnüssen, Garnelen oder Fisch.

Yemanjá (f.)
Orixá der Ozeane im *Candomblé*.

Xangô (m.)
Orixá von Blitz und Donner im *Candomblé*.

Anmerkungen zum Glossar

Eine spannende Angelegenheit ist die Erforschung der Instrumentengeschlechter im Deutschen. Es herrscht weitgehend Anarchie. Vor manchen Instrumenten finden sich sogar alle drei Artikel, etwa der/die/das Atabaque, Caxixi oder Pandeiro. Regionale Hörgewohnheiten dürften hier eine große Rolle spielen. Dem Vernehmen nach soll es in Deutschland ja auch Gegenden geben, die dem selbst im Portugiesischen durchwegs männlichen Samba gerne ein weibliches Mäntelchen umhängen und aus ihm einE Samba machen.

Für die Zwecke dieses Buches bin ich zu folgenden Schlüssen gekommen:

1. Den Vorzug hat das Geschlecht im Portugiesischen, wobei ein männliches auf seiner Reise über den Atlantik jedes Mal zu einem sächlichen wird. Darunter fallen das Berimbau, die Caixa, die Cuica, das Pandeiro, das Tamborim und die Timba.

2. Alles, was dezidiert wie eine Trommel aussieht, mit einem Metall- oder Holzkessel, bekommt im Deutschen das weibliche Geschlecht der Trommel verpasst, auch wenn die Brasilianer gegenteiliger Ansicht sind. Das gilt für die Repinique und die Surdo, beide ursprünglich männlich.
3. Übrig bleiben zwei Anarchos, denen ich bedenkenlos die Artikel vor die Nase setze, die mir am besten gefallen: das Atabaque (f.) und die Caxixi (m.).

*****

Anmerkungen des Autors

Dieses Buch ist kein Reiseführer. Wenn der Leser aber auf der Suche nach Livia mit dem Buch in der Hand durch die Straßen von Salvador wandert, wird er viele Orte finden, an denen auch Livia unterwegs war. Andere hingegen wird er nie finden.

Dieses Buch ist auch keine Samba-Enzyklopädie. Geht der Leser allerdings mit dem Buch in der Hand in eine Sambaschule, so wird er vieles erleben, was er hieraus kennt.

Eines ist diese Geschichte aber bestimmt: Fiktion, ein schöneres Wort für Lüge. Alles erlogen. Die Handlung ist ebenso frei erfunden wie alle Figuren, die allenfalls zufällige und unbeabsichtigte Ähnlichkeit mit lebenden oder toten Personen haben.

In Brasilien gibt es viele Sambaschulen und Sambaligen. Ich kenne weder ihre Präsidenten, noch ihre Mestres und schon gar nicht ihre Statuten. Sambaschulen sorgen für touristische Wertschöpfung, Arbeitsplätze und kulturelle Identität. Sie sind oft zentraler Lebensinhalt und sozialer Knotenpunkt ihrer Angehörigen. Sie betreiben oft soziale Einrichtungen der Gesundheitsvorsorge und Weiterbildung und sammeln für karitative Zwecke. Die Perkussionisten und Sambistas, die ich die Freude hatte in Blocos Afros und Sambaschulen kennenzulernen, waren allesamt anständige, offene und warmherzige Menschen, aber eine gute Geschichte leuchtet auch die Schattenseite der Realität aus.

Was über Candomblé und Macumba geschrieben steht, ist selbstverständlich keine ernsthafte Auseinandersetzung mit achtbarer Religion, und außerdem sind Paulistaner und Bahianer gleichermaßen freundliche und arbeitsame Menschen, alles andere sind dumme Klischees.

Danksagungen

Die letzten 15 Jahre lang haben Brasilien und die afro-brasilianische Kultur mein Leben stark geprägt. Wie ist es dazu gekommen, wie ist diese Geschichte entstanden? Durch Begegnungen. Aus einigen sind Freundschaften geworden, aus anderen Beziehungen und andere wieder sind kurze Begegnungen geblieben, alle haben sie jedoch meine Fahrtrichtung beeinflusst wie Ozeandampfer, in deren Fahrwasser ein kleines Gummiboot seinen Kurs ändert.

Birgit hat mir als Allererste Mut zum Schreiben gemacht. Kati hat Brasilien in meinem Leben fest verankert und Michele hat mir über Jahre hinweg das Wunderland namens Bahia erklärt. Dona Marina und ihre Familie haben aus Bahia meine zweite Heimat gemacht. Henrique, Soraia und Boris sind schuld daran, dass ich selbst die Trommelsticks ergriffen habe.

Mestre Mantega, Mestre Renato und Monika haben mir Einlass gewährt in die Welt der Blocos Afros und Chris, Paulina, Fabiola und Airton in die der Sambaschulen. Flavia hat mich in langen russischen Winternächten mit unzähligen sonnigen Geschichten aus Bahia versorgt und mir Mut und Anstoß zu dieser Geschichte gegeben, und Vera und ihre Familie haben einmal mehr dafür gesorgt, dass ein Gringo wie ich sich in Bahia wie zu Hause fühlen kann.

Jeder von euch war ein Ozeandampfer in der Entstehungsgeschichte dieses Buches.

Ganz besonderen Dank an Fritz, Mechthild, Julia, David, Ting und meine Mutter.

tredition®

www.tredition.de

Über tredition

Der tredition Verlag wurde 2006 in Hamburg gegründet. Seitdem hat tredition Hunderte von Büchern veröffentlicht. Autoren können in wenigen leichten Schritten print-Books, e-Books und audio-Books publizieren. Der Verlag hat das Ziel, die beste und fairste Veröffentlichungsmöglichkeit für Autoren zu bieten.

tredition wurde mit der Erkenntnis gegründet, dass nur etwa jedes 200. bei Verlagen eingereichte Manuskript veröffentlicht wird. Dabei hat jedes Buch seinen Markt, also seine Leser. tredition sorgt dafür, dass für jedes Buch die Leserschaft auch erreicht wird

Autoren können das einzigartige Literatur-Netzwerk von tredition nutzen. Hier bieten zahlreiche Literatur-Partner (das sind Lektoren, Übersetzer, Hörbuchsprecher und Illustratoren) ihre Dienstleistung an, um Manuskripte zu verbessern oder die Vielfalt zu erhöhen. Autoren vereinbaren unabhängig von tredition mit Literatur-Partnern die Konditionen ihrer Zusammenarbeit und können gemeinsam am Erfolg des Buches partizipieren.

Das gesamte Verlagsprogramm von tredition ist bei allen stationären Buchhandlungen und Online-Buchhändlern wie z. B. Amazon erhältlich. e-Books stehen bei den führenden Online-Portalen (z. B. iBook-Store von Apple) zum Verkauf.

Seit 2009 bietet tredition sein Verlagskonzept auch als sogenanntes "White-Label" an. Das bedeutet, dass andere Personen oder Institutionen risikofrei und unkompliziert selbst zum Herausgeber von Büchern und Buchreihen unter eigener Marke werden können.

Mittlerweile zählen zahlreiche renommierte Unternehmen, Zeitschriften-, Zeitungs- und Buchverlage, Universitäten, Forschungseinrichtungen, Unternehmensberatungen zu den Kunden von tredition. Unter www.tredition-corporate.de bietet tredition vielfältige weitere Verlagsleistungen speziell für Geschäftskunden an.

tredition wurde mit mehreren Innovationspreisen ausgezeichnet, u. a. Webfuture Award und Innovationspreis der Buch-Digitale.

tredition ist Mitglied im Börsenverein des Deutschen Buchhandels.